Anne Rice

Gespräch mit dem VAMPIR

Aus dem Amerikanischen
von Karl Berisch
und C. P. Hofmann

Ullstein

Ungekürzte Ausgabe

ein Ullstein Buch Nr. 22179
im Verlag Ullstein GmbH,
Frankfurt/M – Berlin
Titel der amerikanischen Originalausgabe:
Interview With the Vampire

Übersetzung mit freundlicher Genehmigung
des Marion von Schröder Verlags
Printed in Germany 1989
Gesamtherstellung: Ebner Ulm
ISBN 3 548 22179 3

Oktober 1989

CIP-Titelaufnahme der Deutschen Bibliothek

Rice, Anne:
Gespräch mit dem Vampir / Anne Rice. –
Ungekürzte Ausg. – Frankfurt/M; Berlin:
Ullstein, 1989
(Ullstein-Buch; Nr. 22179)
ISBN 3-548-22179-3
NE: GT

Für Stan Rice,
Carole Malkin
und
Alice O'Brien Borchardt

Erster Teil

»Ich verstehe . . .«, sagte der Vampir nachdenklich und ging langsam durch das Zimmer zum Fenster hinüber. Dort blieb er eine Weile stehen. Seine Gestalt zeichnete sich vor dem trüben Licht ab, das von der Divisadero Street hereindrang und ab und zu durch die hellen Scheinwerfer der Autos verstärkt wurde. Der Junge konnte jetzt die Zimmereinrichtung deutlicher erkennen, den runden Eichentisch, die Stühle und ein Waschbecken, das an der Wand hing, mit einem Spiegel darüber. Er setzte seine Aktentasche auf dem Tisch ab und wartete.

»Wieviel Bänder hast du mitgebracht?« fragte der Vampir und wandte den Kopf, so daß der Junge sein Profil sehen konnte. »Genug für die Geschichte eines Lebens?«

»Bestimmt, wenn es ein gutes Leben ist. Manchmal interviewe ich drei bis vier Leute an einem Abend, wenn ich Glück habe. Aber es muß eine gute Geschichte sein. Das ist nur recht und billig, nicht wahr?«

»Bewundernswert recht und billig«, antwortete der Vampir.

»Dann will ich dir gern meine Lebensgeschichte erzählen. Ich werde es sehr gern tun.«

»Großartig«, sagte der Junge. Und er nahm schnell das kleine Tonbandgerät aus der Tasche und prüfte die Kassette und die Batterien. »Ich bin wirklich gespannt zu hören, warum Sie das glauben, warum Sie . . .«

»Nein«, unterbrach ihn der Vampir. »So können wir nicht beginnen. Ist dein Apparat in Ordnung?«

»Ja«, sagte der Junge.

»Dann setz dich. Ich will die Deckenbeleuchtung einschalten.«

»Ich dachte, Vampire mögen kein Licht«, sagte der Junge. »Wenn man bedenkt, daß die Dunkelheit zur Atmosphäre beiträgt . . .« Doch dann schwieg er. Der Vampir beobachtete ihn, den Rücken zum Fenster. Das Gesicht war jetzt nicht zu erkennen, und etwas an der ruhigen Gestalt verwirrte den Jungen. Er wollte sprechen, unterließ es jedoch. Und dann atmete er erleichtert auf, als der Vampir zum Tisch trat und nach der Lichtschnur darüber griff.

Unvermittelt war das Zimmer in grelles, gelbes Licht getaucht; und als der Junge zum Vampir aufblickte, verschlug es ihm den Atem. Er tastete mit den Händen nach hinten, um sich an der Tischkante festzuhalten. »Großer Gott!« flüsterte er, und dann starrte er den Vampir sprachlos an.

Der Vampir war ganz und gar weiß und glatt, als wäre er aus gebleichten Knochen geschnitzt, und sein Gesicht war unbewegt wie das einer Statue, die beiden leuchtendgrünen Augen ausgenommen, die den Jungen ansahen wie Flammen in einem Totenschädel. Doch dann lächelte er fast wehmütig, und in der glatten, weißen Fläche seines Gesichts zeigten sich feine Linien wie in einer Zeichnung. »Siehst du!« sagte er leise.

Den Jungen schauderte; er hob die Hand, wie um sich gegen ein übermächtiges Licht zu schützen. Seine Augen glitten langsam über den tadellos geschneiderten Rock, die langen Falten des Umhangs, die schwarze Seidenkrawatte und den glänzend weißen Kragen, der so weiß war wie das Fleisch des Vampirs. Er starrte auf das volle, schwarze Haar, das in Wellen über den Ohren zurückgekämmt war, auf die Locken, die den Rand des weißen Kragens kaum berührten. »Nun, möchtest du immer noch dein Interview?« fragte der Vampir.

Der Junge öffnete den Mund, ohne einen Ton herauszubringen. Er nickte. Dann sagte er »Ja«.

Der Vampir setzte sich langsam ihm gegenüber, beugte sich vor und sagte sanft, fast vertraulich: »Fürchte dich nicht. Laß nur das Band laufen.«

Und dann streckte er den Arm über den ganzen Tisch aus. Der Junge schrak zurück; der Schweiß lief ihm übers Gesicht. Der Vampir umklammerte die Schulter des Jungen und sagte: »Ich tue dir nichts, glaube mir. Ich brauche diese Gelegenheit. Sie ist für mich wichtiger, als du dir jetzt vorstellen kannst. Bitte fange nun an.« Er zog die Hand zurück und blieb gefaßt und abwartend sitzen.

Der Junge brauchte eine Weile, um sich Stirn und Mund mit dem Taschentuch zu wischen, zu stammeln, das Mikrophon sei bereit, auf den Knopf zu drücken und zu sagen, daß der Apparat lief.

»Sie waren nicht immer Vampir, nicht wahr?« begann er.

»Nein. Ich war ein junger Mann von fünfundzwanzig Jahren, als ich Vampir wurde, und es geschah im Jahre siebzehnhunderteinundneunzig.«

Den Jungen verblüffte das genaue Datum, und er wiederholte es, bevor er fragte: »Was ist damals passiert?«

»Darauf gibt es eine einfache Antwort. Aber ich glaube, ich möchte keine einfachen Antworten geben. Ich möchte lieber die Geschichte erzählen, so wie sie war.«

»Ja«, sagte der Junge schnell. Er faltete sein Taschentuch mehrmals zusammen und wischte sich wieder über die Lippen.

»Es hat eine Tragödie gegeben . . .«, begann der Vampir. »Mit meinem jüngeren Bruder . . . Er starb.« Dann schwieg er.

Der Junge räusperte sich und wischte sich erneut das Gesicht, ehe er das Taschentuch fast ungeduldig wieder zurücksteckte. »Es ist doch nicht schmerzhaft für Sie, nein?« fragte er schüchtern.

»Scheint es dir so? Nein.« Der Vampir schüttelte den Kopf. »Es ist nur, daß ich die Geschichte erst ein einziges Mal erzählt habe. Und das ist so lange her . . . Nein, es tut nicht weh. . . . Damals lebten wir in Louisiana. Wir hatten Land zugeteilt bekommen und richteten zwei Indigoplantagen am Mississippi ein, ganz in der Nähe von New Orleans . . .«

»Ach ja, Ihr Akzent«, sagte der Junge leise.

Einen Augenblick schaute der Vampir verständnislos drein. »Ich habe einen Akzent?« Er mußte lachen.

Der Junge wurde rot und sagte schnell: »Ich habe es in der Bar gemerkt, als ich Sie fragte, was Sie für einen Beruf haben. Es ist nur eine leichte Schärfe bei den Konsonanten. Ich habe nicht gewußt, daß es vom Französischen kommt.«

»Schon gut«, sagte der Vampir beruhigend. »Ich bin nicht so gekränkt, wie ich vorgebe. Es ist nur, daß ich ihn von Zeit zu Zeit vergesse. Aber laß mich weitererzählen.«

»Bitte«, sagte der Junge.

»Ich sprach von den Plantagen. Sie haben viel damit zu tun, ich meine, daß ich ein Vampir geworden bin, du kannst es mir glauben. Aber darauf komme ich noch. Unser Leben in Louisiana war luxuriös und primitiv zugleich. Wir selber fanden es außerordentlich angenehm. Wir lebten dort weit besser, als wir je in Frankreich hätten leben können. Vielleicht kam es uns in der völligen Wildnis von Louisiana auch nur so vor, aber so war es nun einmal. Ich erinnere mich an die Möbel, die wir aus Frankreich mitgebracht hatten.« Der Vampir lächelte. »Und an das Cembalo; das war wunderbar. Meine Schwester spielte es. An Sommerabenden saß sie mit dem Rücken zur geöffneten Gartentür und spielte. Ich höre noch die dünnen, schnellen Töne, und ich sehe weit hinten die Sümpfe und die moosbewachsenen Zypressen vor dem Himmel. Und ich höre auch die Geräusche der Sümpfe, einen Chor von Tierstimmen, den Gesang der Vögel. Wir haben ihn geliebt, denn er machte die Musik noch zarter und begehrenswerter, die Möbel aus Rosenholz noch kostbarer. Sogar als die Glyzinien in weniger als einem Jahr die Fensterläden überwucherten und ihre Ranken in die weiß getünchten Ziegel gruben ... Ja, wir liebten das, wir alle, außer meinem Bruder. Ich glaube nicht, daß ich ihn jemals klagen hörte, doch ich wußte, was er empfand. Mein Vater war schon tot, und ich war das Haupt der Familie und mußte meinen Bruder stets vor Mutter und Schwester in Schutz nehmen. Sie wollten ihn immer nach New Orleans mitnehmen, auf Besuche und Gesellschaften, doch er haßte dergleichen. Ich glaube, er hat sie nicht mehr begleitet, seit er zwölf wurde. Das Gebet war ihm alles, das Gebet und seine in Leder gebundenen Heiligengeschichten.

Schließlich richtete ich ihm eine kleine Kapelle außerhalb des Hauses ein, und dort verbrachte er nun den größten Teil des Tages und oft auch noch den frühen Abend. Es war wirklich Ironie – er war so anders als wir, so verschieden von jedermann, und ich war so normal! Ich hatte überhaupt nichts Ungewöhnliches an mir.« Der Vampir lächelte.

»Manchmal ging ich abends zu ihm und fand ihn im Garten neben der Kapelle, ruhig und gelassen auf einer Steinbank, und ich erzählte ihm von meinen Sorgen, den Schwierigkeiten, die ich mit den Sklaven hatte, und wie ich den Aufsehern mißtraute oder dem Wetter oder meinen Agenten ... alle die Kümmernisse, die mein Dasein erfüllten. Und er hörte mir zu und machte nur hier und da eine Bemerkung, immer voller Verständnis, so daß ich, wenn ich ihn verließ, das bestimmte Gefühl hatte, er habe alle Probleme für mich gelöst. Ich hätte ihm nichts abschlagen können, und ich schwor mir, ihn Priester werden zu lassen, sobald die Zeit gekommen sei, einerlei, ob mein Herz brechen würde, wenn ich ihn verlöre. Natürlich hatte ich mich geirrt.« Der Vampir hielt inne.

Einen Augenblick lang starrte ihn der Junge nur wie in Gedanken versunken an, dann begann er stockend, so als könne er die richtigen Worte nicht finden. »Ah, er wollte gar nicht Priester werden?« fragte der Junge.

Der Vampir musterte ihn, als wolle er die Bedeutung seines Gesichtsausdrucks ergründen. Dann sagte er: »Ich meinte, ich habe mich in mir selbst geirrt – daß ich ihm nichts abschlagen könnte.« Seine Augen schweiften über die gegenüberliegende Wand und blieben an den Fensterscheiben haften. »Er hatte auf einmal Visionen.«

»Richtige Visionen?« fragte der Junge, doch erneut zögerlich, so als ginge er einem anderen Gedanken nach.

»Ich hielt es zuerst nicht dafür«, antwortete der Vampir. »Es fing an, als er fünfzehn war. Damals war er sehr hübsch. Er hatte eine Haut wie

Seide und ganz große blaue Augen. Er war kräftig, nicht so dünn, wie ich heute bin und damals schon war . . . doch seine Augen . . . wenn ich in seine Augen schaute, war es, als stünde ich allein am Rande der Welt . . . an einer winddurchwehten Meeresküste. Und nichts als das sanfte Brausen der Wellen. Ja«, fuhr er fort, die Augen noch immer auf die Fensterscheiben gerichet, »er hatte Visionen. Zuerst deutete er es nur an, und dann erschien er eines Tages nicht mehr zu den Mahlzeiten. Er lebte ganz in seiner Kapelle. Zu jeder Tages- und Nachtstunde konnte ich ihn dort finden, wo er auf den nackten Fliesen vor dem Altar kniete. Die Kapelle selber wurde vernachlässigt; er kümmerte sich nicht mehr um die Kerzen, wechselte die Altartücher nicht und entfernte auch die welken Blätter nicht mehr. Einmal bekam ich es mit der Angst zu tun; als ich in dem Laubengang stand und ihn eine volle Stunde beobachtete, während der er sich nicht von den Knien erhob und nicht einmal die Arme senkte, die er wie ans Kreuz genagelt ausgestreckt hielt. Die Sklaven hielten ihn alle für verrückt.« Der Vampir legte befremdet die Stirn in Falten. »Doch ich war überzeugt, daß er nur – übereifrig war; vielleicht zu weit gegangen in seiner Liebe zu Gott. Dann sprach er mit mir über seine Visionen. Der heilige Dominik und die Jungfrau Maria seien zu ihm in die Kapelle gekommen, sie hätten ihn geheißen, unseren ganzen Besitz in Louisiana zu verkaufen, alles, was uns gehörte, und das Geld dazu zu verwenden, Gottes Werk in Frankreich zu tun. Mein Bruder sollte ein großer religiöser Führer werden, er sollte gegen den Atheismus und die Revolution kämpfen und das Land zu seinem früheren Glauben zurückführen. Natürlich besaß er kein eigenes Geld; daher sollte ich die Plantagen und unsere Stadthäuser in New Orleans verkaufen und ihm das Geld geben.«

Der Vampir schwieg. Und der Junge saß regungslos da und betrachtete ihn erstaunt. »Ach . . . entschuldigen Sie«, flüsterte er. »Was sagten Sie? Haben Sie die Plantagen verkauft?«

»Nein«, sagte der Vampir. Sein Gesicht war ruhig wie zu Anfang. »Ich habe ihn ausgelacht. Und er . . . er wurde zornig. Er beteuerte, sein Auftrag käme von der Heiligen Jungfrau selbst. Und wer sei ich, daß ich einen solchen Auftrag mißachten könne? Wer war ich in der Tat?« fragte er leise, als ob er sich dessen wieder besänne. »Wer in der Tat? Und je mehr er mich zu überzeugen versuchte, desto mehr lachte ich. Es sei Unsinn, sagte ich zu ihm, die Ausgeburt eines unreifen und kranken Gemütes. Die Kapelle sei ein Fehler gewesen, sagte ich, ich wolle sie sofort niederreißen lassen. Er werde in New Orleans zur Schule gehen und sich solche sinnlosen Phantastereien aus dem Kopf schlagen. Ich erinnere mich nicht mehr an alles, was ich sagte, aber ich weiß noch, was ich fühlte. Hinter all meiner Verachtung und Ablehnung schwelten Erbitterung und Enttäuschung. Ich war bitter enttäuscht, und ich glaubte ihm kein bißchen.«

»Das ist doch verständlich«, sagte der Junge schnell, als der Vampir innehielt, und seine erstaunte Miene entspannte sich. »Ich meine – wer hätte ihm geglaubt?«

»Ist es so verständlich?« Der Vampir sah den Jungen an. »Vielleicht war es nur abscheuliche Selbstsucht. Ich will es dir erklären. Wie ich dir sagte, liebte ich meinen Bruder, und manchmal hielt ich ihn wirklich für einen Heiligen, einen lebenden Heiligen. Und wie ich dir sagte, habe ich ihn in seinen Gebeten und Meditationen bestärkt und war bereit, ihn Priester werden zu lassen. Und wenn mir jemand von einem Heiligen in Arles oder Lourdes erzählt hätte, der Visionen erblickte, so hätte ich es geglaubt. Ich war Katholik, ich glaubte an Heilige. Ich zündete Kerzen vor ihren Marmorstatuen in den Kirchen an, ich kannte ihre Namen, ihre Bilder, ihre Attribute. Doch ich konnte meinem Bruder nicht glauben. Nicht nur, daß ich nicht glaubte, daß er Visionen hatte, nicht einmal die Vorstellung kam auch nur einen Augenblick lang in Betracht. Warum nicht? Weil er mein Bruder war. Heilig mochte er sein, ohne Zweifel, aber kein Franz von Assisi. Mein Bruder nicht. Kein Bruder von mir konnte so etwas sein. Und das ist Selbstsucht, verstehst du?«

Der Junge dachte nach, ehe er antwortete, und dann nickte er und sagte, ja, er glaube, er könne das verstehen.

»Vielleicht hat er wirklich die Visionen gehabt«, sagte der Vampir.

»Dann können Sie . . . dann können Sie auch jetzt nicht sagen, ob er welche hatte oder nicht?«

»Nein, aber ich weiß, daß er nie einen Augenblick in seiner Überzeugung schwankte. Das weiß ich jetzt und wußte es an jenem Abend, als er aufgebracht und tief bekümmert mein Zimmer verließ. Er hat nie einen Augenblick geschwankt. Und wenige Minuten später war er tot.«

»Wie kam das?« fragte der Junge.

»Er ging durch die Glastür auf die Terrasse hinaus und blieb kurz vor der Steintreppe stehen. Und dann stürzte er. Er war tot, als ich ihn erreichte. Sein Genick war gebrochen.« Der Vampir schüttelte bekümmert den Kopf, doch sein Gesicht blieb gelassen.

»Haben Sie ihn fallen sehen?« fragte der Junge. »Hat er den Halt verloren?«

»Nein, aber zwei Diener haben es gesehen. Sie sagten, er habe nach oben geschaut, als erblicke er etwas am Himmel. Dann habe sich sein

Körper vorwärts bewegt, wie von einem Windhauch getrieben. Er habe etwas sagen wollen, als er stürzte. Und auch ich glaubte, er wollte etwas sagen; doch stand ich gerade mit dem Rücken zum Fenster, als es geschah.« Er warf einen schnellen Blick auf das Tonbandgerät. »Ich konnte mir nicht verzeihen; ich fühlte mich schuldig an seinem Tod«, sagte er. »Und alle anderen dachten es auch.«

»Aber wie konnten sie? Sagten Sie nicht, die Diener hätten ihn fallen sehen?«

»Es war keine direkte Anklage. Die anderen wußten nur, daß etwas Unangenehmes zwischen uns vorgefallen war, daß wir wenige Minuten vor dem Sturz miteinander gestritten hatten. Die Dienstboten hatten uns gehört, meine Mutter hatte uns gehört. Und meine Mutter fragte mich unaufhörlich, was zwischen uns vorgefallen sei und wieso mein sonst so ruhiger Bruder die Beherrschung verloren habe. Meine Schwester stimmte mit ein, aber ich weigerte mich, etwas zu sagen. Ich war so erschüttert und unglücklich, daß ich niemanden ertragen konnte; ich war nur irgendwie entschlossen, sie nichts von seinen ›Visionen‹ erfahren zu lassen. Sie sollten nicht wissen, daß er letztlich kein Heiliger, sondern nur ein ... Fanatiker gewesen war. Meine Schwester zog es vor, zu Bett zu gehen statt zur Beerdigung, und meine Mutter erzählte in der ganzen Kirchengemeinde herum, daß sich in meinem Zimmer etwas Schreckliches zugetragen habe und ich nichts verraten wolle. Sogar von der Polizei wurde ich vernommen, auf Anweisung meiner eigenen Mutter. Schließlich kam der Priester zu mir und wollte wissen, was geschehen sei. Aber ich schwieg. ›Es war nur eine Auseinandersetzung‹, sagte ich, ›und ich bin nicht auf der Terrasse gewesen, als er stürzte‹, beteuerte ich. Alle sahen mich an, als hätte ich meinen Bruder umgebracht. Und mir war ganz so, als hätte ich es getan. Zwei Tage lang saß ich neben seinem Sarg und dachte, ich habe ihn getötet. Ich starrte in sein Gesicht, bis es vor meinen Augen verschwamm und ich fast das Bewußtsein verlor. Seine Schädeldecke war auf dem Steinboden zerschmettert, und der Kopf auf dem Kissen war seltsam verformt. Ich zwang mich, ihn genau anzublicken, weil ich die Qual und den Geruch der Verwesung kaum ertragen konnte, und war immer wieder versucht, seine Augen zu öffnen. All dies waren wahnwitzige Gedanken, wahnwitzige Anwandlungen. Vor allem mußte ich daran denken: Ich hatte ihn ausgelacht, ich hatte ihm nicht geglaubt, ich war unfreundlich zu ihm gewesen. Ich war schuld daran, daß er gestürzt war.«

»Das ist wirklich geschehen, nicht wahr?« flüsterte der Junge. »Sie erzählen mir doch ... die Wahrheit?«

»Ja«, erwiderte der Vampir und blickte ihn ruhig an. »Ich möchte weitererzählen.« Seine Augen gingen hinüber zum Fenster, und er zeigte nur wenig Interesse an dem Jungen, der einen inneren Kampf auszufechten schien.

»Aber Sie sagten, daß Sie sich über die Visionen nicht im klaren waren, daß Sie . . . ein Vampir . . . nicht genau wußten, ob . . .«

»Ich möchte alles der Reihe nach erzählen«, sagte der Vampir, »so wie es sich zugetragen hat. Nein, ich war mir über die Visionen nicht im klaren. Bis heute nicht.« Und wieder wartete er, bis der Junge sagte:

»Ja, bitte, fahren Sie fort.«

»Also, ich wollte die Plantagen verkaufen. Ich wollte das Landhaus und die Kapelle nie wieder sehen. Schließlich verpachtete ich sie an eine Agentur, die sie für mich verwaltete, so daß ich mich nicht mehr darum zu kümmern brauchte, und zog mit Mutter und Schwester in eins unserer Häuser in New Orleans. Natürlich konnte ich dadurch meinem Bruder nicht einen Augenblick entrinnen. Ich konnte an nichts anderes denken als an seinen Leib, der in der Erde faulte. Er wurde auf dem Friedhof von St. Louis in New Orleans begraben. Ich betrat den Friedhof nie; doch immer mußte ich an meinen Bruder denken. Nüchtern oder betrunken, sah ich stets seinen Leib im Sarge faulen; ich konnte es nicht ertragen. Immer wieder träumte ich, daß er oben auf der Treppe der Terrasse stand, daß ich ihn am Arm hielt und freundlich auf ihn einredete, ihn bat, ins Zimmer zurückzukommen, und ihm sanft sagte, ich glaubte ihm und er müsse für mich beten, damit ich Vertrauen bekäme.

Mittlerweile fingen die Sklaven auf Pointe du Lac (das war meine Plantage) zu reden an, sie hätten den Geist meines Bruders auf der Terrasse gesehen; sie wurden unruhig, und der Aufseher konnte keine Ordnung unter ihnen halten. Die Leute in der Stadt stellten meiner Schwester zudringliche Fragen über den Vorfall, und sie wurde hysterisch. Sie war nicht wirklich hysterisch. Sie dachte einfach, daß sie so reagieren sollte, also tat sie es. Ich trank die ganze Zeit und hielt mich so wenig wie möglich zu Hause auf; ich lebte wie ein Mensch, der sterben möchte, aber nicht den Mut hat, es selber zu besorgen. Ich streifte allein durch finstere Straßen und Hintergäßchen, und versackte in Nachtlokalen. Zwei Duellen wich ich aus, nicht aus Feigheit, sondern aus Gleichgültigkeit, denn eigentlich wünschte ich mir ja den Tod. Und dann wurde ich überfallen. Es hätte jedermann sein können – und es waren genug in der Stadt, Seeleute, Diebe, Verbrecher. Aber es war ein Vampir. Er griff mich eines Nachts nur wenige Schritte vor meiner Haustür an und ließ mich tot zurück, so dachte ich jedenfalls.«

»Sie meinen . . . er hat Ihnen das Blut ausgesaugt?« fragte der Junge.
»Ja.« Der Vampir lachte. »Er hat mein Blut gesaugt. So wird es gemacht.«
»Aber Sie sind am Leben geblieben?« sagte der junge Mann. »Sie sagten, er habe Sie tot zurückgelassen.«
»Ja, er hat mich leergetrunken, bis ich fast tot war; das muß ihm genügt haben. Als man mich fand, brachte man mich zu Bett. Ich war verstört und wußte nicht recht, was mit mir geschehen war; ich dachte, mich habe in der Trunkenheit der Schlag getroffen. Ich war bereit zu sterben und lag apathisch da, ohne zu essen oder zu trinken und mit dem Arzt zu sprechen. Meine Mutter ließ den Priester holen. Ich fieberte und erzählte ihm alles, was für Visionen mein Bruder gehabt und was ich getan hatte; ich klammerte mich an seinen Arm und ließ ihn schwören, es niemandem zu sagen. Ich weiß, daß ich ihn nicht umgebracht habe, sagte ich zu dem Priester, aber ich kann nicht weiterleben, nachdem er tot ist. Nicht, nachdem ich so zu ihm gewesen bin.
›Das ist lächerlich‹, sagte der Priester. ›Natürlich können Sie weiterleben. Sie dürfen sich nicht gehenlassen. Ihre Mutter und Schwester brauchen Sie. Und was Ihren Bruder betrifft, so war er vom Teufel besessen.‹ Als der Priester dies sagte, war ich so bestürzt, daß ich nicht widersprechen konnte. Die Visionen seien ein Werk des Teufels gewesen, fuhr er fort. Der Teufel geht umher und sucht, welchen er verschlinge. Ganz Frankreich steht unter seinem Einfluß, und die Revolution ist sein größter Triumph. Nur Exorzismus, Gebete und Fasten hätten meinen Bruder retten können; es hätten ihn starke Männer festhalten müssen, während der Teufel in ihm wütete und ihn zu bezwingen versuchte. ›Der Teufel hat ihn die Treppe hinuntergeworfen, daran ist kein Zweifel‹, erklärte er. ›Nicht zu Ihrem Bruder haben Sie in diesem Zimmer gesprochen, sondern zum Teufel.‹ Darüber geriet ich in Wut. Ich hatte gedacht, ich wäre am Ende meiner Kräfte, doch dem war nicht so. Als der Priester weiter vom Teufel schwatzte, über Voodoo-Zauber unter den Sklaven und von Fällen von Besessenheit in anderen Teilen der Welt, verlor ich die Fassung und hätte beinahe die Zimmereinrichtung zertrümmert, als ich versuchte, ihn zu erwürgen.«
»Aber Ihre Kraft . . . der Vampir . . .?« fragte der Junge.
»Ich war völlig außer mir«, erklärte der Vampir, »und tat Dinge, die ich gesund nicht fertiggebracht hätte. Jetzt habe ich die Szene nur noch verworren und blaß in Erinnerung; doch ich weiß noch, daß ich den Priester zum Hinterausgang aus dem Haus und über den Hof jagte und daß ich seinen Kopf gegen die Mauer schlug, bis er fast tot war. Als man

mich schließlich gebändigt hatte, zu Tode erschöpft, ließ man mich zur Ader. Diese Narren. Aber ich wollte etwas anderes sagen, nämlich, daß ich in diesem Augenblick meine eigene Überheblichkeit erkannte. Vielleicht hatte ich einen Widerschein davon in dem Priester gesehen. Seine verachtungsvolle Haltung meinem Bruder gegenüber spiegelte meine eigene; seine vorschnelle und oberflächliche Nörgelei an meinem Bruder, sein Unverständnis, daß Heiligkeit uns vielleicht so nahe gewesen war.«

»Aber er glaubte doch, daß Ihr Bruder vom Teufel besessen war.«

»Das ist eine ziemlich weltliche Vorstellung«, entgegnete der Vampir sofort. »Leute, die nicht mehr an Gott oder an das Gute glauben können, glauben noch immer an den Teufel; ich weiß nicht, warum. Doch, ich weiß es. Das Böse ist immer möglich, das Gute ist unendlich schwieriger. Du mußt verstehen: zu sagen, einer sei vom Teufel besessen, ist nur eine andere Bezeichnung dafür, daß der Betreffende verrückt ist. Ich merkte, daß es für den Priester so war. Ich bin überzeugt, daß er es als Wahnsinn empfunden hatte. Vielleicht hat der Priester meinen Bruder für wahnsinnig gehalten und es Teufelsbesessenheit genannt. Man braucht ja den Teufel nicht zu sehen, wenn man ihn austreibt. Aber die Anwesenheit eines Heiligen zu erkennen . . . zu glauben, daß der Heilige eine Vision gehabt hat. Nein, es ist Überheblichkeit, nicht zu glauben, daß so etwas unter uns geschehen könne.«

»Ich habe es nie so gesehen«, sagte der Junge. »Aber was wurde aus Ihnen? Sie sagten, man hat sie zur Ader gelassen, um Sie zu kurieren, aber das muß Sie ja fast umgebracht haben.«

Der Vampir lachte. »Ja. Fast. Doch der Vampir kam in der Nacht zurück. Er wollte Pointe du Lac haben, weißt du, meine Plantage.

Es war sehr spät, und meine Schwester war an meinem Bett eingeschlafen. Ich erinnere mich, als sei es gestern gewesen. Er kam vom Garten herein, öffnete lautlos die Glastür, ein großer, hellhäutiger Mann mit vollem blondem Haar und anmutigen, fast katzenhaften Bewegungen. Leise und unauffällig drehte er die Lampe hinunter und legte meiner Schwester ein Tuch über die Augen, und sie rührte sich nicht bis zum Morgen. Aber in der Zeit hatte ich mich sehr verändert.«

»Wie war die Veränderung?« fragte der Junge.

Der Vampir seufzte, lehnte sich im Stuhl zurück und blickte die Wand an. »Zuerst dachte ich, es sei ein anderer Arzt oder jemand, den die Familie gebeten hatte, mich zur Vernunft zu bringen. Doch ich merkte alsbald, daß es kein gewöhnlicher Mensch war. Er trat an mein Bett, beugte sich über mich, so daß die Lampe sein Gesicht erhellte, seine grauen

Augen glühten, und die langen weißen Hände, die ihm an den Seiten herabhingen, waren nicht die eines menschlichen Wesens. Ich glaube, in diesem Augenblick wußte ich alles, und was er zu mir sagte, war nur die Bestätigung. Sobald ich ihn sah, seine ungewöhnliche Aura spürte und wußte, daß er keinem Wesen glich, das ich je gekannt hatte, schrumpfte ich zu nichts zusammen. Das Ich, das die Anwesenheit eines ungewöhnlichen menschlichen Wesens nicht hatte ertragen können, war zermalmt. Alle meine Vorstellungen, sogar mein Schuldbewußtsein und mein Wunsch zu sterben, schienen höchst unwichtig geworden. Ich vergaß mich völlig.« Der Vampir schlug sich mit der Faust an die Brust. »Ich vergaß mich ganz und gar. Und im gleichen Moment war mir die Bedeutung der Möglichkeiten völlig bewußt. Von diesem Augenblick an erlebte ich Wunder über Wunder. Als der Mann zu mir sprach und sagte, was ich werden könne und welcher Art sein Leben gewesen sei und bleiben würde, zerfiel meine Vergangenheit zu Asche. Ich sah mein Leben, als stünde ich daneben – die Eitelkeit, den Eigennutz, die ständige Flucht von einem nichtigen Verdruß zu einem anderen, der Lippendienst an der Jungfrau Maria und den zahllosen Heiligen, deren Namen meine Gebetbücher füllten und von denen nicht einer mein beschränktes, materialistisches und selbstsüchtiges Dasein zu ändern vermochte. Ich erkannte meine wahren Götter – die Götter der meisten Menschen. Essen, Trinken, Sicherheit in der Gleichförmigkeit. Asche, Asche . . .«

Das Gesicht des Jungen zeigte Erstaunen und Verwirrung. »Und da haben Sie beschlossen, ein Vampir zu werden?« fragte er. Der Vampir schwieg für einen Moment.

»Beschlossen – es scheint mir nicht das rechte Wort. Zwar könnte ich nicht sagen, es sei zwangsläufig gewesen, von dem Augenblick an, da er ins Zimmer trat. Nein, es war nicht zwangsläufig. Aber ich kann auch nicht sagen, daß ich es beschlossen habe. Laß es mich so ausdrücken: Als er zu Ende gesprochen hatte, gab es für mich keine andere Entscheidung, und ich ging meinen Weg ohne einen Blick zurück. Mit einer Ausnahme.«

»Und die war?«

»Mein letzter Sonnenaufgang«, sagte der Vampir. ». . . An jenem Morgen war ich noch kein Vampir. Und ich sah zum letzten Mal die Sonne aufgehen.

Ich weiß es noch ganz deutlich; an keinen Sonnenaufgang zuvor kann ich mich so erinnern. Das Licht kam zuerst durch die obersten Scheiben der Glastüren, ein blasser Schein hinter den Spitzenvorhängen, und dann wurden die Flecken zwischen den Blättern der Bäume heller und heller. Schließlich leuchtete die Sonne voll durch die Fenster, und die Spitzen warfen ein Schattenmuster auf den Steinfußboden und den tuchumhüllten Kopf und die Schultern meiner Schwester, die noch immer neben meinem Bett schlief. Als sie die Wärme spürte, schob sie das Tuch fort, ohne zu erwachen, und dann schien ihr die Sonne auf die Augen, und sie schloß die Lider. Dann schimmerte die Sonne auf dem Tisch, wo meine Schwester den Kopf auf die Arme gelegt hatte, und funkelte im Wasserkrug. Und ich fühlte sie auf meinen Händen, die auf der Bettdecke lagen, und dann in meinem Gesicht. Ich dachte über alles nach, was der Vampir mir erzählt hatte, und dann sagte ich dem Sonnenaufgang ›Lebe wohl!‹ und ging davon, ein Vampir zu werden. Es war . . . der letzte Sonnenaufgang.«

Der Vampir blickte wieder aus dem Fenster. Und als er schwieg, war es so unvermittelt, daß der Junge es zu hören glaubte. Dann konnte er die Geräusche der Straße vernehmen, ein Lastwagen machte einen ohrenbetäubenden Lärm, und die Schnur der Lampe zitterte von der Erschütterung. Dann war der Wagen vorübergefahren.

»Vermissen Sie ihn?« fragte der Junge dann mit schwacher Stimme.

»Nicht eigentlich«, antwortete der Vampir. »Es gibt so viel anderes. Aber wo waren wir stehengeblieben? Ja, du wolltest wissen, wie es vor sich ging, wie ich ein Vampir wurde.«

»Ja«, sagte der Junge. »Wie war es, als Sie sich verwandelten?«

»Genau kann ich es nicht sagen«, sagte der Vampir. »Ich kann darüber sprechen, kann es mit Worten umkleiden, die dir offenkundig machen, was es für mich bedeutete. Aber ich kann es nicht genau berichten, ebensowenig wie ich dir die Liebe schildern könnte, wenn du sie nicht selber erlebt hast.«

Dem Jungen schien noch eine weitere Frage einzufallen, doch ehe er sprechen konnte, fuhr der Vampir fort: »Wie ich dir schon sagte, hatte dieser Vampir, Lestat war sein Name, es auf die Plantage abgesehen. Ein sehr alltäglicher Grund, zweifellos, um mir ein Leben zu gewähren, das bis ans Ende aller Tage dauert; doch er war nicht sehr scharfsinnig. Er betrachtete die kleine Schar der Vampire auf dieser Welt nicht als einen exklusiven Klub, möchte ich sagen. Er hatte sehr menschliche Sorgen – einen blinden Vater, den er pflegen mußte und der nicht wußte und nicht erfahren durfte, daß sein Sohn ein Vampir war. Das Leben in New Orleans war ihm unter diesen Umständen zu schwierig geworden, und er wollte Pointe du Lac haben.

Am nächsten Abend fuhren wir sogleich zur Plantage hinaus, brachten den blinden Vater in einem Schlafzimmer unter, und ich bereitete mich auf die Verwandlung vor. Ich könnte nicht sagen, daß sie aus bestimmten Schritten bestand – obwohl es an einem gewissen Punkt natürlich keine Rückkehr mehr gab. Aber es waren verschiedene Dinge zu tun, und das erste war der Tod des Aufsehers. Lestat überwältigte ihn im Schlaf. Ich mußte zusehen und es gutheißen, das heißt, Zeuge sein, wie ein menschliches Leben ausgelöscht wird, als Beweis meiner Bindung und Teil meiner Verwandlung. Dies erwies sich als der schwierigste Punkt für mich. Wie ich dir schon sagte, hatte ich keine Furcht vor meinem eigenen Tod, nur eine gewisse Scheu, mir selber das Leben zu nehmen; doch hatte ich die höchste Achtung vor dem Leben anderer, und seitdem mein Bruder gestorben war, flößte der Tod mir Schrecken ein. Nun mußte ich mit anschauen, wie der Aufseher beim Erwachen zusammenfuhr, Lestat mit beiden Händen abzuwehren suchte und dann unter seinem Zugriff verzweifelt kämpfte und schließlich erschlaffte, entleert, blutlos. Und starb. Er starb nicht auf einmal. Wir standen eine gute Stunde in dem engen Schlafzimmer und sahen ihn sterben. Es gehörte zu meiner Verwandlung, wie ich sagte; sonst wäre Lestat nicht geblieben. Dann mußten wir uns des Toten entledigen, und das drehte mir fast den Magen um. Ich war schon schwach und fiebrig und am Ende meiner Kräfte. Der Umgang mit der Leiche verursachte mir Übelkeit. Lestat lachte und sagte gefühllos, wenn ich erst ein Vampir wäre, würde ich auch darüber lachen. Aber darin täuschte er sich. Ich lache nie im Angesicht des Todes, sooft auch ich selber die Ursache bin.

Doch alles der Reihe nach. Wir mußten über die Straße am Fluß fahren, bis wir auf das offene Feld gelangten, wo wir den toten Aufseher hinlegten. Wir nahmen ihm sein Geld ab, zerrissen ihm die Kleider und benetzten seine Lippen mit Branntwein. Ich kannte seine Frau, die in New Orleans wohnte, und wußte, wie verzweifelt sie sein würde, wenn man die Leiche entdeckte. Noch mehr als die Sorge um ihr Schicksal schmerzte mich, daß sie nie erfahren würde, was geschehen, daß ihr Mann nicht betrunken auf der Straße ausgeraubt worden war. Als wir den Körper schlugen und das Gesicht und die Schultern übel zurichteten, wurde ich mehr und mehr erregt. Während dies alles sich abspielte, kam mir der Vampir Lestat wie ein überirdisches Wesen vor, wie ein biblischer Engel. Doch meine Verzauberung wurde auf die Probe gestellt. Ich hatte meine Verwandlung in einen Vampir unter zwei Aspekten gesehen. Der erste war Verzauberung; Lestat hatte mich auf dem Sterbebett überwältigt. Doch der andere war mein Wunsch nach Selbstvernichtung, mein Verlangen nach totaler Verdammung. Das war die offene Tür gewesen, durch die Lestat beim ersten wie beim zweiten Mal eingetreten war. Doch jetzt zerstörte ich nicht mich selber, sondern einen anderen. Den Aufseher, und dazu seine Frau, seine Familie. Ich schrak zurück und hätte Lestat entfliehen mögen, wenn er nicht mit untrüglichem Instinkt gefühlt hätte, was in mir vorging. Mit untrüglichem Instinkt . . .«

Der Vampir grübelte. »Sagen wir, mit dem übermächtigen Instinkt eines Vampirs, dem nicht die geringste Veränderung im Gesichtsausdruck eines Menschen verborgen bleibt. Lestat hatte ein übernatürliches Zeitgefühl. Er drängte mich in den Wagen und trieb die Pferde nach Hause. ›Ich will sterben‹, murmelte ich. ›Dies ist unerträglich. Ich will sterben. Es liegt in deiner Macht, mich zu töten. Laß mich sterben.‹ Ich vermied, ihn anzublicken, um nicht von seiner äußeren Schönheit in Bann geschlagen zu werden. Er nannte mich sanft beim Namen und lachte. Er wollte unbedingt die Plantage haben.«

»Aber hätte er Sie jemals gehen lassen?« fragte der Junge. »Unter allen Umständen?«

»Ich weiß es nicht. So wie ich Lestat jetzt kenne, würde ich sagen, er hätte mich eher umgebracht als mich gehen lassen. Aber das wollte ich ja gerade, verstehst du. Es spielte keine Rolle. Nein, das war, was ich dachte, daß ich wollte . . . Als wir das Haus erreichten, stieg ich aus und schritt willenlos zu der Steintreppe, über die mein Bruder gestürzt war. Das Haus war seit Monaten unbewohnt, da der Aufseher seine eigene Hütte gehabt hatte, und die Feuchigkeit und Hitze Louisianas hatten schon ihr Werk getan. In jeder Spalte sproß Gras und Unkraut. Ich erinnere mich der feuchten Luft, die sich in der Nacht abgekühlt hatte, als ich auf den unteren Stufen saß, meinen Kopf auf die Steine legte und die Wildblumen berührte und ein paar von ihnen pflückte. ›Ich möchte sterben; töte mich!‹ sagte ich zu dem Vampir. ›Jetzt bin ich ein Mörder. Ich kann nicht weiterleben.‹ Er lächelte höhnisch und ungeduldig, wie jemand lächelt, wenn der andere offensichtlich lügt. Und dann warf er sich plötzlich auf mich, wie er sich auf meinen Aufseher geworfen hatte. Ich setzte mich wie im Fieber zur Wehr, schlug um mich und trat ihm vor die Brust; doch er grub die Zähne in meine Kehle. Dann ließ er mich mit einer unglaublich schnellen Bewegung los und stand vor mir am Fuße der Treppe. ›Ich dachte, du wolltest sterben, Louis‹, sagte er verächtlich.«

Der Junge blickte überrascht auf, als der Vampir seinen Namen nannte. Doch dieser sagte nur kurz: »Ja, das ist mein Name«, und fuhr in seiner Erzählung fort.

»Nun, da lag ich also da, hilflos vor meiner eigenen Feigheit und

Dummheit«, sagte er. »Vielleicht hätte ich allmählich den Mut gefunden, mir selber das Leben zu nehmen und nicht andere anzujammern, es für mich zu tun. Ich sah mich im Geist ein Messer ergreifen und mir in die Brust stoßen oder mich die Treppe hinabstürzen und mir das Genick brechen, so wie es meinem Bruder widerfahren war.

Doch es war keine Zeit mehr, Mut zu fassen. Oder besser gesagt, Lestats Pläne ließen mir keine Zeit. ›Hör mir zu, Louis‹, sagte er und streckte sich neben mir auf den Stufen aus, mit so anmutigen Bewegungen, daß ich an einen Liebhaber denken mußte. Ich wich zurück, doch er umfing mich mit dem rechten Arm und zog mich an seine Brust. Nie zuvor war ich ihm so nahe gewesen, und ich konnte im Halbdunkel seine Augen leuchten sehen und sein Gesicht, das wie eine unnatürliche Maske war. Als ich mich rühren wollte, legte er mir die Finger auf die Lippen und sagte: ›Sei still. Ich werde dir jetzt das Blut aussaugen, bis du an die Schwelle des Todes gelangst; und du mußt ruhig sein, so ruhig, daß du glaubst, das Blut durch deine Adern fließen zu hören, so ruhig, daß du hören kannst, wie dein eigenes Blut auch durch meine Adern fließt. Du brauchst deinen Willen, dein ganzes Bewußtsein, um dich am Leben zu erhalten.‹ Ich wollte mich wehren, doch er drückte mich so fest und hielt meinen Körper umfangen, und sobald ich meinen nutzlosen Widerstand aufgab, grub er seine Zähne in meinen Hals.«

Der Junge machte große Augen. Er war mehr und mehr in seinem Stuhl zurückgewichen, während der Vampir erzählte, und jetzt war sein Gesicht angespannt, und er kniff die Augen zusammen, als erwartete er einen Schlag.

»Hast du jemals eine große Menge Blut verloren?« fragte der Vampir. »Kennst du das Gefühl?«

Die Lippen des Jungen formten sich zu einem Nein, doch es kam kein Ton heraus. Er räusperte sich. »Nein«, sagte er schließlich.

»Oben in dem Zimmer, wo wir den Tod des Aufsehers geplant hatten, brannten Kerzen. Auf der Terrasse schwankte eine Öllampe im Nachtwind. Und all dies Licht verschmolz und schimmerte, als ob eine goldene Erscheinung über mir schwebte, und durchdrang das Treppenhaus wie ein feiner Rauch. ›Hör zu und halte deine Augen auf‹, flüsterte Lestat, die Lippen an meinem Hals. Ich erinnere mich, daß sich mir bei der Bewegung seiner Lippen die Haare am ganzen Körper sträubten und mich eine Empfindung durchfuhr, die den Freuden der Lust nicht unähnlich war . . .«

Er grübelte, zwei Finger unter das Kinn gelegt. »In wenigen Minuten war ich wie gelähmt. Entsetzt merkte ich, daß ich mich nicht einmal zwingen konnte zu sprechen. Noch immer hielt mich Lestat umfangen, und sein Arm war wie eine Eisenklammer. Er zog seine Zähne so heftig zurück, daß die beiden schmerzenden Einstiche mir ungeheuer groß erschienen. Und dann beugte er sich über meinen willenlosen Kopf, nahm die rechte Hand von mir und biß sich selber ins Handgelenk. Das Blut schoß heraus und floß mir über Hemd und Rock, und er sah es mit gespannten, leuchtenden Augen fließen. Es kam mir wie eine Ewigkeit vor, und der Lichtschimmer hing jetzt wie ein Heiligenschein hinter seinem Kopf. Ich glaube, ich wußte, was er tun wollte, noch ehe er es tat, und ich wartete in meiner Hilflosigkeit, als hätte ich seit Jahren gewartet. Er drückte sein blutendes Handgelenk an meinen Mund und sagte eindringlich, ein wenig ungeduldig: ›Trink, Louis.‹ Und ich gehorchte. ›Weiter, Louis‹ und ›Schneller‹ flüsterte er mir mehrmals zu. Ich trank das Blut und erlebte zum ersten Mal wieder seit meiner frühesten Kindheit das Vergnügen, Nahrung einzusaugen, Körper und Geist auf nichts als auf die einzige Lebensquelle konzentriert. Dann geschah etwas.« Der Vampir lehnte sich zurück, mit einem leichten Stirnrunzeln.

»Wie jämmerlich, etwas beschreiben zu wollen, was man gar nicht beschreiben kann«, sagte er, fast flüsternd. Der Junge saß wie erstarrt da.

»Ich sah nichts als das Licht, während ich das Blut saugte. Und dann – dann kam . . . ein Ton. Ein dumpfes Dröhnen zuerst, und dann wie das Schlagen einer Trommel, lauter und lauter, wie wenn eine riesenhafte Kreatur langsam durch einen dunklen und fremden Wald auf dich zukommt und dabei eine ungeheure Trommel schlägt. Und dann eine zweite Trommel, als ob ein zweiter Riese hinter dem ersten schritte und jeder seine eigene Trommel schlüge und nicht auf den andern achtete. Das Dröhnen wurde lauter und lauter, bis es nicht nur mein Gehör, sondern alle meine Sinne zu erfüllen schien, und es bebte in meinen Lippen und Fingern, in meinen Schläfen und Adern. Vor allem in den Adern, Trommel gegen Trommel, und dann zog Lestat plötzlich sein Handgelenk weg, und ich öffnete die Augen und ertappte mich dabei, wie ich nach seinem Handgelenk griff und es mit aller Kraft wieder an meinen Mund führte. Und dann wußte ich, daß die erste Trommel mein Herz war und die zweite Trommel sein Herz.« Der Vampir seufzte. »Verstehst du?«

Der Junge begann zu sprechen, und dann schüttelte er den Kopf. »Nein . . . oder vielleicht doch . . . ich meine, ich . . .«, sagte er.

»Natürlich«, sagte der Vampir und blickte beiseite.

»Warten Sie bitte«, sagte der Junge aufgeregt. »Das Band ist fast zu Ende. Ich muß es umdrehen.« Er wechselte es, und der Vampir sah geduldig zu.

»Wie geht es weiter?« fragte der Junge. Sein Gesicht war feucht, und er wischte mit dem Taschentuch darüber.

»Ich sah jetzt mit den Augen eines Vampirs«, fuhr der Vampir fort. Seine Stimme klang abwesend, etwas zerstreut. Dann nahm er sich zusammen. »Lestat stand wieder am Fuße der Treppe, und ich sah ihn, wie ich ihn unmöglich früher gesehen haben konnte. Vorher war er mir weiß erschienen, fahlweiß, so daß er nachts fast durchscheinend wirkte; und jetzt sah ich ihn von seinem eigenen Leben und Blut erfüllt – strahlend, nicht mehr durchscheinend. Und das sah ich: nicht nur Lestat, sondern alles hatte sich verändert.

Es war, als ob ich erst jetzt imstande sei, Farben und Formen zu sehen. Ich war derart verzaubert von den Knöpfen auf Lestats schwarzem Rock, daß ich eine Zeitlang nichts anderes anschauen konnte. Dann lachte Lestat, und ich hörte sein Lachen, wie ich zuvor nichts Ähnliches vernommen hatte. Noch immer hörte ich sein Herz wie eine Trommel schlagen, und nun kam dieses metallische Gelächter hinzu. Es war verwirrend, wie jeder Ton in den nächsten überging, so wie sich nachhallende Glockentöne vermischen, bis ich die Töne zu unterscheiden lernte, sanft, aber bestimmt, das dumpfe Dröhnen und das perlende Gelächter – ein Glockenspiel.« Der Vampir lächelte verzückt. »Wie ein Glockenspiel.«

›Hör auf, meine Knöpfe anzustarren‹, sagte Lestat. ›Geh hinaus unter die Bäume. Entledige dich aller menschlichen Reste in deinem Leib, und verliebe dich nicht zu sehr in die Nacht, damit du nicht den Weg verlierst.‹

Das war eine kluge Anweisung. Als ich den Mond auf den Fliesen sah, war ich davon so bezaubert, daß ich fast eine Stunde dort verbrachte. Ich ging an meines Bruders Kapelle vorbei, ohne einen einzigen Gedanken an ihn, und zwischen den Pappeln und Eichen hörte ich die Nacht wie einen Chor von flüsternden Frauen, die mich an ihre Brust riefen. Die Verwandlung meines Körpers war noch nicht abgeschlossen, und als ich mich an alles das gewöhnte, was ich hörte und sah, begann er zu schmerzen. Ich wurde all meiner menschlichen Säfte beraubt. Ich starb als Mensch und lebte schon als Vampir; und mit meinen neu erwachten Sinnen überwachte ich das Sterben meines Körpers mit Unbehagen und schließlich mit Furcht. Ich lief zurück in das Zimmer, wo sich Lestat schon über die Geschäftsbücher der Plantage hergemacht hatte und die Einnahmen und Ausgaben des letzten Jahres prüfte. ›Du bist ein reicher Mann‹, sagte er, als ich eintrat.

›Mit mir geht etwas vor!‹ rief ich.

›Du stirbst, das ist alles, sei nicht albern. Hast du sonst keine Lampen? Soviel Geld, und du kannst dir nur für diese Laterne Öl leisten? Bring mir die Lampe her.‹

›Ich sterbe!‹ rief ich. ›Ich sterbe!‹

›Das widerfährt jedem‹, sagte er unbeirrt und machte keine Miene, mir zu helfen. Wenn ich daran denke, verachte ich ihn noch immer. Nicht, daß ich mich fürchtete, aber er hätte mich schicklich auf diese Veränderungen aufmerksam machen können, mich beruhigen und mir sagen, ich möge meinen Tod mit der gleichen Faszination betrachten, wie ich die Nacht angeschaut und empfunden hatte. Aber er unterließ es. Lestat war nie ein Vampir wie ich. Durchaus nicht.« Der Vampir sagte das nicht prahlerisch. Er sagte es so, als hätte er es in der Tat anders gemacht.

Der Vampir seufzte. »*Alors*, ich starb schnell, und das bedeutete, daß meine Fähigkeit, mich zu fürchten, ebenso schnell schwand. Ich bedauere nur, daß ich dem Vorgang nicht mehr Aufmerksamkeit schenkte. Lestat erwies sich als ein völliger Dummkopf. ›Oh, um der Hölle willen!‹ rief er. ›Weißt du, daß ich gar nicht für dich vorgesorgt habe? Was bin ich für ein Idiot!‹ Ich war versucht zu sagen, ja, das bist du, doch ich schwieg. ›Du wirst dich heute morgen mit mir schlafen legen müssen. Ich habe dir keinen Sarg besorgt.‹«

Der Vampir lachte. »Der Sarg erregte einen solchen Schrecken in mir, daß ich seitdem über nichts mehr erschrecken konnte. Ich konnte mich nur noch schwach darüber wundern, daß ich mit Lestat einen Sarg teilen sollte. Er war inzwischen in das Schlafzimmer seines Vaters gegangen und sagte dem alten Mann auf Wiedersehen und daß er am Morgen wiederkommen würde. ›Aber wohin gehst du‹, wollte der Alte wissen, ›was ist das für eine Tageseinteilung!‹ Lestat wurde ungeduldig. Bisher war er gütig zu seinem Vater gewesen, so sehr, daß es manchmal fast peinlich war, doch nun wurde er grob. ›Ich kümmere mich um dich, nicht wahr? Du hast durch mich ein besseres Dach über dem Kopf, als ich es je bei dir hatte. Wenn ich Lust habe, den ganzen Tag zu schlafen und nachts zu trinken, dann werde ich es tun, zum Donnerwetter!‹ Der Alte begann zu wimmern. Nur die besondere Erregung, die ich empfand, und die ungewöhnliche Erschöpfung, die mich befallen hatte, hinderten mich, meine Mißbilligung zu äußern. Ich beobachtete die Szene durch die offene Tür, fasziniert von den Farben der Bettdecke und in dem Gesicht des Alten. Die blauen Adern pulsierten unter dem Rosa und Grau des Fleisches, und sogar die gelben Zähne fesselten mich, und ich betrachtete fast hypnotisiert das Beben seiner Lippen. ›So ein guter

Sohn, so ein guter Sohn‹, murmelte er. Natürlich hatte er von der wahren Natur seines Sohnes keine Ahnung. ›Also gut, geh nur. Ich weiß, du hast irgendwo eine Frau; du gehst zu ihr, sobald ihr Mann morgens das Haus verläßt. Gib mir meinen Rosenkranz. Wo ist mein Rosenkranz?‹ Lestat sagte etwas Blasphemisches und gab ihm den Rosenkranz . . .«

»Aber . . .« Der Junge stutzte und wollte etwas sagen.

»Ja?« sagte der Vampir. »Ich fürchte, ich lasse dich nicht genug Fragen stellen.«

»Ich wollte fragen – Rosenkränze haben doch Kreuze, nicht wahr?«

»Ach, das Gerede von den Kreuzen!« Der Vampir lachte. »Du meinst, wir fürchten uns vor Kreuzen?«

»Sie können den Anblick nicht ertragen, dachte ich.«

»Unsinn, mein Freund, der reine Unsinn. Ich kann anblicken, was ich will. Und Kreuze sehe ich besonders gern.«

»Und was hat es mit den Schlüssellöchern auf sich? Daß Sie . . . sich in Dampf verwandeln und hindurchgehen?«

»Ich wollte, ich könnte es«, sagte der Vampir lachend. »Es wäre wirklich reizend. Wie gern würde ich durch die verschiedensten Schlüssellöcher schlüpfen und ihre besonderen Formen auskosten. Nein.« Er schüttelte den Kopf. »Das ist . . . wie würde man heute sagen – Quatsch?«

Der Junge mußte lachen. Dann wurde sein Gesicht ernst.

»Nur nicht so schüchtern«, sagte der Vampir. »Was gibt es noch?«

Der Junge errötete. »Die Geschichte von den Stäben – die durch das Herz gestochen werden . . .«

»Ebenfalls Quatsch«, sagte der Vampir und betonte das Wort so, daß der Junge lächeln mußte. »Keinerlei magische Kräfte. Warum willst du nicht eine Zigarette rauchen? Ich sehe, du hast welche in der Hemdtasche.«

»Ach ja, danke«, sagte der Junge, als wäre es ein wunderbarer Vorschlag. Aber als er die Zigarette zwischen den Lippen hielt, zitterten seine Hände und das Streichholz zerbrach.

»Gestatte«, sagte der Vampir, nahm ihm die Streichhölzer ab und zündete die Zigarette an. Der Junge tat einen Zug, die Augen auf den Fingern des Vampirs, der sich mit einem leisen Rascheln seiner Kleidung auf die andere Seite des Tischs zurückzog. »Auf dem Waschbecken steht ein Aschenbecher«, sagte der Vampir, und der Junge stand nervös auf, ihn zu holen. Er starrte auf die wenigen Zigarettenkippen darin, und als er den kleinen Papierkorb erblickte, leerte er den Aschenbecher aus und stellte ihn schnell auf den Tisch. Seine Finger hinterließen feuchte Spuren auf der Zigarette, als er sie ausdrückte. »Ist dies Ihr Zimmer?« fragte er.

»Nein. Nur irgendein Zimmer.«

»Was geschah weiter?« fragte der Junge.

Der Vampir schien damit beschäftigt, dem Rauch nachzuschauen, der sich unter der elektrischen Birne kräuselte. »Ja ... wir kehrten schnellstens nach New Orleans zurück. Lestat hatte seinen Sarg in einem armseligen Zimmer bei den Festungswällen.«

»Und Sie legten sich in diesen Sarg?«

»Mir blieb nichts anderes übrig. Ich bat Lestat, mich in der Kammer schlafen zu lassen, aber er lachte nur und fragte mich erstaunt: ›Weißt du nicht, was du bist?‹ ›Aber muß denn alles so naturgetreu sein?‹ fragte ich, und er lachte noch mehr. Ich konnte die Vorstellung nicht ertragen, doch während wir noch darüber stritten, merkte ich, daß ich gar keine wirkliche Angst hatte. Es war seltsam – mein ganzes Leben hatte ich geschlossene, enge Räume gefürchtet. Ich war in französischen Häusern mit hohen Decken und bis zum Boden reichenden Fenstern geboren und aufgewachsen und haßte es, eingeschlossen zu sein. Auch im Beichtstuhl in der Kirche fühlte ich mich beengt – nun, es war eine verständliche Angst. Und jetzt, während ich gegen Lestat aufbegehrte, merkte ich, daß ich dieses Gefühl ganz verloren hatte. Es war nur noch die Erinnerung daran, die Gewohnheit, denn ich war mir noch nicht meiner gegenwärtigen unbeschwerten Freiheit bewußt. ›Du benimmst dich schlecht‹, sagte Lestat schließlich. ›Und fast dämmert es schon. Ich sollte dich sterben lassen. Die Sonne wird das Blut aufzehren, das ich dir gegeben habe, in allen Adern, allen Geweben, und du wirst sterben, du weißt es. Aber du solltest diese Furcht nicht haben. Du bist wie einer, der ein Bein oder einen Arm verloren hat und behauptet, er fühle Schmerz, wo das Glied gewesen ist.‹ Nun, das war tatsächlich das Vernünftigste, was Lestat je in meiner Gegenwart gesagt hat, und es stimmte mich sofort um. ›Also, ich lege mich jetzt in den Sarg‹, sagte er schließlich geringschätzig, ›und du wirst dich auf mich legen, wenn du weißt, was dir guttut.‹ Und ich tat es. Ich lag mit dem Gesicht nach unten auf ihm, ganz verwirrt, daß ich so gar keine Angst hatte, nur von Widerwillen erfüllt, ihm so nahe zu sein, wie schön und verlockend er auch sein mochte. Und er schloß den Deckel. Dann fragte ich ihn, ob ich schon vollständig tot sei. Es juckte und kribbelte mich am ganzen Körper. ›Nein, noch nicht‹, sagte er. ›Wenn du es bist, hörst und siehst du die Veränderung, aber du fühlst nichts. Wenn es wieder Nacht wird, bist du tot. Schlafe jetzt.‹ «

»Und hatte er recht? Waren Sie ... tot, als Sie aufwachten?«

»Ja, verändert, sollte ich sagen. Da ich offensichtlich lebe. Mein Leib war gestorben. Er war noch nicht völlig von den Stoffen und Flüssigkeiten gereinigt, die er nicht mehr brauchte, aber er war schon tot. Und als es mir bewußt wurde, erreichte ich eine neue Stufe in meiner Loslösung von menschlichen Empfindungen. Das erste, was ich erkannte, während wir den Sarg in einen Leichenwagen luden und einen anderen aus einer Leichenhalle stahlen, war, daß ich Lestat durchaus nicht leiden konnte. Noch war ich weit davon entfernt, ihm gleich zu sein, doch war ich ihm nun unendlich näher als vor dem Tod meines Leibes. Ich kann es dir wirklich nicht erklären, aus dem einfachen Grund, weil du jetzt so bist, wie ich war, bevor mein Leib starb. Du wirst es nicht verstehen. Doch bevor ich starb, war Lestat zweifellos das überwältigendste Erlebnis gewesen, das ich je gehabt hatte. Deine Zigarette ist ganz zu Asche gebrannt.«

»Oh!« Der Junge drückte sie aus. »Sie meinen, als die Kluft zwischen Ihnen geschlossen war, hat er seinen ... Zauber verloren?« fragte er, die Augen auf den Vampir geheftet, während er eine neue Zigarette herausnahm und anzündete.

»Ja, das ist richtig«, antwortete der Vampir mit offensichtlichem Vergnügen. »Die Fahrt zurück nach Pointe du Lac war aufregend. Doch Lestats unaufhörliches Geschwätz war entschieden das Langweiligste und Deprimierendste. Natürlich war ich, wie ich sagte, ihm noch lange nicht gleich; ich mußte mit meinen toten Gliedern fertig werden ... um seinen Vergleich zu gebrauchen. Und ich lernte es noch am selben Abend, als ich zum ersten Mal töten mußte.«

Der Vampir streckte den Arm über den Tisch aus und streifte etwas Asche vom Anzug des Jungen, und der Junge starrte erschreckt auf die Hand, als der Vampir sie wieder zurückzog. »Entschuldige«, sagte der Vampir, »ich wollte dich nicht erschrecken.«

»Ich muß um Entschuldigung bitten«, antwortete der Junge. »Ich hatte nur soeben den Eindruck, daß Ihr Arm ... ungewöhnlich lang ist. Sie haben über den Tisch gelangt, ohne sich vorzubeugen.«

»Nein«, sagte der Vampir und legte seine Hände wieder auf die übereinandergeschlagenen Knie. »Ich habe mich so schnell vorgebeugt, daß du es nicht sehen konntest. Es war eine Sinnestäuschung.«

»Sie haben sich vorgebeugt? Aber nein. Sie haben gesessen, so wie Sie jetzt sitzen, mit dem Rücken an der Stuhllehne.«

»Nein«, erwiderte der Vampir bestimmt, »ich habe mich vorgebeugt, wie ich dir sagte. Paß auf, ich tue es noch einmal.« Und er wiederholte es, und der Junge starrte ihn mit der gleichen Mischung von Bestürzung und Furcht an. »Du hast es immer noch nicht gesehen«, sagte der Vampir. »Aber, siehst du, wenn du meinen ausgestreckten Arm betrachtest, ist er wirklich nicht so besonders lang.« Und er hob den Arm und wies mit dem Zeigefinger nach oben, als wäre er ein Engel, der Gottes Wort verkündet. »Du hast soeben einen grundlegenden Unterschied erfahren zwischen der Art, wie du siehst, und der, wie ich sehe. Mir erschien die Bewegung, die ich machte, langsam und ein wenig schlaff. Und das Geräusch, das mein Finger machte, als er deinen Rockaufschlag berührte, war deutlich zu hören. Nun, ich wollte dich nicht erschrecken, glaube mir. Aber vielleicht kannst du daraus sehen, daß meine Rückfahrt nach Pointe du Lac ein Fest für die Sinne war, voller neuer Erlebnisse – schon das Wiegen eines Zweiges im Wind war ein Vergnügen.«

»Ja«, sagte der Junge, doch sichtlich noch erschüttert. Der Vampir sah ihn einen Augenblick an und sagte dann: »Ich wollte dir gerade erzählen . . .«

»Wie Sie zum ersten Mal töteten«, ergänzte der Junge.

»Ja. Doch sollte ich vorausschicken, daß die Plantage in einem chaotischen Zustand war. Man hatte die Leiche des Aufsehers entdeckt und den blinden, alten Mann im Schlafzimmer des Hausherrn. Niemand konnte sich erklären, wie er dahin gekommen war. Und keiner hatte mich in New Orleans finden können. Meine Schwester hatte die Polizei verständigt, und einige Beamte erwarteten mich in Pointe du Lac. Es war natürlich schon ziemlich dunkel, und Lestat erläuterte mir schnell, ich solle mich, besonders in dem gegenwärtig außergewöhnlichen Zustand meines Körpers, nicht von der Polizei sehen lassen, auch nicht beim geringsten Lichtschimmer; und so sprach ich mit ihnen in der Eichenallee vor dem Haus und überhörte ihre Aufforderungen, mit ihnen hineinzugehen. Ich erklärte, ich sei die vorige Nacht in Pointe du Lac gewesen, und der blinde Alte sei mein Gast. Was den Aufseher betraf, so sei er an dem Abend in Geschäften nach New Orleans gefahren.

Nachdem dies erledigt war, wobei mir vorzüglich zustatten kam, daß ich jetzt über den Dingen stand, blieb das Problem der Plantage selber. Meine Sklaven waren völlig durcheinander, und den ganzen Tag war nicht gearbeitet worden. Wir hatten damals einen großen Betrieb zur Anfertigung von Indigofarbe, der unter der Leitung des Aufsehers gestanden hatte. Er war mir unentbehrlich erschienen, obwohl ich einige äußerst intelligente Sklaven besaß, die seine Arbeit längst hätten übernehmen können, wenn ich ihre Intelligenz erkannt hätte und nicht vor ihrem afrikanischen Aussehen und Gehabe zurückgeschreckt wäre. Jetzt prüfte ich sie genau, übergab ihnen die Leitung des Betriebes und versprach dem Besten das Haus des bisherigen Aufsehers. Zwei junge Frauen wurden vom Feld ins Haus geholt, damit sie sich um Lestats Vater kümmerten, und ich sagte ihnen, ich dürfe auf keinen Fall gestört werden, und ich würde sie extra belohnen, wenn sie mich und Lestat völlig in Ruhe ließen. Damals erkannte ich nicht, daß diese Sklaven als erste – und vielleicht als einzige – argwöhnten, daß Lestat und ich keine natürlichen Geschöpfe waren; ich wußte nicht, daß sie im Umgang mit dem Übernatürlichen viel erfahrener waren als Weiße. In meiner eigenen Unerfahrenheit hielt ich sie immer noch für kindhafte Wilde, von der Sklaverei kaum gezähmt. Das war ein grober Fehler. Aber ich will in meiner Geschichte fortfahren. Ich war dabei, dir zu erzählen, wie ich zum ersten Mal tötete ... Lestat hat es mit dem ihm eigenen Mangel an Vernunft verpfuscht.«

»Verpfuscht?« fragte der Junge.

»Ich hätte nicht mit Menschen beginnen sollen. Aber das mußte ich allein lernen. Nachdem wir die Sache mit der Polizei und den Sklaven in Ordnung gebracht hatten, trieb Lestat uns Hals über Kopf ins Moor. Es war sehr spät, die Hütten der Sklaven lagen im Dunkel, und bald sahen wir die Lichter von Pointe du Lac nicht mehr. Ich wurde sehr aufgeregt – es war wieder das gleiche: Erinnerung an alte Ängste, Verwirrung. Hätte Lestat eine Spur Verstand besessen, dann hätte er mir die Sache ruhig und geduldig erklären können – daß ich das Moor nicht zu fürchten brauchte, daß mir Schlangen und Insekten nichts anhaben konnten und daß ich mich auf meine neue Fähigkeit, im Dunkeln zu sehen, konzentrieren müsse. Statt dessen irritierte er mich mit Verwünschungen. Er war nur auf unsere Opfer bedacht und darauf, mit meiner Einweihung möglichst schnell fertig zu werden.

Und als wir schließlich auf unsere Opfer stießen, drängte er mich zur Tat. Es war ein kleines Lager geflohener Sklaven. Lestat hatte sie schon vorher aufgesucht und sich vielleicht über ein Viertel von ihnen hergemacht, indem er im Dunkeln wartete, bis einer das Feuer verließ, oder sie im Schlaf überfiel. Sie wußten absolut nichts von Lestats Gegenwart. Wir mußten eine gute Stunde warten, ehe einer der Männer – es waren alles Männer – die Lichtung verließ und ein paar Schritte zwischen die Bäume hineinging, um seine Notdurft zu verrichten. Lestat packte mich an der Schulter und sagte: ›Greif ihn!‹ « Der Vampir lächelte, als er sah, wie der Junge große Augen machte. »Ich glaube, ich war ebenso von Grauen gepackt, wie du es gewesen wärest«, sagte er. »Damals wußte ich nicht, daß ich auch Tiere statt Menschen töten konnte. Ich sagte schnell, ich könnte ihn unmöglich nehmen. Der Sklave hörte mich sprechen, drehte sich um, den Rücken dem Feuer zugekehrt, und äugte ins Dunkel. Dann zog er schnell und geräuschlos ein langes Messer. Er war nackt bis zum Gürtel, ein hochgewachsener, kräftiger junger Mann. Er sagte etwas auf patois und trat vorwärts. Obwohl ich ihn deutlich erkannte, vermochte er uns nicht zu sehen. Lestat sprang ihn mit verblüffender Geschwindigkeit von hinten an, packte ihn im Nacken und hielt ihm den linken Arm fest. Der Sklave schrie auf und versuchte Lestat abzuschütteln, der ihm nun seine Zähne in den Hals grub. Der Sklave erstarrte, wie von einer Schlange gebissen, und stürzte auf die Knie, während Lestat in vollen Zügen trank. Die anderen Sklaven kamen herbeigelaufen. ›Du machst mich krank‹, sagte Lestat, als er wieder bei mir war. Es war, als seien wir schwarze Insekten, unsichtbar in der Nacht. Wir sahen, wie die Sklaven den Verwundeten entdeckten und ihn nach Hause zogen; dann schwärmten sie in den Wald aus, um den Angreifer zu suchen. ›Komm, wir müssen uns noch einen holen, ehe sie alle ins Lager zurückkehren‹, sagte Lestat. Und schnell machten wir uns hinter einem her, der ein wenig abseits war. Ich war noch schrecklich aufgeregt, überzeugt, ich brächte es nicht fertig, einen Menschen anzugreifen, und fühlte auch nicht das Verlangen dazu. Wie ich schon erwähnte, gab es mancherlei, was Lestat hätte sagen und tun können. Er hätte in vieler Beziehung das Erlebnis bereichern können. Doch er unterließ es.«

»Wie hätte er es tun können?« fragte der Junge. »Was meinen Sie?«

»Töten ist keine alltägliche Handlung«, sagte der Vampir. »Es ist nicht nur so, daß man sich am Blut satt trinkt.« Der Vampir schüttelte den Kopf. »Man erfährt das Leben eines anderen, und auch das Dahinschwinden dieses Lebens durch das Blut. Für mich ist es immer wieder die Erinnerung an das Vergehen meines eigenen Lebens, an damals, als ich das Blut aus Lestats Adern saugte und sein und mein Herz schlagen hörte. Es ist immer wieder das feierliche Begehen dieses Erlebnisses; denn für Vampire ist dies das entscheidende Erlebnis.« Er sagte es ernst und nachdrücklich, als diskutiere er mit jemand, der eine andere Ansicht hatte. »Ich glaube, Lestat hat das nie richtig erkannt, obwohl ich nicht weiß, warum. Etwas ahnte er schon, aber sehr wenig, glaube ich, von dem, was man davon wissen muß. Jedenfalls nahm er sich nicht die Mühe, mich jetzt daran zu erinnern, was ich gefühlt, da ich mich, als gelte es das Leben, an sein Handgelenk geklammert hatte und es nicht hatte loslassen wollen, oder sorgfältig eine Gelegenheit zu wählen, wo ich meine erste Tötung mit Maß und Würde hätte erleben mögen. Statt dessen stürzte er sich kopfüber in die Sache, als sei es eine Angelegenheit, die man so rasch wie möglich hinter sich bringen müsse. Als er sich des Sklaven bemächtigt hatte, hielt er ihm den Mund zu und entblößte seinen Hals. ›Tu's‹, sagte er. ›Du kannst nicht mehr zurück.‹ Von Ekel erfüllt und wie gelähmt gehorchte ich, kniete neben dem sich wehrenden Mann und schlug, beide Hände fest auf seine Schultern gepreßt, die Zähne in seinen Hals. Meine Zähne waren noch nicht ganz die eines Vampirs, und ich mußte sein Fleisch zerreißen, statt es zu durchbohren; doch als erst die Wunde gerissen war, floß das Blut. Und als es geschah, als ich darin versunken war und trank, nichts als trank ... da verschwand alles andere.

Lestat und das Moor und der Lärm des nahen Lagers bedeuteten mir nichts mehr. Lestat hätte ein Insekt sein können, summend, aufleuchtend und wieder verlöschend. Das Blutsaugen hypnotisierte mich; das warme Aufzucken des Mannes beruhigte meine verkrampften Hände; und dann hörte ich wieder die Trommel dröhnen, den Herzschlag des Mannes, doch diesmal schlug es im Einklang mit dem Trommelschlag meines eigenen Herzens, und beide erklangen in jeder Faser meines Wesens, bis der Schlag langsamer und langsamer wurde, bis es nur noch ein sanftes Grollen war, das kein Ende zu nehmen schien. Ich wurde schläfrig und fühlte mich gewichtslos, bis Lestat mich rüttelte. ›Er ist tot, du Idiot‹, sagte er mit dem ihm eigenen Charme und Takt. ›Man trinkt nicht mehr, sobald sie tot sind. Merke dir das!‹ Ich war einen Augenblick außer mir und beteuerte, des Mannes Herz schlüge noch, und klammerte mich wie in Todesverzweiflung wieder an ihn. Ich befühlte seine Brust und griff nach seinen Handgelenken und hätte mich in seine Adern verbissen, wenn nicht Lestat mich wieder auf die Füße gestellt und mir ins Gesicht geschlagen hätte. Dieser Schlag war erstaunlich; er tat nicht weh, nicht im gewöhnlichen Sinne, es war ein aufregender Schock anderer Art, eine Entrückung der Sinne, so daß ich mich verwirrt herumwarf und hilflos in die Nacht starrte, die wie ein Insektenschwarm in meinen Ohren summte. ›Du wirst sterben, wenn du das tust‹, sagte Lestat. ›Er zieht dich in den Tod, wenn du dich an den Toten klammerst. Du hast schon zuviel getrunken, dir wird übel werden.‹ Seine Stimme tat mir in den Ohren weh; ich hätte mich am liebsten auf ihn geworfen, doch er hatte recht: Ich fühlte einen mahlenden Schmerz im Magen, als zöge ein Strudel an meinen Eingeweiden. Es war das fremde Blut, das zu schnell in mein eigenes floß, aber das wußte ich damals noch nicht. Lestat bewegte sich jetzt durch die Nacht wie eine Katze, und ich folgte ihm, mit dröhnendem Kopf und schmerzendem Magen.

Als wir im Salon von Pointe du Lac waren, legte sich Lestat eine Patience auf der polierten Tischplatte, und ich sah ihm mit Verachtung zu. Er murmelte unsinniges Zeug: Ich würde mich an das Töten gewöhnen, sagte er, es sei eine Kleinigkeit; ich dürfe mich nur nicht erschüttern lassen, noch zu sehr sei ich im irdischen Wirrwarr befangen, doch schnell genug würde ich mit dem Ablauf der Dinge vertraut sein. ›Glaubst du wirklich‹, fragte ich, doch seine Antwort interessierte mich kaum. Jetzt verstand ich den Unterschied zwischen ihm und mir. Für mich war das Erlebnis des Tötens ein völliger Umsturz, so wie es gewesen war, als ich an Lestats Adern saugte. Diese Erlebnisse überwältigten mich und veränderten die Anschauung der Dinge um mich derart – vom Bilde meines Bruders an der Wand bis zu dem Anblick eines einzelnen Sternes durch die oberste Scheibe des hohen Glasfensters –, daß ich mir nicht vorstellen konnte, ein anderer Vampir hielte das alles für selbstverständlich. Ich hatte mich gewandelt, für immer; ich wußte es. Und was ich fühlte, zutiefst fühlte, für alles, sogar für das Rascheln der Spielkarten, als sie aufeinandergelegt wurden, war Achtung. Lestat empfand das Gegenteil, wenn er überhaupt etwas empfand; er war aus zu grobem Stoff, als daß je etwas Feines aus ihm hätte werden können. Langweilig, trivial und mißmutig wie irgendein Sterblicher, schwatzte er über unsere ›Jagd‹, schmälerte er mein Erlebnis, verschlossen gegen jede andere Erfahrung außer seiner eigenen. Gegen Morgen erkannte ich, daß ich ihm völlig überlegen war und schmählich betrogen, ihn als Lehrer zu haben. Er mußte mir die notwendigen Lektionen erteilen, wenn es noch etwas zu lernen gab, und ich mußte in ihm eine Geistesverfassung tolerieren, die dem Leben gegenüber blasphemisch war. Er ließ mich kalt; ich hatte keine Verachtung für ihn, sondern nur Hunger nach einem neuen Erlebnis, das schön und ebenso niederschmetternd war wie mein erster Mord. Und ich sah, daß ich beim Lernen meine eigenen Kräfte gebrauchen müsse, wenn ich jedes Erlebnis auf ein Höchstmaß bringen wollte. Lestat konnte mir dabei nichts nützen.

Es war lange nach Mitternacht, als ich endlich aufstand und auf die Terrasse hinaustrat. Der Mond stand groß über den Zypressen, und das Licht der Kerze drang durch die geöffneten Türen. Die dickverputzten Säulen und Wände des Hauses waren neu getüncht und der Dielenboden frisch gefegt worden, und ein Sommerregen hatte die Nacht erfrischt und funkelnde Tropfen hinterlassen. Ich lehnte mich an einen Pfeiler der Terrasse; die zarten Ranken eines Jasminstrauchs, der dort mit einer Glyzinie um die Wette wuchs, berührten meine Stirn, und ich dachte daran, was vor mir lag in der Welt und in der Zeit, und beschloß, behutsam und ehrfürchtig vorzugehen und von jedem Ding zu lernen, wie es mich am besten zu einem anderen weiterführte. Ich war nicht ganz sicher, was ich damit meinte, aber du verstehst mich vielleicht, wenn ich sage, daß ich mich nicht kopfüber in das Erlebnis stürzen wollte und daß das, was ich als Vampir empfand, viel zu mächtig war, um vergeudet zu werden?«

»Ja«, sagte der Junge eifrig. »Es klingt, wie wenn man verliebt ist.«

Die Augen des Vampirs leuchteten. »Ganz recht. Es ist wie Liebe«, sagte er lächelnd. »Und ich schildere dir meine Gemütsverfassung in jener Nacht, damit du die tiefsten Unterschiede zwischen Vampiren kennenlernst, und wie sich meine Einstellung zu Lestat änderte. Ich habe nicht die Nase über ihn gerümpft, weil er aus seinen Erlebnissen nichts zu machen verstand; ich konnte nur einfach nicht begreifen, wie man solche Gefühle vergeuden konnte. Aber dann tat Lestat etwas, um mir zu zeigen, wie ich lernen sollte.

Er hatte ein mehr als oberflächliches Verständnis für die Schätze von Pointe du Lac. Ihm gefiel das edle Porzellan, in dem seinem Vater das Abendessen serviert wurde; er liebte es, die Samtvorhänge anzufassen oder die Teppichmuster mit dem Zeh nachzuzeichnen. Und jetzt nahm er aus dem Geschirrschrank ein Kristallglas und sagte: ›Ich habe keine so schönen Gläser.‹ Doch sagte er es mit einem so boshaften Vergnügen, daß ich ihn genau ins Auge faßte. Er war mir im höchsten Grade unsympathisch. ›Ich möchte dir einen kleinen Trick zeigen‹, sagte er. ›Das heißt, wenn du Gläser magst.‹ Er stellte es auf den Tisch, kam zu mir heraus auf die Terrasse und nahm die Haltung eines anschleichenden Raubtieres an. Die Augen durchdrangen das Dunkel hinter den Lichtern des Hauses und spähten unter das Geäst der Eichen. Im Nu sprang er auf das Geländer und ließ sich sacht hinunter, dann schoß er in die Finsternis und fing etwas mit beiden Händen. Als er vor mir stand, erkannte ich mit Widerwillen eine Ratte. ›Sei kein so verdammter Idiot‹, sagte er. ›Hast du noch nie eine Ratte gesehen?‹ Es war eine große, zappelnde Feldratte mit einem langen Schwanz. Er hielt sie im Nacken fest, so daß sie nicht beißen konnte. ›Ratten können recht lecker sein‹, fuhr er fort, trug das Tier zu dem Weinglas, schlitzte ihm die Kehle auf und füllte das Glas schnell mit ihrem Blut. Die Ratte flog anschließend über das Geländer der Terrasse, und Lestat hielt das Glas triumphierend vor den Leuchter. ›Es kann sehr gut möglich sein, daß du von Zeit zu Zeit von Ratten leben mußt, also mach nicht so ein Gesicht‹, sagte er. ›Ratten, Hühner oder sonstiges Vieh. Auf einer Schiffsreise zum Beispiel tust du gut daran, dich von Ratten zu ernähren, wenn du nicht eine solche Panik verursachen willst, daß sie deinen Sarg suchen. Du tust verdammt gut daran, das Schiff von Ratten zu säubern.‹ Und dann schlürfte er das Blut so genüßlich, als wäre es Burgunder. Er verzog dabei das Gesicht. ›Es wird so schnell kalt.‹

›Meinst du wirklich, wir können von Tieren leben?‹ fragte ich.

›Ja.‹ Er trank aus und warf das Glas gleichmütig in den Kamin. Ich starrte die Scherben an. ›Nimmst du es mir übel?‹ fragte er und wies mit einem sarkastischen Lächeln auf das zerbrochene Glas. ›Ich hoffe nicht, weil du nicht viel machen könntest, wenn es so wäre.‹

›Ich kann dich und deinen Vater aus Pointe du Lac hinauswerfen, wenn ich es übelnehme‹, antwortete ich. Das war, glaube ich, das erste Mal, daß ich meine Verstimmung zeigte.

›Warum solltest du das tun?‹, fragte er spöttisch. ›Du weißt noch nicht alles . . . nicht wahr?‹ Er lachte und ging langsam im Zimmer auf und ab. Dann glitt er mit den Fingern über den glänzenden Spinettdeckel. ›Spielst du?‹ fragte er.

Ich sagte etwas wie ›Rühr es nicht an!‹, und er lachte mich aus.

›Ich rühre es an, wenn ich Lust habe!‹ sagte er. ›Du kennst zum Beispiel nicht alle Möglichkeiten zu sterben. Und es wäre doch so ein Jammer, wenn du jetzt sterben müßtest, nicht wahr?‹

›Es wird ja noch jemand anderen in der Welt geben, der mich diese Dinge lehren kann‹, erwiderte ich. ›Du bist bestimmt nicht der einzige Vampir. Und dein Vater ist erst an die siebzig. Du kannst noch nicht lange Vampir sein, also muß dich jemand unterwiesen haben . . .‹

›Und du meinst, daß du allein andere Vampire finden kannst? Sie würden dich kommen sehen, mein Freund, aber du würdest sie nicht sehen. Nein, ich glaube, du hast kaum eine andere Wahl, so wie die Dinge jetzt stehen. Ich bin dein Lehrer, und du brauchst mich und kannst nicht viel anderes machen. Und wir haben beide Leute, um die wir uns kümmern müssen. Mein Vater braucht einen Arzt, und du hast deine Mutter und Schwester. Hab bloß keine sterblichen Anwandlungen und erzähle ihnen, daß du ein Vampir bist. Du brauchst nur für sie und meinen Vater zu sorgen; das heißt, daß du dich am besten morgen nacht fleißig ans Töten machst und danach an deine Plantage. Und jetzt zu Bett. Wir werden beide im selben Zimmer schlafen; es ist weniger riskant.‹

›Nein, du kannst dir dein Schlafzimmer selber suchen‹, sagte ich. ›Ich denke nicht daran, mit dir im gleichen Zimmer zu schlafen.‹

Er wurde wütend. ›Mach keine Dummheiten, Louis. Ich warne dich. Du kannst nichts zu deinem Schutz tun, wenn die Sonne aufgeht, nichts. Getrennte Zimmer bedeuten getrennte Sicherheit, doppelte Vorkehrungen und die doppelte Möglichkeit, bemerkt zu werden.‹ Er sprach noch ein Dutzend Drohungen aus, um mich gefügig zu machen, doch hätte er ebensogut zu den Wänden reden können. Ich sah ihn aufmerksam an, aber ich hörte ihm nicht zu. Er kam mir dumm und schwach vor, wie aus trockenen Zweigen gemacht, mit einer dünnen, nörgelnden Stimme. ›Ich schlafe allein‹, sagte ich und begann, die Kerzenflammen zu löschen. ›Es ist fast Morgen!‹ sagte er beharrlich.

›So schließ dich ein‹, sagte ich, hob meinen Sarg auf die Schulter und trug ihn die Steintreppe hinunter. Ich hörte, wie die Glastüren verschlossen, die Vorhänge zugezogen wurden. Der Himmel war bleich, doch noch von Sternen übersät, und ein neuer feiner Regen wurde vom Fluß herübergeweht und sprenkelte die Fliesen. Ich ging zu meines Bruders Kapelle, schob die Rosen und Dornen beiseite, die den Eingang fast verschlossen, öffnete die Tür und setzte den Sarg auf den Steinboden vor das Betpult. Ich konnte fast die Heiligenbilder an den Wänden erkennen. ›Paul‹, sagte ich leise, ›zum ersten Mal in meinem Leben fühle ich nichts für dich, nichts für deinen Tod; und zum ersten Mal fühle ich alles für dich, fühle den Schmerz deines Verlustes, so wie ich nie zuvor ein Gefühl gekannt habe.‹ Siehst du . . .«

Der Vampir wandte sich dem Jungen zu. »Zum ersten Mal war ich nun ganz und gar ein Vampir. Ich schloß die Holzläden vor den kleinen vergitterten Fenstern und verriegelte die Tür. Dann stieg ich in den mit Seide ausgeschlagenen Sarg – ich konnte den Glanz des Stoffes in der Dunkelheit kaum erkennen – und schloß mich selber ein. So wurde ich ein Vampir.«

Und da waren Sie also«, sagte der Junge nach einer Pause, »mit einem anderen Vampir zusammen, den Sie haßten.«

»Aber ich mußte bei ihm bleiben«, antwortete der Vampir. »Wie ich dir schon sagte, war ich ihm gegenüber sehr im Nachteil. Er wies darauf hin, daß es vieles gab, was ich nicht wußte und wissen mußte, und daß er allein es mich lehren konnte. Doch tatsächlich war das meiste davon rein praktischer Art und nicht so schwer zu begreifen. Zum Beispiel, wie wir auf einer Schiffsreise unsere Särge so transportieren lassen müßten, als enthielten sie die sterblichen Reste lieber Angehöriger, die zum Begräbnis geschickt wurden; wie niemand wagen würde, einen solchen Sarg zu öffnen, und wie wir nachts herauskommen würden, um auf dem

Schiff Ratten zu jagen – alles Dinge dieser Art. Und dann kannte er Läden und Kaufleute, die uns nach den Geschäftsstunden empfingen, um uns nach der feinsten Pariser Mode auszustatten, und Agenten, die mit uns bereitwillig in Restaurants und Nachtlokalen finanzielle Transaktionen abschlossen. Und in all diesen weltlichen Angelegenheiten war Lestat ein hinlänglicher Lehrer. Was für eine Sorte Mensch er bei Lebzeiten gewesen war, wußte ich nicht und kümmerte mich nicht; doch nun gehörte er trotz allen Anscheins derselben Klasse an wie ich, was mir, bis auf die Tatsache, daß es unser Leben etwas reibungsloser verlaufen ließ, als es sonst wohl verlaufen wäre, wenig bedeutete. Er hatte einen untadeligen Geschmack, wenn auch meine Bibliothek ihm nur ›ein Haufen Staub‹ war und er mehr als einmal wütend wurde, wenn er mich ein Buch lesen oder irgendwelche Beobachtungen in ein Tagebuch schreiben sah. ›Das ist vergänglicher Unsinn‹, pflegte er dann zu sagen, während er zugleich so viel von meinem Geld ausgab, um Pointe du Lac prachtvoll einzurichten, daß sogar ich, der sich nichts aus Geld machte, zusammenzuckte. Und wenn es galt, Besucher in Pointe du Lac aufzunehmen und zu bewirten – diese unseligen Reisenden, die zu Pferd oder im Wagen die Straße am Fluß hinaufkamen und um Unterkunft für eine Nacht baten und Empfehlungsschreiben von Beamten in New Orleans oder von anderen Plantagenbesitzern vorzeigten –, zu diesen war er so höflich und freundlich, daß es auch leichter für mich wurde, der ich so hoffnungslos mit ihm verbunden war und zugleich so maßlos abgestoßen von seiner Gemeinheit.«

»Aber er hat doch diesen Leuten nichts getan?« fragte der Junge.

»O doch, sehr oft. Aber ich will dir ein kleines Geheimnis verraten, wenn ich darf, das nicht nur für Vampire gilt, sondern auch für Offiziere, Generäle und Könige: Die meisten von uns würden lieber jemand sterben sehen, als zu wissen, daß er unter unserem Dach unhöflich behandelt wird. Seltsam, nicht? Aber sehr wahr, ich versichere es dir. Daß Lestat jede Nacht auf Menschenjagd war, wußte ich. Aber wäre er häßlich oder grausam zu meiner Familie gewesen, zu meinen Gästen oder meinen Sklaven, ich hätte es nicht geduldet. Doch das war er nicht. Er schien sogar von den Besuchern besonders entzückt zu sein und sagte, wir dürften keine Ausgaben scheuen, wenn es unsere Familien beträfe. Und mir schien, als überschütte er seinen Vater in einem geradezu lächerlichen Maße mit Luxus. Immer wieder mußte man dem alten blinden Mann sagen, wie schön und teuer seine Bettjacken und Schlafröcke seien und was für kostbare Vorhänge man jetzt wieder an seinem Bett angebracht habe und was für erlesene französische und spanische

Weine wir im Keller hätten und wieviel die Plantage sogar in schlechten Jahren einbrächte, als schon überall die Rede davon war, man solle die Indigoproduktion aufgeben und lieber Zucker pflanzen. Dann wieder schnauzte er seinen Vater an, wie ich es schon erwähnte, und redete sich so in Wut, daß der Greis wie ein Kind zu wimmern anfing. ›Sorge ich nicht großzügig wie ein Graf für dich?‹ rief er. ›Befriedige ich nicht alle deine Bedürfnisse? Hör auf, darüber zu wimmern, daß *du* nicht in die Kirche oder zu alten Freunden gehen kannst. So ein Unsinn! Deine alten Freunde sind längst tot. Warum stirbst du nicht auch und läßt mich und mein Geld in Ruhe!‹ Der Alte beteuerte, daß ihm diese Dinge so wenig bedeuteten. Er wäre lieber auf seiner kleinen Farm geblieben. Ich wollte oft fragen, wo diese Farm gewesen und von wo Lestat nach Louisiana gekommen sei, um einen Hinweis zu erhalten, wo er andere Vampire gekannt haben mochte, doch unterließ ich es, damit der alte Mann nicht zu weinen begann und Lestat dann wütend wurde. Doch ebenso häufig war Lestat auch freundlich und fügsam und brachte seinem Vater das Abendessen auf einem Tablett und fütterte ihn geduldig, während er vom Wetter sprach und Neuigkeiten aus New Orleans erzählte, und was meine Mutter und meine Schwestern taten. Es bestand offenbar eine große Kluft zwischen Vater und Sohn, in Bildung und Erziehung, doch wie das gekommen war, hätte ich nicht sagen können.

Allmählich legte ich mir eine gewisse Gleichgültigkeit zu, und dies ermöglichte unser Zusammenleben. Hinter Lestats spöttischem Lächeln lag stets die Andeutung, daß er großartige oder schreckliche Dinge wußte und Umgang mit Elementen der Finsternis hatte, wovon ich nichts ahnen konnte. Und immer setzte er mich herab und rügte meine Freude an Sinneseindrücken und meine Abneigung zu töten und die drohende Ohnmacht, die das Töten in mir hervorrufen konnte. Er lachte dröhnend, wenn ich entdeckte, daß ich mich im Spiegel sehen konnte und daß Kreuze keine Wirkung auf mich hatten, und verspottete mich, wenn ich ihn über Gott oder den Teufel befragte. ›Ich möchte gern eines Abends dem Teufel begegnen‹, sagte er einmal mit hämischem Lächeln. ›Ich würde ihn von hier bis in den Ozean jagen. Der Teufel bin ich.‹ Und wenn ich mich darüber entsetzte, lachte er wieder schallend. Aber es kam einfach dahin, daß ich in meiner Abneigung nichts auf seine Worte gab und ihn zugleich beargwöhnte und mit objektivem Interesse studierte. Manchmal ertappte ich mich dabei, daß ich sein Handgelenk anstarrte, aus dem ich mein Vampirleben gesogen hatte, und in eine solche Bewegungslosigkeit verfiel, daß der Geist meinen Körper zu verlassen oder, besser gesagt, mein Körper mein

Geist zu werden schien; und dann merkte er es und blickte mich mit störrischer Einfalt an, ohne eine Ahnung dessen, was ich empfand und zu wissen verlangte; und manchmal streckte er den Arm aus, um mich auf rauhe Weise wachzuschütteln.

Ich ertrug dies alles mit offenkundiger Gleichgültigkeit, die mir in meinem sterblichen Leben fremd gewesen war, und lernte, es als einen Teil meiner Vampirnatur zu begreifen: daß ich zu Hause in Pointe du Lac sitzen und stundenlang an meines Bruders irdisches Leben denken und es in unergründlicher Dunkelheit sehen konnte; daß ich nun die verzehrende, doch eitle und sinnlose Leidenschaft verstand, mit der ich seinen Verlust betrauerte und mich auf andere Sterbliche geworfen hatte wie ein toll gewordenes Tier. Alle diese verworrenen Vorstellungen tanzten wie in einem Nebel vor mir, und ich empfand nun, in meiner seltsamen Vampirnatur, eine tiefe Traurigkeit. Aber du sollst nicht den Eindruck haben, daß ich darüber grübelte, das wäre für mich der schrecklichste Verfall gewesen; sondern ich betrachtete alle Sterblichen um mich herum, die ich kannte, und sah, daß jegliches Leben kostbar war, und verdammte jede fruchtlose Schuld und Leidenschaft, die es wie Sand durch die Finger rinnen lassen würden. Erst jetzt als Vampir lernte ich meine Schwester richtig kennen und verbot ihr die Plantage zugunsten eines Lebens in der Stadt, das sie brauchte, um die ihr gemäße Lebensart und ihre Schönheit zu erkennen und einen Ehegatten zu finden, und nicht nur unsere Mutter zu pflegen oder darüber zu brüten, daß unser Bruder tot war und ich davonging. Ich gab ihnen allen, was sie wollten oder brauchten, und der lächerlichste Wunsch war mir für meine Aufmerksamkeit nicht zu gering. Meine Schwester lachte über die Verwandlung, die mit mir vorgegangen war, wenn wir uns abends trafen und ich sie bei Mondschein durch die schmalen holzgepflasterten Straßen zu den Alleen am Deich führte, wo wir den Duft der Orangen und die schmeichelnde Wärme der Luft genossen, oder wenn wir allein in dem dämmrigen Salon saßen und stundenlang über ihre geheimsten Gedanken und Träume plauderten, jene kleinen Phantasien, die sie niemand zu erzählen wagte und auch mir nur zuflüsterte. Ein süßes, kostbares Geschöpf, das bald altern, bald sterben sollte; und nur zu bald schwanden jene nicht zu greifenden Augenblicke, die uns trügerisch, ach so trügerisch, Unsterblichkeit versprachen, Augenblicke, von denen jeder einzelne erkannt und ausgekostet werden mußte.

Es war Entrücktheit, die dies ermöglichte, eine köstliche Einsamkeit, in der Lestat und ich uns durch die Welt der Sterblichen bewegten. Und alle materiellen Sorgen glitten von uns ab. Ich werde dir sagen, wie es zuging.

Lestat war sehr geschickt darin, die Opfer zu bestehlen, die er wegen ihrer kostbaren Kleidung und anderer Zeichen von Reichtum aussuchte. Aber von Bankgeschäften und dergleichen hatte er keine Ahnung. Vermutlich war er hinter seiner äußeren Kavaliershaltung von einer schrecklichen Unwissenheit in den einfachsten Geldangelegenheiten. Ich hingegen verstand mich darauf. Und so konnte er jederzeit Geld beschaffen, und ich konnte es anlegen. Wenn er nicht einem Toten in einer Hintergasse die Taschen leerte, so suchte er die Spieltische in den reichen Salons der Stadt auf, verwandte all seinen Charme darauf, die Freundschaft junger Pflanzersöhne zu erwerben und sie um Gold und wertvolle Papiere zu erleichtern. Aber dies allein hätte ihm nicht das Leben ermöglicht, das er sich wünschte, und so hatte er mich in die übernatürliche Welt eingeführt, um einen Sekretär und Finanzverwalter zu haben, dessen Fertigkeiten des alltäglichen Daseins höchst wertvoll bei seiner jetzigen Existenz waren.

Doch laß mich dir New Orleans schildern, wie es damals war und wie es werden sollte, damit du begreifst, wie einfach unser Leben war. Es gab in ganz Amerika keine Stadt, die New Orleans glich. Nicht nur Franzosen und Spanier, aus denen sich die Aristokratie der Stadt zusammensetzte, wohnten darin, sondern auch spätere Einwanderer aller Art, besonders Iren und Deutsche. Daneben die Menge der schwarzen Sklaven, noch unzivilisiert und fremdartig in ihren verschiedenen Stammessitten und Trachten, und auch die wachsende große Klasse der freien Farbigen, ein erstaunliches Volk, in dem sich unser Blut mit dem der Inseln mischte und aus dem eine einzigartige Kaste von Handwerkern, Künstlern, Dichtern und berühmte weibliche Schönheiten hervorgehen sollte. Und dann die Indianer, die im Sommer auf der Wallpromenade Kräuter und bunte Tücher, Schmuck und Töpfereiwaren feilboten. Und durch dieses Gemisch von Farben und Sprachen schlenderten die Männer vom Hafen, die Matrosen von den Schiffen, die ihr Geld in den Nachtlokalen ausgaben, sich in den Restaurants das beste französische und spanische Essen und die Weine aus aller Welt schmekken ließen und sich für die Nacht die schönen dunklen oder hellen Frauen kauften. Dann kamen innerhalb von Jahren nach meiner Umwandlung die Amerikaner aus dem Norden hinzu; sie bauten sich flußabwärts von dem alten französischen Viertel prächtige Häuser, die im Mondschein wie griechische Tempel leuchteten. Und natürlich die Pflanzer, die in glänzenden Landauern mit ihren Familien in die Stadt gefahren kamen, um Kleider, Silber und Schmuck zu kaufen und die engen Straßen zur Französischen Oper, dem Théâtre d'Orléans, füllten.

Aus der Kathedrale des heiligen Ludwig drangen sonntags durch die offenen Türen die Gesänge der Messe und schwebten über den Menschenmengen auf der Place d'Armes und über den geisterhaft stillen Schiffen auf dem Mississippi, der in seinem eingedämmten Bett höher lag als die Stadt selbst, so daß die Schiffe am Himmel dahinzuziehen schienen.

Das war New Orleans, eine zauberhafte und herrliche Stadt, in der ein Vampir, elegant gekleidet und sittsam unter den Gaslaternen durch die Straßen wandelnd, am Abend nicht mehr Aufmerksamkeit erregte als Hunderte von anderen exotischen Gestalten. Wenn er überhaupt jemandem auffiel, dann flüsterte es höchstens hinter vorgehaltenem Fächer: ›Dieser Mann da ... wie bleich er ist ... wie er schimmert, wie er sich bewegt ... richtig übernatürlich!‹ Und ich, der Vampir, war verschwunden, ehe solche Worte zu Ende gesprochen wurden, und suchte mir dunkle Gassen, wo ich wie eine Katze sehen konnte, ohne selber gesehen zu werden, düstere Lokale, wo die Seeleute schliefen, den Kopf auf dem Tisch, oder hohe Hotelhallen, wo ein Einsamer sitzen mochte, die Füße auf einem bestickten Kissen, die Beine mit einer Spitzendecke bedeckt, den Kopf unter gedämpftem Kerzenlicht – ohne den großen Schatten zu sehen, der sich lautlos über ihn beugte und mit langen weißen Fingern die schwache Flamme ausdrückte. Es ist vor allem erstaunlich, daß all jene Männer und Frauen, die aus irgendeinem Grund in der Stadt blieben, irgendein Denkmal, ein Gebäude aus Marmor, Klinker oder Stein hinterließen, das noch immer steht; so daß selbst als die Gaslaternen verloschen und die Flugzeuge kamen und sich in der Canal Street die Bürogebäude drängten, sich etwas hielt, das von Schönheit und Romantik zeugte; vielleicht nicht überall, doch immerhin soviel, daß die Stadt für mich das ist, was sie immer war, und wenn ich heute durch die sternenbeschienenen Straßen des Quarter oder des Garden District spaziere, fühle ich mich wieder in die alte Zeit zurückversetzt. Das muß wohl das Wesen des Denkmals sein. Sei es nun ein kleines Haus oder eine Villa mit korinthischen Säulen und gußeiserner Zierde. Das Denkmal sagt nicht, daß dieser oder jener Mensch hier gewandelt ist: Nein, was er an einem Ort zu einer bestimmten Zeit empfunden hat, währt weiter. Der Mond, der damals über New Orleans aufgegangen ist, geht noch immer auf. Er geht noch immer auf, solange die Denkmäler stehen. Die Empfindungen, zumindest hier ... und dort ... sie bleiben die gleichen.«

Der Vampir schwieg versonnen. »Wovon sprach ich?« fragte er plötzlich, als sei er müde geworden. »Ja, vom Geld. Lestat und ich mußten

Geld verdienen. Und er konnte stehlen, wie ich dir schon sagte. Aber es kam darauf an, das Geld danach anzulegen. Was wir angehäuft hatten, mußten wir sinnvoll verwenden. Doch ich komme später darauf zurück. Ich begnügte mich damit, Tiere zu töten; Lestat hingegen tötete stets Menschen, oft zwei oder drei in einer Nacht, manchmal sogar mehr. Vom ersten trank er gerade so viel Blut, um seinen Durst zu stillen, und dann suchte er sein nächstes Opfer. Je besser der Mensch, wie er in seiner vulgären Art sagen würde, um so mehr fühlte er sich hingezogen. Ein frisches junges Mädchen bevorzugte er als erstes am Abend; doch sein größter Triumph war ein junger Mann. Ein Jüngling, der ungefähr in deinem Alter war, hätte ihm besonders zugesagt. Einer wie du.«

»Wie ich?« flüsterte der Junge. Er hatte sich vorgebeugt, auf die Ellbogen gestützt, um dem Vampir in die Augen zu sehen; jetzt richtete er sich auf.

»Ja«, fuhr der Vampir fort, als habe er die Veränderung im Ausdruck des Jungen nicht bemerkt. »Weißt du, sie verkörperten den größten Verlust für Lestat, denn sie standen an der Schwelle der größten Lebensmöglichkeiten. Natürlich hat Lestat es nie recht begriffen. Ich habe es erkannt; Lestat verstand nichts.

Ich werde dir ein gutes Beispiel dafür geben, was Lestat liebte. Flußaufwärts war die Plantage der Familie Frenière, ein wundervolles Stück Land, das einen reichen Zuckerertrag versprach, zu einer Zeit, als gerade die Raffinierung erfunden worden war. Ich nehme an, du weißt, daß in Louisiana Zucker raffiniert wurde. Es hat etwas Vollkommenes und Ironisches an sich, daß dieses Land, das ich liebte, Zucker raffinierte. Ich meine das unheilvoller, als du wahrscheinlich annimmst. Dieser raffinierte Zucker ist ein wahres Gift; die Leute in New Orleans waren ganz darauf versessen. Er war wie ein elementarer Bestandteil des Lebens in New Orleans, so süß, daß er tödlich sein konnte, und so überaus verführerisch, daß er alle anderen Werte vergessen machte. Dort also wohnten die Frenières, eine ehrwürdige französische Familie, aus der in jener Generation fünf Mädchen und ein Jüngling hervorgegangen waren. Dreien der Mädchen war es bestimmt, unvermählt zu bleiben, zwei waren noch jung, und alles lastete auf den Schultern des jungen Mannes. Er mußte die Plantage leiten, wie ich es für meine Mutter und Schwester getan hatte; er mußte Heiraten vermitteln und die Mitgift festsetzen, und das war nicht leicht, denn das Schicksal der Familie hing stets von dem Ausfall der nächsten Zuckerernte ab. Und darüber hinaus war er bemüht, der Welt der Frenières alle materiellen Sorgen fernzuhalten. Lestat hatte es auf ihn abgesehen. Und als das Schicksal Lestat ein

Schnippchen zu schlagen drohte, verlor er fast den Verstand. Er setzte sein eigenes Leben aufs Spiel, um diesen Jüngling zu bekommen. Der war in eine Duellaffäre verwickelt, da er auf einem Ball einen jungen hispanischen Kreolen beleidigt hatte. Das Ganze war eine Bagatelle, aber wie die meisten Kreolen war auch dieser willens, aus nichtigem Anlaß zu sterben. Beide wollten um nichts sterben, und das ganze Haus Frenière war in Aufruhr. Lestat wußte, wie es stand. Wir hatten beide die Plantage heimgesucht; er hatte nach Sklaven und Hühnerdieben gejagt, ich nach Tieren.«

»Sie haben nur Tiere getötet?«

»Ja. Aber darauf komme ich später zurück. Wir kannten also beide die Plantage, und ich hatte mich an einem der größten Vergnügen ergötzt, das Vampire haben können, nämlich unbemerkt andere zu beobachten. Ich kannte die Schwestern Frenière so genau, wie ich die schönen Rosenstöcke um meines Bruders Kapelle gekannt hatte. Es waren einzigartige Frauen, jede auf ihre Weise hübsch wie ihr Bruder; und eine, Babette, nicht nur ebenso hübsch, sondern auch weitaus klüger. Aber keine war darauf vorbereitet worden, die Plantage zu leiten, keine hatte auch nur die geringste Ahnung von Geldgeschäften. Sie waren alle von dem jungen Frenière abhängig, und sie wußten das. Und so, verzärtelt in ihrer Liebe zu ihm und in dem leidenschaftlichen Glauben, daß er imstande sei, den Lauf der Gestirne zu lenken, und daß alle Ehefreuden, die sie je genießen könnten, nur ein schwacher Abglanz ihrer Bruderliebe sein würden, war diese Liebe durchsetzt von einem verzweifelten Lebenswillen. Wenn Frenière im Duell fiel, würde die Plantage zusammenbrechen. Ihre schwache Ökonomie, ihr glanzvolles Leben, das auf der fortlaufenden Verpfändung der nächstjährigen Ernte beruhte, lag allein in seinen Händen. Und so kannst du dir die Angst und den Schrecken im Hause an dem Abend ausmalen, als der Bruder zum vereinbarten Duell in die Stadt fuhr. Und nun stelle dir Lestat vor, die Zähne fletschend wie der Teufel in einer komischen Oper, weil er den jungen Frenière nicht töten konnte.«

»Sie hatten also . . . Mitgefühl für die jungen Damen?«

»Durchaus. Ihre Lage war verzweifelt. Und ich hatte Mitleid mit dem Jüngling. Am Abend schloß er sich in seines Vaters Arbeitszimmer ein und machte sein Testament. Er wußte sehr wohl, daß auch seine Familie verloren sein würde, wenn er um vier Uhr morgens unter dem Rapier seines Gegners fiele. Aber es gab keinen Ausweg. Sich dem Duell zu entziehen, hätte nicht nur seinen gesellschaftlichen Untergang bedeutet, sondern wäre wahrscheinlich ganz unmöglich gewesen. Der andere junge Mann hätte ihn so lange verfolgt, bis er sich gestellt hätte. Als er um Mitternacht die Plantage verließ, blickte er dem Tod ins Antlitz als ein Mann, dem nur ein Weg zu gehen bleibt, und der entschlossen ist, ihn tapfer zu gehen. Entweder würde er den Spanier töten oder selber sterben; es war ganz ungewiß, trotz seiner Geschicklichkeit. Sein Gesicht spiegelte bei aller Klugheit eine so tiefe Empfindung, wie ich sie noch nie auf dem Gesicht eines von Lestats Opfern gesehen hatte. Da kam es zu meinem ersten Kampf mit Lestat; monatelang hatte ich ihn gehindert, den Jüngling umzubringen, und jetzt wollte er ihn töten, ehe es der Spanier tun konnte.

Wir ritten hinter dem jungen Frenière her auf New Orleans zu, Lestat bemüht, ihn zu überholen, und ich, um Lestat zuvorzukommen. Das Duell sollte, wie ich dir schon sagte, um vier Uhr morgens stattfinden, und zwar am Rande der Sümpfe gleich hinter dem nördlichen Stadttor. Und wenn wir kurz vor vier dort anlangten, hatten wir nur noch sehr wenig Zeit, nach Pointe du Lac zurückzukehren, und das bedeutete, daß unserem Leben Gefahr drohte. Ich war auf Lestat wütend wie noch nie, und er war fest entschlossen, sich des jungen Frenière zu bemächtigen. ›Gib ihm eine Chance!‹ bat ich, als ich mich Lestat nähern konnte, bevor er den Jüngling erreichte. Es war tiefer Winter, feucht und bitter kalt in den Sümpfen, und ein Hagelschauer nach dem anderen ging über der Lichtung nieder, wo das Duell ausgefochten werden sollte. Natürlich fürchtete ich die Elemente nicht in dem Sinne, wie du es tun würdest; sie ließen mich nicht erstarren und bedrohten mich nicht mit Tod oder Krankheit. Doch fühlen Vampire die Kälte nicht weniger als Sterbliche, und das Blut ihres Opfers hilft ihnen oft, die Kälte zu ertragen. Aber nicht die Kälte war es, die mich an diesem Morgen bekümmerte, sondern die völlige Dunkelheit, die über dem Schauplatz lag und Lestats Angriff auf Frenière begünstigte. Dieser brauchte sich nur ein paar Schritte von seinen Freunden zu entfernen, und Lestat würde sich ihn schnappen. Und so kämpfte ich handgreiflich mit Lestat, um ihn festzuhalten.«

»Und dabei waren Sie immer . . . distanziert, unbeteiligt?«

»Hmmm . . .« Der Vampir seufzte. »Ja. Ich war es, wenn auch mit einem ganz entschiedenen Ärger. Sich an dem Leben einer ganzen Familie sättigen zu wollen, schien mir Lestats äußerste Verachtung auszudrücken, seine Geringschätzung all dessen, was er mit dem Scharfsinn eines Vampirs hätte sehen müssen. So hielt ich ihn im Dunkeln fest, während er mich anspie und verfluchte; und der junge Frenière nahm das Rapier von seinem Sekundanten und trat auf das feuchte, schlüpfrige Gras, um sich seinem Gegner zu stellen. Nach einem kurzen Wortwechsel begann der Zweikampf, und nach wenigen Augenblicken war er zu Ende. Frenière hatte den anderen mit einem schnellen Stoß gegen die Brust tödlich verwundet, und dieser kniete im Gras, blutete sich zu Tode und rief dem Sieger etwas Unverständliches zu. Der stand regungslos da, und man konnte sehen, daß er sich seines Sieges nicht freute; er betrachtete den Tod wie eine Schändlichkeit. Seine Begleiter näherten sich ihm mit Laternen und beschworen ihn, rasch aufzubrechen und den Sterbenden seinen Freunden zu überlassen. Doch dieser gestattete niemanden, ihn zu berühren, und plötzlich, während Frenière und die anderen zu ihren Pferden schritten, zog er, halb liegend, eine Pistole. Vielleicht war ich der einzige, der es in dieser gewaltigen Finsternis sehen konnte. Ich lief auf die Pistole zu und rief Frenière eine Warnung zu. Das war alles, was Lestat brauchte. Während ich unbeholfen einherstolperte und Frenière verwirrte, stürzte sich der erfahrene Lestat mit überlegener Schnelligkeit auf den jungen Mann und schleppte ihn zwischen die Zypressen. Ich glaube, seine Freunde merkten gar nicht, was geschah. Die Pistole war losgegangen, der Verwundete zusammengebrochen, und ich hastete über den halbgefrorenen Sumpf und rief nach Lestat.

Dann sah ich ihn. Frenière lag hingestreckt auf den knorrigen Wurzeln einer Zypresse, die Stiefel tief im trüben Wasser, und Lestat beugte sich über ihn, eine Hand auf Frenières Hand gelegt, die noch immer den Degen hielt. Ich lief hinzu, um Lestat wegzureißen, und er schlug mit solcher Blitzesschnelle nach mir, daß ich es nicht sehen konnte, nicht wahrnahm, daß er mich traf, bis ich selber im Wasser lag, und als ich mich wieder aufraffte, war Frenière tot. Ich sah ihn liegen, mit geschlossenen Augen und unbewegten Lippen, als wäre er gerade eingeschlafen. Ich verfluchte Lestat: ›Hol dich der Teufel!‹ Und dann sah ich zu meinem Entsetzen, daß Frenières Körper langsam in das Moor einsank. Das Wasser quoll über sein Gesicht und bedeckte ihn schließlich ganz. Lestat triumphierte; dann machte er mich in dürren Worten darauf aufmerksam, daß wir nur noch eine knappe Stunde für die Rückkehr nach Pointe du Lac hatten, und er schwor mir Rache. ›Wenn mir das Leben eines Pflanzers im Süden nicht so behagte, würde ich dich heute nacht fertigmachen. Ich wüßte auch wie‹, sagte er drohend. ›Ich brauchte nur dein Pferd ins Moor zu treiben. Dann könntest du dir ein Loch graben und langsam vermodern.‹ Und damit ritt er davon. Noch nach diesen vielen Jahren spüre ich den Zorn auf ihn wie eine heiße Flüssigkeit in den Adern. Damals erkannte ich, was Vampir sein für ihn bedeutete.«

»Er war eben ein Killer, weiter nichts«, sagte der Junge, und in seiner Stimme klang etwas von der Erregung des Vampirs wider. »Keine Achtung vor irgend etwas.«

»Nein. Vampir sein bedeutete für ihn Rache, Rache am Leben selbst. Jedesmal wenn er jemand umbrachte, war es Rache. Kein Wunder also, wenn er nichts und niemanden achtete. Er war unzugänglich für die Nuancen einer Vampirexistenz, weil er mit geradezu manischer Rachsucht auf das sterbliche Leben fixiert war, das er hinter sich gelassen hatte. Von Haß verzehrt, blickte er zurück. Von Neid verzehrt, konnte ihn nichts befriedigen, wenn er es nicht von anderen nahm; und sobald er es hatte, wurde er sogleich wieder kalt und unbefriedigt und jagte nach einem neuen Opfer. Rachsucht, blinde, unfruchtbare und verächtliche Rachsucht.

Aber ich habe dir von den Schwestern Frenière erzählt. Es war fast halb sechs, als ich in ihrer Plantage anlangte. Kurz nach sechs Uhr würde es dämmern, aber ich war ja fast zu Hause. Ich schlich mich auf die obere Galerie und sah sie alle im Salon versammelt; sie hatten sich gar nicht für die Nacht umgezogen. Schwarz gekleidet, wie es ihre Gewohnheit war, saßen sie wie Trauernde und warteten auf Nachricht. Die Kerzen waren heruntergebrannt, und in der Dunkelheit flossen die schwarzen Kleider und ihre rabenschwarzen Haare ineinander, so daß die Gesichter wie fünf sanfte, schimmernde Erscheinungen schwebten, jedes unsäglich traurig. Nur Babettes Gesicht schien beherzt, als sei sie schon entschlossen, beim Tod des Bruders die Last der Familie auf sich zu nehmen, und sie hatte nun den gleichen Ausdruck wie der junge Frenière, als er zum Zweikampf aufgebrochen war. Vor ihr lag eine nahezu undurchführbare Aufgabe. Es war der endgültige Tod, den Lestat zu verantworten hatte. Und so tat ich etwas sehr Riskantes: ich machte mich ihr bemerkbar, indem ich mit dem Licht spielte. Wie du siehst, ist mein Gesicht sehr weiß und hat eine glatte, stark reflektierende Oberfläche, wie polierter Marmor.«

Der Junge nickte. »Ja«, sagte er. »Es ist sehr ... schön, wirklich. Ob Sie wohl ... aber wie ging es weiter?«

»Du möchtest wissen, ob ich ein schöner Mann war, als ich lebte, nicht wahr?« fragte der Vampir. Der Junge nickte abermals. »Ich war es wirklich. Rein von der Gestalt her hatte sich bei mir nichts verändert. Nur daß ich das damals nicht wußte. Das Leben wirbelte mit tausend Nichtigkeiten um mich herum, wie ich schon erwähnte – ich betrachtete nichts mit Aufmerksamkeit, auch keinen Spiegel. Doch an jenem Abend geschah folgendes: Ich trat an die Fensterscheibe und ließ das Licht auf mein Gesicht fallen, gerade in dem Augenblick, als Babette zum Fenster sah. Dann verschwand ich.

Binnen Sekunden wußten alle Schwestern, daß ein ›seltsames Wesen‹ gesehen worden war, eine geisterhafte Erscheinung, und die beiden schwarzen Hausmädchen weigerten sich standhaft nachzuforschen. Ich wartete ungeduldig, bis das geschah, was ich beabsichtigt hatte: Babette nahm einen Leuchter von einem Seitentisch, zündete die Kerzen an, schlug die Warnungen der anderen in den Wind und wagte sich allein auf die kalte Galerie, um zu sehen, was dort los war. Ihre Schwestern blieben an der Tür zurück, wie große schwarze Vögel, und die eine rief weinend, daß ihr Bruder tot sei und sie soeben seinen Geist erblickt habe. Babette indessen schien an keine Geister zu glauben. Ich ließ sie die ganze dunkle Galerie durchschreiten, ehe ich sie ansprach, und ließ auch nur die vagen Umrisse meines Körpers zwischen den Säulen sehen. ›Sagen Sie Ihren Schwestern, sie sollen sich zurückziehen‹, flüsterte ich. ›Ich bin gekommen, um Ihnen Nachricht von Ihrem Bruder zu bringen.‹ Sie zögerte einen Augenblick, dann versuchte sie, mein Gesicht in der Dunkelheit zu sehen. ›Ich tue Ihnen kein Leid‹, fuhr ich fort. ›Aber ich habe nur wenig Zeit. Tun Sie, was ich Ihnen sage.‹ Sie gehorchte, sagte zu ihren Schwestern, es wäre weiter nichts, und sie sollten die Tür schließen. Und sie fügten sich, wie Leute, die sich nur zu gern unterordnen. Dann trat ich in das Licht von Babettes Kerzen.«

Der Junge riß die Augen auf und legte die Hand auf seinen Mund. »Haben Sie . . . sie angeschaut, so wie Sie mich jetzt anschauen?«

»Du fragst es mit solcher Unschuld«, sagte der Vampir. »Ja, ich nehme es an. Sicher. Nur habe ich bei Kerzenlicht immer ein weniger übernatürliches Aussehen gehabt. Doch ich bemühte mich auch nicht, den Anschein zu erwecken, ich sei ein gewöhnlicher Sterblicher. ›Ich habe nur wenige Minuten‹, wiederholte ich. ›Doch was ich Ihnen sagen muß, ist von größter Wichtigkeit. Ihr Bruder hat tapfer gefochten und das Duell gewonnen – aber warten Sie. Sie müssen wissen, daß er tot ist. Der Tod kam zu ihm wie ein Dieb in der Nacht, und alle seine Güte und Tapferkeit konnten ihm nicht helfen. Doch darum geht es jetzt nicht mehr. Die Hauptsache – und darum bin ich hier – ist, daß Sie von jetzt an die Plantage leiten, denn Sie können sie retten. Lassen Sie sich von niemandem eines Besseren belehren. Sie müssen die Aufgabe Ihres Bruders übernehmen, auch wenn die Leute sich empören und von Vernunft oder Schicklichkeit reden. Hören Sie nicht auf sie. Das Land ist das gleiche geblieben wie gestern früh, als Ihr Bruder noch oben schlief; nichts hat sich verändert. Sie müssen seinen Platz einnehmen; wenn Sie es nicht tun, ist das Land, ist die Familie verloren. Dann werden Sie fünf Frauen mit einer kleinen Pension sein, von der Sie das Leben nicht halb so führen können, wie Sie es gewohnt sind. Lernen Sie, was Sie wissen müssen; lassen Sie nicht nach, ehe Sie die Antworten haben. Und schöpfen Sie Mut aus meinem Besuch, wann immer Sie ins Wanken geraten. Sie müssen Ihr Leben jetzt selber in die Hand nehmen. Ihr Bruder ist tot.‹

Ich konnte an ihrem Gesicht sehen, daß sie jedes Wort gehört hatte. Sie hätte mir Fragen gestellt, wäre dazu Zeit gewesen; doch glaubte sie mir, als ich sagte, ich müsse mich sputen. Dann gab ich mir alle Mühe, sie so schnell zu verlassen, wie eine Vision schwindet. Vom Garten aus sah ich noch ihr Gesicht im Schimmer der Kerzen, sah, wie sie mich im Dunkeln suchte und dahin und dorthin ging. Dann machte sie das Zeichen des Kreuzes und kehrte zu ihren Schwestern zurück.«

Der Vampir lächelte. »Niemand sprach davon, daß Babette Frenière eine seltsame Erscheinung gehabt hatte, doch nach einigen Tagen der Trauer fiel die Nachbarschaft über sie her, weil sie es wagte, die Plantage allein zu leiten. Aber sie wirtschaftete eine sehr umfangreiche Mitgift für eine jüngere Schwester heraus, und nach einem weiteren Jahr war sie selbst vermählt. Und Lestat und ich sprachen kaum ein Wort miteinander.«

»Blieb er in Pointe du Lac?«

»Ja. Ich war nicht sicher, ob er mir alles mitgeteilt hatte, was ich wissen mußte. Und sehr große Vorsicht und Verstellung waren vonnöten. Zum Beispiel heiratete meine Schwester ohne mich, während ich ›Malariafieber‹ hatte, und etwas Ähnliches befiel mich am Tage, da meine Mutter begraben wurde. Dagegen saßen Lestat und ich jeden Abend zum Dinner bei seinem Vater und handhabten geräuschvoll Messer und Gabel, während er uns ermahnte, alles aufzuessen, was wir auf dem Teller hatten, und unseren Wein nicht zu schnell zu trinken. Dutzendemal empfing ich in meinem verdunkelten Schlafzimmer mit kläglichen Kopfschmerzen, die Bettdecke übers Kinn gezogen, meine Schwester und ihren Gatten; bat sie, wegen meiner Augenschmerzen mit dem spärlichen Licht vorliebzunehmen, und vertraute ihnen größere Geldbeträge an, die sie für uns alle anlegen sollten. Glücklicherweise war der Mann ein Idiot, harmlos, aber nichtsdestotrotz ein Idiot, das Produkt von Ehen zwischen Vettern und Cousinen ersten Grades durch vier Generationen.

Soweit ging alles gut; doch mit den Sklaven hatten wir Schwierigkeiten. Sie waren es, die Argwohn hegten; denn Lestat fuhr fort, nach Belieben den einen oder anderen von ihnen umzubringen, so daß die Reden über geheimnisvolle Todesfälle an diesem Teil der Küste nicht aufhörten. Doch was sie von uns sahen, war der eigentliche Anlaß des Geredes, und ich hörte es eines Abends, als ich mich wie ein Schatten zwischen den Hütten der Sklaven bewegte.

Laß mich dir zuerst den Charakter dieser Sklaven schildern. Um das Jahr 1795 hatten Lestat und ich vier Jahre lang verhältnismäßig ungestört gelebt; ich legte das Geld an, das er beschaffte, vergrößerte unsere Ländereien und erwarb Wohnungen und Häuser in New Orleans, die ich vermietete, denn unsere Plantage selber warf nicht viel ab . . . sie war mehr ein Deckmantel als eine lohnende Geldanlage. Ich sagte ›unsere‹ – aber das ist falsch. Ich habe Lestat nie etwas überschrieben, und noch war ich ja nach dem Gesetz am Leben. Doch damals waren die Sklaven noch nicht so, wie du sie aus Filmen und Romanen über den Süden kennst, keine sanften, braunhäutigen Geschöpfe in eintönigen Lumpen, die einen englischen Dialekt sprachen. Es waren Afrikaner, und einige waren von der Insel Santo Domingo gekommen. Sie waren wild und rabenschwarz; sie sprachen ihr heimisches Afrikanisch und ein französisches Platt; und wenn sie sangen, dann sangen sie afrikanische Lieder, und unsere Felder kamen mir fremd und exotisch vor; und so lange ich lebte, lief mir immer ein Schauer über den Rücken, wenn ich ihre Lieder hörte. Sie waren abergläubisch und hatten ihre eigenen Überlieferungen und Geheimnisse. Kurzum, das Afrikanische in ihnen war noch nicht völlig zerschlagen worden. Die Sklaverei war der Fluch ihres Lebens, doch waren sie noch nicht ihrer Eigenart beraubt. Sie duldeten die Taufe und die bescheidenen Kleider, die ihnen die französischen Katholiken auferlegten; doch sobald es dunkel wurde, verwandelten sie ihre billigen Fetzen in malerische Kostüme, fertigten sich Schmuck an aus Tierknochen und Metallabfällen, die sie polierten, bis sie wie Gold glänzten; und aus den Sklavenhütten von Pointe du Lac wurde ein fernes Land, ein Stück geheimnisvolles Afrika, in das sich nicht einmal die kaltblütigsten Aufseher wagten. Ein Vampir jedoch hatte natürlich nichts zu fürchten.

An einem Sommerabend, als ich wie ein Schatten zwischen ihnen wanderte, hörte ich durch die offene Tür der Hütte des Vorarbeiters eine Unterhaltung, die mich davon überzeugte, daß Lestat und ich in Gefahr schwebten. Die Sklaven wußten jetzt, daß wir keine gewöhnlichen Sterblichen waren. Mit gedämpfter Stimme erzählten die Mädchen, die im Herrenhaus Dienst taten, wie sie uns von leeren Tellern hätten essen sehen, wie wir leere Gläser an die Lippen gehoben hätten, lachend und mit geisterbleichen Gesichtern im Kerzenlicht, der blinde Greis ein hilfloser Narr in unseren Händen. Durchs Schlüsselloch hatten sie Lestats Sarg gesehen, und einmal war eine von ihm gnadenlos verprügelt worden, weil sie vor den zur Galerie führenden Fenstern seines Zimmers herumtrödelte. ›Es steht kein Bett in seinem Zimmer‹, flüsterte eine der anderen zu, und sie nickten mit den Köpfen. ›Er schläft in einem Sarg, ich weiß es.‹ Aus mancherlei Anzeichen konnten sie schließen, was wir waren. Und was mich betrifft, so hatten sie mich Abend für Abend erblickt, wie ich aus der Kapelle auftauchte, die inzwischen nicht mehr war als ein formloser Ziegelhaufen, von Weinreben umrankt, im Frühling überwuchert von blühenden Glyzinien, im Sommer von wilden Rosen, während sich auf den alten ungestrichenen Fensterläden, die nie mehr geöffnet wurden, das Moos ausbreitete und Spinnen in den Steinbögen ihre Netze bauten. Natürlich gab ich vor, die Kapelle zum Gedächtnis meines Bruders Paul aufzusuchen, doch aus ihren Reden konnte man schließen, daß sie solche Lügen nicht mehr glaubten. Und fortan schrieben sie uns nicht nur die toten Sklaven zu, die man in den Feldern und Mooren fand, und nicht nur die toten Pferde und das tote Vieh, sondern auch alle anderen unerklärlichen Ereignisse; und Überschwemmungen und Gewitter waren nunmehr Waffen Gottes in einem persönlichen Kampf gegen Louis und Lestat. Aber obgleich wir Teufel waren, liefen sie nicht davon, denn sie hätten unserer Macht nicht entrinnen können. Nein, wir mußten vernichtet werden. Und an einer Versammlung, der ich ungesehen beiwohnte, nahmen zahlreiche Sklaven der Frenières teil.

Das bedeutete natürlich, daß es die ganze Küste erfahren würde. Zwar glaubte ich fest, die anderen Pflanzer würden gegen eine Welle der Hysterie unempfänglich sein, doch es schien mir klüger, kein Aufsehen zu erregen. Ich sagte zu Lestat, daß unser Spiel, das Leben von Plantagenbesitzern vorzutäuschen, zu Ende sei. Er müsse auf die Sklavenpeitsche und auf seinen goldenen Serviettenring verzichten und in die Stadt ziehen.

Natürlich weigerte er sich. Sein Vater sei schwer krank und würde nicht mehr lange leben; er habe nicht die Absicht, vor einfältigen Sklaven die Flucht zu ergreifen. ›Ich werde sie alle töten‹, sagte er ruhig, ›zu dreien und zu vieren. Die übrigen werden davonlaufen, und das ist gut so.‹

›Du redest Unsinn‹, sagte ich. ›Ich möchte, daß du gehst. Darum handelt es sich.‹

›Du möchtest, daß ich gehe! Du!‹ spottete er. Er saß am Tisch im Speisezimmer, hatte sich meine schönen französischen Spielkarten vorgenommen und baute ein Kartenhaus. ›Du feiger Wicht von einem Vampir, der du nachts umherstreichst, um streunende Katzen und Ratten zu erlegen, und stundenlang Kerzen anstarrst, als wären sie Menschen, und im Regen stehst wie ein Mondsüchtiger, bis deine Kleider durchnäßt sind und du wie ein alter Kleiderkoffer in einer Dachkammer riechst und aussiehst wie einer, dem alle Felle weggeschwommen sind.‹

›Du hast mir nichts mehr zu sagen‹, erwiderte ich. ›Deine fortdauernde Sorglosigkeit hat uns beide in Gefahr gebracht. Ich könnte allein in der Kapelle leben, während das Haus zusammenstürzt. Mir ist es gleichgültig‹, erzählte ich ihm. Und das war die Wahrheit. ›Aber du mußt vom Leben alles haben, was du früher nicht gehabt hast, und du machst aus der Unsterblichkeit einen Trödelladen, in dem wir beide die Hampelmänner sind. Geh jetzt und sieh nach deinem Vater und sage mir, wie lang er noch zu leben hat – so lange kannst du noch bleiben, und auch nur, wenn uns die Sklaven in Ruhe lassen.‹

Er antwortete, ich solle selber nach dem Alten sehen, da ich meine Nase ohnehin in alles stecke, und ich tat es. Der Greis lag tatsächlich im Sterben. Mir war ein langes Sterben meiner Mutter erspart geblieben; sie hatte eines Nachmittags plötzlich die Augen geschlossen. Man hatte sie mit ihrem Nähkorb friedlich im Hof sitzend gefunden; sie war gestorben, als sei sie eingeschlafen. Doch nun wohnte ich einem langsamen Sterben bei, mit allen Todesqualen und dem Wissen, daß es zu Ende geht. Und ich hatte den alten Mann immer gern gehabt; er war freundlich und schlicht und stellte wenig Ansprüche. Am Tag saß er in der Sonne auf der Terrasse und döste und lauschte den Vögeln, und nachts freute er sich über unser Geschwätz, wenn wir ihm Gesellschaft leisteten. Er konnte Schach spielen, wobei er jeden Stein sorgfältig befühlte und den Stand der Partie mit erstaunlicher Genauigkeit im Kopf behielt. Lestat spielte niemals mit ihm, aber ich tat es oft. Und jetzt lag er da und rang nach Luft, mit heißer und feuchter Stirn auf dem schweißdurchnäßten Kissen. Und während er stöhnte und den Tod herbeiflehte, spielte Lestat im Nebenzimmer auf dem Spinett. Ich ging hinüber, schlug es zu und klemmte ihm fast die Finger ein. ›Du wirst nicht spielen, während er stirbt!‹ sagte ich. ›Ich tue, was ich will‹, erwiderte er. ›Ich schlage die Trommel, wenn es mir Spaß macht.‹ Und er nahm einen großen Silberteller von der Anrichte und schlug mit einem Löffel dagegen wie auf einen Gong.

Ich befahl ihm aufzuhören, oder ich würde ihn dazu zwingen. Und dann wurde unser Streit unterbrochen, denn der Alte nebenan rief Lestats Namen. Er müsse mit ihm sprechen, sagte er, jetzt, da er im Sterben liege. ›Geh zu ihm!‹ befahl ich Lestat. ›Warum soll ich?‹ fragte er. ›Ich habe mich jahrelang um ihn gekümmert. Ist das nicht genug?‹ Nichtsdestoweniger ging er, aber als er sich an das Fußende des Bettes setzte, zog er eine Nagelfeile aus der Tasche und begann an seinen langen Nägeln zu feilen.

Inzwischen hatte ich bemerkt, daß sich Sklaven im Haus bewegten. Sie horchten und beobachteten. Ich hoffte inständig, der alte Mann würde in wenigen Minuten sterben. Schon mehrmals hatte ich Zweifel und Argwohn gegen den einen oder anderen von ihnen gehegt, aber noch nie gegen so viele. Nun läutete ich nach Daniel, dem Schwarzen, dem ich Stellung und Haus des Aufsehers übertragen hatte. Während ich auf ihn wartete, konnte ich hören, wie der Alte mit seinem Sohn sprach, der mit gekreuzten Beinen dasaß, eine Braue hochgezogen, und seine ganze Aufmerksamkeit seinen Nägeln widmete. ›Es war die Schule‹, sagte der Greis. ›Ach, ich weiß, du erinnerst dich . . . was kann ich dir sagen . . .‹, stöhnte er.

›Es ist besser, du sagst es‹, erwiderte Lestat, ›weil du im Sterben liegst.‹ Der alte Mann machte ein fürchterliches Geschrei, und ich glaube, ich habe auch etwas gerufen. Nie hatte ich ihn mehr verabscheut; am liebsten hätte ich ihn aus dem Zimmer gewiesen. ›Nun, du weißt es doch?‹ fuhr er fort. ›Sogar ein Narr wie du weiß es‹, sagte Lestat.

›Du wirst mir niemals verzeihen, nein? Nicht einmal jetzt, und auch nicht, wenn ich tot bin?‹ fragte der Alte.

›Ich weiß nicht, wovon du sprichst‹, sagte Lestat.

Meine Geduld mit Lestat war erschöpft. Der Greis erregte sich mehr und mehr, während er seinen Sohn anflehte, ihn mit einem warmen Herzen anzuhören. Die ganze Szene, deren Zeuge ich wurde, ließ mich schaudern. Inzwischen war Daniel gekommen, und im gleichen Augenblick, da ich ihn sah, wußte ich, daß in Pointe du Lac alles verloren war. Wäre ich wachsamer gewesen, hätte ich schon früher Anzeichen dafür gesehen. Daniel blickte mich starr wie mit gläsernen Augen an. Ich war ein Ungeheuer für ihn. Ich ignorierte seinen Gesichtsausdruck und sagte: ›Monsieur Lestats Vater ist sehr krank. Er wird sterben. Der Arzt ist unterwegs. Ich bitte mir Ruhe aus heute nacht; die Leute sollen alle in ihren Hütten bleiben.‹ Er starrte mich an, als hätte ich ihn belogen. Und dann bewegten sich seine kalten Blicke von mir fort und auf die Tür zum Zimmer des alten Mannes, und sein Ausdruck veränderte sich derart, daß ich unwillkürlich aufstand und in das Zimmer schaute. Dort hockte Lestat am Fußende des Bettes und bearbeitete eifrig seine Fingernägel und zog dabei eine solche Grimasse, daß seine beiden Vorderzähne weit herausstanden.«

Der Vampir unterbrach seine Erzählung. Seine Schultern zuckten unter einem lautlosen Gelächter. Er blickte den Jungen an, und der Junge senkte schüchtern die Augen. Aber er hatte schon vorher den Mund des Vampirs fixiert und gesehen, daß die Lippen eine andere Beschaffenheit hatten als die übrige Gesichtshaut, daß sie seidenweich und zart gezeichnet waren, doch leichenweiß. Und er hatte auch die weißen Zähne gesehen; aber der Vampir hatte eine besondere Art zu lächeln, ohne sie vollständig zu entblößen; und der Junge hatte bis heute nicht gedacht, daß es solche Zähne geben konnte.

»Du kannst dir vorstellen«, fuhr der Vampir fort, »was das bedeutete. Ich mußte ihn töten.«

»Wie bitte?«

»Ich mußte Daniel töten. Er schickte sich an davonzulaufen, und er hätte die ganze Plantage alarmiert. Vielleicht hätte es eine andere Lösung gegeben, doch es war keine Zeit mehr. Und so lief ich ihm nach und überwältigte ihn. Doch dann, als ich im Begriffe war zu tun, was ich vier Jahre lang nicht mehr getan hatte, zögerte ich. Dies war ein Mensch. Er hatte sein Messer mit dem beinernen Griff bei sich, um sich zu verteidigen. Ich nahm es ihm ohne Mühe aus der Hand und stieß es ihm ins Herz. Er sank sogleich auf die Knie und umklammerte die Klinge, über die das Blut lief, und verblutete. Der Anblick und der Geruch des Blutes machten mich rasend; ich glaube, ich stöhnte laut auf. Aber ich bemächtigte mich seiner nicht, ich wollte nicht. Dann sah ich Lestat im Spiegel über der Kredenz. ›Warum hast du das getan?‹ fragte er. Ich wandte mich zu ihm um, überzeugt, daß er meinen haltlosen Zustand nicht bemerken würde. Sein Vater sei im Delirium, fuhr er fort, er könne nicht verstehen, was der Alte sprach. Ich versuchte, meine Fassung wiederzuerlangen. ›Die Sklaven wissen Bescheid‹, sagte ich, ›du mußt zu den Hütten gehen und sie bewachen. Ich werde mich um den Alten kümmern.‹

›Töte ihn‹, sagte Lestat.

›Bist du wahnsinnig? Er ist dein Vater.‹

›Ich weiß, daß er mein Vater ist. Deshalb mußt du ihn töten. Ich kann es nicht. Wenn ich dazu imstande gewesen wäre, hätte ich es schon vor langer Zeit getan, hol ihn der Teufel.‹ Er rang verzweifelt die Hände. ›Wir müssen hier heraus. Sieh nur, was du angerichet hast! Wir haben keine Zeit zu verlieren. Daniels Frau wird in wenigen Minuten angerannt kommen – oder sie schickt andere, was noch schlimmer ist.‹«

Der Vampir seufzte. »Lestat hatte recht. Schon konnte ich hören, wie die Sklaven sich um Daniels Hütte versammelten. Er war so mutig gewesen, sich allein in das Gespensterhaus zu wagen, und wenn er nicht zurückkehrte, würde eine Panik ausbrechen. Ich beschwor Lestat, sie zu beruhigen, alle seine Macht über sie als weißer Herr zu gebrauchen und sie nicht mit Schrecken zu verängstigen, und dann ging ich ins Schlafzimmer und schloß die Tür. Und dort packte mich neues Grauen in dieser grauenvollen Nacht. Denn nie zuvor hatte ich Lestats Vater so gesehen, wie er jetzt war.

Er hatte sich aufgesetzt und lehnte sich vor; er sprach zu Lestat, flehte Lestat an, ihm zu antworten, und beteuerte, er verstünde seine Bitterkeit besser als Lestat selber. Er war nur noch ein lebender Leichnam. Nur ein hartnäckiger Wille belebte noch seinen verfallenen Leib; die glühenden Augen waren tief im Schädel versunken, und die gelben Lippen zitterten erschreckend. Ich setzte mich ans Fußende des Bettes und nahm ergriffen von dem Anblick seine Hand. Ich kann gar nicht sagen, wie sehr mich sein Aussehen erschütterte. Denn wenn ich Tod bringe, dann ist er rasch und dem Opfer nicht bewußt; er läßt es wie in einem seligen Schlaf zurück. Doch dies war der langsame Verfall; der Körper wollte sich nicht dem Vampir der Zeit ergeben, der schon seit Jahren an ihm gesaugt hatte. ›Lestat!‹ murmelte der Greis. ›Sei nicht hart zu mir, nur dies eine Mal. Sei noch einmal der Knabe für mich, der du warst. Mein Sohn.‹ Mehrmals wiederholte er diese Worte. ›Mein Sohn, mein Sohn‹, und dann sagte er etwas, das ich nicht genau verstehen konnte, über Unschuld und zerstörte Unschuld. Doch ich konnte sehen, daß er nicht den Verstand verloren hatte, wie Lestat behauptete; er war vielmehr in einem erschreckenden Zustand der Klarheit. Die Last der Vergangenheit bedrückte ihn mit voller Schwere; und die Gegenwart, der Tod, den er mit aller Kraft seines Willens bekämpfte, konnte jene Last nicht mildern. Mir fiel ein, ich könne ihn betrügen, wenn ich mir die Mühe gäbe, und so beugte ich mich zu ihm nieder und flüsterte ›Vater‹. Es war nicht Lestats Stimme, sondern meine, zu einem Flüstern gedämpft; doch der Greis beruhigte sich sofort, und ich dachte, nun würde er sterben. Aber er hielt meine Hand umklammert wie ein im Meer Ertrinkender, und als könne ich allein ihn retten. Nun sprach er von einem Lehrer auf dem Lande, der in Lestat einen glänzenden Schüler gefunden und den Vater beschworen hatte, ihn auf eine Klosterschule zu schicken, damit er eine bessere Erziehung erhielte. Und jetzt verfluchte sich der Alte, daß er seinen Sohn nach Hause geholt und seine Bücher verbrannt hatte. ›Du mußt mir verzeihen, Lestat‹, rief er weinend. Ich drückte ihm fest die Hand, in der Hoffnung, er würde dies als Antwort nehmen, doch er fuhr fort: ›Du hast alles, was du dir nur wünschen kannst, aber du bist so kalt und grausam wie ich damals mit der ständigen Arbeit und der Kälte und dem Hunger! Erinnere dich doch, Lestat! Du warst der Sanfteste von allen. Gott wird mir vergeben, wenn du mir vergibst.‹

Nun, gerade in diesem Augenblick kam der wahre Esau herein. Ich winkte ihm, er solle ruhig sein, aber er wollte es nicht sehen; und so mußte ich schnell aufstehen, damit nicht der Vater seine Stimme aus der Entfernung hörte. Die Sklaven waren vor ihm davongelaufen. ›Aber sie sind dort draußen‹, sagte Lestat, ›sie haben sich im Dunkeln versammelt. Ich höre sie.‹ Und dann stierte er auf den Alten. ›Töte ihn, Louis‹, sagte er zu mir, und zum erste Mal klang seine Stimme bittend. Doch wütend verbiß er es sich gleich wieder. ›Tu's!‹

›Beuge dich über das Bett‹, sagte ich, ›und sage ihm, daß du ihm alles verzeihst, ihm verzeihst, daß er dich aus der Schule genommen hat, als du ein Knabe warst. Sag es ihm jetzt!‹

›Wozu?‹ Lestat schnitt eine Grimasse, so daß sein Gesicht wie ein Totenschädel aussah. ›Mich aus der Schule zu nehmen!‹ Er hob beide Hände und stieß einen schrecklichen Verzweiflungsschrei aus. ›Der Teufel soll ihn holen! Töte ihn!‹ sagte er.

›Nein‹, sagte ich. ›Du mußt ihm verzeihen. Oder ihn selber töten. Mach schon! Töte deinen eigenen Vater!‹

Der Greis wollte wissen, wovon wir sprachen. ›Mein Sohn!‹ rief er, und Lestat tanzte herum wie das rasend gewordene Rumpelstilzchen, das seinen Fuß in den Boden stößt. Ich ging zum Fenster und konnte sehen und hören, wie die Sklaven das Herrenhaus umringten, schattenhafte Gestalten, die näher und näher kamen. ›Du warst ein Joseph unter deinen Brüdern‹, sagte der Alte. ›Der Beste von allen, doch wie sollte ich es wissen? Erst als du gegangen warst, wußte ich es, nachdem viele Jahre verflossen waren, die mir keinen Trost, keine Erleichterung geben konnten. Und dann kamst du zurück und nahmst mich von der Farm, aber das warst nicht du. Es war nicht derselbe Knabe.‹

Ich packte Lestat und zog ihn regelrecht zum Bett. Nie hatte ich ihn so schwach gesehen und zugleich so erregt. Er schüttelte mich ab, kniete vor dem Bett nieder und blickte mich finster an. Ich blieb standhaft und flüsterte: ›Verzeih ihm!‹

›Es ist schon gut, Vater‹, sagte er mit dünner und verzerrter Stimme. ›Du brauchst Ruhe. Ich hege keinen Groll gegen dich.‹

Der Alte drehte sich auf seinem Kissen, mit einem sanften Gemurmel der Erleichterung, aber Lestat war schon gegangen. In der Tür blieb er noch einmal stehen, die Hände auf die Ohren gelegt. ›Sie kommen!‹ flüsterte er und wandte sich nur so weit um, daß er mich sehen konnte. ›Töte ihn! Um Himmels willen!‹

Der Alte merkte gar nicht, was mit ihm geschah. Er ist überhaupt nicht aus seiner Ohnmacht erwacht. Ich nahm ihm nur soviel Blut ab, daß er sterben konnte, ohne daß ich meine dunkle Leidenschaft befriedigte. Diesen Gedanken hätte ich nicht ertragen können. Aber es war gleichgültig, ob man die Leiche in diesem Zustand finden würde, denn ich hatte genug von Pointe du Lac und von Lestat und von meinem Leben als reicher Plantagenbesitzer. Ich wollte das Haus in Brand stecken und mich an das Vermögen halten, das ich unter verschiedenen Namen angesammelt und für diesen Augenblick aufgespart hatte.

Inzwischen war Lestat hinter den Sklaven her. Er verbreitete so viel Tod und Zerstörung, daß sich niemand ein Bild von jener Nacht in Pointe du Lac machen konnte, und ich schloß mich ihm an. Seine Grausamkeit war schon immer unheimlich gewesen; doch nun fletschte auch ich meine Reißzähne nach den Menschenwesen, die vor mir die Flucht ergriffen, ohne in ihrer schwerfälligen, armseligen Hast der Hand des Todes oder des Wahnsinns entrinnen zu können, die sich unerbittlich auf sie legte. Und so liefen sie in allen Richtungen auseinander. Und ich eilte zurück, um Feuer an das Haus zu legen.

Lestat kam hinter mir her. ›Was machst du da!‹ rief er. ›Bist du verrückt?‹ Aber es war zu spät; die Flammen ließen sich nicht mehr löschen. ›Sie sind fort, und du vernichtest alles!‹ Vergebens lief er in dem prächtigen Salon umher, der Stätte seines früheren Glanzes. ›Hol deinen Sarg‹, sagte ich. ›Es sind noch drei Stunden bis zur Dämmerung.‹ Schon brannte das Haus lichterloh wie ein Scheiterhaufen.«

»Hätte das Feuer Ihnen etwas anhaben können?« fragte der Junge.

»Ganz bestimmt«, erwiderte der Vampir.

»Sind Sie zur Kapelle gegangen? Da waren Sie doch sicher?«

»Nein, durchaus nicht. Fünfzig bis sechzig Sklaven rannten planlos auf dem Gelände umher. Viele von ihnen waren nicht gewillt, das Leben von Flüchtlingen zu führen, und würden wahrscheinlich nach Frenière laufen oder südwärts, den Fluß hinab, zur Plantage Bel Jardin. Was mich betrifft, so hatte ich nicht die Absicht, in jener Nacht dort zu bleiben. Doch mir blieb zu wenig Zeit, mich woanders hinzuwenden.«

»Die Frau – Babette?« fragte der Junge.

Der Vampir lächelte. »Ja, ich ging zu Babette. Sie lebte jetzt mit ihrem jungen Gatten in Frenière. Ich konnte gerade noch meinen Sarg auf einen Wagen laden und zu ihr fahren.«

»Und Lestat?«

Der Vampir seufzte. »Lestat kam mit. Er wollte eigentlich nach New Orleans und versuchte, mich zu überreden, auch dorthin zu gehen. Aber dann schloß er sich mir an. Wir hätten es wahrscheinlich nicht mehr bis New Orleans geschafft, denn es wurde hell. Noch nicht so, daß sterbliche Augen es gesehen hätten, doch Lestat und ich konnten es sehen.

Nun, was Babette betrifft, so war ich inzwischen einmal bei ihr gewesen. Wie ich dir schon erzählte, hatte sie in der Gegend Anstoß erregt, weil sie allein auf der Plantage geblieben war, ohne einen männlichen Beschützer im Hause, nicht einmal mit einer älteren Dame. Finanziell hatte sie Erfolg, doch litt sie unter der gesellschaftlichen Ächtung. Reichtum bedeutete ihr nichts – eine Familie, Nachkommenschaft, das war für sie von Wert. Obwohl es ihr gelang, die Plantage ertragreich zu bewirtschaften, machte sich der Klatsch über sie her. Innerlich resignierte sie. Eines Nachts kam ich zu ihr in den Garten. Ohne mich ihr zu zeigen, sagte ich ihr mit der sanftesten Stimme, daß ich der gleiche sei, den sie schon einmal gesehen, und daß ich von ihrem Leben und ihrem Leiden wisse. ›Erwarten Sie nicht, daß die Leute Sie verstehen‹, sagte ich. ›Es sind Dummköpfe. Sie wollen, daß Sie sich vom Leben zurückziehen, weil Ihr Bruder tot ist. Sie wollen sich Ihres Lebens bedienen, als sei es nichts anderes als Öl für eine gewöhnliche Lampe. Sie müssen ihnen Trotz bieten, aber mit Reinheit und Zuversicht.‹ Schweigend hörte sie mir zu. Und ich sagte ihr weiter, sie solle einen Ball geben, einen Wohltätigkeitsball, und dazu die besten Freundinnen ihrer verstorbenen Mutter als Anstandsdamen einladen. Und sie müsse es mit völligem Selbstvertrauen tun. Selbstvertrauen und Reinheit, das wäre jetzt das wichtigste.

Babette schien es einzuleuchten. ›Ich weiß nicht, wer Sie sind, und Sie werden es mir nicht verraten‹, flüsterte sie. (Das war wahr.) ›Ich kann mir nur denken, daß Sie ein Engel sind.‹ Und sie bat, mein Gesicht sehen zu dürfen. Das heißt, sie bat so, wie es Menschen wie Babette tun, denen es nicht gegeben ist, jemanden um etwas zu bitten. Nicht, daß sie stolz gewesen wäre. Sie war einfach stark und ehrlich, was in den meisten Fällen das Bitten ... Aber ich sehe, daß du mich etwas fragen willst.« Der Vampir hielt inne.

»Ach nein«, sagte der Junge. Er hätte es gern vertuscht.

»Du brauchst keine Angst zu haben, mich etwas zu fragen. Wenn ich dir etwas verschweigen wollte ...« Das Gesicht des Vampirs verdunkelte sich einen Augenblick. Er runzelte die Stirn, und als sich seine Brauen zusammenzogen, bildete sich auf der Stirn über dem linken Auge eine kleine Vertiefung, als habe jemand mit dem Finger darauf gedrückt. Das gab ihm den besonderen Ausdruck tiefen Kummers. »Wenn ich dir etwas verschweigen wollte«, wiederholte er, »hätte ich mich gar nicht erst auf dieses Interview eingelassen.«

Der Junge starrte dem Vampir auf die Augen, auf die Wimpern, die wie feine schwarze Fäden in dem zarten Fleisch der Lider waren.

»Frage nur«, sagte der Vampir.

»So wie Sie von Babette sprechen . . .«, sagte der Junge. »Als ob Sie für sie ein besonderes Gefühl gehabt hätten.«

»Habe ich den Eindruck erweckt, ich hätte keine Gefühle?«

»Nein, durchaus nicht. Offenbar hatten Sie auch Gefühle für Lestats alten Vater. Sie sind geblieben, um ihn zu trösten, als Sie schon in Gefahr waren. Und was Sie für den jungen Frenière gefühlt haben, als Lestat ihn töten wollte . . . das haben Sie ja erklärt. Aber was ich gern gewußt hätte – war Ihr Gefühl für Babette nicht noch anders? Und war dieses Gefühl für Babette nicht der Grund gewesen, Frenière schützen zu wollen?«

»Du meinst Liebe«, sagte der Vampir. »Warum zögerst du, es zu sagen?«

»Weil Sie von Unbeteiligtsein, von Gleichgültigkeit gesprochen haben.«

»Glaubst du, daß Engel gleichgültig sind?«

Der Junge dachte einen Augenblick nach. »Ja«, sagte er.

»Aber sind Engel nicht der Liebe fähig? Schauen sie nicht voller Liebe in Gottes Antlitz?«

Wieder überlegte der Junge: »Liebe oder Verehrung.«

»Was ist der Unterschied?« fragte der Vampir nachdenklich. »Was ist der Unterschied?« Die Frage war offensichtlich nicht an den Jungen gerichtet. Er stellte sich selbst die Frage. »Engel fühlen Liebe und Stolz – den Stolz des Gestürzten – und Haß. Die starken, übermächtigen Empfindungen scheinbar gleichgültiger Wesen, bei denen Gefühl und Wille eins sind«, sagte er schließlich. Nun starrte er auf den Tisch, als ob er darüber nachdächte – er war nicht vollends zufrieden damit. »Ich hatte für Babette . . . ein starkes Gefühl. Es war nicht das stärkste, das ich je für ein menschliches Wesen empfunden habe« – er sah zu dem Jungen auf –, »doch es war sehr stark. Auf ihre Weise war Babette für mich ein ideales Menschenkind . . .«

Er rückte sich in seinem Stuhl zurecht, wobei sich sein Umhang leise bewegte, und sah zum Fenster. Der Junge beugte sich vor und wechselte das Band. Dann sagte er besorgt: »Ich fürchte, ich habe Sie etwas zu Persönliches gefragt. Ich wollte nicht . . .«

»Keineswegs«, erwiderte der Vampir und sah ihn wieder voll an. »Es war durchaus eine Frage zur Sache. Ich kann Liebe fühlen, und ich empfand ein gewisses Maß von Liebe zu Babette, wenn auch nicht die größte, die ich je empfunden habe. Die Liebe zu Babette war eine Vorahnung.

Um wieder auf meine Geschichte zu kommen: Babettes Wohltätigkeitsball war erfolgreich und verhalf ihr zur Rückkehr in die Gesellschaft. Es fehlte ihr nicht an Freiern, und noch bestehende Zweifel in deren Familien wurden durch Babettes Vermögen zerstreut. Sie heiratete. Ich besuchte sie in Sommernächten, ohne mich ihr zu zeigen oder sie auch nur wissen zu lassen, daß ich da war. Ich kam, um sie glücklich zu sehen, und fühlte mich selber glücklich dabei.

Dann begleitete mich Lestat zu Babette. Er hätte die Frenières längst getötet, wenn ich es nicht verhindert hätte, und nun dachte er, ich hätte die Absicht, es zu tun. ›Und wozu würde das führen?‹ fragte ich. ›Du nennst mich einen Idioten, aber der Idiot bist schon lange du. Glaubst du, ich weiß nicht, warum du aus mir einen Vampir gemacht hast? Du hättest nicht allein leben können; die einfachsten Dinge hättest du nicht fertiggebracht. Jahrelang habe ich nun alles erledigt, während du dagesessen und den Überlegenen gespielt hast. Es gibt nichts mehr, was du mich über das Leben lehren könntest. Ich brauche dich nicht, und ich kann mit dir nichts anfangen. Du bist es, der mich braucht, und wenn du nur einem einzige Sklaven der Frenières ein Haar krümmst, ist es mit uns aus. Es wird einen Kampf zwischen uns geben, und du weißt sehr wohl, daß ich im kleinen Finger mehr Verstand habe als du im Kopf. Tu also, was ich dir sage.‹

Nun, das überraschte ihn, obwohl er es vorher gewußt haben sollte, und er versicherte, er habe mir viel zu sagen, von Leuten, die ich nicht umbringen dürfte, weil es meinen sofortigen Tod bedeuten würde, von Orten, die ich meiden müsse, und so weiter. Lauter Unsinn, den ich kaum ertragen konnte. Aber ich hatte keine Zeit für ihn. Im Hause des Aufsehers der Frenières war Licht; er bemühte sich, die Erregung der entlaufenen Sklaven und seine eigene zu besänftigen. Und immer noch sah man das Feuer von Pointe du Lac am Horizont. Babette war schon angezogen und tätig; sie schickte Männer und Wagen, um die Flammen bekämpfen zu helfen. Die verschreckten Flüchtlinge wurden von den anderen ferngehalten, und ihre Geschichten wurden für nichts anderes als Ausgeburt ihrer primitiven Phantasie genommen. Babette wußte, daß sich etwas Furchtbares ereignet hatte, doch sie vermutete einen Mord, nichts Übernatürliches. Ich fand sie in ihrem Arbeitszimmer, wo sie gerade einen Eintrag über das Feuer im Plantagenjournal machte. Es war schon gegen Morgen, und mir blieben nur wenige Minuten, sie davon zu überzeugen, daß sie mir helfen müsse. Ich sprach zu ihr, bat sie, sich nicht umzuwenden, und sie hörte mir ruhig zu. Ich müsse ein Zimmer haben, sagte ich, um mich auszuruhen. ›Ich habe Ihnen nie ein Leid zugefügt‹, fuhr ich fort. ›Jetzt bitte ich Sie um einen Schlüssel und das Versprechen, daß bis zum Abend niemand versuchen wird, das Zimmer zu betreten. Dann will ich alles erzählen.‹ Ich war am Rande der Verzweiflung; der Himmel erhellte sich schon, und Lestat war mit den Särgen nur noch wenige Meter entfernt im Obstgarten. ›Aber warum sind Sie heute nacht zu mir gekommen und nicht nach Pointe du Lac gegangen?‹ fragte Babette. Ich erwiderte: ›Habe ich Ihnen nicht geholfen, gerade dann, als Sie Hilfe am nötigsten hatten, als Sie allein standen unter denen, die schwach und von Ihnen abhängig waren? Habe ich Ihnen nicht zweimal einen guten Rat erteilt? Und habe ich nicht seitdem über Ihr Glück gewacht?‹ Schon konnte ich durch das Fenster Lestat sehen. Er schien verzweifelt. ›Geben Sie mir den Schlüssel zu einem Zimmer‹, wiederholte ich eindringlich, ›und lassen Sie bis zum Abend niemand in die Nähe kommen. Ich schwöre Ihnen, daß ich Ihnen kein Unglück bringe.‹ ›Und wenn ich nicht ... wenn ich glaube, daß Sie vom Teufel kommen?‹ sagte sie jetzt und wollte den Kopf wenden. Ich löschte schnell die Kerze, und sie sah mich stehen, den Rücken dem schon bleich aufgehellten Fenster zugekehrt. ›Wenn Sie meine Bitte nicht erfüllen‹, sagte ich, ›und wenn Sie glauben, ich sei der Teufel, werde ich sterben. Geben Sie mir den Schlüssel! Ich könnte Sie jetzt umbringen, wenn ich wollte, verstehen Sie?‹ Und ich trat auf sie zu und zeigte mich ihr, so daß es ihr den Atem verschlug und sie zurückwich und sich an der Stuhllehne festklammerte. ›Doch ich will es nicht‹, setzte ich hinzu. ›Lieber will ich sterben, als Ihnen ein Leid antun. Aber ich werde sterben, wenn Sie mir nicht den Schlüssel geben, um den ich Sie bitte.‹

Ich hatte es geschaffft. Was sie dachte, wußte ich nicht, aber sie gab mir den Schlüssel zu einem Vorratsraum im Erdgeschoß, wo Wein gelagert wurde, und ich bin sicher, daß sie sah, wie Lestat und ich die Särge hineintrugen. Ich verschloß die Tür nicht nur, sondern verbarrikadierte sie.

Als ich am Abend erwachte, war Lestat schon auf.«

»Sie hat also Wort gehalten?« sagte der Junge.

»Ja. Aber sie war einen Schritt weitergegangen. Sie hatte nicht nur unsere verschlossene Tür respektiert, sondern sie auch von außen verschlossen.«

»Die Geschichte von den Sklaven – sie hatte sie gehört?«

»Ja, sie hatte sie gehört. Lestat entdeckte als erster, daß wir eingesperrt waren, und wurde wütend. Er hatte die Absicht gehabt, so schnell wie möglich nach New Orleans zu gehen. Sein Verdacht fiel auf mich. ›Ich habe dich nur so lange gebraucht, wie mein Vater lebte‹, sagte er und versuchte verzweifelt, einen Ausgang zu finden. Wir waren in einem Kerker.

›Jetzt werde ich mir nichts mehr von dir gefallen lassen, das sage ich dir‹, fuhr er fort. Er hatte keineswegs den Wunsch, mich fallenzulassen. Ich saß da und bemühte mich, Stimmen über uns zu hören, und wünschte, er möge den Mund halten, denn ich hatte keine Lust, ihm meine Hoffnungen anzuvertrauen oder das, was ich für Babette empfand.

Und noch über etwas anderes dachte ich nach. Du hast mich über Empfindung und Unbeteiligtsein befragt. Ein Aspekt davon – Unbeteiligtsein verbunden mit Empfindung, würde ich sagen – ist der, daß man an zwei Dinge zugleich denken kann. Man kann denken, daß man nicht sicher ist und vielleicht sterben muß, und man kann an etwas sehr Entferntes und Abstraktes denken. Und so war es bei mir der Fall. Ich dachte in jenem Augenblick, wortlos und tief im Innern, wie köstlich die Freundschaft zwischen mir und Lestat sein könnte, wieviel wir gemeinsam haben könnten und wie wenig Hindernisse es geben müsse. Vielleicht war es Babettes Nähe, die mich so etwas denken ließ, denn wie hätte ich sie je kennengelernt, wenn nicht durch diesen letzten, endgültigen Weg – ihr Leben zu nehmen, mich mit ihr zu vereinen in einer Umarmung des Todes, wenn meine Seele mit ihrem Herzen eins werden und sich von ihm nähren würde. Aber meine Seele wünschte sich, Babette zu erkennen ohne die Notwendigkeit, sie zu töten, ohne sie jedes Atemzuges, jedes Tropfen Blutes zu berauben. Und Lestat – wie hätten wir einander verstehen können, wäre er nur ein Mann von Charakter oder auch nur ein wenig Denkvermögen gewesen. Mir kamen die Worte seines alten Vaters in den Sinn: der glänzende Schüler Lestat, ein Freund der Bücher, die verbrannt worden waren. Ich hingegen kannte nur den Lestat, der über meine Bibliothek die Nase gerümpft und sich schonungslos über meine Lektüre und meine Meditationen lustig gemacht hatte.

Allmählich wurde es im Hause über unseren Köpfen ruhiger. Nur hin und wieder bewegten sich noch Schritte, knackten die Dielen, und durch die Ritzen drang schwaches Licht. Lestat betastete die Ziegelwände, und sein hartes, unerbittliches Vampirgesicht verzog sich zu einer Miene menschlicher Enttäuschung. Ich war überzeugt, daß wir uns sofort trennen mußten, daß ich, wenn es notwendig wäre, einen Ozean zwischen uns legen müßte. Und mir wurde klar, daß ich ihn so lange erduldet hatte, weil ich Zweifel an mir hegte. Es war Selbstbetrug gewesen zu glauben, ich wäre des alten Mannes und meiner Schwester und ihres Gatten wegen geblieben. Ich war bei Lestat geblieben, weil ich befürchtet hatte, er wisse wichtige Geheimnisse als Vampir, die ich allein nicht entdecken konnte, und, noch wichtiger, weil er der einzige meiner Art war, den ich kannte. Er hatte mir nie verraten, auf welche Weise er Vampir geworden, oder wo ich auch nur einen einzigen anderen Vertreter unserer Gattung treffen konnte. Diese Gedanken beunruhigten mich in jenem Augenblick ebensosehr wie in den vergangenen vier Jahren. Ich haßte ihn und wollte von ihm fort, aber konnte ich ihn wirklich verlassen?

Während mir all dies durch den Kopf ging, setzte Lestat seine Schmähungen fort – er brauche mich nicht, und er würde sich nichts gefallen lassen, schon gar nicht von den Frenières. Wir müßten bereit sein, wenn diese Tür geöffnet würde. ›Denke daran‹, sagte er schließlich, ›Geschwindigkeit und Stärke, darin sind wir nicht zu übertreffen. Und die Furcht. Denke immer daran, Furcht zu erregen. Sei jetzt nicht sentimental! Damit verspielst du nur alles.‹

›Und danach möchtest du unabhängig sein?‹ fragte ich ihn. Ich wollte es ihm nahelegen, aber ich hatte nicht den Mut. Oder, besser gesagt, ich war mir über meine eigenen Gefühle nicht im klaren.

›Ich möchte nach New Orleans gehen‹, antwortete er. ›Ich habe dir nur gesagt, daß ich dich nicht brauche. Aber um hier herauszukommen, haben wir einander nötig. Du verstehst immer noch nicht, deine Kräfte anzuwenden; du hast nicht das angeborene Gefühl für das, was du bist. Wende deine Überredungskünste bei dieser Frau an, wenn sie kommt. Aber wenn sie mit anderen kommt, dann sei bereit zu handeln als der, der du bist.‹

›Und das wäre?‹ fragte ich; denn noch nie schien es mir ein solches Geheimnis wie in diesem Augenblick. ›Wer bin ich – was bin ich?‹

Er hob angewidert die Hände. ›Sei bereit . . .‹, sagte er und entblößte seine prächtigen Zähne, ›zu töten!‹ Plötzlich blickte er zur Decke. ›Oben geht man zu Bett, hörst du?‹

Nach einer langen Zeit des Schweigens, während Lestat auf und ab ging und ich grübelnd dasaß und versuchte, eine Anwort auf die Frage zu finden, was ich zu Babette sagen, was ich mit ihr tun könnte, oder, noch tiefer in meiner Seele, eine Antwort auf eine noch schwierigere Frage – was fühlte ich wirklich für Babette? –, nach einer langen Zeit schimmerte ein Licht im Türspalt. Lestat war sprungbereit, um sich auf den zu stürzen, der öffnen würde. Es war Babette allein, die mit einer Lampe eintrat. Sie konnte Lestat, der hinter ihr stand, nicht sehen, doch mich blickte sie gerade an.

Noch nie hatte ich sie so gesehen, wie sie jetzt war: Die Haare waren schon für die Nacht aufgelöst und bildeten eine Flut dunkler Wellen hinter ihrem weißen Nachtgewand, und ihr Gesicht war angespannt vor Furcht und Kummer, die großen braunen Augen noch größer in einem fiebrigen Glanz. Wie ich dir schon sagte, liebte ich ihre Stärke und Rechtschaffenheit und Seelengröße; ich fühlte keine sinnliche Leidenschaft, doch fand ich Babette verlockender als jede Frau, die ich in meinem sterblichen Dasein gesehen hatte. Auch in dem züchtigen Nachtgewand waren ihre Arme und Brüste rund und weich, und sie erschien mir wie eine faszinierende Seele, in geheimnisvolles Fleisch gehüllt. Ich, sonst hart und nüchtern und berechnend, fühlte mich unwiderstehlich zu ihr hingezogen; und da ich ja wußte, daß nur der Tod Erfüllung bringen konnte, wandte ich mich sofort ab – unsicher, ob sie meine Augen nicht tot und seelenlos finden würde, wenn ich sie hineinschauen ließe.

›Sie sind derjenige, der mich schon einmal aufgesucht hat‹, sagte sie, als sei sie dessen nicht sicher gewesen. ›Und Sie sind der Herr von Pointe du Lac. Sie sind es!‹ Während sie sprach, wurde mir bewußt, daß sie die ungeheuerlichsten Geschichten über die letzte Nacht gehört haben mußte, und es wäre zwecklos gewesen, sie durch irgendeine Lüge zu beschwichtigen. Ich hatte zweimal meine übernatürlichen Kräfte gebraucht, um vor sie zu treten und mit ihr zu sprechen; und jetzt konnte ich sie nicht verbergen oder bagatellisieren.

›Ich habe nichts Böses mit Ihnen im Sinn‹, antwortete ich. ›Ich brauche nur einen Wagen und Pferde . . . die Pferde, die ich gestern abend in der Koppel gelassen habe.‹ Sie schien nicht auf meine Worte zu hören; sie trat näher, entschlossen, das Licht ihrer Lampe auf mich fallen zu lassen.

Und dann sah ich Lestat hinter ihr, gierig und gefahrdrohend, und sein Schatten verschmolz mit ihrem Schatten an der Wand. ›Sie werden mir den Wagen geben?‹ fuhr ich beharrlich fort. Sie hatte die Lampe erhoben und blickte mich an; und als ich mich abwenden wollte, sah ich, daß ihre Miene sich veränderte. Sie wurde unbewegt, ausdruckslos, als verlöre ihre Seele das Bewußtsein. Sie schloß die Augen und schüttelte den Kopf, wie wenn ich sie, ohne es zu wollen, in Trance versetzt hätte. ›Wer sind Sie?‹ flüsterte sie. ›Sie kommen vom Teufel. Sie sind vom Teufel gekommen, als Sie zum ersten Mal bei mir waren.‹

›Vom Teufel?‹ wiederholte ich. Es betrübte mich mehr, als ich je gedacht hatte, daß mich etwas betrüben könne. Wenn sie es glaubte, so würde sie meinen Rat für schlecht halten und gezwungen sein, ihre eigene Existenz in Frage zu stellen. Ich wußte, daß sie es nicht tun durfte; ihr Leben war reich und gut. Wie alle starken Menschen litt sie in einem gewissen Maße an Einsamkeit; sie war ein gesellschaftlicher Außenseiter, eine Ungläubige insgeheim. Und das Gleichgewicht ihres Lebens würde gestört, wenn sie ihre eigene Güte anzweifeln müßte. Sie starrte mich mit unverhohlenem Grausen an; es war, als vergäße sie in ihrem Entsetzen ihre eigene verletzbare Lage. Und Lestat, den jede Schwäche anzog wie einen Verdurstenden das Wasser, packte sie jetzt am Handgelenk, und sie schrie auf und ließ die Lampe fallen, so daß die Flamme das ausgeschüttete Öl erfaßte. Lestat zog sie zurück zur offenstehenden Tür. ›Holen Sie den Wagen!‹ herrschte er sie an. ›Holen Sie ihn sofort, und die Pferde. Sie sind in Lebensgefahr, reden Sie jetzt nicht von Teufeln.‹

Ich trat die Flammen aus und rief Lestat zu, er solle Babette loslassen. Er hielt sie an beiden Handgelenken fest, und sie war wütend. ›Du wirst das ganze Haus aufwecken, wenn du nicht den Mund hältst‹, sagte er zu mir. ›Und ich werde sie töten. Geben Sie uns den Wagen . . . führen Sie uns hin und sagen Sie dem Stallknecht Bescheid‹, sagte er zu Babette und stieß sie hinaus.

Wir bewegten uns langsam über den dunklen Hof – meine Qual war fast unerträglich –, Lestat vor mir und vor uns Babette, die rückwärts ging und uns durch das Dunkel anstarrte. Plötzlich blieb sie stehen. Im Hause oben brannte ein trübes Licht. ›Ich gebe Ihnen nichts!‹ sagte sie. Ich stieß Lestat an und sagte, er solle mich handeln lassen. ›Sie wird uns an jedermann verraten, wenn ich nicht mir ihr spreche‹, flüsterte ich ihm zu.

›Dann nimm dich selber zusammen‹, antwortete er angewidert. ›Sei standhaft und mache keine Ausflüchte.‹

›Tu, was ich dir sage‹, erwiderte ich. ›Geh zu den Ställen und hole Pferde und Wagen heraus. Aber du darfst nicht töten!‹ Ob er mir gehorchen würde oder nicht, wußte ich nicht, aber er schoß davon, während ich zu Babette trat. Ihr Gesichtsausdruck war eine Mischung aus Wut und Entschlossenheit. ›Hebe dich weg von mir, Satan!‹ rief sie. Und ich stand vor ihr, sprachlos, und versuchte ihrem Blick standzuhalten. Sie ließ nicht erkennen, ob sie Lestat durch das Dunkel hören konnte. Ihr Haß auf mich brannte wie Feuer.

›Warum sagen Sie das zu mir?‹ fragte ich. ›War der Rat schlecht, den ich Ihnen gab? Habe ich Ihnen Böses zugefügt? Ich kam, Ihnen zu helfen, Ihnen Kraft zu geben. Ich dachte nur an Ihr Bestes, obwohl ich es nicht nötig hatte, überhaupt an Sie zu denken.‹

Sie schüttelte den Kopf. ›Warum, warum sprechen Sie so zu mir?‹ fragte sie. ›Ich weiß, was Sie in Pointe du Lac getan haben, Sie haben dort wie ein Teufel gehaust. Die Sklaven erzählen davon die wildesten Geschichten. Den ganzen Tag waren meine Leute auf der Straße am Fluß nach Pointe du Lac unterwegs; mein Gatte ist dort gewesen! Er hat das Haus in Trümmern gesehen und die Leichen von Sklaven über die Gärten und Felder verstreut! Wer sind Sie? Warum sprechen Sie so sanft zu mir? Was wollen Sie von mir?‹ Sie hielt sich nun an den Pfosten der Veranda fest und wich langsam zur Treppe zurück. In dem erleuchteten Fenster oben bewegte sich etwas.

›Ich kann Ihnen jetzt keine Antwort geben‹, erwiderte ich. ›Glauben Sie mir, daß ich nur zu Ihnen kam, um Ihnen einen Dienst zu erweisen. Und ich hätte Ihnen gestern abend nicht Kummer und Sorge gebracht, wenn ich anders gekonnt hätte.‹ « Der Vampir hielt inne.

Stumm und in Gedanken verloren, starrte der Vampir vor sich hin.

Der Junge saß vorgebeugt da, mit aufgerissenen Augen. Dann senkte er den Blick, als erfordere dies der Anstand. Er sah den Vampir abermals an und wandte sich dann von ihm ab. Sein eigenes Gesicht war so bekümmert wie das des Vampirs. Er schickte sich an, etwas zu sagen, schwieg jedoch.

Sein Gegenüber sah ihn forschend an, so daß er errötete und abermals die Augen abwandte. Schließlich hob er sie und erwiderte den Blick des Vampirs. Er schluckte, doch er hielt dem Blick stand.

»Ist es das, was du wolltest?« flüsterte der Vampir. »Was du zu hören wünschtest?«

Er schob seinen Stuhl geräuschlos zurück und ging zum Fenster. Der Junge blieb wie betäubt sitzen und sah dem Vampir nach, blickte auf die breiten Schultern, die weite Fläche des Umhangs. »Du antwortest nicht«, fuhr der Vampir fort. »Ich gebe dir nicht, was du erwartest hattest, nicht wahr? Du wolltest ein Interview. Etwas, das man im Rundfunk bringen kann.«

»Es macht nichts. Ich werde die Bänder fortwerfen, wenn Sie wollen.« Der Junge stand auf. »Ich kann nicht sagen, daß ich alles verstehe, was Sie mir erzählen. Wollte ich es sagen, müßte ich lügen, und Sie würden es merken. Wie kann ich Sie also bitten fortzufahren, wenn ich nur sagen kann, daß das, was ich verstehe – was ich wirklich verstehe –, nicht die geringste Ähnlichkeit mit irgend etwas hat, das ich je gehört oder verstanden habe.« Er trat einen Schritt auf den Vampir zu, der in den Anblick der Straße vertieft schien, bis er langsam den Kopf drehte, den Jungen ansah und lächelte. Sein Gesichtsausdruck war heiter und fast liebevoll. Der Junge fühlte sich verlegen. Er steckte die Hände in die Taschen und wandte sich zum Tisch zurück; dann sah er den Vampir zögernd an und sagte: »Wollen Sie, bitte ... weitererzählen?«

Der Vampir stellte sich mit dem Rücken zum Fenster und faltete die Arme. »Warum?« fragte er.

Der Junge war verlegen. »Weil ich ... weil ich es hören möchte.« Er zuckte die Achseln. »Weil ich wissen möchte, wie es weiterging.«

»Also gut«, sagte der Vampir, noch immer lächelnd. Er setzte sich wieder auf seinen Stuhl, dem Jungen gegenüber, und zeigte auf das Tonbandgerät. »Eine wunderbare Erfindung, wirklich ... laß mich also fortfahren.

Du mußt verstehen – was ich für Babette fühlte, war das Verlangen nach Vereinigung, stärker als irgendein Verlangen, das ich damals empfand ... außer dem Verlangen nach ... Blut. Es war so mächtig in mir, dieses Verlangen, daß ich die Tiefe meiner Einsamkeit desto stärker spürte. Wenn ich vorher mit ihr gesprochen hatte, so war es ein kurzer, direkter Austausch gewesen, so einfach und befriedigend wie ein Händedruck – man ergreift die Hand und läßt sie sanft wieder los. All das in einem Augenblick großer Not und Pein. Aber jetzt waren wir uneins. Für Babette war ich ein Ungeheuer, und ich empfand es selber als schrecklich, und ich hätte alles getan, um sie zu überzeugen. Ich sagte ihr, der Rat, den ich ihr gegeben, sei richtig, und kein Werkzeug des Teufels könne das Rechte tun, selbst wenn es wollte.

›Ich weiß es‹, erwiderte sie. Doch sie meinte damit, daß sie mir nicht mehr trauen könne als dem Teufel selber. Ich trat auf sie zu und hob die Hand, und sie schrak zurück und klammerte sich an das Geländer. ›Also gut‹, sagte ich und fühlte eine schreckliche Erbitterung. ›Warum haben Sie mir dann gestern abend Schutz gewährt? Warum sind Sie jetzt allein zu mir gekommen?‹ Sie mußte einen Grund dafür gehabt haben, doch würde sie ihn mir um keinen Preis verraten; es war ihr unmöglich, offen zu mir zu sprechen, mir die Verständigung zu gewähren, die ich begehrte. Ich wurde es müde, sie anzuschauen. Es war schon spät in der Nacht; ich konnte sehen und hören, daß Lestat sich in den Weinkeller geschlichen hatte, um unsere Särge zu holen. Ich fühlte den Drang aufzubrechen und darüber hinaus den Drang ... zu töten und zu trinken. Aber das war es nicht, was mich müde machte; es war etwas anderes, weit Schlimmeres. Es war, als sei diese Nacht nur eine von vielen tausend Nächten, eine Welt ohne Ende, in der eine Nacht in einem unendlichen Bogen in die andere floß, eine Nacht, in der ich allein unter kalten, teilnahmslosen Sternen umherschweifte. Ich glaube, ich wandte mich von Babette ab und legte die Hand auf die Augen; ich fühlte mich auf einmal bedrückt und schwach. Und in dieser unermeßlichen und öden Landschaft der Nacht, wo ich ganz allein war und Babette nur ein Trugbild, da sah ich plötzlich eine Möglichkeit, die ich zuvor nie erwogen hatte, eine Möglichkeit, vor der ich geflohen war, besessen von der Welt und befangen in der Gefühlswelt eines Vampirs, in Liebe zu Farbe und Form und Ton und unendlicher Vielfalt. Babette bewegte sich, doch ich beachtete es nicht. Sie nahm etwas aus der Tasche, wo ihr großes Schlüsselbund klingelte, und ging die Stufen hinauf. Laß sie gehen, dachte ich, und flüsterte: ›Geschöpf des Teufels!‹ und wiederholte: ›Hebe dich von mir, Satan!‹ Ich wandte mich zu ihr um. Babette war auf der Treppe stehengeblieben, mit großen, argwöhnischen Augen, griff nach der Laterne, die an der Wand hing, und hielt sie fest in den Händen wie einen kostbaren Schatz. ›Sie glauben, ich komme vom Teufel?‹ fragte ich.

Sie nahm schnell die Laterne in die linke Hand und machte mit der rechten das Zeichen des Kreuzes; die lateinischen Worte, die sie dazu murmelte, waren kaum zu hören. Sie erbleichte und machte große Augen, als sich überhaupt nichts tat. ›Hatten Sie erwartet, ich würde mich in eine Rauchwolke auflösen?‹ fragte ich. Nun kam ich näher, denn ich hatte kraft meiner Gedanken Abstand von ihr gewonnen. ›Und wohin sollte ich gehen?‹ fragte ich sie. ›Zum Teufel, zur Hölle, woher ich kam?‹ Ich stand am Fuß der Treppe. ›Und wenn ich Ihnen sage, ich weiß nichts vom Teufel? Daß ich nicht einmal weiß, ob es ihn gibt?‹ Es war der Teufel, den ich in der Landschaft meiner Gedanken gesehen hatte; es war der Teufel, über den ich nun nachsann. Ich wandte mich von ihr ab. Sie hörte mir nicht zu, wie du mir jetzt zuhörst, sie hörte gar nicht hin. Ich schaute hinauf zu den Sternen. Lestat war bereit, ich wußte es; und mir war, als warte er schon seit Jahren mit dem Wagen, und als stünde Babette schon seit Jahren auf der Treppe. Und plötzlich war mir, als sei auch mein Bruder da und ebenfalls seit Jahren, und als spräche er leise, aber mit erregter Stimme zu mir, und was er sagte, war ungemein wichtig, doch es entging mir ebenso schnell, wie er sprach, wie das Rascheln von Ratten im Gebälk eines großen Hauses. Dann hörte ich ein kratzendes Geräusch und sah Licht aufflammen. ›Ich weiß nicht, ob ich aus der Hölle komme oder nicht. Ich weiß nicht, was ich bin‹, rief ich Babette zu, und meine Stimme dröhnte in meinen eigenen empfindlichen Ohren.

›Ich muß leben bis zum Ende der Welt, und ich weiß nicht einmal, was ich bin.‹ Vor mir flackerte das Licht der Laterne, das sie angezündet hatte und so hielt, daß ich ihr nicht ins Gesicht sehen konnte. Ich war geblendet, und dann schlug sie mir die Laterne mit ihrem vollen Gewicht gegen die Brust, das Glas zersplitterte, und die Flammen züngelten an meinen Beinen und meinem Gesicht. Lestat rief aus dem Dunkel: ›Mach es aus, du Idiot, mach es aus! Du wirst verbrennen!‹ Und ich fühlte, wie etwas heftig auf mich einschlug; es war Lestats Jacke. Ich fiel hilflos an den Pfeiler, betäubt von dem Schlag und dem Feuer wie von der Erkenntnis, daß Babette mich vernichten wollte und daß ich nicht wußte, was ich war.

Dies alles geschah in wenigen Sekunden. Dann erlosch das Feuer, und ich kniete im Dunkel, die Hände auf dem Ziegelboden. Lestat hatte auf der Treppe Babette erneut gepackt, und ich lief hinauf zu ihm, ergriff ihn beim Nacken und riß ihn zurück. Er drehte sich wütend um und trat nach mir, aber ich klammerte mich an ihn und zog ihn hinunter. Babette schien versteinert. Ich sah ihre dunklen Umrisse gegen den Himmel und einen Schimmer in ihren Augen. ›Also komm‹, sagte Lestat und richtete sich auf. Babette legte die Hand an ihren blutenden Hals. Ich versuchte sie mit meinen geblendeten Augen zu erkennen. ›Denken Sie daran‹, sagte ich, ›ich hätte Sie töten können – oder zulassen, daß er Sie tötet. Ich habe es nicht getan. Sie nannten mich den Teufel. Aber Sie irren.‹ «

Der Vampir schwieg. »Dann haben Sie Lestat gerade noch rechtzeitig zurückgehalten«, sagte der Junge.

»Ja. Lestat konnte wie der Blitz zupacken und töten und Blut saugen. Aber ich hatte nur Babettes physisches Leben gerettet. Das erfuhr ich erst später.

In anderthalb Stunden waren Lestat und ich in New Orleans. Die Pferde waren zu Tode erschöpft. Wir stellten den Wagen in der Nähe eines neuen spanischen Hotels ab, wo Lestat einen alten Mann beim Arm nahm und ihm fünfzig Dollar in die Hand drückte. ›Besorgen Sie uns ein Appartement‹, sagte er zu ihm, ›und bestellen sie Champagner für uns. Sagen Sie, es ist für zwei Kavaliere, und bezahlen Sie im voraus. Wenn Sie zurückkommen, habe ich weitere fünfzig Dollar für Sie. Und ich passe auf, darauf können Sie sich verlassen.‹ Lestat fixierte ihn mit seinen glühenden Augen, und da wußte ich, er würde ihn töten, sobald der Mann mit den Zimmerschlüsseln zurückkehrte. Und er tat es. Ich saß müde im Wagen und sah zu, wie der alte Mann schwächer und schwächer wurde und schließlich wie ein Sack voller Steine hinsank, als Lestat von ihm ließ. ›Gute Nacht, teurer Prinz‹, sagte Lestat spöttisch,

›und hier sind deine fünfzig Dollar.‹ Und er steckte ihm das Geld in die Tasche, als wäre es ein Riesenspaß.

Dann schlüpften wir durch den Hintereingang ins Hotel und gingen in den Salon unseres Appartements hinauf. Der Champagner schimmerte in einem Eiskübel, zwei Gläser standen auf einem Silbertablett. Lestat füllte sogleich ein Glas und starrte auf die blaßgelbe Farbe – ich hätte es voraussagen können. Und ich, wie in Trance, lag auf dem Sofa und starrte ihn an, als sei es völlig gleichgültig, was er tat. Ich muß ihn verlassen oder sterben, dachte ich. Es würde süß sein zu sterben, dachte ich. Ja, sterben. Schon früher hatte ich sterben wollen, jetzt wünschte ich es mir sehnlich. Ich sah es mit einer solch sanften Klarheit, mit solch äußerster Gelassenheit.

›Du wirst überempfindlich‹, sagte Lestat plötzlich. ›Es dämmert fast.‹ Er ging zum Fenster und zog den Spitzenvorhang zurück, und ich konnte die Dachfirste unter dem dunkelblauen Himmel erkennen und darüber das große Sternbild des Orion. ›Geh töten!‹ sagte Lestat und öffnete das Fenster. Er stieg auf den Sims hinauf, und von dort auf ein Dach neben dem Hotel. Ich wußte, er holte die Särge, oder wenigstens einen. Der Durst brannte in mir wie Fieber; ich folgte ihm. Mein Verlangen zu sterben hielt an. Leidenschaftslos, wie ein reiner Gedanke. Doch ich mußte Nahrung zu mir nehmen. Damals wollte ich noch keine Menschen töten, und ich ging das Dach entlang, um Ratten zu suchen.«

»Aber warum . . . Sie sagten doch, Lestat hätte Sie nicht mit Menschen beginnen lassen sollen. Meinten Sie . . . meinen Sie, es war für Sie eine Sache der Ästhetik, nicht der Moral?«

»Hättest du mich damals gefragt, dann hätte ich geantwortet, es sei eine Sache der Ästhetik gewesen, daß ich den Tod in Etappen zu verstehen wünschte. Daß der Tod eines Tieres mir solch ein Erlebnis und solche Lust bereitete, war erst ein Anfang, und ich wollte mir das Erlebnis des Menschentodes für mein reiferes Verständnis bewahren. Aber es war eigentlich eine Sache der Moral. Denn alle ästhetischen Entscheidungen sind im Grunde moralische.«

»Das verstehe ich nicht«, sagte der Junge. »Ich dachte, ästhetische Entscheidungen können ganz und gar unmoralisch sein. Denken Sie an die Geschichte von dem Künstler, der Frau und Kinder verließ, um malen zu können. Oder an Nero, der die Harfe spielte, während Rom brannte.«

»Beides waren moralische Entschlüsse. Beide dienten, in der Vorstellung des Künstlers, einem höheren Gott. Der Widerspruch liegt zwischen der Moral des Künstlers und der Moral der Gesellschaft, nicht zwischen Ästhetik und Moral. Aber das wird oft nicht verstanden, und darin liegt die Tragödie. Ein Künstler, zum Beispiel, der Farben stiehlt, glaubt, er habe etwas Unvermeidliches und auch Unmoralisches getan und sieht sich in Ungnade gefallen; die Folge ist Verzweiflung oder Verantwortungslosigkeit, als ob die Moral eine Welt aus Glas wäre, die durch eine einzige Tat in Scherben gehen könne. Doch damals war dies nicht meine große Sorge; damals wußte ich nichts von diesen Dingen. Ich glaubte, Tiere nur aus ästhetischen Gründen zu töten, und wich der wichtigsten moralischen Frage aus, ob ich meiner Natur wegen verdammt sei oder nicht.

Denn siehst du, obwohl Lestat niemals zu mir vom Teufel oder der Hölle gesprochen hatte, glaubte ich, daß ich verdammt sei, wenn ich zu ihm überginge, so wie es Judas geglaubt haben muß, als er sich die Schlinge um den Hals legte. Du verstehst?«

Der Junge sagte nichts. Er setzte zum Sprechen an, schwieg jedoch. Auf seinen Wangen brannten rote Flecken. »Und waren Sie ... verdammt?« flüsterte er.

Der Vampir saß nur da und lächelte, ein kleines Lächeln, das wie ein Lichtschein auf seinen Lippen spielte. Der Junge starrte ihn an, als sähe er ihn zum ersten Mal.

»Vielleicht«, sagte der Vampir – er richtete sich gerade und kreuzte die Beine – »müßten wir alles der Reihe nach besprechen. Vielleicht sollte ich erst in meiner Geschichte fortfahren.«

»Ja, bitte ...«

»Ich war sehr erregt in dieser Nacht, wie ich schon erzählte. Ich hatte mich vor jener Frage als Vampir gedrückt; jetzt wurde ich völlig von ihr überwältigt, und in diesem Zustand hatte ich nicht den Wunsch zu leben. Nun, dies erweckte in mir, wie es auch bei menschlichen Wesen der Fall sein kann, die Begierde nach etwas, das wenigstens physisches Verlangen befriedigen würde. Ich glaube, ich gebrauchte es als Entschuldigung. Du weißt, was den Vampiren das Töten bedeutet, und du kannst dir aus dem, was ich dir erzählte, den Unterschied zwischen einer Ratte und einem Menschen vorstellen.

Ich stieg hinter Lestat hinunter auf die Straße. Damals waren die Straßen schmutzig und die Hauserblocks wie Inseln über den Gassen. Die ganze Stadt war dunkel, verglichen mit den hellen Städten von heute, und die einzelnen Lichter schimmerten wie Leuchtbojen in einem schwarzen Meer. Auch als der Morgen langsam dämmerte, tauchten nur die Dachfenster und Veranden aus dem Dunkel, und einem Sterblichen müssen die engen Straßen pechschwarz vorgekommen sein. Bin ich verdammt? Bin ich des Teufels? Ist meine ganze Natur die eines Teufels? So fragte ich mich immer wieder. Und wenn es so ist, warum lehne ich mich dagegen auf, warum zittere ich, wenn Babette eine brennende Laterne nach mir schleudert, wende ich mich angewidert ab, wenn Lestat tötet? Was bin ich geworden, als ich ein Vampir wurde? Wohin soll ich gehen? Und in der ganzen Zeit, während der Todeswunsch mich meinen Durst vernachlässigen ließ, wurde mein Durst heißer, brannten die Adern schmerzhaft in meinem Fleisch, hämmerten meine Schläfen; und schließlich konnte ich es nicht länger ertragen. Hin und her gerissen zwischen dem Wunsch, nichts zu tun und zu verhungern, und dem Trieb zu töten, stand ich auf der leeren Straße. Da hörte ich auf einmal hinter einer Hauswand ein Kind weinen.

Ich trat neugierig näher und hob einen schweren hölzernen Fensterladen in die Höhe. In einem dunklen Zimmer saß ein Mädchen neben einer toten Frau, einsam und allein, und weinte herzzerbrechend und war so müde, als habe es jetzt unendlich lange geweint und müsse gleich vor Erschöpfung aufhören. Die Frau muß schon seit Tagen tot gewesen sein; das Zimmer war vollgestellt mit Koffern und Paketen, wie wenn eine ganze Familie im Aufbruch gewesen; doch jetzt war niemand mehr da außer dem Kind mit der halbbekleideten, schon halbverwesten Leiche. Als das Mädchen mich sah, bat es mich, etwas zu tun, um ihrer Mutter zu helfen. Sie war höchstens fünf, sehr mager, und das Gesicht war mit Schmutz und Tränen bedeckt. Sie flehte mich um Hilfe an. Sie beide müßten mit dem Schiff fort, sagte die Kleine, bevor die Pest käme, und ihr Vater warte schon auf sie. Das Mädchen schüttelte seine Mutter und schrie verzweifelt und mitleiderregend; dann blickte sie mich wieder an und brach von neuem in eine Tränenflut aus.

Mittlerweile verging ich vor Hunger und Durst. Ich mußte unbedingt trinken, einen weiteren Tag ohne Nahrung hätte ich nicht ausgehalten. Wohl gab es andere Möglichkeiten: In den Straßen liefen Ratten im Überfluß umher, und irgendwo in der Nähe hörte ich einen Hund heulen; ich hätte ohne weiteres das Zimmer verlassen, mich anderweitig sättigen und dann zurückkehren können. Doch mich ließ die Frage nicht los: Bin ich verdammt? Wenn ja, warum empfinde ich dann solches Mitleid mit diesem Kinde, mit seinem mageren Gesichtchen? Warum drängt es mich, die kleinen Ärmchen zu streicheln, es auf die Knie zu nehmen, sanft das weiche Haar zu berühren, während sie den Kopf an meine Brust legt? Warum tue ich das? Wenn ich verdammt bin, muß ich den Wunsch haben, sie zu töten, nichts in ihr zu sehen als Nahrung für eine verdammte Existenz, denn wenn ich verdammt bin, bin ich gezwungen, sie zu hassen.

Und während mir diese Gedanken durch den Kopf gingen, sah ich Babettes haßverzogenes Gesicht, als sie die Laterne hochgehalten hatte, sah Lestat vor mir und haßte ihn; und ich fühlte: ja, verdammt, und dies ist die Hölle, und schon beugte ich mich nieder und biß in den weichen kleinen Hals, und als ich den leisen Aufschrei hörte, flüsterte ich, das warme Blut auf den Lippen: ›Es ist nur ein Augenblick, dann fühlst du keinen Schmerz mehr.‹ Doch sie hörte mich nicht, und ich konnte nichts mehr sagen. Vier Jahre lang hatte ich kein menschliches Wesen mehr genossen, vier Jahre lang nicht mehr gewußt, wie es ist – und jetzt hörte ich ihr Herz schlagen – nicht das eines erwachsenen Mannes oder Tieres, sondern den schnellen Herzschlag eines Kindes, das nicht sterben will, beharrlich wie der Schlag einer kleinen Faust an der Tür, als riefe es unablässig: ›Ich will nicht sterben, ich will nicht sterben, ich kann nicht sterben, ich kann nicht sterben ...‹ Ich glaube, ich stand auf, das Mädchen fest in den Armen; mein Herz schlug rascher mit ihrem Herzschlag, und das Blut strömte zu schnell für mich. Das Zimmer drehte sich um mich, und dann starrte ich, ohne zu wollen, über das gebeugte Köpfchen hinweg und sah der toten Mutter ins Gesicht, und mir schien, als blickten mich durch die halbgeschlossenen Lider die Augen an, als lebten sie! Ich ließ das Kind fallen, es blieb wie eine Puppe liegen, und als ich mich schreckerfüllt abwandte, um zu fliehen, sah ich Lestat am Fenster, der draußen auf der morastigen Straße tanzte und sich vor Lachen krümmte. ›Louis, Louis!‹ sagte er mit spöttischem Vorwurf und drohte mit seinem langen, knochigen Finger, als habe er mich bei etwas Unerlaubtem ertappt. Und dann sprang er über die Fensterbrüstung, schob mich beiseite, hob die halbverweste Leiche vom Bett und tanzte mit ihr im Zimmer umher.«

»O mein Gott!« flüsterte der Junge.

»Ja, ich hätte dasselbe sagen mögen«, sagte der Vampir. »Er stolperte über das Kind, als er die Mutter in großen Kreisen mit sich zog, und sang beim Tanzen. Als ihr Kopf zurückfiel, hing ihr das verfilzte Haar ins Gesicht, und aus ihrem Mund ergoß sich eine schwarze Flüssigkeit. Dann ließ er sie fallen. Ich sprang aus dem Fenster und lief die Straße hinunter. Lestat kam hinter mir her. ›Fürchtest du dich vor mir, Louis?‹ rief er. ›Hast du Angst? Das Kind lebt; du hast ihr Atem genug gelassen. Soll ich sie holen und einen Vampir aus ihr machen? Wir könnten sie brauchen, Louis, und denk an die hübschen Kleider, die wir ihr kaufen würden! Warte doch, Louis! Ich hole sie, wenn du einverstanden bist.‹ Und so lief er mir nach, den ganzen Weg zum Hotel zurück, über alle Dächer, wo ich ihn zu verlieren hoffte, bis ich durch das Fenster in unseren Salon einstieg und das Fenster hinter mir verschloß. Er zerschlug die Scheibe mit ausgestreckten Armen, wie ein Vogel, der versucht, durch das Glas hindurchzufliegen und schüttelte am Fensterrahmen. Ich war völlig von Sinnen, lief im Zimmer umher und suchte nach einem Gegenstand, mit dem ich ihn töten konnte. Ich stellte mir vor, wie sein Körper auf dem Dach zu einem kleinen Häufchen verbrannte. Alle Vernunft war von mir gewichen, und ich schäumte vor Wut. Als er durch die zerbrochene Scheibe kam, griff ich ihn an, und wir rangen miteinander wie nie zuvor. Es muß die Hölle gewesen sein, die mich einhalten ließ, der Gedanke an die Hölle und daß wir zwei verlorene Seelen in der Hölle seien, die einander haßerfüllt anfielen. Ich verlor mein Selbstbewußtsein, meine Entschlußkraft; ich lag auf dem Boden, und Lestat stand über mir, mit kalten Augen, obwohl seine Brust sich hob und senkte. ›Du bist ein Narr, Louis‹, sagte er. Seine Stimme war ruhig, so ruhig, daß ich wieder zur Besinnung kam. ›Die Sonne geht auf‹, fuhr er fort, und sein Brustkorb hob und senkte sich noch von dem Kampf, als er mit zusammengekniffenen Augen zum Fenster sah. Noch nie hatte ich ihn so gesehen; unser Kampf oder irgend etwas anderes schien ihn eines Besseren belehrt zu haben. ›Leg dich in deinen Sarg‹, sagte er ohne die geringste Erregung, ›doch heute abend . . . reden wir miteinander.‹

Nun, ich war nicht wenig erstaunt. Lestat und reden! Ich konnte es mir nicht vorstellen. Nie hatten wir beide wirklich miteinander geredet. Ich glaube, ich habe dir recht genau geschildert, wie unsere Plänkeleien, unsere Auseinandersetzungen vor sich gingen.«

»Er war auf das Geld aus, auf Ihre Häuser«, sagte der Junge. »Oder fürchtete er, allein zu sein, so allein, wie Sie waren?«

»Das habe ich mich auch gefragt. Es kam mir sogar in den Sinn, daß Lestat mich töten wollte, auf eine Weise, die ich mir nicht vorstellen konnte. Weißt du, ich war mir damals nicht klar darüber, warum ich jeden Abend erwachte, ob mich der todesähnliche Schlaf automatisch verließ und wieso es manchmal früher als sonst geschah. Es gehörte zu den Dingen, die Lestat nicht erklären mochte. Und er war häufig vor mir auf. In allen mechanischen Dingen war er mir überlegen, wie ich schon angedeutet habe. Und an jenem Morgen schloß ich den Sarg über mir in einer Art Verzweiflung. Das Schließen des Sarges, wie ich dir erklären muß, ist immer beunruhigend. Es ist etwa so, wie wenn man auf einem modernen Operationstisch liegt und narkotisiert wird. Ein zufälliges Mißverständnis seitens eines Eindringlings kann den Tod bedeuten.«

»Aber wie könnte Lestat Sie umgebracht haben? Er hätte Sie doch nicht dem Licht aussetzen können; er hätte es selber nicht ertragen.«

»Das stimmt schon; doch er hätte vor mir aufstehen und meinen Sarg zunageln können. Oder ihn in Brand stecken. Die Hauptsache war, daß ich nicht wußte, was er tun konnte oder was er wissen konnte, das ich noch nicht wußte.

Aber dagegen war nichts zu machen. Ich mußte an die tote Frau und das Kind denken, und die Sonne ging auf, und so hatte ich keine Energie mehr, mit ihm zu streiten, und legte mich zu meinen beängstigenden Träumen nieder.«

»Sie träumen? Wirklich?«

»Oft. Manchmal wünsche ich, ich hätte keine Träume. Denn solche Träume, so lang und klar, hatte ich als Sterblicher nicht, und auch nicht solche quälenden Alpträume. In der ersten Zeit nahmen mich diese Träume so gefangen, daß ich das Erwachen so lange wie möglich hinauszuzögern suchte und manchmal stundenlang wach lag und an die Träume dachte, bis die Nacht halb vorbei war; und oft wanderte ich, von ihnen betäubt, umher und bemühte mich herauszubekommen, was sie bedeuteten. Sie waren in mancher Hinsicht so schwer faßbar wie die Träume von Sterblichen. Ich träumte zum Beispiel von meinem Bruder, und er war mir nahe in einem Zustand zwischen Leben und Tod und rief mich um Hilfe an. Und ich träumte von Babette; und oft – fast immer – hatten meine Träume als Hintergrund eine ungeheure Wüste, jene nächtliche Einöde, die ich gesehen hatte, als Babette mich verfluchte. Es war, als gingen und sprachen alle Traumfiguren in dieser trostlosen Heimstatt meiner verdammten Seele. Ich weiß nicht mehr, was ich an jenem Tage geträumt hatte; vielleicht weil ich zu sehr in Erinnerung habe, was Lestat und ich am folgenden Abend besprachen. Ich sehe, du möchtest auch das hören.

Nun, wie ich sagte, setzte mich Lestat mit seiner neuen Ruhe, seiner Nachdenklichkeit in Erstaunen. Doch nicht an jenem Abend, wenigstens nicht zuerst. Es waren zwei Frauen im Salon. Nur wenige Kerzen brannten auf den kleinen Tischen und dem geschnitzten Buffet, und Lestat hatte den Arm um die eine Frau gelegt und küßte sie. Sie war sehr betrunken und sehr schön, eine große Puppe von einer Frau, mit dunklen Locken, die ihr über die nackten Schultern und die halbentblößte Brust fielen. Die andere saß am Tisch und trank ein Glas Wein. Man konnte sehen, daß sie alle zu Abend gespeist hatten (Lestat hatte es natürlich nur vorgetäuscht – es ist erstaunlich, wie wenig die Leute merken, daß ein Vampir nur so tut, als äße er), und die Frau am Tisch langweilte sich. All dies ließ eine heftige Unruhe in mir aufkommen. Ich wußte nicht, was Lestat vorhatte. Wenn ich einträte, würde die Frau ihre

Aufmerksamkeit mir zuwenden. Und was dann geschehen sollte, konnte ich mir nicht vorstellen, es sei denn, daß Lestat meinte, wir sollten sie beide töten. Die Frau auf dem Sofa machte sich schon über seine Küsse lustig, über seine Kälte und daß er sie nicht haben wollte; und die andere sah mit schwarzen Mandelaugen schadenfroh zu. Als Lestat dann aufstand und zu ihr kam und die Hände auf ihre nackten weißen Arme legte, strahlte sie. Er beugte sich nieder, um sie zu küssen, und sah mich dabei durch den Türspalt an, doch nur einen Augenblick, dann setzte er sogleich seine Unterhaltung mit den Damen fort. Dabei blies er die Kerzen auf dem Tisch aus. ›Das ist zu dunkel‹, sagte die Frau auf dem Sofa. ›Laß uns allein‹, sagte die andere. Lestat setzte sich neben sie und winkte ihr, auf seinen Schoß zu kommen. Sie tat es, legte den linken Arm um seinen Hals und strich ihm mit der rechten Hand übers Haar. ›Ihre Haut ist eisig‹, sagte sie und schrak ein wenig zurück. ›Nicht immer‹, antwortete er, und dann vergrub er sein Gesicht in ihrem Hals. Ich beobachtete es fasziniert. Lestat war äußerst lasterhaft und sehr geschickt, doch ich wußte nicht, wie geschickt er war, bis er ihr die Zähne in den Hals schlug, mit dem Daumen auf die Kehle drückte und mit dem anderen Arm ihre Hüfte umschlang, so daß er sich satt trinken konnte, ohne daß die andere Frau auch nur eine Ahnung hatte. ›Ihre Freundin kann keinen Wein vertragen‹, sagte er, erhob sich vom Stuhl, setzte die bewußtlose Frau darauf und faltete ihre Arme unter dem Gesicht auf der Tischplatte. ›Sie ist dumm‹, sagte die andere, die zum Fenster gegangen war und auf die Lichter der Straße hinaussah. New Orleans war damals eine Stadt mit vielen niedrigen Gebäuden, wie du wahrscheinlich weißt. Und von den hohen Fenstern dieses neuen spanischen Hotels sahen die laternenerleuchteten Straßen in einer klaren Nacht wie dieser wunderschön aus; und die Sterne hingen in jenen Tagen so tief über der düsteren Stadt wie am Meer. ›Ich kann Ihre kalte Haut besser wärmen als sie‹, sagte sie und wandte sich zu Lestat um, und ich muß gestehen, ich fühlte mich beinahe erleichtert bei dem Gedanken, daß er mit ihr ebenso verfahren würde. Aber so etwas Einfaches hatte er nicht vor. ›Meinen Sie?‹ fragte er sie. Er nahm sie bei der Hand, und sie sagte erstaunt: ›Ach, sie ist ja ganz warm!‹ «

»Sie meinen, das Blut hatte ihn erwärmt?« fragte der Junge.

»O ja. Nachdem er getötet hat, ist ein Vampir ebenso warm, wie du es jetzt bist.« Er sah den Jungen lächelnd an. »Wie ich schon sagte . . . Lestat hielt die Hand der Frau in der seinen und sagte, die andere habe ihm eingeheizt. Sein Gesicht war gerötet, ganz verändert. Er zog die Frau an sich, und sie küßte ihn und sagte lachend, er sei ein wahrer Ofen an Hitze und Leidenschaft.

›Ja, aber der Preis ist hoch‹, erwiderte er und täuschte Traurigkeit vor. ›Ihre hübsche Freundin . . .‹ Er zuckte die Achseln. ›Ich habe sie erschöpft.‹ Und er trat zurück, als wolle er die Frau auffordern, zum Tisch zu gehen. Und sie tat es, mit einer Miene der Überlegenheit, beugte sich hinunter, um ihre Freundin anzusehen, verlor jedoch das Interesse – bis sie etwas bemerkte. Es war eine Serviette, die einige Blutstropfen aus der Wunde in der Kehle aufgefangen hatte. Sie hob sie auf und bemühte sich, im Halbdunkel etwas zu sehen. ›Laß dein Haar herunter‹, sagte Lestat mit sanfter Stimme. Sie gehorchte gleichmütig und löste die letzten Strähnen, so daß ihr Haar blond und wellig über den Rücken fiel. ›Weich‹, sagte er, ›so weich! Ich stelle mir vor, wie du damit in einem seidenen Bett liegst.‹

›Was Sie für Sachen sagen!‹ erwiderte sie schnippisch und drehte ihm den Rücken zu.

›Weißt du, was für ein Bett?‹ fragte er. Und sie lachte und sagte, sie könne es sich denken, sein Bett natürlich. Sie blickte zurück, als er näher trat und ohne den Blick von ihr zu wenden, den Körper ihrer Freundin leicht berührte, so daß er vom Stuhl fiel und mit aufgerissenen Augen auf dem Boden liegenblieb. Der anderen verschlug es den Atem, sie taumelte von der Leiche zurück und stürzte fast über ein kleines Tischchen. Die Kerze fiel um und verlosch. ›Lösch das Licht‹, sagte Lestat mit seiner sanften Stimme. ›Lösch das Licht!‹ Und er nahm sie, die sich vergebens wie eine flatternde Motte wehrte, in seine Arme und grub die Zähne in ihren Hals.«

»Was dachten Sie sich, als Sie das mit ansahen?« fragte der Junge. »Wollten sie ihn zurückhalten, so wie Sie ihn hindern wollten, Frenière zu töten?«

»Nein«, erwiderte der Vampir. »Ich hätte ihn nicht zurückhalten können. Du mußt verstehen – ich wußte ja, daß er jede Nacht Menschen tötete. Tiere gaben ihm keine Befriedigung. Auf Tiere konnte er zurückgreifen, wenn sonst alles fehlschlug, doch sie kamen nicht in erster Linie in Frage. Wenn ich Mitgefühl für diese Frauen hatte, so wurde es übertönt von dem Aufruhr, der in meinem Inneren tobte. Noch immer fühlte ich das Herzklopfen des sterbenden Kindes in meiner Brust, noch immer brannten mir die Fragen nach meiner eigenen gespaltenen Natur. Es ärgerte mich, daß Lestat dieses Theater für mich aufgezogen hatte und nun offenbar darauf gewartete hatte, daß ich erwachte, bevor er die Frauen tötete; und wieder fragte ich mich, ob ich irgendwie von ihm loskommen könnte, und mehr denn je fühlte ich zugleich den Haß auf ihn und meine eigene Schwäche.

Inzwischen hatte er die beiden liebreizenden Körper am Tisch postiert, ging im Zimmer umher und zündete alle Kerzen an, bis es so strahlend hell war wie bei einer Hochzeit. ›Komm, komm, Louis‹, sagte er, ›ich hätte dich gern teilnehmen lassen, aber ich weiß, du triffst lieber deine eigene Wahl. Zu schade, daß Mademoiselle Frenière mit brennenden Laternen zu werfen pflegt. Das macht ein Tête-à-tête ungemütlich, nicht wahr, besonders in einem Hotel.‹ Er setzte die Blonde so, daß ihr Kopf an der damastenen Rückenlehne des Stuhls lag; die Dunkle ließ das Kinn auf die Brust fallen, sie war erbleicht und hatte schon einen starren Blick, als sei sie eine jener Frauen, in denen das Feuer der persönlichen Ausstrahlung die Schönheit entzündete. Doch die andere sah aus, als schliefe sie, und ich konnte nicht sicher sein, ob sie tatsächlich gestorben war. Lestat hatte zwei Wunden hinterlassen, eine in der Kehle und eine über der linken Brust, und beide bluteten noch. Jetzt hob er ihre Hand hoch, schnitt mit einem Messer die Pulsader auf, füllte zwei Weingläser und hieß mich sitzen.

›Ich verlasse dich‹, sagte ich unvermittelt. ›Ich möchte es dir jetzt sagen.‹

›Das dachte ich mir‹, antwortete er und lehnte sich in seinem Stuhl zurück, ›und ich wußte auch, daß du es mir nicht durch die Blume sagen würdest. Also sag schon, was für ein Ungeheuer ich bin, was für ein böser Teufel.‹

›Ich fälle kein Urteil über dich‹, fuhr ich fort. ›Du interessierst mich nicht. Mich interessiert, was ich selber bin, und ich glaube jetzt, ich kann mich nicht darauf verlassen, daß du mir darüber die Wahrheit sagst. Du gebrauchst dein Wissen für deine eigene, persönliche Macht.‹ Wie viele Leute, die solche persönlichen Dinge berühren, erwartete ich keine aufrichtige Antwort. Ich sah ihn überhaupt nicht an, sondern hörte nur meine eigenen Worte. Doch dann sah ich, daß seine Miene so war wie am Morgen, als er gesagt hatte, wir müßten miteinander reden. Er hörte mir zu, und plötzlich war ich um Worte verlegen. Der Abgrund zwischen uns, so fühlte ich, war so schmerzlich wie je.

›Warum bist du überhaupt ein Vampir geworden?‹ platzte ich heraus. ›Und warum solch einer! Rachsüchtig und gierig nach Menschenleben, auch wenn du es nicht nötig hast. Dieses Mädchen hier – mußtest du sie auch töten? Hättest du nicht an einer genug gehabt? Und warum hast du sie so erschreckt, bevor du sie umbrachtest, und hast sie so lästerlich hingesetzt, als wolltest du die Götter herausfordern mit deiner Blasphemie?‹

Er hörte zu, ohne zu sprechen, und in der Pause, die darauf folgte, wußte ich wieder nicht, was ich sagen sollte. Lestats Augen waren groß und nachdenklich – so hatte ich sie schon einmal gesehen, ich wußte nicht wann, doch sicher nicht, wenn er mit mir sprach.

›Was, glaubst du denn, ist ein Vampir?‹ fragte er nach einer Weile.

›Ich behaupte nicht, es zu wissen. Du behauptest es. Was ist ein Vampir?‹ Hierauf antwortete er nicht. Es war, als höre er die Unaufrichtigkeit heraus, den Trotz. Er blickte mich nur mit der gleichen ruhigen Miene an. Dann sagte ich: ›Ich weiß nur, daß ich versuchen werde, es herauszufinden, wenn ich mich von dir getrennt habe. Ich werde in der ganzen Welt umherreisen, wenn es nötig ist, um andere Vampire zu finden. Es muß welche geben; ich sehe keinen triftigen Grund, weshalb es sie nicht in großer Zahl geben sollte. Und ich bin überzeugt, daß ich Vampire kennenlernen werde, die mehr mit mir gemeinsam haben als ich mit dir, Vampire, die von Wissensdrang erfüllt sind wie ich und ihre überlegene Vampirnatur dazu gebraucht haben, Geheimnisse zu erlernen, von denen du nicht einmal träumst. Wenn du mir nicht alles verraten hast, dann werde ich es selber entdecken oder von ihnen erfahren, sobald ich sie gefunden habe.‹

Er schüttelte den Kopf. ›Louis!‹ sagte er. ›Du bist immer noch in deine sterbliche Natur verliebt, du jagst den Phantomen deines früheren Selbst nach. Frenière, seine Schwester – es sind für dich Bilder dessen, was du einmal warst und immer noch sein möchtest. Und bei deiner Romanze mit dem sterblichen Leben bist du blind und taub gegen deine Vampirexistenz.‹

Dem widersprach ich sofort. ›Meine Vampirexistenz ist für mich das größte Abenteuer meines Lebens; alles, was vorher gewesen, war wirr und trübe. Ich bin durch mein sterbliches Dasein gegangen wie ein Blinder, der sich von einem Gegenstand zum andern tastet. Erst als ich Vampir wurde, begann ich das Leben in seiner Ganzheit zu achten. Nie hatte ich vorher ein lebendes, pulsierendes menschliches Wesen wirklich gesehen, niemals gewußt, was das Leben war, bis es in einem roten Strahl über meine Lippen, meine Hände strömte!‹ Ich ertappte mich dabei, wie ich auf die beiden Frauen starrte. Die Dunkle verfärbte sich bläulich, die Blonde atmete noch. ›Sie ist nicht tot‹, rief ich aus.

›Ich weiß, laß sie in Ruhe!‹ Er hob ihre Hand, machte einen neuen Einschnitt in den Puls und füllte sein Glas. ›Alles, was du sagst, klingt vernünftig‹, sagte er zu mir und trank. ›Du bist ein kluger Kopf, ich bin es nie gewesen. Was ich weiß, habe ich von anderen Leuten gelernt, wenn ich ihnen zuhörte, nicht aus Büchern. Ich bin nicht lange genug zur Schule gegangen. Aber ich bin nicht dumm, und du mußt auf mich hören, weil du in Gefahr bist. Du kennst deine eigene Natur nicht, sondern bist wie ein Erwachsener, der auf seine Kindheit zurückblickt und feststellt, daß er sie nie zu würdigen wußte. Aber du kannst nicht als Mann in die Kinderstube zurückkehren und mit deinen Spielsachen spielen und verlangen, daß dir wieder Liebe und Fürsorge zuteil werde, weil du jetzt erst ihren Wert erkannt hast. So ist es mit dir und deiner sterblichen Natur. Du hast sie aufgegeben. Du blickst nicht mehr durch ein getrübtes Glas. Doch du kannst mit deinen neuen Augen nicht mehr in die Welt menschlicher Wärme zurückkehren.‹

›Das weiß ich nur zu gut‹, sagte ich. ›Aber was ist das – unsere Natur? Wenn ich vom Blut der Tiere leben kann, warum soll ich Tod und Unglück unter menschlichen Wesen verbreiten?‹

›Bist du denn glücklich dabei?‹ fragte er. ›Du wanderst durch die Nacht, nährst dich von Ratten wie der Ärmste der Armen und schmachtest wie ein Mondsüchtiger vor Babettes Fenster, von Sorge erfüllt, doch hilflos wie die Göttin, die nachts kam, um Endymion im Schlaf zu sehen und ihn nicht haben konnte. Und selbst wenn du sie in den Armen halten könntest, und sie würde dich ohne Schrecken oder Abscheu anblikken – was dann? Ein paar kurze Jahre, um sie jeden Stachel der Sterblichkeit erleiden und sie dann vor deinen Augen sterben zu sehen? Würde dir das Glück bringen? Das ist Wahnsinn, Louis. Das ist unnütz. Was wirklich vor dir liegt, ist die Vampirexistenz, und das bedeutet Töten. Und ich verbürge mich dafür: Wenn du heute durch die Straßen gehst und eine Frau niederschlägst, so reich und schön wie Babette, und ihr Blut saugst, bis sie zu deinen Füßen niedersinkt – dann wird dich nicht mehr danach dürsten, Babettes Profil im Kerzenlicht zu sehen oder auf ihre Stimme am Fenster zu lauschen. Dann bist du erfüllt, Louis, so wie es dir bestimmt ist, mit all dem Leben, das du halten kannst, und wirst immer von neuem danach Hunger verspüren. Der rote Saft in diesem Glas wird ebenso rot sein, das zarte Rosenmuster auf der Tapete ebenso zart. Und du wirst den Mond ebenso sehen und den Schein der Kerzen. Und mit der gleichen Empfindsamkeit wirst du den Tod in all seiner Schönheit sehen und das Leben, wie man es nur im Augenblick des Todes kennt. Verstehst du das nicht, Louis? Du allein von allen Menschen kannst den Tod ungestraft so sehen. Du allein . . . unter dem Licht des Mondes . . . kannst zuschlagen wie die Hand Gottes!‹

Er lehnte sich zurück, leerte sein Glas und ließ seinen Blick über die bewußtlose Frau gleiten. Ihre Brust hob und senkte sich, und ihre Augenbrauen zogen sich zusammen, als käme sie zu sich. Über ihre Lippen drang ein Stöhnen. Nie bisher hatte Lestat so zu mir gesprochen, und ich hätte ihn dessen nicht fähig gehalten. ›Vampire müssen töten‹, sagte er. ›Sie sind Raubtiere. Ihre allessehenden Augen sollen ihnen Unabhängigkeit und Teilnahmslosigkeit geben, die Fähigkeit, ein Menschenleben in seiner Ganzheit zu sehen, ohne abgeschmacktes Bedauern, sondern mit der erregenden Genugtuung, das Ende jenes Lebens zu sein und eine Hand in dem göttlichen Spiel zu haben.‹

›So siehst du es‹, wandte ich ein. Das Mädchen stöhnte wieder, ihr Gesicht war sehr weiß, und ihr Kopf rollte von einer Seite zur anderen.

›Nein, so ist es tatsächlich‹, antwortete er. ›Du sprichst davon, andere Vampire zu finden. Vampire sind Mörder! Sie brauchen dich und deine Empfindsamkeit nicht. Sie werden dich sehen, lange bevor du sie siehst, und sie werden deine Schwäche erkennen, dir mißtrauen und versuchen, dich zu töten. Sie würden dich sogar zu töten versuchen, wenn du so wie ich wärst. Denn sie sind einsame Raubtiere und brauchen Gesellschaft ebensowenig wie Katzen im Dschungel. Die hüten eifersüchtig ihr Geheimnis und ihr Territorium, und wenn du tatsächlich zwei oder mehr zusammen treffen solltest, so ist es nur um ihrer Sicherheit willen, und der eine ist der Sklave des anderen, so wie du mein Sklave bist.‹

›Ich bin nicht dein Sklave!‹ widersprach ich. Doch schon während er es gesagt hatte, war mir klar geworden, daß ich genau das die ganze Zeit gewesen war.

›Das ist die Art, wie Vampire sich vermehren – durch Sklaverei. Wie sonst?‹ Wieder ergriff er das Handgelenk des Mädchens, und sie schrie auf, als das Messer schnitt, und als er ihren Puls über das Glas hielt, öffnete sie langsam die Augen, blinzelte und bemühte sich, sie offenzuhalten. Aber es war, wie wenn ein Schleier darüber läge. ›Du bist müde, nicht wahr?‹ fragte er sie, und sie blickte ihn an, als könne sie nicht richtig sehen. ›Müde!‹ sagte er und beugte sich über sie und starrte ihr in die Augen. ›Du möchtest schlafen.‹ ›Ja . . .‹, stöhnte sie leise. Und er nahm sie auf und trug sie ins Schlafzimmer, wo unsere Särge standen. Es war auch ein samtdrapiertes Bett da. Doch Lestat legte sie nicht aufs Bett, sondern ließ sie langsam in seinen Sarg gleiten. Ich war ihm bis zur Tür nachgekommen. ›Was tust du?‹ fragte ich. Das Mädchen blickte um sich wie ein erschrecktes Kind. ›Nein . . .‹, stöhnte sie, und als er den Deckel auflegte, schrie sie und schrie weiter, als der Sarg geschlossen war.

›Warum tust du das, Lestat?‹ fragte ich.

›Weil es mir so gefällt. Es macht mir Freude.‹ Er sah mich an. ›Ich will nicht sagen, daß es dir auch Freude machen soll. Du kannst ja deinen ästhetischen Geschmack feineren Dingen zuwenden. Töte schnell, wenn du willst, aber töte! Lerne, daß du ein Mörder bist! Ach!‹ Er hob angewidert die Hände. Das Mädchen hatte aufgehört zu schreien. Lestat zog einen kleinen Stuhl neben den Sarg, setzte sich und betrachtete mit übergeschlagenen Beinen den Deckel. Es war ein schwarz lackierter Sarg, nicht in der geraden Rechteckform, wie Särge heute sind, sondern an beiden Enden verjüngt und breiter in der Mitte. Er war einer menschlichen Gestalt nachgebildet, die mit über der Brust gefalteten Händen dalag. Jetzt hob sich der Deckel, und das Mädchen setzte sich auf, mit wildem Blick und blauen und zitternden Lippen. ›Bleib liegen, Schätzchen‹, sagte Lestat und drückte sie nieder, und sie lag da, dem Wahnsinn nahe, und starrte ihn an. ›Du bist tot, Liebste‹, sagte er; und sie schrie wieder und wand sich im Sarg wie ein Fisch, als könne sie an den Seiten oder durch den Boden entkommen. ›Das ist ein Sarg, das ist ein Sarg!‹ schrie sie. ›Lassen Sie mich raus!‹

›Wir müssen alle eines Tages in einem Sarg liegen‹, sagte Lestat ruhig. ›Lieg still, mein Schatz. Das ist dein Sarg. Die meisten Menschen wissen nicht, wie es ist, im Sarg zu liegen. Du weißt es jetzt.‹ Ich glaube nicht, daß sie ihm zuhörte, denn sie sah mich in der Tür stehen und rief: ›Helfen Sie mir!‹

Lestat blickte mich an. ›Ich hatte erwartet‹, sagte er, ›du fühlst diese Dinge instinktiv wie ich. Als ich dir das erste Opfer zu töten gab, dachte ich, du würdest nach dem nächsten dürsten und wieder nach dem nächsten und daß du jedes menschliche Leben angehen würdest, um dich satt zu trinken, so wie ich. Aber du hast mich enttäuscht. Und die ganze Zeit unterließ ich es, dich zurechtzubiegen. Ich habe dir zugesehen, wie du nachts Schatten gespielt und in den Regen gestarrt hast, und ich dachte, er ist leicht zu lenken, er ist einfach. Aber du bist schwach, Louis, du bist ein Gimpel, für Vampire und auch jetzt für Menschen gleichermaßen. Die Sache mit Babette hat uns beide in eine gefährliche Lage gebracht. Als ob du es darauf anlegtest, uns beide zu vernichten.‹

›Ich kann nicht mit ansehen, was du tust‹, sagte ich und wandte mich ab. Die Augen des Mädchens brannten mir ins Fleisch; die ganze Zeit, während Lestat sprach, hatte sie mich angestarrt.

›Du kannst es nicht ertragen! Gestern abend habe ich dich bei dem Kind gesehen. Du bist ein Vampir, genau wie ich.‹

Er stand auf, um zu mir zu treten, doch das Mädchen richtete sich wieder auf, und er drückte sie sanft zurück. ›Sollen wir einen Vampir aus ihr machen, was meinst du?‹ fragte er mich. ›Soll sie unser Leben teilen?‹

Ich sagte sofort: ›Nein!‹

›Warum nicht? Weil sie bloß eine Hure ist? Eine verdammt kostspielige Hure übrigens.‹

›Kann sie am Leben bleiben?‹ fragte ich. ›Oder hat sie zu viel Blut verloren?‹

›Wie rührend! Nein, sie kann nicht am Leben bleiben.‹

›Dann töte sie!‹ Wieder begann die Frau zu schreien. Er saß dabei, lächelnd und wie unbeteiligt. Jetzt drückte sie ihr Gesicht in das Seidenkissen. All ihr Verstand war fast gänzlich von ihr gewichen; und sie schluchzte und betete abwechselnd. Sie betete zur Heiligen Jungfrau um Hilfe, fuhr sich mit den Händen bald ins Gesicht, bald in die Haare und verschmierte das Blut, das aus ihren Pulsadern drang. Ich beugte mich über den Sarg. Sie starb, daran war kein Zweifel; ihre Augen brannten, und das Gewebe neben den Augen lief schon bläulich an. Jetzt lächelte sie. ›Sie lassen mich nicht sterben, nicht wahr?‹ flüsterte sie. ›Sie werden mich retten.‹ Lestat trat hinzu und ergriff ihr Handgelenk. ›Es ist zu spät, Liebste‹, sagte er. ›Sieh deine Brust an, deinen Puls.‹ Und dann berührte er die Wunde ihrer Kehle. Sie legte die Hand darauf und rang nach Luft, mit aufgerissenem Mund, den Schrei erstickend. Ich starrte Lestat an; ich konnte nicht verstehen, warum er dies tat. Sein Gesicht war jetzt glatt wie mein eigenes, etwas belebter durch das Blut, doch seine Miene war kalt und gefühllos.

Er blickte nicht tückisch wie ein Bösewicht auf der Bühne, nicht lüstern auf ihr Leiden, als sei Grausamkeit seine Nahrung. Er beobachtete sie in aller Ruhe. ›Ich wollte nie etwas Unrechtes tun‹, schluchzte das Mädchen jetzt. ›Ich habe nur getan, was ich mußte. Sie werden das nicht zulassen, nicht wahr? Sie werden mich nicht sterben lassen! Ich kann so nicht sterben, ich kann nicht.‹ Sie schluchzte schwach und tränenlos. ›Ich muß einen Priester haben. Lassen Sie mich zu einem Priester gehen!‹

›Mein Freund hier ist Priester‹, sagte Lestat lächelnd, als wolle er sich einen Spaß machen. ›Dies ist dein Begräbnis, mein Liebling. Siehst du, du warst auf einer Abendgesellschaft und bist gestorben. Aber Gott hat dir noch einmal die Gelegenheit gegeben, von deinen Sünden freigesprochen zu werden. Beichte ihm deine Sünden.‹

Erst schüttelte sie den Kopf, und dann blickte sie mich wieder mit diesen flehenden Augen an. ›Ist das wahr?‹ flüsterte sie.

›Nun‹, sagte Lestat, ›mir scheint, du bist nicht zerknirscht. Ich werde den Deckel schließen.‹

›Hör auf, Lestat‹, fuhr ich ihn an. Das Mädchen heulte wieder, und ich konnte den Anblick nicht länger ertragen. Ich beugte mich nieder und nahm sie bei der Hand. ›Ich kann mich nicht an meine Sünden erinnern‹, sagte sie, gerade als ich, entschlossen, sie zu töten, ihre Pulsadern musterte. ›Gib dir keine Mühe‹, sagte ich. ›Es genügt, wenn du Gott sagst, daß es dir leid tut. Dann wirst du sterben, und es wird vorüber sein . . .‹ Sie legte sich zurück und schloß die Augen. Ich schlug meine Zähne in ihre Adern und trank sie leer. Sie bewegte sich noch einmal wie im Traum und sagte einen Namen; und dann, als ich fühlte, wie ihr Herzschlag immer langsamer wurde, ließ ich von ihr ab, stand verwirrt und taumelnd auf und hielt mich am Türrahmen fest. Ich sah sie wie in einem Traum ganz still daliegen, die Kerzen flimmerten vor meinen Augen, und Lestat saß wie ein Leidtragender an ihrem Bett. Sein Gesicht war unbewegt. ›Louis‹, sagte er zu mir, ›verstehst du nicht? Du wirst erst Frieden finden, wenn du dies jede Nacht deines Lebens tun kannst. Es gibt nichts anderes. Aber dies ist alles.‹ Seine Stimme war beinahe zart, als er so sprach, und er stand auf und legte mir beide Hände auf die Schultern. Ich schrak vor seiner Berührung zurück, doch ich war nicht beherzt genug, ihn wegzustoßen, und ging ins Nebenzimmer. Er folgte mir und sagte: ›Komm mit mir hinunter auf die Straße. Es ist spät. Du hast nicht genug getrunken. Laß mich dir zeigen, was du bist. Was du wirklich bist! Verzeih mir, wenn ich es falsch gemacht und zuviel dem natürlichen Lauf der Dinge überlassen habe. Komm!‹

›Ich kann es nicht ertragen, Lestat‹, wiederholte ich. ›Du hast dir einen schlechten Kameraden gewählt.‹

›Aber Louis‹, sagte er, ›du hast es ja noch gar nicht versucht!‹«

Der Vampir schwieg und betrachtete aufmerksam die Miene des Jungen. Und der Junge wußte nicht, was er sagen sollte.

»Was Lestat gesagt hatte, war richtig«, fuhr der Vampir nach einer Weile fort. »Ich hatte nicht genug getrunken. Und von der Angst des Mädchens erschüttert, ließ ich mich von ihm über die Hintertreppe aus dem Hotel führen. Aus dem Ballsaal an der Rue Condé kamen Gäste, in den Hotels wurden Abendgesellschaften veranstaltet; viele Pflanzerfamilien aus der Umgebung logierten in der Stadt; die engen Straßen waren voller Menschen, und wir gingen hindurch wie zwei Nachtmahre. Mein Leid schien mir unerträglich. Nie seit meinem menschlichen Dasein hatte ich seelisch so gelitten, und zwar deshalb, weil ich Lestat recht geben mußte. Ich kannte Frieden nur, während ich tötete, nur diese eine Minute lang; und wenn ich Geringeres tötete als ein menschliches Wesen, daran war kein Zweifel, blieb nichts als ein vages Verlangen, jene Unruhe, die mich immer wieder zu den Menschen trieb, um ihr Leben durch ein Fenster zu betrachten. Ich war kein Vampir. Und in meiner

Qual dachte ich, unvernünftig wie ein Kind: Konnte ich nicht umkehren? Wieder ein Mensch sein? Und sogar als das Blut des Mädchens noch warm in mir gewesen war und ich mich verzückt und stark fühlte, stellte ich mir diese Frage. Die Gesichter der Menschen flackerten an mir vorüber wie Kerzenflammen, die auf dunklen Wogen tanzen, und ich versank in der Finsternis. Ich war es müde, mich nach etwas zu sehnen. Ich drehte mich im Kreis herum, betrachtete die Sterne und dachte: Ja, es ist wahr, ich weiß, was er sagt, ist wahr – wenn ich töte, hört das Verlangen auf; doch ich kann diese Wahrheit nicht ertragen.

Plötzlich war da einer jener Augenblicke, in denen alles erstarrte. Wir hatten inzwischen die Hauptstraße der alten Stadt verlassen und waren bei den Festungswällen angelangt. Es war ganz ruhig, keine Lichter brannten, und nur von fern hörte man Lachen. Doch wir waren ganz allein. Ich spürte die heiße Nacht und einen leisen Windhauch vom Fluß, und Lestat neben mir war so still, daß er aus Stein hätte sein können. Über die lange, niedrige Reihe der spitzen Dächer wölbten sich die schwarzen Eichengipfel unter dem Sternenhimmel. Die Qual war vergangen, die Verwirrung vorüber. Ich schloß die Augen und hörte den Wind und das sanfte, schnelle Rauschen des Flusses. Aber ich wußte, daß dieser Zustand nicht andauern würde; er würde entweichen, als risse man etwas aus meinen Armen, und ich würde ihm nacheilen, einsamer und verzweifelter als jede Kreatur. Und dann dröhnte eine Stimme neben mir in der Stille der Nacht, tief wie ein Trommelschlag, und sagte: ›Tu, was dir deine Natur befiehlt. Das war nur ein Vorgeschmack. Tu, was dir deine Natur befiehlt.‹ Und der Augenblick des Friedens war verflogen. Ich stand wie das Mädchen im Salon des Hotels, betäubt und der kleinsten Einflüsterung zugänglich, und nickte zurück, als Lestat mir zunickte. ›Die Qual ist schrecklich für dich‹, sagte er. ›Du fühlst sie wie keiner sonst, weil du ein Vampir bist. Du willst nicht, daß sie andauert.‹

›Nein‹, antwortete ich. ›Ich möchte mich so fühlen, wie ich mich fühlte, als ich bei ihr war, mit ihr verbunden und schwerelos, wie in einem Tanz.‹

›Das und mehr‹, sagte er. Seine Hand schloß sich über der meinen. ›Wende dich nicht ab, komm mit mir.‹

Er führte mich schnell durch die Straßen und wandte sich jedesmal um, wenn ich zögerte, die Hand ausgestreckt, ein Lächeln auf den Lippen. Seine Gegenwart war mir so wundersam wie in der Nacht, da er in mein Leben getreten war und gesagt hatte, wir würden Vampire sein. ›Das Böse ist Sache des Standpunktes‹, flüsterte er. ›Wir sind unsterblich. Und was wir vor uns haben, sind die reichen Festmähler, die das Gewissen nicht billigen kann und von denen die Sterblichen nicht ohne Bedauern wissen. Gott tötet, und so werden wir töten, unterschiedslos. Er nimmt die Reichsten und die Ärmsten, so wie wir; denn kein Wesen unter Gott ist so wie wir, nicht so ihm gleich wie wir, dunkle Engel, die nicht auf die Hölle beschränkt sind, sondern seine Erde durchwandern und alle ihre Reiche . . . Ich möchte ein Kind heute nacht. Ich bin wie eine Mutter . . . ich möchte ein Kind.‹

Ich hätte wissen sollen, was er meinte. Aber er hatte mich verzaubert, hypnotisiert. Er spielte mit mir, wie er es getan hatte, als ich noch sterblich war, und er führte mich. ›Deine Qual wird enden‹, sagte er.

Wir waren an einem Haus mit erleuchteten Fenstern angelangt und betraten es durch eine kleine Tür. Und dann, in einem engen Korridor, wo ich meinen eigenen Atem wie Windesrauschen hören konnte, schlich Lestat an der Wand entlang, bis sein Schatten im Lichte einer geöffneten Tür mit dem Schatten eines anderen Mannes zusammenfiel; und ich hörte sie flüstern wie das Rascheln trockener Blätter. ›Was ist los?‹ fragte ich, als er zurückkam, in der plötzlichen Furcht, meine unbeschwerte Stimmung könne enden. Wieder sah ich die Traumlandschaft vor mir, die ich gesehen, als ich mit Babette gesprochen hatte; wieder fühlte ich den Kälteschauer der Einsamkeit und Schuld.

›Sie ist da‹, sagte Lestat. ›Deine Verwundete. Deine Tochter.‹

›Was soll das heißen?‹ fragte ich. ›Wovon sprichst du?‹

›Du hast sie gerettet‹, flüsterte er. ›Ich wußte es. Du hast das Fenster des Zimmers, in dem sie und ihre tote Mutter lagen, offengelassen, und Leute, die vorübergingen, haben sie hergebracht.‹

›Das Kind! Das kleine Mädchen!‹ keuchte ich. Aber schon führte er mich in einen großen Krankensaal mit vielen Betten, in denen Kinder unter ihren schmalen weißen Decken lagen. Am Ende des Saales saß eine Schwester an einem kleinen Tisch beim Licht einer Kerze. Wir schritten zwischen den Betten entlang. ›Hungernde Kinder, Waisen‹, sagte Lestat, ›deren Eltern an der Seuche gestorben sind.‹ Er blieb stehen, und ich sah das kleine Mädchen in seinem Bett liegen. Und dann kam der Mann, es war der Arzt, und flüsterte mit Lestat. Nebenan weinte jemand; die Schwester stand auf und ging hinüber.

Lestat nahm Geld aus der Tasche und legte es ans Fußende des Bettes. Der Arzt beugte sich zu dem Kind hinunter, wickelte es fester in die Decke und sagte, wie froh er sei, daß wir gekommen wären, daß die meisten Waisenkinder seien, die mit den Schiffen angelangt waren, viele noch zu jung, um unter den Toten ihre Mutter herauszufinden. Er hielt Lestat für den Vater.

Und dann riß Lestat mit Blitzesschnelle das Kind an sich und rannte aus dem Saal und dem Haus und durch die Straße; das weiße Bettuch leuchtete vor seinem dunklen Mantel und Umhang, und als ich hinter ihm her eilte, schien es mir fast, als schwebe das helle Tuch durch die Nacht, ohne daß es jemand hielt, wie ein großes Blatt, das vom Winde getrieben wird. Schließlich holte ich ihn auf der erleuchteten Place d'Armes ein. Die Kleine lag wachsbleich an seiner Schulter, ihre Wangen waren noch voll wie reife Pfirsiche, obschon sie schwach und dem Tode nahe war. Sie öffnete die Augen oder vielmehr die Lider glitten zurück; und hinter ihren langen Wimpern konnte ich das Weiße sehen. ›Lestat, was tust du?‹ rief ich. ›Wohin willst du mit ihr?‹ Aber ich wußte es nur zu gut. Er steuerte auf das Hotel zu, um sie auf unser Zimmer zu bringen.

Dort waren die Toten so, wie wir sie zurückgelassen hatten, die eine ordentlich in den Sarg gebettet, als hätte ein Leichenbestatter sie zurechtgemacht, die andere auf dem Stuhl am Tisch. Lestat tat, als sähe er sie nicht, und ich beobachtete ihn fasziniert. Die Kerzen waren niedergebrannt, doch ich konnte im Mondschein sein wie Eis schimmerndes Profil sehen, als er das Kind auf ein Kissen legte. ›Komm, Louis‹, sagte er, ›du bist noch nicht gesättigt, ich weiß es.‹ Seine Stimme klang so ruhig und überzeugend wie schon den ganzen Abend, und er hielt meine Hand in der seinen, die warm und fest war. ›Schau her, Louis, wie lieb und rund sie aussieht, als könne selbst der Tod ihr nicht die Frische nehmen‹, sagte er. ›Der Wille zum Leben ist zu stark. Er kann vielleicht ihre kleinen Lippen und ihre prallen Händchen zu einer Skulptur formen, aber sie kann er nicht erbleichen lassen. Erinnerst du dich, wie du sie haben wolltest, als du sie zuerst in dem Zimmer gesehen hast?‹ Ich sträubte mich; ich wollte sie nicht töten, ich hatte es auch gestern nicht gewollt. Und dann erinnerte ich mich plötzlich, qualvoll hin und her gerissen, an zwei widersprüchliche Dinge: Ich mußte an den kräftigen Schlag ihres Herzens an meinem denken, und ich hungerte danach, hungerte so sehr, daß ich mich abwandte und aus dem Zimmer geeilt wäre, hätte Lestat mich nicht festgehalten; und zum anderen sah ich das Gesicht ihrer Mutter in dem schrecklichen Augenblick, als ich das Kind hatte fallen lassen und Lestat ins Zimmer getreten war. Doch jetzt verspottete er mich nicht, er verwirrte mich nur. ›Du willst sie doch, Louis‹, sagte er. ›Verstehst du nicht, wenn du sie einmal genommen hast, kannst du nehmen, wen immer du möchtest. Du wolltest sie gestern abend, doch du wurdest schwach, und deshalb ist sie nicht tot.‹ Ich fühlte, daß er recht hatte. Wieder fühlte ich die Wonne, sie an mich zu drücken, das kleine Herz schlagen zu hören. ›Sie ist zu stark für mich‹, sagte ich, ›ihr Herz würde – es würde nicht nachlassen.‹ ›Ist sie so stark?‹

fragte er lächelnd und zog mich heran. ›Nimm sie, Louis, ich weiß, es verlangt dich danach.‹ Und ich tat, was er wollte; ich trat dicht an das Bett und sah sie an. Ihre Brust hob sich kaum beim Atmen, und eine Locke ihres langen blonden Haares war um die eine kleine Hand gewikkelt. Ich konnte es nicht ertragen, sie anzusehen – ich begehrte sie und wollte sie nicht sterben lassen; und je länger ich sie anschaute, desto stärker konnte ich fühlen, wie mein Arm sie umfing und an mich zog, konnte ihre zarte Haut, ihren weichen Hals fühlen. Weich, ja, das war sie, so weich. Ich versuchte mir einzureden, es sei für sie am besten zu sterben – was sollte wohl aus ihr werden? –, doch diese Gedanken logen. Ich wollte sie! Und so nahm ich sie in die Arme und hielt sie fest, ihre warme Wange an meiner, das Haar an meinen Lidern und auf meinen Händen, der liebliche Duft eines Kindes, stark und lebensvoll trotz Krankheit und Tod. Jetzt seufzte sie leise im Schlaf, und das war mehr, als ich ertragen konnte. Ich mußte sie töten, ehe sie erwachte und es merkte. Und so ging ich ihr an die Kehle und hörte Lestat sagen: ›Nur ein kleiner Biß. Es ist nur ein kleiner Hals.‹ Und ich gehorchte ihm.

Ich will nicht noch einmal erzählen, wie es war, nur daß es mich sehr in Anspruch nahm, so wie es immer gewesen, nur noch mehr; so daß meine Knie nachgaben und ich halb auf dem Bett lag, während ich saugte, und ihr Herz schlug und schlug, als wolle es nicht aufgeben. Und plötzlich, während ich fortfuhr und auf das Nachlassen des Herzschlags wartete, der den Tod bedeutete, riß Lestat mich von ihr weg. Ich flüsterte: ›Sie ist ja noch nicht tot!‹ Doch es war vorbei. Die Möbel des Zimmers schälten sich aus der Dunkelheit heraus. Ich saß wie betäubt da und starrte sie an, zu schwach, mich zu bewegen; mein Kopf war gegen das Kopfbrett des Bettes gerollt, und meine Hände preßten sich auf die Bettdecke. Lestat nahm das Kind an sich, sprach mit ihr und sagte einen Namen: ›Claudia, Claudia – hörst du mich? – Komm zu dir, Claudia!‹ Er trug sie aus dem Schlafzimmer in den Salon und sprach so leise und sanft, daß ich ihn kaum verstehen konnte. ›Du bist krank, verstehst du mich? Du mußt tun, was ich dir sage, damit du wieder gesund wirst.‹ Dann wurde es still, und ich hatte mich nun soweit erholt, daß ich begriff, was er tat: Er hatte sich eine Pulsader aufgeschnitten, sie dem Mädchen gereicht, und nun ließ er sie trinken. ›So ist es gut, Liebes‹, redete er ihr zu, ›trink mehr, damit du gesund wirst!‹

›Hol dich der Teufel!‹ rief ich, und er zischte mich an mit flammenden Augen. Er saß auf dem Sofa, das Kind auf dem Schoß. Es hielt sich an seinem Ärmel fest und hatte den Mund auf sein Handgelenk gelegt; und ich konnte sehen, wie sich seine Brust hob und senkte und sein Gesicht sich auf eine Weise verzog, wie ich es noch nie gesehen hatte. Er stöhnte und flüsterte ihr wieder zu fortzufahren, und als ich einen Schritt näher trat, warf er mir einen Blick zu, als wolle er sagen: Ich bringe dich um.

›Warum tust du das, Lestat?‹ flüsterte ich. Jetzt wollte er sie sanft fortschieben, doch sie ließ nicht los. Ihre Händchen klammerten sich an seinen Fingern fest und zogen sein Handgelenk an ihren Mund. ›Genug, genug‹, sagte er mit sichtlichem Schmerz und drückte mit beiden Händen ihre Schultern zurück. Sie knurrte und versuchte ungestüm, sein Handgelenk mit den Zähnen zu erreichen, doch vergeblich: Und dann blickte sie ihn mit dem unschuldigsten Erstaunen an. Er stand auf, die Hand noch wie abwehrend ausgestreckt, dann wickelte er ein Taschentuch um seinen Puls, trat zur Tür, ohne die Augen von ihr zu lassen, und zog die Klingel.

›Was hast du getan, Lestat?‹ rief ich. ›Was hast du getan?‹ Ich starrte das Mädchen an. Sie saß gelassen auf dem Bett, rosig und voller Leben, ohne das geringste Zeichen der Schwäche, hatte die Beine auf dem Damast ausgestreckt, und das weiße Hemd floß wie ein Engelsgewand um die kleine Gestalt. Ihr Blick war noch immer auf Lestat gerichtet. ›Ich nicht‹, sagte er zu ihr, ›ich nicht, niemals mehr, verstehst du? Aber ich werde dir zeigen, was du tun mußt!‹ Als ich, Rechenschaft fordernd, versuchte, seine Aufmerksamkeit auf mich zu lenken, stieß er mich grob zur Seite. Er versetzte mir so einen Schlag, daß ich gegen die Wand taumelte. Dann klopfte es, und ich wußte, was er vorhatte. Noch einmal wollte ich ihn zurückhalten, doch er drehte sich so schnell um, daß ich gar nicht sah, wie er nach mir schlug. Ich sank auf einen Stuhl. Lestat öffnete die Tür. ›Kommen Sie bitte herein – hier ist ein Unfall passiert‹, sagte er zu einem jungen schwarzen Hotelpagen. Dann schloß er rasch die Tür und fiel den Boy von hinten an, so daß der nicht wußte, wie ihm geschah. Und als Lestat über ihm kniete und schon trank, nickte er dem Mädchen zu, das vom Sofa glitt, niederkniete, das Handgelenk nahm, das er ihr reichte, und schnell die Manschette zurückschob. Erst nagte sie, als wolle sie das Fleisch verzehren, dann zeigte ihr Lestat, wie sie es machen müsse, richtete sich auf und überließ ihr den Rest und behielt dabei den Boy im Auge. Als es soweit war, beugte er sich vor und sagte: ›Nicht mehr, er stirbt ... Du darfst nicht weitertrinken, wenn das Herz nicht mehr schlägt, sonst wirst du wieder krank, sterbenskrank. Verstehst du?‹ Aber sie hatte ohnehin genug und setzte sich neben Lestat aufs Sofa und drückte sich an ihn, und er legte den Arm um sie, ohne den Blick von dem Jungen zu wenden. Der war in wenigen Sekunden gestorben. Ich fühlte mich elend und erschöpft, als habe die Nacht tausend Jahre gedauert.

›Wo ist Mama?‹ fragte das Mädchen leise. Die Stimme war so lieblich wie das ganze Kind, zart und klar wie ein Silberglöckchen, doch auch sinnlich, und sinnlich war das ganze kleine Geschöpf. Ihre Augen waren groß und hell wie Babettes. Ich verstand kaum, was das alles bedeutete, doch ich ahnte es, und mir grauste. Jetzt stand Lestat auf, nahm sie auf den Arm und sagte zu mir: ›Sie ist unsere Tochter.‹ Und zu ihr sagte er: ›Du wirst jetzt mit uns leben.‹ Er lächelte sie an, doch seine Augen blieben kalt, als wäre dies alles ein grausiger Scherz. Er sah zu mir, und aus seinem Gesicht sprach innere Überzeugung. Dann schob er sie mir zu, und sie saß auf meinem Schoß, und ich hatte die Arme um sie gelegt und fühlte wieder, wie weich sie war, wie weich und warm ihre Haut, wie eine Frucht, von der Sonne beschienen. Mit ihren großen leuchtenden Augen blickte sie mich an, neugierig und vertrauensvoll. ›Dies ist Louis, und ich bin Lestat‹, sagte er. Sie schaute sich um und sagte, es wäre ein schönes Zimmer, ein sehr schönes, aber sie wolle zu ihrer Mama. Lestat zog seinen Kamm aus der Tasche und fuhr ihr durchs Haar, es war glatt und gefällig wie Seide, dabei nahm er jede Locke in die Hand, um ihr nicht weh zu tun. Es war das schönste Kind, das ich je gesehen hatte, und schon glühten ihre Augen mit dem kalten Feuer eines Vampirs. Ihre Augen waren die Augen einer Frau, das konnte ich bereits erkennen. Sie würde weiß und mager werden wie wir, doch nie ganz ihre Figur verlieren. Jetzt verstand ich, was Lestat über den Tod gesagt, was er damit gemeint hatte. Ich nahm sein Taschentuch vom Boden und drückte es leicht an ihren Hals, wo noch zwei rote Punkte ein wenig bluteten. Lestat sagte: ›Deine Mama hat dich bei uns gelassen. Sie möchte, daß du glücklich wirst. Sie weiß, daß wir dich sehr glücklich machen können.‹

Sie zeigte auf den Toten auf dem Boden und sagte: ›Ich möchte noch etwas!‹

›Nein, heute nicht mehr‹, sagte Lestat, ›morgen wieder.‹ Und er stand auf, um die tote Frau aus dem Sarg zu nehmen. Das Kind glitt von meinem Schoß und sah zu, wie Lestat die beiden Frauen und den Boy in die Betten legte und sie bis zum Kinn zudeckte. ›Sind sie krank?‹ fragte sie.

›Ja, Claudia‹, antwortete er. ›Sie sind krank, und sie sind tot. Verstehst du – sie sterben, wenn wir von ihnen trinken.‹ Er nahm sie wieder in die Arme, und wir standen nebeneinander, das Kind zwischen uns. Ich war von ihr hypnotisiert und wie verwandelt, gebannt von jeder ihrer Bewegungen. Sie war kein Kind mehr, sie war ein Vampirkind. ›Louis wollte uns verlassen‹, sagte Lestat und sah mich an und dann sie, ›er wollte von uns gehen, doch nun bleibt er. Weil er für dich sorgen und dich glücklich machen will. Du gehst doch nicht, Louis, nein?‹

›Du Schuft!‹ flüsterte ich. ›Du Teufel!‹

›Was sind das für Worte vor den Ohren deiner Tochter!‹ sagte er mit spöttischem Vorwurf.

›Ich bin nicht deine Tochter‹, sagte sie mit ihrem Silberstimmchen, ›ich bin Mamas Tochter.‹

›Nein, Liebste, nicht mehr‹, sagte Lestat. Er blickte zum Fenster, und dann schloß er die Schlafzimmertür hinter uns und drehte den Schlüssel im Schloß. ›Du bist unsere Tochter, Louis' und meine Tochter, verstehst du? Also, bei wem willst du schlafen? Bei Louis oder mir?‹ Er sah mich an und fuhr fort: ›Vielleicht solltest du bei Louis schlafen. Wenn nämlich ich müde bin ... dann bin ich nicht so freundlich.‹«

Jetzt schwieg der Vampir. Auch der Junge sagte nichts, bis er schließlich flüsterte: »Ein Vampir-Kind!« Der Vampir sah mit einem Mal auf, als ob er überrascht sei, obwohl sein Körper keinerlei Bewegung machte. Dann sah der Junge, daß sein Tonband fast abgelaufen war, holte eine neue Kassette aus seiner Aktentasche und legte sie ein. Als er den Knopf drückte, blickte er den Vampir an. Dessen Gesicht sah müde und abgespannt aus, die Backenknochen traten stärker hervor, und seine glänzenden grünen Augen schienen ungeheuer groß. Das Interview hatte in der Abenddämmerung begonnen, die an diesem Wintertag in San Francisco früh gekommen war, und jetzt war es fast zehn Uhr morgens. Der Vampir reckte sich, lächelte und fragte ruhig: »Können wir fortfahren?«

»Hat er das mit dem kleinen Mädchen gemacht, um Sie festzuhalten?« fragte der Junge.

»Das ist schwer zu sagen. Ich bin sicher, daß Lestat nicht gern über seine Beweggründe und Überzeugungen nachdachte und sprach, nicht einmal bei sich selber. Er gehörte zu den Leuten, die stets handeln müssen; und man muß ihnen sehr zusetzen, ehe sie den Mund öffnen und einräumen, daß Überlegung und Methode hinter der Art steckt, wie sie leben. So war es an jenem Abend mit Lestat. Er war dazu gedrängt worden, vor sich selber darzulegen, warum er so lebte, wie er es tat. Und dazu gehörte zweifellos auch, mich festzuhalten. Rückblickend denke ich, er hätte selber gern die Gründe gewußt, weshalb er tötete, gern sein eigenes Leben erforscht. Wenn er sprach, entdeckte er, was er wirklich glaubte. Doch er wollte tatsächlich, daß ich bei ihm bliebe. Mit mir führte er ein Leben, wie er es sich allein nie hätte leisten können. Und ich meinerseits hütete mich, wie ich dir schon sagte, ihm etwas von meinem Hab und Gut zu überschreiben. Das ärgerte ihn maßlos, doch er konnte mich nicht dazu bringen.« Der Vampir lachte. »Wenn man all die anderen Dinge bedenkt, zu denen er mich überredet hat! Wie seltsam. Er konnte mich verleiten, ein Kind zu töten, doch nicht, mich von meinem Geld zu trennen.« Er schüttelte den Kopf. »Aber«, fuhr er fort, »es war kein Geiz, wirklich nicht. Es war die Furcht vor ihm, die mich knauserig machte.«

»Sie sprechen von ihm, als sei er tot. Lestat *war* dies und Lestat *war* das. Ist er denn tot?« fragte der Junge.

»Ich weiß es nicht«, sagte der Vampir. »Es ist möglich. Aber darauf komme ich noch. Wir haben von Claudia gesprochen, nicht wahr? Und ich wollte noch etwas über Lestats Motive an jenem Abend sagen. Er traute niemandem, mußt du wissen; er war wie eine Katze, wie er selber zugab, ein einzelgängerisches Raubtier. Doch an jenem Abend hatte er sich mir anvertraut; er hatte sich in gewissem Grade bloßgestellt, indem er die Wahrheit sagte. Er hatte seinen Spott und seine Herablassung abgelegt, seine ständige Verärgerung für eine Weile vergessen. Und das war für Lestat eine Bloßstellung. Ich glaube, er hat aus Rache Claudia zu einem Vampir gemacht.«

»Rache nicht nur an Ihnen, sondern an der Welt?« deutete der Junge an.

»Ja. Lestats Motive drehten sich stets um Rache.«

»Hat das alles mit dem Vater angefangen? Mit der Schule?«

»Ich weiß nicht. Ich glaube nicht. Aber ich möchte weitererzählen.«

»Oh, bitte, ja. Sie müssen weitererzählen. Ich meine, es ist ja erst zehn.« Der Junge zeigte auf seine Uhr.

Der Vampir blickte darauf und lächelte den Jungen an. Dessen Gesicht veränderte sich; es wurde blaß wie von einem großem Schreck. »Hast du noch Angst vor mir?« fragte der Vampir.

Der Junge gab keine Antwort, doch wich er unwillkürlich ein wenig vom Tisch zurück. »Es wäre unverständlich, wenn du keine hättest«, sagte der Vampir. »Aber fürchte dich nicht. Wollen wir fortfahren?«

»Bitte!« Der Junge zeigte auf den Apparat.

»Also«, begann der Vampir, »unser Leben veränderte sich mit Mademoiselle Claudia wesentlich, wie du dir wohl vorstellen kannst. Ihr Leib starb, doch ihre Sinne erwachten, so wie es bei mir gewesen war. Es dauerte indes einige Tage, bis ich merkte, wie sehr mich nach ihr verlangte, wie ich wünschte, mit ihr zusammenzusein und mit ihr zu sprechen. Zuerst dachte ich nur daran, sie vor Lestat zu schützen. Ich bettete sie jeden Morgen in meinen Sarg und ließ sie möglichst nicht aus den Augen, wenn er dabei war. Aber das war es ja, was Lestat gewollt hatte, und er machte kleine Anspielungen, daß er ihr ein Leid antun könne. ›Ein verhungerndes Kind ist ein schrecklicher Anblick‹, sagte er zu mir, ›und ein verhungernder Vampir ein noch viel schlimmerer. Man wird ihre Schreie in Paris hören‹, sagte er. Aber das war nur darauf gemünzt, mich festzuhalten. Wenn ich schon davor zurückschreckte, allein zu fliehen, würde ich erst recht nicht daran denken, es mit Claudia zu wagen. Sie war ein Kind und brauchte Schutz und Pflege.

Und es machte Vergnügen, sie zu betreuen. Sie vergaß die fünf Jahre ihres sterblichen Lebens sofort, wie es schien, denn sie war merkwürdig ruhig. Manchmal fürchtete ich sogar, sie habe den Verstand verloren, war besorgt, daß die Krankheit in ihrem sterblichen Leben und der große Schock, als sie Vampir wurde, sie ihrer Vernunft beraubt haben könnten; aber meine Befürchtung war unbegründet. Sie war einfach anders als Lestat und ich, in einem solchen Maße, daß ich es nicht begreifen konnte; denn sie war zwar noch ein Kind, doch zugleich leidenschaftlich im Töten, und sie trachtete nach Blut mit der ganzen Hemmungslosigkeit eines Kindes. Und obwohl Lestat mir beständig drohte, er könne ihr etwas antun, drohte er ihr nicht, sondern behandelte sie liebevoll, stolz auf ihre Anmut und begierig, sie zu lehren, daß wir töten müßten, um zu leben, und daß wir selber unsterblich seien.

Noch immer wütete die Pest in der Stadt, und Lestat führte Claudia auf die stinkenden Friedhöfe, wo die Opfer der Pest und des Gelbfiebers zu Haufen lagen, während Tag und Nacht unaufhörlich das Geräusch der Schaufeln erklang. ›Dies ist der Tod‹, erklärte er ihr und zeigte auf den verfallenden Leib einer Frau, ›den wir nicht erleiden. Unsere Körper bleiben immer so, wie sie sind, frisch und lebendig; doch wir dürfen nicht davor zurückschrecken, Tod zu bringen, denn nur dadurch können wir leben.‹ Und Claudia hörte es mit glänzenden, unergründlichen Augen.

Wenn sie dies auch in ihren frühen Jahren noch nicht verstand, so kannte sie keinerlei Furcht. Stumm und anmutig spielte sie mit ihren Puppen, zog sie an und aus, und stumm und anmutig tötete sie. Und ich,

Lestats Lehre folgend, suchte mir nunmehr Menschen in größerer Zahl. Aber es war nicht das Töten allein, das die Pein in mir linderte, die in den dunklen, stillen Nächten von Pointe du Lac nicht hatte von mir weichen wollen, als ich allein gewesen war, nur in der Gesellschaft Lestats und des alten Mannes; es waren die vielen Menschen, von denen es überall wimmelte: in Straßen, die sich nie leerten, in Lokalen, die Tag und Nacht geöffnet hatten, auf Bällen, die bis zum Morgen dauerten und bei denen Musik und Gelächter aus den Fenstern ertönten. Stets waren Menschen um mich, meine pulsierenden Opfer, die ich zwar nicht mit der großen Liebe sah, die ich für Babette und meine Schwester empfunden hatte, doch mit einem neuen Gefühl, das aus Entrücktheit und Verlangen seltsam gemischt war. Und ich tötete sie, wenn ich mit dem leichten Schritt und den scharfen Augen des Vampirs durch diese strotzende und brodelnde Stadt ging, wo meine Opfer mich umringten und verführten, mich zu ihren Abendtischen, in ihre Wagen, in ihre Bordelle lockten. Ich zögerte nicht lange, nur einen kurzen Augenblick, um zu erkennen, was ich brauchte, getröstet von dem Gedanken, daß mir die Stadt eine nicht endende Kavalkade von prächtigen Fremden bot.

Denn so war es: Ich nährte mich von Fremden. Ich ging nur so dicht heran, daß ich die atmende Schönheit, den einmaligen Ausdruck sehen oder die neue und erregte Stimme hören konnte, und dann tötete ich rasch, bevor die Gefühle des Widerstandes in mir erwachen konnten, die Angst, die Sorge.

Claudia und Lestat mochten jagen und verführen und lange in der Gesellschaft des verdammten Opfers verweilen und die köstliche Komik seiner unbewußten Freundschaft mit dem Tode genießen, von dem er nichts ahnte. Aber ich konnte es immer noch nicht ertragen. Und so war für mich die unübersehbare Menschenmenge eine Gnade, ein Wald, in dem ich mich verlor, außerstande, an mich zu halten, zu schnell für einen Gedanken oder eine schmerzliche Regung; und immer wieder folgte ich mehr der Einladung des Todes, als daß ich sie selbst ergehen ließ.

Wir wohnten jetzt in einem meiner neuen spanischen Stadthäuser in der Rue Royale, in einer geräumigen Wohnung im ersten Stock, über einem Laden, den ich an einen Schneider vermietet hatte. Dahinter lag ein verborgener Garten, durch eine Mauer gegen die Straße abgeschirmt – eine luxuriösere und vor allem sicherere Behausung als Pointe du Lac. Unsere Diener waren freie Farbige, die uns noch vor der Dämmerung allein ließen; und Lestat kaufte das Allerneueste, was aus Frankreich und Spanien kam: Kristalleuchter und Teppiche, seidene Wandschirme mit aufgemalten Paradiesvögeln, singende Kanarienvögel in goldenen Käfigen, edle griechische Götterstatuen und schön bemalte chinesische Vasen. Ich brauchte diesen Luxus nicht, so wie ich ihn früher nicht benötigt hatte; doch wider Willen bezauberte mich diese neue Flut von Kunst und Schönheit, und ich konnte stundenlang den verschlungenen Mustern der Teppiche nachgehen oder beobachten, wie das Lampenlicht die dunklen Töne eines niederländischen Gemäldes verwandelte.

Auch Claudia fand das alles wundervoll, mit der stillen Ehrfurcht eines unverwöhnten Kindes, und sie staunte, als Lestat einen Künstler beauftragte, an die Wände ihres Zimmers einen Zauberwald zu malen, mit Einhörnern und goldenen Vögeln und Früchte tragenden Bäumen über schimmernden Bächen.

Unaufhörlich kamen Schneider, Schuster und Putzmacherinnen in unsere Wohnung, um Claudia nach der neuesten Kindermode auszustatten, so daß sie mit ihren langen Wimpern und ihren wunderschönen blonden Haaren in den prächtig besetzten Häubchen und kleinen Spitzenhandschuhen, den ausgestellten samtenen Mäntelchen und Capes und den weißen Kleidchen mit Puffärmeln und leuchtendblauen Schärpen stets einen entzückenden Anblick von kindlicher Schönheit bot. Lestat und ich spielten mit ihr wie mit einer hübschen Puppe, und auf ihr Bitten tauschte ich mein schäbiges Schwarz gegen Kavalierskleider mit Seidenkrawatten und weichen grauen Samtmänteln mit ebensolchen Handschuhen. Lestat hielt nach wie vor Schwarz für die einem Vampir gemäße Farbe, vielleicht der einzige ästhetische Grundsatz, an dem er festhielt, aber er hatte nichts gegen Eleganz und Extravaganz. Er genoß das großartige Bild, das wir abgaben, wenn wir zu dritt in unserer Loge in der neuen Französischen Oper oder im Théâtre d'Orléans saßen, wohin wir so oft wie möglich gingen. Lestat hatte eine Vorliebe für Shakespeare, was mich verwunderte, während er bei einer Oper oft einschlief und gerade rechtzeitig aufwachte, um eine schöne Dame zu einem mitternächtlichen Souper einzuladen. Dort gebrauchte er alle seine Künste, sie zu verführen und danach flugs in den Himmel oder die Hölle zu befördern, um mit ihrem Diamantring heimzukehren, den er Claudia schenkte.

Und ich war die ganze Zeit mit Claudias Erziehung beschäftigt. Ich lehrte sie lesen und schreiben und flüsterte in ihr kleines Muschelohr, daß unser unsterbliches Leben nutzlos wäre, wenn wir nicht überall die Schönheit sähen, die Schöpfungen der Sterblichen um uns. Unermüdlich versuchte ich ihren stillen Blick zu ergründen, wenn sie die Bücher nahm, die ich ihr gab, die Verse flüsterte, die ich sie lehrte, und mit leichtem, doch zuversichtlichem Anschlag ihre eigenen Melodien auf dem Klavier klimperte. Stundenlang konnte sie die Bilder in einem Buch betrachten und mir zuhören, wenn ich ihr vorlas, und sie saß dabei so regungslos, daß ich es kaum ertragen konnte, das Buch, in dem ich las, niederlegte und sie anstarrte; dann kam Leben in sie, wie in eine Puppe, die sich bewegt, und sie bat mich mit der sanftesten Stimme weiterzulesen.

Und dann begaben sich seltsame Dinge; denn obwohl sie wenig sprach und noch immer das pausbäckige Kind mit den rosigen Fingerchen war, konnte ich sie zuweilen in meinem Lehnstuhl finden und ein Buch von Aristoteles oder Boethius lesen sehen oder einen neuen Roman, der gerade über den Atlantik gekommen war. Oder sie suchte sich auf dem Klavier eine Melodie von Mozart zusammen, die wir am Abend zuvor gehört hatten, mit untrüglichem Ohr und einer Aufmerksamkeit, daß sie mir wie ein Geist erschien, wenn sie stundenlang dasaß und die Musik erforschte – erst die Melodie, dann den Baß und schließlich beides zusammen. Claudia war ein Geheimnis; es war nicht möglich herauszubekommen, was sie wußte oder nicht wußte. Und zu sehen, wie sie tötete, konnte einen frösteln machen. Sie saß allein auf einem dunklen Platz und wartete auf einen hilfsbereiten Herrn oder eine freundliche Dame, mit ausdrucksloseren Augen, als ich sie je bei Lestat gesehen hatte, und wie ein furchterstarrtes Kind flüsterte sie ihre Bitte um Hilfe; und wenn der Herr oder die Dame sie auf die Arme nahm und davontrug, legte sie die Ärmchen fest um ihren Hals, die Zunge zwischen den Zähnen und unverhohlenen Hunger im Blick. In den ersten vier Jahren fanden ihre Opfer schnell den Tod; dann lernte Claudia, mit ihnen zu spielen, sie zu einem Puppenladen zu führen oder sich in ein Café einladen zu lassen, wo man ihr heißen Tee oder eine Tasse Schokolade bestellte, damit sich ihre blassen Wangen röteten; und sie schob die Tasse zurück und wartete, wartete, als weide sie sich schweigend an der verhängnisvollen Güte ihrer Opfer.

Aber nachdem es geschehen, war sie wieder meine Gefährtin, meine Schülerin, und verbrachte lange Stunden mit mir, verschlang rascher und rascher das Wissen, das ich ihr vermittelte, und ein stilles Einverständnis verband uns, von dem Lestat ausgeschlossen war. In der Dämmerung legte sie sich zu mir, ihr Herz schlug an meinem, und viele Male, wenn ich sie anschaute – wenn sie am Klavier saß und nicht wußte, daß ich im Zimmer war –, dachte ich an das seltsame Erlebnis, das ich mit ihr und niemand anderem teilte, daß ich sie getötet, ihr das Leben genommen und all ihr Lebensblut getrunken hatte, in jener schicksalhaften Umarmung, die ich seither an so viele verschwendet, welche nun in der Erde modern. Doch sie lebte, lebte, um mir die Arme um den Hals zu legen und ihren Knospenmund auf meine Lippen zu drücken und ihr leuchtendes Auge meinem Auge zu nähern, bis sich unsere Wimpern berührten und wir uns lachend im Zimmer drehten wie im ausgelassensten Walzer. Vater und Tochter – Liebhaber und Geliebte. Zum Glück neidete es uns Lestat nicht; er lächelte nur darüber und wartete, bis sie zu ihm kam. Dann nahm er sie mit auf die Straße, und sie winkten mir von unten zu, ehe sie sich gemeinsam auf den Weg machten, gemeinsam zu jagen, zu verführen, zu töten.

So verging Jahr um Jahr. Doch es dauerte eine geraume Zeit, bis mir an Claudia etwas auffiel. Ich schließe aus deinem Gesichtsausdruck, daß du es schon geraten hast, und du fragst dich sicherlich, wieso es mir entgangen war. Darauf kann ich nur sagen, daß die Zeit für mich nicht dasselbe ist – und für uns nicht dasselbe war – wie für dich. Für uns verband sich nicht der Tag mit dem nächsten zu einer festen und uns mit sich ziehenden Kette, sondern der Mond schien über Wellen, die in ewigem Gleichmaß dahinplätscherten.«

»Ihr Körper!« sagte der Junge. »Sie wurde nie erwachsen?«

Der Vampir nickte. »Sie sollte für ewige Zeiten das Teufelskind bleiben. So wie ich der junge Mann geblieben bin, der ich war, als ich starb. Lestat ging es ebenso. Doch Claudias Seele? Es war die Seele eines Vampirs. Und ich bemühte mich zu erkennen, wie sie sich entwickelte. Sie sprach mehr als früher, blieb jedoch das nachdenkliche Mädchen, das sie gewesen, und konnte mir lange geduldig zuhören, ohne mich zu unterbrechen. Doch mehr und mehr beherrschten zwei erwachsene, wissende Augen das Puppengesicht; und die Unschuld schien irgendwie verloren, während sie ihr Spielzeug vernachlässigte. Etwas erschreckend Sinnliches lag in der Art, wie sie in einem winzigen Nachtgewand mit Spitzen und Perlenstickerei sich auf der Ottomane ausstreckte; sie wurde zu einer unheimlichen und machtvollen Verführerin, die Stimme hell und zart wie immer, doch mit einer Resonanz, die einer Frau anzugehören schien, einer Schärfe, die etwas Beängstigendes hatte. Nachdem sie tagelang ruhig wie gewöhnlich gewesen war, konnte sie plötzlich über Lestats Kriegsvoraussagen spotten oder sagen, während sie Blut aus einem Kristallglas trank, es seien keine Bücher im Haus, wir sollten mehr beschaffen, und wenn wir sie stehlen müßten, und dann berichtete sie kühl von einer Bibliothek, von der sie gehört habe, in einem palastartigen Haus im Faubourg Sainte-Marie, bei einer Dame, die Bücher sammelte wie kostbare Steine oder seltene

Schmetterlinge. Sie fragte mich, ob ich sie in das Schlafzimmer der Dame führen würde.

In solchen Augenblicken erschrak ich vor ihren unberechenbaren Launen. Aber dann setzte sie sich wieder auf meinen Schoß, fuhr mir mit den Fingern durchs Haar, legte den Kopf an meine Brust und flüsterte mir zu, ich würde nie erwachsen werden wie sie, wenn ich nicht wüßte, daß Töten wichtiger sei als alles andere, wichtiger als Bücher und Musik. ›Immer diese Musik . . .‹, flüsterte sie. ›Puppe, kleine Puppe‹, sagte ich zu ihr. Das war sie auch, eine Zauberpuppe. Gelächter und ein unendlicher Verstand, und dazu das runde Gesichtchen, der Knospenmund. ›Laß mich dein Haar bürsten, dich anziehen‹, sagte ich aus alter Gewohnheit zu ihr und wußte, sie würde jetzt lächeln, und über ihr Gesicht würde sich ein dünner Schleier der Langeweile legen. ›Tu, was du willst‹, hauchte sie mir ins Ohr, als ich mich niederbeugte, um ihre Perlohrringe zu befestigen. ›Nur geh mit mir heute nacht töten. Ich habe dich noch nie töten sehen, Louis.‹

Eines Tages wollte sie einen eigenen Sarg zum Schlafen, und das verletzte mich mehr, als ich ihr zeigen wollte. Ich ging aus dem Haus, nachdem ich mein Kavaliersversprechen gegeben hatte – wie viele Jahre hatte sie bei mir geschlafen, als wäre sie ein Stück von mir! Dann fand ich sie in der Nähe des Ursulinenklosters, wie ein Waisenkind, das sich in der Dunkelheit verloren hat, und sie lief plötzlich auf mich zu und klammerte sich in geradezu menschlicher Verzweiflung an mich. ›Ich will es nicht, wenn es dich kränkt‹, flüsterte sie so leise, daß ein Mensch weder ihre Worte gehört noch ihren Atem gespürt hätte. ›Ich will immer bei dir bleiben. Aber ich muß ihn sehen, verstehst du nicht? Einen Sarg für ein Kind.‹

Wir sollten zu einem Sargtischler gehen, schlug sie vor. Ein Theaterstück, eine Tragikomödie in einem Akt: Ich sollte sie in einem kleinen Vorraum zurücklassen und zu dem Mann in seiner Werkstatt sagen, sie müsse sterben, aber sie dürfe es nicht wissen, und sie solle den besten Sarg haben, den er machen könne. Und der Sargtischler, von der Tragödie erschüttert, müsse ihn anfertigen, und er würde sich vorstellen, wie sie auf dem weißen Satin läge, und sich verstohlen eine Träne aus dem Auge wischen . . .

›Aber warum, Claudia?‹ fragte ich flehend. Ich hatte einen Abscheu davor; es widerstrebte mir, mit dem hilflosen Menschen Katz und Maus zu spielen. Doch als ihr hoffnungsloser Liebhaber nahm ich sie mit zu dem Sargtischler und ließ sie im Vorzimmer auf dem Sofa zurück, wo sie mit im Schoß gefalteten Händen sitzen blieb, den Kopf mit dem

Häubchen züchtig geneigt, als wisse sie nicht, was wir hinter der Tür flüsterten. Der Tischler, ein alter und grauhaariger Mann, fragte: ›Aber warum muß sie sterben?‹, als sei ich der liebe Gott, der es beschlossen habe. ›Ihr Herz‹, antwortete ich, ›sie kann nicht mehr leben‹, und die Worte nahmen für mich eine eigentümliche Kraft, einen beunruhigenden Klang an. Das Mitleid in dem faltigen Gesicht des Alten irritierte mich; etwas kam mir in Erinnerung, ein matter Lichtschein, eine Handbewegung, ein Ton ... ein Kind, das in einem stickigen Zimmer weinte. Nun führte mich der Mann in sein Lager und zeigte mir die Särge, schwarzer Lack mit Silber beschlagen, so wollte sie es. Und plötzlich, ich wußte nicht wie, ergriff ich die Flucht, nahm Claudia bei der Hand und eilte aus dem Sargmagazin. ›Der Sarg ist bestellt‹, sagte ich. ›Es macht mich ganz verrückt!‹ Ich atmete die frische Luft auf der Straße, als sei ich am Ersticken, und dann sah ich, wie sie mich teilnahmslos betrachtete. Sie legte ihre kleine behandschuhte Hand in meine und sagte geduldig: ›Ich möchte es, Louis.‹

Und eines Nachts stieg sie, von Lestat begleitet, die Treppe zur Werkstatt des Sargtischlers hinauf, und sie holten den Sarg und ließen den alten Mann, der nicht wußte, wie ihm geschah, tot vor seinem Pult liegen, an dem er gesessen hatte. Dann stand der Sarg in unserem Schlafzimmer, wo Claudia ihn oft betrachtete, als wäre er lebendig und könne ihr nach und nach Geheimnisse verraten. Aber sie schlief nicht darin; sie schlief weiter bei mir.

Noch andere Veränderungen gingen in ihr vor; ich weiß nicht mehr, wann und in welcher Reihenfolge. Claudia tötete nicht wahllos. Sie verfiel in äußerst eigene Gewohnheiten. Sie ging dazu über, sich für die armen Leute zu interessieren; sie faszinierten sie, und sie bat Lestat, einen Wagen zu nehmen und durch den Faubourg Sainte-Marie zu den Häusern am Fluß zu fahren, wo die Einwanderer wohnten. Sie schien ganz versessen auf die Frauen und Kinder. Lestat erzählte es mir belustigt; denn ich war es leid, sie zu begleiten. Aber Claudia hatte sich dort eine Familie ausgesucht, die sie überfiel, einen nach dem anderen. Und sie hatte darum gebeten, mit mir oder Lestat auf den Friedhof der Vorstadt Lafayette zu gehen und die Grabgewölbe auf der Suche nach jenen verzweifelten Männern zu durchstreifen, die keine andere Schlafstätte fanden und dort Unterschlupf suchten, nachdem sie ihr letztes Geld vertrunken hatten. Lestat war zutiefst beeindruckt, ja hingerissen, und malte begeistert Claudias Bild. ›Kind Tod‹, nannte er sie, und ›Schwester Tod‹ und ›Süßer Tod‹, und mir gab er, mit einer spöttischen Verbeugung, den Namen ›Gütiger Tod‹. Er sagte es wie eine Frau, die in die

Hände klatscht und ›Gütiger Himmel!‹ ausruft. Ich hätte ihn am liebsten erwürgt.

Aber es gab keinen Streit, wir beherrschten uns. Jeder hatte, was er brauchte. Unsere große Wohnung war vom Boden bis zur Decke mit Büchern angefüllt, Hunderte von Reihen goldschimmernder Lederbände; Claudia und ich gingen unseren Neigungen nach, und Lestat setzte seine kostspieligen Einkäufe fort. Bis sie Fragen zu stellen begann . . .«

Der Vampir schwieg. Und auch der Junge schaute so unruhig wie zuvor drein, als erfordere Geduld die größte Anstrengung. Aber der Vampir legte die Spitzen seiner langen weißen Finger wie zu einem gotischen Bogen zusammen, dann drückte er die Handteller aneinander, als habe er den Jungen ganz vergessen. »Ich hätte wissen sollen«, begann er von neuem, »daß es unvermeidbar war, und ich hätte die Zeichen sehen müssen. Denn ich war so auf sie eingestimmt; ich liebte sie ganz und gar; sie war so sehr die Gefährtin jeder meiner wachen Stunden, der einzige Gefährte, den ich hatte, außer dem Tode. Ich hätte es wissen müssen. Aber etwas in mir war sich eines ungeheuren dunklen Abgrundes neben uns bewußt, als gingen wir stets auf einer steilen Klippe und würden es plötzlich sehen, doch zu spät, wenn wir den falschen Schritt täten oder zu tief in unseren Gedanken verloren wären. Abgesehen von jener Dunkelheit erschien mir die materielle Welt um mich herum zuweilen unwirklich. Als öffne sich die Erde und ich könnte eine große Spalte längs der Rue Royale sehen, und alle Häuser zerfielen zu Staub in einem großen Erdbeben. Doch das Schlimmste war, sie waren transparent, hauchdünn, wie Bühnenvorhänge aus Seide. Ach . . . ich bin zerstreut. Was sagte ich? Daß ich die Zeichen nicht erkannte, daß ich mich verzweifelt an die Glückseligkeit klammerte, die sie mir gegeben hatte. Und noch gab, und alles andere sah ich nicht.

Aber da waren die Zeichen. Sie wurde kalt zu Lestat und starrte ihn manchmal lange an; doch wenn er zu ihr sprach, antwortete sie nicht, und man konnte nicht sagen, ob es Verachtung war oder ob sie ihn nicht hörte. Und mit unserer zerbrechlichen häuslichen Ruhe war es vorbei, als er die Fassung verlor. Er brauche keine Liebe, sagte er, aber er wolle auch nicht ignoriert werden, und einmal drohte er ihr Schläge an, und ich fand mich wieder in der mißlichen Lage, ihn anzugreifen wie vor Jahren, ehe Claudia zu uns gekommen war. ›Sie ist kein Kind mehr‹, flüsterte ich ihm zu. ›Ich weiß nicht, was es ist. Sie ist jetzt eine Frau.‹ Ich beschwor ihn, er solle es leichtnehmen, und er heuchelte Verachtung und ignorierte sie nun seinerseits. Doch eines Abends kam er aufgeregt herein und berichtete mir, sie sei ihm gefolgt – obwohl sie sich geweigert hatte, mit ihm töten zu gehen, war sie ihm später doch nachgegangen. ›Was ist nur mit ihr los!‹ fuhr er mich an, als hätte ich sie geboren und müßte es wissen.

Und dann verschwanden eines Nachts unsere Dienstboten. Zwei der besten Mädchen, die wir je gehabt hatten, Mutter und Tochter. Der Kutscher wurde zu ihrem Haus geschickt, doch konnte er auch nur melden, daß sie nicht da waren; und dann stand der Vater vor unserer Tür und klopfte. Er stand etwas abseits auf dem steinernen Trottoir und sah mich mit tiefem Argwohn an, der früher oder später allen Sterblichen in die Augen stieg, die uns längere Zeit kannten, eine Ahnung von Tod, so wie die Blässe des Gesichtes ein verhängnisvolles Fieber anzeigt; und ich versuchte, ihm zu erklären, daß sie heute nicht gekommen seien, weder Mutter noch Tochter, und wir sie suchen lassen müßten.

›Das ist sie gewesen!‹ zischte Lestat, als ich die Gartentür hinter mir schloß. ›Sie hat ihnen etwas angetan und uns in Gefahr gebracht. Ich werde sie schon zum Reden bringen!‹ Und er ging die Treppe hinauf. Ich wußte, daß Claudia sich davongemacht hatte, hinausgeschlüpft war, als ich an der Gartentür stand, und noch etwas merkte ich: Über den Hof aus der unbenutzten, verschlossenen Küche kam ein Geruch, der sich mit dem Duft des Geißblatts bedrückend mischte – Leichengeruch. Ich hörte Lestat zurückkommen, als ich mich dem kleinen Ziegelhaus mit den zerfallenen Fensterläden näherte. Hier war nie gekocht, nie etwas getan worden, und das Haus lag da wie ein Gruftgewölbe unter dem wuchernden Geißblatt. Die Läden lockerten sich mühelos, denn die Nägel und Haken waren längst verrostet, und ich hörte Lestat nach Luft ringen, als wir in die faulige Dunkelheit traten. Da lagen sie auf dem Steinboden, Mutter und Tochter zusammen; der Arm der Mutter um die Tochter gelegt, und deren Kopf an die Brust der Mutter geschmiegt – beide von Fliegen bedeckt. Ein großer Schwarm stieg auf, als die Läden herabfielen, und ich scheuchte sie angeekelt von mir. Ameisen krochen ungestört über die Lider und Lippen der beiden Toten, und im Mondlicht sah ich zahllose silbrige Schneckenspuren. ›Der Teufel soll sie holen!‹ rief Lestat aus, und ich packte ihn fest am Arm und bot meine ganze Kraft gegen ihn auf. ›Was willst du mit ihr machen?‹ fragte ich. ›Was kannst du überhaupt machen? Sie ist kein Kind mehr, das tut, was wir ihm sagen, nur weil wir es sagen. Wir müssen sie unterweisen.‹

›Sie weiß es‹, sagte er. ›Sie weiß seit Jahren, was sie zu tun hat. Was sie wagen kann und was sie unterlassen muß. Ich will nicht, daß sie so etwas ohne meine Erlaubnis tut. Ich werde es nicht dulden.‹

›Bist du unser aller Meister?‹ erwiderte ich. ›Du hast es sie nicht gelehrt. Soll sie es sich aus meiner stillen Unterwürfigkeit zu eigen machen? Ich glaube nicht. Sie betrachtet sich jetzt als uns ebenbürtig und uns beide als Gleichgestellte. Ich sage dir, wir müssen vernünftig mit ihr sprechen und ihr beibringen, das Unsrige zu respektieren. Wie jeder von uns es respektieren sollte.‹

Er ging davon, offenbar mit dem beschäftigt, was ich gesagt hatte, obwohl er es nie zugegeben hätte. Und dann nahm er seine Rache an der Stadt. Doch als er nach Hause kam, müde und satt, war Claudia noch nicht zurück. Er legte sich aufs Sofa und streckte die Beine der Länge nach aus. ›Hast du sie verbrannt?‹ fragte er.

›Sie sind weg‹, erwiderte ich kurz. Nicht einmal zu mir selber hätte ich sagen mögen, daß ich die irdischen Reste der beiden in dem alten unbenutzten Küchenherd verbrannt hatte. ›Aber wir haben es noch mit dem Vater zu tun und dem Bruder‹, sagte ich. Ich fürchtete Lestats Jähzorn und zerbrach mir den Kopf, wie wir am schnellsten aus der Sache herauskämen. Doch dann sagte er, Vater und Bruder seien nicht mehr. Der Tod sei zum Abendessen in ihr Häuschen gekommen und habe das Tischgebet gesprochen. ›Wein‹, flüsterte er und fuhr sich mit dem Finger über die Lippen. ›Beide hatten zuviel Wein getrunken. Und ich ertappte mich dabei, wie ich mit dem Stock auf den Zaunstäben Musik machen wollte‹, lachte er. ›Aber ich mag die Trunkenheit nicht. Magst du sie?‹ Und als er mich ansah, mußte ich lächeln, denn der Wein hatte seine Wirkung getan und ihn angeheitert, und in diesem Augenblick, als sein Gesicht warm und gelöst aussah, sagte ich zu ihm: ›Ich höre Claudias Schritte auf der Treppe. Sei nett zu ihr. Es ist nun einmal geschehen.‹

Sie kam herein, die Haubenbänder aufgelöst und die kleinen Stiefel beschmutzt. Ich beobachtete beide aufmerksam, Lestat mit seinem spöttischen Lächeln auf den Lippen, und sie, die ihn nicht beachtete, als wäre er gar nicht da. Sie trug einen Strauß weißer Chrysanthemen in den Armen, und mit den großen Blumen sah sie noch mehr wie ein kleines Kind aus. Ihre Haube lockerte sich, blieb eine Sekunde auf ihrer Schulter liegen und fiel dann auf den Teppich. Durch das goldene Haar sah ich die schmalen Blütenblätter der Chrysanthemen. ›Morgen ist Allerheiligen‹, sagte sie. ›Weißt du das?‹

›Ja‹, sagte ich. An diesem Tag gehen in New Orleans alle Gläubigen auf die Friedhöfe, um die Gräber ihrer Lieben zu pflegen. Sie tünchen die Wände der Grabgewölbe, säubern die Inschriften auf den Marmortafeln und legen Blumen auf die Gräber. Auf dem Saint-Louis-Friedhof nahe unserem Hause, wo alle großen Familien von Louisiana bestattet werden und auch mein Bruder lag, standen sogar kleine eiserne Bänkchen vor den Gräbern, und dort pflegten die Familien Besuche von Nachbarn und Freunden zu empfangen, die zu dem gleichen Zweck auf den Friedhof gekommen waren. Es war ein wichtiges Fest für New Orleans, das einem Fremden als Feier des Todes erscheinen mochte, doch es war eine Feier des Lebens nach dem Tode. ›Ich habe sie da von einem Blumenhändler gekauft‹, sagte Claudia. Ihre Stimme war sanft und unergründlich, ihre Augen undurchdringlich und unbewegt.

›Für die beiden, die du in der Küche gelassen hast?‹ fragte Lestat höhnisch. Sie wandte sich ihm zu, zum ersten Mal, sagte jedoch nichts, und sah ihn an, als habe sie ihn vorher nie gesehen. Ich trat vor. Ich konnte seinen Zorn spüren. Ihre Kälte. Und dann trat sie ein paar Schritte näher und blickte ihm ins Gesicht, als wolle sie etwas erforschen. Und jetzt sah sie mich an, und dann von einem zum anderen, bis sie fragte: ›Wer von euch hat es getan? Wer von euch hat aus mir das gemacht, was ich bin?‹

Ich hätte nicht erstaunter sein können. Und doch war es unvermeidlich, daß sie ihr langes Schweigen auf diese Weise brechen würde. Aber ich schien ihr weniger von Belang, denn ihre Augen blieben schließlich auf Lestat haften. ›Du sprichst von uns, als hätten wir schon immer so existiert wie jetzt‹, sagte sie ruhig und bestimmt, und ihre Kinderstimme klang ernst wie die einer erwachsenen Frau. ›Du sprichst von denen da draußen als Sterblichen, von uns als Vampiren. Aber es war nicht immer so. Louis hatte im sterblichen Leben eine Schwester, ich weiß es. Er hat ein Bild von ihr in seinem Schrank; ich habe gesehen, wie er es anschaute. Er war ebenso sterblich wie sie, und ich auch! Woher hätte ich sonst diese Gestalt?‹ Sie breitete die Arme aus und ließ die Blumen zu Boden fallen. Ich flüsterte ihren Namen, aber vergebens. Der Wendepunkt war erreicht. Lestats Augen leuchteten fasziniert, als genösse er ein boshaftes Vergnügen.

›Du hast aus uns das gemacht, was wir sind, nicht wahr?‹ fragte sie ihn anklagend.

Er hob die Augenbrauen in spöttischem Erstaunen. ›Was du bist?‹ fragte er. ›Und ob du etwas anderes sein würdest als das, was du jetzt bist!‹ Er zog seine Beine an, beugte sich nach vorne und kniff die Augen zusammen. ›Weißt du, wie lange es her ist? Kannst du dir vorstellen, wie du jetzt aussehen würdest, wenn ich dich in Ruhe gelassen hätte? Soll ich dir eine alte Hexe bringen, damit du dein sterbliches Ebenbild erkennst?‹

Sie kehrte ihm den Rücken zu, blieb einen Augenblick unschlüssig stehen und ging dann zu dem großen Kaminsessel, kletterte hinauf, hockte sich hinein wie ein hilfloses Kind und starrte ins Feuer. Aber ihr Blick hatte nichts Hilfloses; ihre Augen strahlten ein eigenes Leben aus, als sei ihr Körper besessen.

›Du könntest jetzt tot sein, wenn du sterblich wärst‹, fuhr Lestat fort, von ihrem Schweigen irritiert. Er schwenkte die Beine herum und setzte seine Füße auf den Boden. ›Hörst du mir zu? Weshalb stellst du mir eine solche Frage? Warum machst du so ein Getue darum? Du hast dein ganzes Leben lang gewußt, daß du ein Vampir bist.‹ Und so redete er unausgesetzt weiter und wiederholte die gleichen Dinge, die er mir viele Male gesagt hatte: Erkenne deine Natur, töte und sei, was du bist. Mir schien das alles ziemlich abwegig, denn Claudia hatte beim Töten niemals Skrupel gehabt. Jetzt lehnte sie sich zurück und drehte langsam den Kopf, so daß sie Lestat besser sehen konnte, und studierte ihn abermals, als sei er eine Marionette. ›Hast *du* es mit mir gemacht? Und wie?‹ fragte sie, und ihre Augen zogen sich zusammen. ›Wie hast du es gemacht?‹

›Warum soll ich es dir sagen?‹ erwiderte er. ›Das ist nun einmal meine Macht.‹

›Deine allein? Wieso?‹ fragte sie hartnäckig weiter, mit kalter Stimme und herzlosen Augen. ›Wie ist es geschehen?‹ verlangte sie mit plötzlich erhobener Stimme zu wissen.

Das schlug wie der Blitz ein. Lestat sprang wütend auf, und auch ich erhob mich. ›Stopf ihr den Mund!‹ rief er mir händeringend zu. ›Mach etwas mit ihr! Ich kann sie nicht ertragen!‹

Dann ging er zur Tür, kehrte jedoch um und stellte sich dicht vor Claudia hin, so daß er sie wie ein Turm überschattete. Sie blickte furchtlos zu ihm auf und ließ die Augen ungerührt über sein Gesicht hin und her gehen. ›Ich kann rückgängig machen, was ich getan habe. Bei dir und bei ihm‹, sagte er und zeigte auf mich. ›Seid froh, daß ich aus euch das gemacht habe, was ihr seid. Sonst reiße ich euch in tausend Stücke!‹«

»Der Frieden im Hause war zerstört, wenn auch äußerlich Ruhe herrschte. Die Tage vergingen, und Claudia stellte keine Fragen mehr, doch von nun an vertiefte sie sich in okkultistische Bücher, Bücher über Hexen und Hexenzauber und über Vampire. Das meiste war Phantasie, wie du dir denken kannst, Mythologie und ausgedachte Geschichten, romantische Schauerromane. Doch sie las das alles, oft bis zum Morgengrauen, so daß ich sie holen mußte, um sie zu Bett zu bringen.

Lestat engagierte einen Butler und ein Hausmädchen und bestellte Handwerker, die im Hof einen großen Brunnen bauten, mit einer steinernen Nymphe, die pausenlos Wasser aus einer breiten Muschel goß. Er schaffte Goldfische an, ließ Wasserlilien in den Brunnen pflanzen, so daß ihre Blüten auf dem Wasser ruhten und im Mondschein schimmerten.

Eines Nachts wurde er von einer Frau beobachtet, als er in der Nyades Road tötete, der Straße, die zur Stadt Carrolton führte, und es erschienen Geschichten darüber in den Zeitungen, die ihn mit einem benachbarten Spukhaus in Verbindung brachten. Es amüsierte ihn, eine Zeitlang der Geist von Nyades Road zu sein, bis es allmählich in Vergessenheit geriet. Dann verübte er einen weiteren grausigen Mord auf einem anderen öffentlichen Platz und gab der Phantasie von New Orleans neue Nahrung. Doch ein wenig bekam er es auch mit der Angst zu tun. Er war nachdenklich, argwöhnisch, und fragte mich ständig, wo Claudia sei, wohin sie gegangen und was sie täte.

›Sie wird sich schon wieder fangen‹, versicherte ich, obwohl ich es nicht wissen konnte, denn sie war mir fremdgeworden; und ich litt darunter, als wäre sie meine Braut. Sie sah mich kaum noch an, so wie sie vorher Lestat übersehen hatte, und war imstande, einfach fortzugehen, wenn ich mit ihr sprach.

›Das möchte ich ihr auch geraten haben‹, sagte er tückisch.

›Und was willst du machen, wenn sie es nicht tut?‹ fragte ich mehr ängstlich als vorwurfsvoll.

Er sah mich mit seinen kalten grauen Augen an. ›Du kümmerst dich um sie, Louis. Du sprichst zu ihr!‹ sagte er. ›Alles ist so gut gegangen, und nun das! Das war nicht nötig.‹

Aber es war mein eigener Entschluß, daß ich sie zu mir bat, und sie kam. Es war früh am Abend, und ich war gerade aufgewacht. Im Haus war es dunkel. Sie stand am Fenster in einem Kleid mit Puffärmeln und roséfarbener Schärpe und schaute auf den abendlichen Verkehr in der Rue Royale. Ich konnte hören, wie Lestat in seinem Zimmer Wasser aus dem Krug in die Waschschüssel goß. Der vage Duft seines Eau de Cologne schwebte heran und schwand wie die Musik aus dem benachbarten Café. Ich konnte Lestat in seinem Zimmer hören, der sich zu seinem Ausgang fertigmachte. ›Er wird mir nichts erzählen‹, sagte sie leise. Sie mußte bemerkt haben, daß ich die Augen geöffnet hatte. Ich stand auf und trat neben sie, und sie sagte: ›Du wirst es mir sagen, nicht wahr? Wie es vor sich ging.‹

›Ist es wirklich das, was du wissen willst?‹ fragte ich und versuchte, ihr Gesicht zu erkennen. ›Oder vielmehr das, *warum* es mit dir geschah ... und was du vorher warst? Mir ist nicht klar, was du unter *wie* verstehst, denn wenn du meinst, *wie* es gemacht wurde, so daß du es ebenfalls tun kannst ...‹

›Ich weiß nicht einmal, was es ist‹, erwiderte sie mit einer gewissen Kälte. Dann jedoch wandte sie sich mir voll zu und legte die Hände auf mein Gesicht. ›Komm mit mir töten heute nacht‹, flüsterte sie sinnlich wie eine Liebende. ›Und sage mir alles, was du weißt. Was sind wir? Warum sind wir nicht wie sie?‹ Sie zeigte auf die Straße hinunter.

›Ich weiß keine Antworten auf deine Fragen‹, sagte ich. Ihr Gesicht zog sich zusammen, als hätte sie Mühe, meine Worte über einem plötzlichen Geräusch zu hören. Dann schüttelte sie den Kopf, doch ich sprach weiter. ›Ich frage mich die gleichen Dinge wie du. Ich weiß es nicht. Wie ich gemacht wurde, kann ich dir ungefähr sagen ... Lestat hat es getan. Aber das wirkliche *Wie* daran, das weiß ich nicht.‹ Ihr Gesicht war noch immer angespannt. Ich sah darin die ersten Spuren der Furcht oder etwas Schlimmeres und Tieferes als Furcht. ›Claudia‹, sagte ich, legte meine Hände auf ihre und drückte sie sanft an meine Wangen, ›stelle diese Fragen nicht. Du bist zahllose Jahre lang meine Gefährtin gewesen in meiner Suche nach sterblichem Leben und sterblicher Schöpfung. Sei jetzt nicht meine Gefährtin in dieser Unruhe. Lestat kann uns nicht die Antworten geben. Und ich habe auch keine.‹

Ich verstand, daß sie dies nicht einfach hinnehmen konnte, aber ein solch jähes Abwenden hatte ich nicht erwartet, nicht die Heftigkeit, mit der sie sich einen Augenblick an den Haaren zog und es sofort unterließ, als sei diese Geste dumm und sinnlos. Es erfüllte mich mit bösen Ahnungen. Jetzt blickte sie auf den Himmel hinaus; er war bedeckt, sternenlos, und die Wolken zogen schnell vom Fluß herüber. Sie bewegte plötzlich die Lippen, als habe sie sich darauf gebissen, dann flüsterte sie mir zu: ›Dann hat er mich also gemacht ... er war es ... nicht du!‹ Ihr Gesichtsausdruck hatte etwas so Drohendes, daß ich mich von ihr abwandte, ohne es zu wollen. Ich stellte mich an den Kamin und zündete eine Kerze vor dem großen Spiegel an. Und dann sah ich etwas, das mich entsetzte; zuerst war es wie eine scheußliche Maske in dem dämmrigen Licht, dann wurde es körperlich und deutlich: der Totenschädel auf seinem Regalplatz. Ich starrte ihn an. Er roch noch schwach nach Erde, obwohl er sauber geputzt schien. ›Warum antwortest du mir nicht?‹ fragte Claudia. Ich hörte, wie Lestats Tür sich öffnete; nun würde er auf die Jagd gehen. Ich nicht. Ich wollte die ersten Stunden des Abends, wo der Hunger in mir wuchs, in Ruhe verstreichen lassen, bis der Drang so stark würde, daß ich mich allem um so vollkommener hingeben könnte.

Ich fühlte mein Herz schlagen, als sie mit deutlicher Stimme ihre Frage wiederholte, als schwebten ihre Worte in der Luft wie der Widerhall einer Glocke. ›Er hat mich geschaffen, natürlich. Er hat es ja selber gesagt. Aber du verbirgst etwas vor mir; etwas, das er andeutet, wenn ich ihn frage. Er sagt, ohne dich wäre es nicht möglich gewesen.‹

Noch immer starrte ich den Schädel an und empfand ihre Worte wie eine Züchtigung, als schlüge sie mich, damit ich mich umdrehte und den Schlägen entgegenträte. Mich durchfuhr ein Gedanke, doch es war mehr ein Kälteschauer als ein Gedanke, daß auch von mir nichts als ein solcher Schädel übrigbleiben sollte. Ich wandte mich und sah im Licht der Straße Claudias Augen wie zwei dunkle Flammen in ihrem weißen Gesicht. Eine Puppe, der jemand grausam die Augen genommen und durch ein dämonisches Feuer ersetzt hatte. Ich trat auf sie zu und flüsterte ihren Namen, und irgendein Gedanke formte sich auf meinen Lippen. Sie griff nach ihrem Hut und Mantel. Auf dem Boden lag ein kleiner Handschuh, im Dunkel phosphoreszierend, und einen kurzen Augenblick lang dachte ich, es sei eine abgetrennte kleine Hand.

›Was ist los mit dir?‹ fragte sie und trat näher und blickte mir ins Gesicht. ›Was ist denn immer mit dir los gewesen? Warum starrst du den Schädel so an, warum den Handschuh?‹ fragte sie sanft, doch nicht sanft genug. In ihrer Stimme war eine leise Berechnung, eine ungreifbare Kühle.

›Ich brauche dich‹, sagte ich zu ihr, ohne es zu wollen. ›Ich könnte es nicht ertragen, dich zu verlieren. Du bist mein einziger Gefährte in der Unsterblichkeit.‹

›Aber es muß bestimmt noch andere geben‹, sagte sie. ›Wir sind doch nicht die einzigen Vampire auf der Erde!‹ Ich hörte sie sprechen, was ich selber einmal gesagt hatte, hörte meine eigenen Worte zu mir zurückkommen auf der Flutwelle ihres selbstbewußten Wissensdranges. Doch sie empfindet keinen Schmerz dabei, kam mir plötzlich in den Sinn. Es ist Hartnäckigkeit, herzlose Hartnäckigkeit. ›Bist du nicht genau so wie ich?‹ Sie sah mich an. ›Du hast mich doch alles gelehrt, was ich weiß!‹

Ich hob den Handschuh auf. ›Lestat hat dich zu töten gelehrt‹, sagte ich. ›Hier, komm . . . laß uns ausgehen. Ich möchte ausgehen . . .‹, stammelte ich und versuchte, ihr die Handschuhe anzuziehen, hob ihre Lokken und legte sie über den Mantelkragen. ›Aber du hast mich gelehrt zu sehen!‹ sagte sie. ›Du lehrtest mich das Wort *Vampiraugen.* Du lehrtest mich, die Welt zu trinken und nach mehr zu dürsten . . .‹

›Ich habe das Wort *Vampiraugen* nicht so gemeint‹, erwiderte ich. ›Es klingt anders, wenn du es sagst ... Komm‹, bat ich sie: ›ich muß dir etwas zeigen.‹ Und ich führte sie schnell aus dem Zimmer hinaus, die Treppe hinunter und durch den dunklen Hof. Aber ich wußte nicht, was ich ihr zeigen wollte, nicht mehr als ich wußte, wohin ich mit ihr ging. Nur daß ich mich instinktiv darauf zu bewegte.

Wir eilten durch die Stadt; der frühe Abendhimmel war jetzt wolkenlos und blaßviolett, die Sterne waren noch klein und schwach und die Luft um uns feucht und duftend, auch als wir in die engen, ärmlichen Gassen gelangten, wo es keine Gärten gab und nur aus den Steinritzen grünes Unkraut wucherte. Ich hörte das Stakkato von Claudias Schuhen an meiner Seite; sie hielt mit mir Schritt und bat mich nicht, langsamer zu gehen, bis wir schließlich in einer kleinen Straße haltmachten, wo einige alte französische Häuschen mit schrägem Dach zwischen spanischen Prachtfassaden stehengeblieben waren. Das Haus stand noch da, ich hatte es blindlings gefunden, hatte immer gewußt, wo es war, und es gemieden, war stets an der dunklen, lampenlosen Ecke umgekehrt, um nicht an dem niedrigen Fenster vorbei zu müssen, wo ich Claudia hatte weinen hören. Kreuz und quer über die Gasse hing Wäsche träge auf gespannten Leinen, Unkraut wucherte um das niedrige Fundament, und die beiden Fenster des Schlafzimmers waren zerbrochen und mit Lumpen abgedichtet. Ich berührte die Fensterläden. ›Hier habe ich dich zuerst gesehen‹, sagte ich zu Claudia, die geduldig zu mir aufsah. Ich dachte, ich könnte es ihr so erzählen, daß sie es verstehen würde, doch da war wieder ihr kühler, distanzierter Blick. ›Ich hörte dich weinen. Du warst hier in einem Zimmer bei deiner Mutter. Und deine Mutter war tot, seit Tagen schon, aber du wußtest es nicht. Du klammertest dich an sie, wimmertest und weintest erbärmlich, und dein Leib war weiß und fiebernd und hungrig. Du versuchtest sie vom Tode zu erwecken, du umarmtest sie, wolltest sie wärmen. Es war fast Morgen, und ...‹ Ich legte die Hände an die Schläfen. ›Ich öffnete die Läden ... stieg ins Zimmer. Ich fühlte Mitleid mit dir ... aber noch etwas anderes.‹

Claudia preßte die Lippen aufeinander. Ihre Augen weiteten sich. ›Du ... hast mein Blut gesaugt?‹ flüsterte sie. ›Ich war dein Opfer!‹

›Ja!‹ erwiderte ich. ›Ich habe es getan.‹

Die nächsten Augenblicke kamen mir so lang und qualvoll vor, daß ich es kaum ertragen konnte. Claudia stand regungslos im Schatten des Hauses, und in ihren großen Augen schien sich alles Licht zu sammeln. Die warme Luft stieg plötzlich mit einem leisen Säuseln auf. Und dann begann sie zu laufen. Ich hörte das Klappern ihrer Schuhe, als sie lief und lief und lief. Ich stand wie gebannt und hörte das Geräusch leiser werden, und die Angst wuchs ins Ungeheuerliche, und dann raffte ich mich auf und eilte ihr nach. Ich mußte sie einholen, mußte ihr sagen, daß ich sie liebte, mußte sie haben und halten, und in jeder Sekunde, die ich in der dunklen Straße hinter ihr herlief, dachte ich, sie wird mir entkommen, und mein Herz revoltierte gegen die ungewohnte Anstrengung und schlug wie ein Schmiedehammer. Bis ich plötzlich anhielt. Da stand sie, unter einer Laterne, und starrte mich wortlos an, als kenne sie mich nicht. Ich legte die Hände um ihre Taille und hob sie in den Lichtschein. Sie sah mich an, mit verzerrtem Gesicht, und drehte den Kopf beiseite, als müsse sie einen aufsteigenden Widerwillen bekämpfen. ›Du hast mich getötet‹, flüsterte sie, ›du hast mir das Leben genommen!‹

›Ja‹, sagte ich und drückte sie an mich, so daß ich ihr Herz schlagen hörte. ›Ich versuchte jedenfalls, es zu nehmen, es auszutrinken. Aber du hattest ein Herz wie kein anderes, ein Herz, das nicht aufhörte zu schlagen, bis ich von dir ablassen mußte, sonst hätte mein eigenes Herz so schnell geschlagen, daß ich daran gestorben wäre. Und Lestat hat mich ertappt und verspottet: Louis, der Schwärmer, der Schwachkopf, der sich an einem goldlockigen Kind gütlich tut, einer heiligen Unschuld! Aber er holte dich aus dem Hospital, wohin sie dich brachten, und ich bin nie dahintergekommen, was er damit beabsichtigte, es sei denn, mich meine eigene Natur erkennen zu lehren. ›Nimm sie, mach sie fertig‹, sagte er. Und ich fühlte erneut diese Leidenschaft für dich. Ach, ich weiß, jetzt habe ich dich für immer verloren. Ich sehe es in deinen Augen. Du siehst mich an, so wie du Sterbliche ansiehst, von ganz oben, aus einer Region kalten Dünkels, die ich nicht verstehe. Aber ich tat es; ich fühlte in mir aufs neue den gierigen, unersättlichen Hunger nach deiner Haut, deinen Wangen, deinem pochenden Herzen. Du warst rosig und duftig, süß und würzig, wie die Kinder der Sterblichen sind. Ich ergriff dich und nahm dich noch einmal. Und als ich dachte, dein Herz würde mich töten, und mich nicht darum scherte, wurden wir von Lestat getrennt, und er schnitt sich die Ader auf und gab dir sein Blut zu trinken. Und du hast getrunken, getrunken und getrunken, bis du ihn fast ausgeleert hattest und er taumelte. Von da an warst du ein Vampir. Und noch in derselben Nacht hast du Menschenblut getrunken und jede Nacht danach.‹

Ihr Gesicht hatte sich nicht verändert. Die Haut war wie das Wachs elfenbeinfarbener Kerzen, nur die Augen zeigten Leben. Es war nichts mehr zu sagen. Ich setzte sie nieder. ›Ja, ich habe dein Leben genommen‹, sagte ich. ›Und er hat es dir zurückgegeben.‹

›Und hier ist es‹, antwortete sie flüsternd. ›Und ich hasse euch beide!‹«

»Aber warum haben Sie es ihr gesagt?« fragte der Junge nach einer respektvollen Pause.

»Wie hätte ich es ihr länger verschweigen können?« Der Vampir blickte leicht erstaunt auf. »Sie mußte es wissen. Sie mußte das eine gegen das andere abwägen. Es war ja nicht so, daß Lestat sie aus dem vollen Leben genommen hatte, so wie mich – sie war ja von mir heimgesucht worden, und sie wäre sonst gestorben. Es hätte kein sterbliches Leben mehr für sie gegeben. Aber was ist der Unterschied? Es ist für uns alle doch nur eine Sache der Jahre, das Sterben. Sie hat nur anschaulicher gesehen, was alle Menschen wissen: daß der Tod unvermeidlich kommt, es sei denn – man wählt dies!« Er öffnete seine weißen Hände und betrachtete die Handflächen.

»Und haben Sie Claudia verloren? Ist sie fortgegangen?«

»Fortgegangen! Wohin hätte sie gehen sollen? Sie war doch ein Kind, nicht größer als *so*! Wer hätte sie aufgenommen? Hätte sie in einer Höhle hausen können wie ein Vampir aus dem Mythos, tagsüber in Gesellschaft von Würmern und Ameisen und nachts auf der Jagd auf irgendeinem kleinen Friedhof? Aber das war nicht der Grund, weshalb sie blieb. Etwas in ihr war mir wesensverwandt, und mit Lestat verhielt es sich nicht anders. Wir konnten nicht ertragen, allein zu leben; wir brauchten unsere kleine Gemeinschaft! Um uns war eine Wildnis von Sterblichen, hilflos und blind und verdammt, Bräute und Bräutigame des Todes.

›In Haß aneinandergekettet‹, sagte sie später leise zu mir. Ich fand sie vor dem leeren Kamin, die kleinen Blüten von einem langen Lavendelstiel pflückend. Ich war so erleichtert, sie zu sehen, daß ich alles gesagt und getan hätte. Und als sie mich leise bat, ihr alles zu erzählen, was ich wüßte, tat ich es gern. Denn was nun noch blieb, war nichts neben dem alten Geheimnis, daß ich ihr Leben gefordert hatte. Und so erzählte ich ihr von mir, so wie ich es dir erzählt habe, wie Lestat zu mir gekommen war und was in jener Nacht geschah, als er sie aus dem kleinen Krankenhaus holte. Sie stellte keine Fragen und sah nur manchmal von ihren Blüten auf. Und dann, als ich geendet hatte und dasaß und wieder auf den unseligen Schädel starrte und ein aufsteigendes dumpfes Elend in Kopf und Gliedern spürte, da sagte sie zu mir: ›Ich verachte dich nicht!‹ Sie schlüpfte von dem runden Damastkissen herunter und kam zu mir, lavendelduftend, die Blütenblätter in den Händen. ›Ist dies der Duft eines sterblichen Kindes?‹ wisperte sie. ›Louis, Liebster!‹ Ich weiß noch, daß ich sie umfaßte, meinen Kopf an ihrer kleinen Brust barg und ihre Spatzenschultern preßte, und sie streichelte mich, fuhr mir mit den Händchen durchs Haar und tröstete mich. ›Ich war sterblich für dich‹, sagte sie, und als ich die Augen hob, sah ich sie lächeln; doch die Weichheit ihrer Lippen schwand, und im nächsten Augenblick schaute sie an mir vorbei wie jemand, der einer fernen, bedeutungsvollen Musik lauscht. ›Du gabst mir deinen unsterblichen Kuß‹, sagte sie, doch nicht zu mir, sondern zu sich selber. ›Du liebtest mich mit deiner Vampirnatur.‹

›Jetzt liebe ich dich mit meiner menschlichen Natur, wenn ich je eine besaß‹, antwortete ich.

›Ach ja‹, sagte sie, noch immer nachdenklich. ›Ja, und das ist deine schwache Seite und der Grund, weshalb du ein so unglückliches Gesicht machtest, als ich sagte, so wie Menschen sagen: Ich hasse dich, und warum du mich so anblickst, wie du es jetzt tust. Menschennatur – ich habe keine. Und keine Geschichte von einer toten Mutter und von Hotelzimmern, wo Kinder Ungeheuerlichkeiten lernen, kann mir eine Menschennatur geben. Ich habe keine. Du reißt die Augen auf vor Angst, wenn ich es zu dir sage. Doch ich habe deine Sprache, dein leidenschaftliches Streben nach Wahrheit. Und dein Verlangen, den Dingen mit scharfem Verstand auf den Grund zu gehen wie der Kolibri mit seinem spitzen Schnabel, der so schnell und heftig saugt, daß man denken könnte, er habe gar keine Füßchen, um sich niederzulassen, und nur von Blüte zu Blüte flattert, um in ihr Inneres einzudringen. Ich bin eine Vampirnatur, mehr als du selber es bist. Und nun ist der Schlaf von fünfundsechzig Jahren zu Ende.‹

Der Schlaf von fünfundsechzig Jahren! Ungläubig hörte ich sie es aussprechen, wollte nicht glauben, daß sie es wußte und genau meinte, was sie sagte. Denn es war auf den Tag so lange her, daß ich vergebens versucht hatte, Lestat zu verlassen, und, in Liebe zu ihr entbrannt, mein zermartertes Hirn und meine quälenden Fragen vergaß. Und jetzt hatte sie die quälenden Fragen auf den Lippen und begehrte zu wissen. Sie ging langsam zur Mitte des Zimmers und verstreute den Lavendel über den ganzen Boden, knickte den spröden Stiel und führte ihn an die Lippen. Und nachdem sie nun die ganze Geschichte gehört hatte, sagte sie: ›Er schuf mich also – zu deiner Gefährtin. Keine Ketten hätten dich gehalten in deiner Einsamkeit, und er konnte dir nichts geben. Und mir kann er auch nichts geben … Einst fand ich ihn bezaubernd. Ich liebte seine Art zu gehen, wie er den Spazierstock auf das Pflaster setzte, wie er mich aufhob und in die Arme nahm. Und die Hingabe, mit der er tötete, so rückhaltlos wie ich selbst. Aber nun bin ich nicht mehr von ihm verzaubert, und du bist es nie gewesen. Wir waren seine Marionetten, du und ich; du bist geblieben, um für ihn zu sorgen, und ich als deine Erlöserin und Begleiterin. Jetzt ist es Zeit, Schluß zu machen, Louis. Die Zeit ist gekommen, ihn zu verlassen.‹

Ihn zu verlassen – ich hatte nicht daran gedacht, obwohl es so lange mein Traum gewesen war. Ich hatte mich an ihn gewöhnt, als sei er unabdingbar für das Leben selber. In diesem Augenblick hörte ich Geräusche auf dem Hof, und das bedeutete, daß Lestat gekommen war und in wenigen Sekunden die Treppe hinaufgehen würde. Und ich dachte an das, was ich immer empfunden hatte, wenn ich ihn hatte kommen hören, eine vage Unruhe, ein unbestimmtes Verlangen. Und dann überflutete mich die Vorstellung, frei zu sein wie Wasser, das ich lange vergessen, Welle auf Welle kühlen Wassers. ›Er kommt‹, flüsterte ich Claudia zu.

›Ich weiß‹, antwortete sie lächelnd. ›Ich habe ihn schon gehört, als er um die Ecke kam.‹

›Er wird uns niemals gehen lassen‹, flüsterte ich, obwohl ich begriffen hatte, was sie meinte – ihre Vampirsinne waren scharf. Sie stand erhaben *en garde.* ›Du kennst ihn nicht, wenn du glaubst, er wird uns gehen lassen‹, sagte ich zu ihr, durch ihr Selbstvertrauen alarmiert.

Und sie, noch immer lächelnd, sagte: ›Ach . . . wirklich?‹«

»Also beschlossen wir, Pläne zu machen. Schon am nächsten Abend kam mein Agent – er beklagte sich immer, daß er bei dem Licht einer einzigen erbärmlichen Kerze arbeiten müsse – und nahm meinen Auftrag entgegen, für Claudia und mich eine Überfahrt nach Europa zu buchen, und zwar auf dem nächsten verfügbaren Schiff, einerlei, in welchem Hafen es anlegen würde. Und von größter Bedeutung war, daß eine wichtige Kiste mit uns befördert würde, eine Kiste, die während des Tages behutsam von unserem Haus abgeholt und an Bord gebracht werden sollte, nicht in den Frachtraum, sondern zu uns in die Kabine. Und dann mußten Vorkehrungen für Lestat getroffen werden. Ich hatte vor, ihm die Mieten für mehrere Läden und Stadthäuser und eine kleine Baufirma zu überlassen, die ihren Sitz in der Faubourg Marigny hatte. Bereitwillig gab ich ihm dazu mein schriftliches Einverständnis. Ich wollte unsere Freiheit erkaufen, und Lestat sollte davon überzeugt werden, daß Claudia und ich nur eine größere Reise vorhatten und daß er in dem Stil weiterleben könne, den er gewohnt war; er würde sein eigenes Geld haben und brauchte sich in keinem Fall an mich zu wenden. Alle vergangenen Jahre war er von mir abhängig gewesen; er hatte zwar seine Bezüge von mir verlangt, als wäre ich sein Bankier, und mir stets mit den spöttischsten Worten gedankt, die ihm zu Gebote standen, doch er haßte seine Abhängigkeit. Ich machte mir seine Habgier zunutze und hoffte dadurch, seinen Argwohn zu zerstreuen, doch mir war dabei nicht ganz geheuer, überzeugt, er könne jede Regung in meinem Gesicht lesen. Ich bezweifelte die Möglichkeit, ihm zu entfliehen. Verstehst du – ich handelte so, als glaubte ich es, doch in Wahrheit glaubte ich es nicht.

Claudia hingegen flirtete sozusagen mit der Katastrophe; mit überwältigendem Gleichmut las sie ihre Vampirbücher und hörte nicht auf, an Lestat Fragen zu richten. Seine sarkastischen Ausfälle ließen sie unberührt, und manchmal stellte sie die gleiche Frage mehrmals in verschiedenen Worten und überlegte sorgfältig die spärlichen Antworten, die er ihr widerwillig gab. ›Was für ein Vampir machte aus dir, was du bist?‹ fragte sie zum Beispiel, ohne von ihrem Buch aufzusehen, und hielt die Lider gesenkt, wenn Lestat ausfällig wurde. ›Warum sprichst du nie von ihm?‹ fuhr sie fort, als wären seine Grobheiten Luft für sie. Sie schien gegen seine Verärgerung gefeit zu sein.

›Ihr seid habgierig, ihr beide!‹ sagte er am nächsten Abend, während er in der dunklen Zimmermitte auf und ab ging und Claudia, die neben einer Kerze in ihrer Ecke hockte und ihre Bücher um sich aufgestapelt hatte, giftige Blicke zuwarf. ›Unsterblichkeit ist euch nicht genug! Nein, ihr müßt dem euch von Gott geschenkten Gaul auch noch ins Maul sehen! Ich könnte es jedem beliebigen Mann auf der Straße anbieten, und er würde sich alle zehn Finger danach lecken . . .‹

›Hast du dir alle zehn Finger danach geleckt?‹ fragte Claudia sanft und bewegte kaum die Lippen dabei.

›. . . aber du, du willst wissen, warum? Möchtest du Schluß machen? Ich kann dir den Tod leichter geben als das Leben!‹ Er wandte sich an mich, sein Schatten groß über mir. Das Licht von Claudias Kerze legte einen Heiligenschein um sein blondes Haar und ließ das Gesicht dunkel, nur die Backenknochen schimmerten hell. ›Willst du den Tod?‹

›Wissen ist nicht Tod‹, flüsterte sie.

›Antworte!‹ sagte er. ›Willst du den Tod?‹

Sie erwiderte spöttisch: ›Und du spendest das alles! Du gibst Leben, und du gibst Tod!‹

›Ja, das tue ich‹, sagte er. ›Das habe ich getan.‹

›Du weißt nichts‹, sagte sie ernst, mit so leiser Stimme, daß das geringste Geräusch von der Straße ihre Worte zudeckte, so daß ich, in meinem Sessel zurückgelehnt, mich aufsetzte und mir Mühe geben mußte, sie zu verstehen. ›Und angenommen‹, fuhr sie fort, ›der Vampir, der dich gemacht hat, wußte nichts, und der Vampir, der diesen Vampir gemacht hat, wußte nichts, und der Vampir davor wußte nichts – und so geht es weiter rückwärts, und nichts kommt aus nichts, bis es gar nichts gibt! Und wir müssen leben mit dem Wissen, daß es kein Wissen gibt.‹

›Ja‹, rief er plötzlich aus, die Hände ausgestreckt, und in seiner Stimme klang noch etwas anderes als Ärger mit.

Dann schwieg er, und sie schwieg auch. Langsam kehrte er sich zu mir um, als hätte ich eine Bewegung gemacht, die ihn alarmierte, als wäre ich hinter ihm aufgestanden. Es erinnerte mich daran, wie sich die Menschen umzudrehen pflegen, wenn sie meinen Atem in ihrem Nakken spüren, und plötzlich wissen, nachdem sie sich allein geglaubt haben . . . jener Augenblick schrecklichen Argwohns, ehe sie mein Gesicht sehen und ihnen der Atem stockt. Jetzt blickte Lestat mich an, und fast unmerklich bewegten sich seine Lippen. Und dann fühlte ich es: Er hatte Angst. Lestat hatte Angst!

Und Claudia sah ihn mit demselben gleichmütigen Blick an, der keine Bewegung, keinen Gedanken verriet.

›Du hast sie damit angesteckt‹, flüsterte er, zündete die Kerzen auf dem Kaminsims an und ging im Zimmer umher, um überall Licht zu machen. Er stellte sich mit dem Rücken zum Kamin und betrachtete die Lichter, als hätten sie ihm die Ruhe wiedergegeben. Dann sagte er: ›Ich gehe aus.‹

Sobald er auf der Straße war, erhob sich Claudia, blieb im Zimmer stehen und reckte sich, mit gestreckten Armen und geballten Fäusten. Sie schloß die Augen, um sie gleich wieder zu öffnen, als erwache sie aus einem schweren Traum. Das Zimmer schien noch von Lestats Angst, vom Widerhall seiner letzten Antwort durchzittert. Ich muß eine unwillkürliche Bewegung gemacht habe, mich von Claudia abzuwenden, denn sie stand auf einmal neben meinem Sessel und legte die Hand auf mein Buch, in dem ich seit Stunden nicht mehr gelesen hatte. ›Geh mit mir aus!‹ sagte sie.

›Du hast recht‹, sagte ich. ›Er weiß nichts. Es gibt nichts, was er uns lehren kann.‹

›Hast du das je gedacht?‹ fragte sie mit der gleichen zarten Stimme. ›Wir werden andere unseresgleichen finden. In der Alten Welt. Dort leben sie in so großer Zahl, daß die Geschichten darüber, wirkliche und ausgedachte, viele Bände füllen. Ich bin sicher, daß alle Vampire von dort gekommen sind, wenn sie überhaupt von irgendwo kommen. Wir haben zuviel Zeit mit Lestat vertrödelt. Komm und geh mit mir aus! Laß das Fleisch den Geist belehren!‹

Ich glaube, mich überlief ein Schauer des Entzückens, als sie die Worte sprach ›Laß das Fleisch den Geist belehren‹. Sie wisperte: ›Leg die Bücher beiseite und komm töten!‹ Ich folgte ihr über die Treppe und den Hof auf die Straße. Dort wandte sie sich mit ausgestreckten Armen nach mir um; sie wollte hochgenommen und getragen werden, obwohl sie natürlich nicht müde war, sie wollte nur mir nahe sein und mich umfassen. ›Ich habe ihm noch nicht von unseren Plänen erzählt‹, sagte ich, ›noch nichts von unserer Reise und dem Geld.‹ Ich merkte, daß sie mir nicht zuhörte, daß etwas sie beschäftigte, als sie leicht wie eine Feder in meinen Armen lag.

Jetzt sagte sie: ›Er hat den anderen Vampir getötet.‹

›Warum sagst du das?‹ gab ich zurück. Aber es war nicht diese Feststellung, die mich erregte, meine Seele aufrührte wie ein strudelndes Gewässer, das nicht zur Ruhe kommen kann. Ich fühlte, daß Claudia mich irgendwohin drängen wollte, als wäre sie mein Führer auf unserem langsamen Gang durch die nächtlichen Straßen. ›Weil ich es jetzt weiß‹, erklärte sie mit Bestimmtheit. ›Der Vampir machte ihn zu seinem Sklaven, aber er wollte ebensowenig ein Sklave sein, wie ich es will, und so tötete er ihn. Doch er hat ihn getötet, ehe er gelernt hatte, was er hätte lernen können, und in seiner Panik machte er einen Sklaven aus dir. Und seitdem bist du sein Sklave gewesen.‹

›Nicht eigentlich . . .‹, sagte ich. Ich fühlte den Druck ihrer Wange an meiner Schläfe. Sie fror und brauchte ein Opfer. ›Kein Sklave. Nur eine Art kopfloser Spießgeselle.‹ Es war ein Geständnis, nicht nur für Claudia, sondern auch für mich selber bestimmt. Jetzt spürte ich, wie das Jagdfieber in mir aufstieg, der Hunger in mir nagte und meine Schläfen klopften.

›Doch, ein Sklave‹, wiederholte sie beharrlich mit ihrer ernsten, monotonen Stimme, als dächte sie laut und als wären die Worte Bruchstücke zur Lösung eines Rätsels. ›Und ich werde uns beide befreien.‹

Ich blieb bestürzt stehen, doch sie trieb mich weiter. Jetzt waren wir in der breiten Allee neben der Kathedrale, vor uns die Lichter von Jackson Square. Sie sagte: ›Ich will ihn töten.‹

Am Ende der Allee gebot sie mir anzuhalten und glitt herunter, ohne daß ich ihr zu helfen brauchte. Nein, sagte ich und schüttelte den Kopf. Ich hatte wieder die Empfindung, die ich dir schon einmal beschrieben habe – daß die Gebäude um uns herum nur Scheingebilde seien und plötzlich in einem schrecklichen Sturm davonfliegen könnten und daß sich ein Abgrund vor uns öffnen würde. ›Claudia!‹ sagte ich atemlos, das war alles, was ich herausbringen konnte.

›Und warum nicht?‹ sagte sie jetzt, und ihre Stimme erhob sich, klang silbrig zuerst und dann schrill. ›Er ist mir zu nichts nütze‹, fuhr sie fort. ›Ich kann nichts aus ihm herausbekommen. Er tut mir nur weh; ich will das nicht länger dulden.‹

›Und wenn er uns auch zu nichts nütze ist . . .‹, sagte ich. Doch es war verlorene Liebesmüh. Sie war mir vorausgelaufen, rasch und entschlossen, so wie ein Kind auf einem Sonntagsspaziergang seinen Eltern davonläuft, um zu zeigen, daß es allein gehen kann. Ich rief: ›Claudia!‹ und eilte ihr nach, holte sie ein und faßte sie um die schmale Taille. Sie machte sich steif, als sei sie von Eisen. ›Claudia‹, flüsterte ich, ›du kannst ihn nicht töten!‹ Sie entzog sich mir und trat auf die offene Straße. Ein Kabriolett rollte vorbei, eine kurze Welle von Lachen, Pferdegetrappel und Rädergeklapper. Dann war es wieder still. Ich streckte meine Arme nach ihr aus, ging ein ganzes Stück vorwärts und fand sie am Tor von Jackson Square, wo sie sich an den gußeisernen Gitterstäben festhielt. ›Was du auch immer sagst und fühlst, du kannst ihn nicht töten‹, wiederholte ich.

›Und warum nicht? Glaubst du, er ist so stark?‹ fragte sie, ihre großen leuchtenden Augen auf die Statue inmitten des Platzes gerichtet.

›Er ist stärker, als du weißt! Stärker, als du dir vorstellen kannst. Wie willst du ihn töten? Du weißt nicht, wie geschickt er ist.‹ So beschwor ich sie, doch ich predigte tauben Ohren; sie blieb unbewegt und starrte vor sich hin wie ein Kind, das fasziniert ein Schaufenster mit Spielzeug betrachtet. Ihre Zunge bewegte sich zwischen den Zähnen und berührte kurz die Unterlippe, so daß es mir durch und durch ging. Ich schmeckte Blut, und mir war, als fühlte ich etwas Greifbares und Hilfloses in den Händen. Ich begehrte zu töten. Über den Platz gingen Menschen; ich konnte sie hören und riechen. Ich wollte Claudia gerade packen, sie schütteln, damit sie mich ansah, mir zuhörte, als sie sich umdrehte und ihre feuchten großen Augen auf mich heftete. ›Ich liebe dich, Louis‹, sagte sie.

›Dann hör auf mich, ich bitte dich!‹ flüsterte ich und hielt sie fest. ›Er wird dich vernichten, wenn du versuchst, ihn zu töten. Es gibt keinen sicheren Weg, du weißt nicht, wie du es machen sollst. Und wenn du dich gegen ihn stellst, wirst du alles verlieren. Claudia, ich kann es nicht ertragen.‹

Ein kaum merkliches Lächeln spielte um ihre Lippen. ›Doch, Louis‹, versicherte sie, ›ich kann ihn töten. Und ich will dir noch etwas verraten, ein Geheimnis zwischen dir und mir.‹

Ich schüttelte den Kopf, doch sie drückte sich fester an mich und senkte die Lider, so daß ihre dichten Wimpern fast die runden Wangen berührten. ›Das Geheimnis ist, Louis, daß mich danach verlangt, ihn zu töten. Ich werde es genießen.‹

Mir fehlten die Worte; ihre Augen sahen mich prüfend an, wie schon so oft in den vergangenen Jahren, und dann sagte sie: ›Jede Nacht töte ich Menschen. Ich verführe sie, locke sie an, mit unersättlichem Durst, in einer unaufhörlichen Suche nach irgend etwas ... ich weiß nicht, was es ist ...‹ Sie legte ihre Hand so auf den geöffneten Mund, daß ich ihre weißen Zähne durch die ausgestreckten Finger schimmern sehen konnte. ›Und die Leute sind mir gleich, mich kümmert nicht, woher sie kommen und wohin sie gehen – ich treffe sie zufällig auf der Straße, das ist alles. Aber ihn hasse ich! Ich will ihn tot, und ich werde ihn töten! Und ich werde es genießen.‹

›Aber Claudia, er ist nicht sterblich‹, wandte ich ein. ›Er ist unsterblich, keine Krankheit berührt ihn, und das Alter hat keine Macht über ihn. Du wagst dich an ein Leben, das bis ans Ende der Welt währen kann.‹

›Jawohl, genau das ist es!‹ antwortete sie mit einer gewissen Ehrfurcht. ›Eine Lebenszeit, die Jahrhunderte überdauern konnte. Soviel Blut, soviel Macht! Glaubst du nicht auch, daß ich seine Macht neben meiner eigenen besitzen werde, wenn ich ihn töte?‹

Jetzt hatte ich genug. Ich wandte mich von ihr ab und hörte Menschen miteinander flüstern. Es schienen Vater und Tochter zu sein. Vielleicht sprachen sie von uns.

›Es ist nicht nötig‹, gab ich noch einmal zu verstehen. ›Es hat keinen Sinn und geht über jede Vernunft ...‹

›Ach! Menschlichkeit?‹ spottete sie. ›Er ist ein Mörder. Ein Raubtier.‹ Sie wiederholte seine eigenen Worte. ›Falle mir nicht in den Arm und versuche nicht die Zeit zu wissen, da ich es tun werde, versuche nicht, zwischen uns zu ...‹ Sie hob warnend den Arm und packte meine Hand so kraftvoll, daß sich ihre kleinen Finger in mein festes, gequältes Fleisch gruben. ›Wenn du dich einmischst, wirst du mich vernichten. Ich darf mich nicht entmutigen lassen.‹

Sie eilte fort, mit flatternden Haubenbändern und klappernden Sohlen. Auch ich ging weiter, ohne zu beachten wohin, und wünschte, die Stadt möge mich verschlucken, während der wachsende Hunger in mir jede Vernunft überstieg. Teils war ich es leid, ihn zu stillen, teils gierte ich nach der Lust, der Erregung, die alles Bewußtsein auslöschen konnte, und ich dachte nur noch an das Töten, während ich langsam diese Straße hinauf und jene hinunterschritt, wie an einem Faden durch ein Labyrinth gezogen. Nicht ich zog den Faden, sondern der Faden zog mich . . . Dann machte ich in der Rue Conti halt und lauschte auf ein mir vertrautes, dumpfes Geräusch. Es waren die Fechter über mir in der Fechtschule, deren Schritte und Ausfälle ich hörte, vorwärts und rückwärts, dazu das Klirren ihrer Degen. Durch die hohen, unverhüllten Fenster konnte ich sie sehen, die jungen Männer, wie sie übten und ihre Gänge machten, den linken Arm abgewinkelt wie bei Tänzern, den rechten gestreckt und nach dem Herzen des Gegners zielend, in todbringender Anmut, und alle glichen sie dem jungen Frenière. Einer kam die Treppe herunter – ein Jüngling, fast noch ein Knabe mit einem glatten, runden Kindergesicht, gerötet vom Fechten, und unter dem eleganten grauen Tuchrock und dem Rüschenhemd duftete er nach Eau de Cologne. Ich konnte seine Wärme spüren, als er aus dem halbdunklen Treppenhaus auf die Straße trat. Er lachte leise vor sich hin und sprach fast unhörbar zu sich selber und schüttelte den Kopf, so daß ihm das braune Haar über die Augen fiel. Dann blieb er plötzlich stehen, denn er hatte mich erblickt; er starrte mich an, seine Augenlider zitterten, und er lachte nervös. ›Entschuldigen Sie‹, sagte er auf französisch, ›Sie haben mich erschreckt!‹ Doch als er sich zu einer höflichen Verbeugung anschickte und an mir vorübergehen wollte, sah ich, wie sich das Entsetzen über sein rosiges Gesicht breitete; ich konnte förmlich sehen, wie ihm das Herz bis zum Halse schlug, konnte riechen, wie ihm der Schweiß aus allen Poren brach.

›Sie haben mich im Licht der Laterne gesehen‹, sagte ich zu ihm. ›Und mein Gesicht erschien Ihnen wie die Maske des Todes.‹

Seine Lippen öffneten sich, doch die Zähne blieben geschlossen, und er nickte unwillkürlich, mit glasigen Augen.

›Gehen Sie!‹ sagte ich zu ihm. ›Laufen Sie, so schnell Sie können!‹«

Der Vampir hielt inne, dann tat er so, als wolle er fortfahren. Er streckte die langen Beine unter den Tisch, lehnte sich zurück und legte beide Hände an die Schläfen.

Der Junge hatte ihm gegenüber gehockt, mit verschränkten Armen. Jetzt richtete er sich langsam auf und warf einen Blick auf sein Tonband, dann auf den Vampir. »Aber Sie haben in dieser Nacht jemanden getötet«, sagte er.

»Jede Nacht.«

»Und warum haben Sie den jungen Mann laufen lassen?«

»Ich weiß es nicht.« Aber es klang nicht so, als wisse er es tatsächlich nicht, eher wie ›Lassen wir das‹. »Du siehst müde aus«, sagte der Vampir. »Und vermutlich ist dir kalt.«

»Das macht nichts. Im Zimmer hier ist es tatsächlich ein bißchen kalt; ich habe nicht darauf geachtet. Sie frieren nicht, nein?«

»Nein.« Der Vampir lächelte, und seine Schultern zuckten, als lache er leise. Dann verging eine Weile, während der Vampir nachzudenken schien und der Junge sein Gesicht studierte. Der Vampir richtete seinen Blick auf die Uhr des Jungen.

»Und Claudia . . .«, begann er schließlich wieder mit leiser Stimme, ». . . es ist ihr nicht gelungen, nicht wahr?«

»Was glaubst du?« Der Vampir lehnte sich zurück und sah den Jungen aufmerksam an.

»Daß sie . . . vernichtet . . . wurde, wie Sie sagten.« Der Junge schluckte nach dem Wort »vernichtet«. »Wurde sie es nicht?«

»Glaubst du nicht, daß sie dazu imstande war?«

»Aber Lestat war doch so mächtig. Sie haben selber gesagt, daß Sie nie wußten, was für Kräfte er hatte, welche Geheimnisse er kannte. Wie wollte sie ihn denn töten?«

Der Vampir schaute den Jungen lange an, mit einem Ausdruck, den dieser nicht enträtseln konnte, so daß er wegblickte, als seien die Augen des Vampirs glühende Lichter. Dann sagte der Vampir: »Warum trinkst du nicht aus der Flasche, die du in der Tasche hast? Es wird dich wärmen.«

»Ach so . . . Ja, ich wollte gerade. Ich dachte . . .«

Der Vampir lachte. »Du dachtest, es sei nicht höflich?«

»Ja, das stimmt«, sagte der Junge achselzuckend und lächelte, zog die kleine Flasche aus seiner Jackentasche, schraubte den goldenen Deckel ab und nahm einen Schluck. Dann hielt er die Flasche dem Vampir entgegen und sah ihn fragend an.

»Danke«, sagte der Vampir lächelnd und hob ablehnend die Hand. Dann wurde sein Gesicht wieder ernst, und er fuhr in seiner Erzählung fort.

»Lestat war mit einem jungen Musiker befreundet, der in der Rue Dumaine wohnte. Wir hatten ihn bei einem Hauskonzert bei einer gewissen Madame LeClair kennengelernt, und diese Dame, mit der Lestat sich gern gelegentlich unterhielt, hatte dem jungen Mann ein Zimmer in derselben Straße besorgt, wo Lestat ihn häufig besuchte. Du weißt, daß er mit seinen Opfern zu spielen pflegte, ihre Freundschaft suchte und ihr Vertrauen, ja sogar ihre Liebe zu erringen verstand, ehe er tötete. So spielte er offenbar auch mit diesem Jüngling, doch es hielt länger an, als ich je in ähnlichen Fällen beobachtet hatte. Der Musiker komponierte auch, und oft brachte Lestat ein neues Lied von ihm mit und spielte es auf dem Flügel in unserem Salon. Ein sehr großes Talent, doch es war ersichtlich, daß er keinen Erfolg haben würde, denn seine Musik war zu verwirrend. Lestat unterstützte ihn und verbrachte viele Abende mit ihm, führte ihn in teure Restaurants, die er sich allein nicht hätte leisten können, und kaufte ihm das Papier und die Federn, die er für seine Noten brauchte.

Wie ich schon sagte, dauerte dies länger als jede andere von Lestats Freundschaften. Und es war nicht ersichtlich, ob er tatsächlich – wider Willen – einen Sterblichen liebgewonnen hatte oder ob er nur eine besonders große Verräterei und Grausamkeit vorbereitete. Und natürlich fragte ich ihn nicht danach, denn es wäre den Aufruhr nicht wert gewesen, den meine Frage verursacht hätte. Lestat von einem Sterblichen hingerissen! Wahrscheinlich hätte er vor Wut die Zimmereinrichtung zertrümmert.

Am nächsten Abend – nach dem, welchen ich dir soeben geschildert habe – setzte er mir heftig zu, mit ihm den jungen Mann in seiner Wohnung zu besuchen. Er war ausgesprochen freundlich, in einer jener Stimmungen, wo ihm an meiner Gesellschaft gelegen war. An solchen Abenden mußte ich ihn ins Theater, in die Oper oder zum Ballett begleiten. Ich glaube, ich habe allein *Macbeth* ein dutzendmal mit ihm gesehen. Wir besuchten jede Vorstellung, auch die von Amateurtheatern, und auf dem Heimweg pflegte Lestat gutgelaunt Verse zu wiederholen und sogar harmlose Vorübergehende mit erhobenem Finger zu apostrophieren, so daß sie dachten, er sei betrunken, und einen Bogen um ihn machten. Doch sein Überschwang war hektisch und konnte im Nu wieder erlöschen; es genügten ein oder zwei liebenswürdige Worte von mir oder die Andeutung, daß ich seine Gesellschaft angenehm empfände, um solche Anwandlungen viele Monate lang zu unterdrücken. Aber nun kam er in gehobener Stimmung zu mir und bat mich dringend mitzukommen, ja, er faßte mich sogar beschwörend am Arm. Und ich, unlustig und hin und her gerissen, gab irgendeine dürftige Entschuldigung; denn ich dachte nur an Claudia, an den Agenten, an die bevorstehende Katastrophe. Ich fühlte sie kommen und fragte mich, ob er sie nicht auch fühlte. Schließlich ergriff er ein Buch und warf es nach mir und rief: ›Dann lies deine verdammten Gedichte!‹ Und stapfte davon. Ich blieb verwirrt zurück, verwirrt und unruhig, ich kann dir gar nicht sagen, wie. Ich wünschte ihn kalt, leblos, für immer dahin, und zugleich wollte ich Claudia bitten, es zu unterlassen. Ich fühlte mich machtlos und hoffnungslos müde. Aber ihre Tür war verschlossen gewesen, bis sie das Haus verließ; und ich hatte sie nur einen Augenblick gesehen, als sie in ihren Mantel schlüpfte, während Lestat schwatzte, ein lieblicher Traum in Seide und Spitzen, mit weißen Spitzenstrümpfen unter dem Rocksaum und untadelig weißen Schuhen. Sie warf mir einen kalten Blick zu, als sie davonging.

Als ich später heimkehrte, gesättigt und zu träge, mich von meinen Gedanken beunruhigen zu lassen, dämmerte mir allmählich, daß dies *die* Nacht war. Heute nacht würde sie es versuchen. Ich könnte nicht sagen, wie mir die Gewißheit kam. Geräusche, die ich in unserer Wohnung hörte, machten mich stutzig. Claudia hantierte in dem rückwärtigen Salon hinter verschlossenen Türen; und mir war, als vernähme ich eine zweite Stimme, ein Flüstern. Claudia brachte nie jemand in unsere Wohnung mit, und ich auch nicht; nur Lestat holte sich seine Frauen von der Straße herauf. Aber ich wußte, daß jemand da war, obwohl ich keine besonderen Düfte wahrnahm, keine bestimmten Töne hörte. Doch dann war der Geruch von Speise und Trank in der Luft. Und Chrysanthemen standen in der Silbervase auf dem Flügel – Blumen, die für Claudia Tod bedeuteten.

Dann kam Lestat. Er sang halblaut auf der Treppe, fuhr mit dem Stock über die Geländerstäbe und schritt durch den Korridor, das Gesicht gerötet vom Töten, die Lippen rosig. Er setzte sich an den Flügel. ›Habe ich ihn getötet oder nicht?‹ Er warf mir die Frage zu wie einen Ball. ›Was meinst du?‹

Ich erwiderte: ›Nein! Denn du hast mich aufgefordert, dich zu begleiten, und du hättest mich nicht eingeladen, ihn mit dir gemeinsam zu töten.‹

›Ach was! Vielleicht habe ich ihn im Zorn getötet, weil du nicht mitkommen wolltest!‹ sagte er und schlug den Deckel von den Tasten zurück. Ich sah, daß er bis zum Morgengrauen so weitermachen konnte. Er war gut gelaunt. Ich sah ihn rasch in den Noten blättern, die er mitgebracht hatte, und dachte: Kann er sterben? Kann er tatsächlich sterben? Und wird sie es wirklich tun? Ich war schon soweit, zu ihr zu gehen und ihr zu sagen, wir müßten alles aufgeben, sogar die Europareise, und so leben wie bisher. Doch jetzt hatte ich das Gefühl, es gäbe kein Zurück mehr. Seit dem Tage, da sie begonnen hatte, ihm Fragen zu stellen, war es – was auch immer es sein sollte – unvermeidlich. Und ich spürte ein Gewicht auf mir, das mich in den Sessel drückte, als sei ich gelähmt.

Lestat schlug mit beiden Händen Akkorde an. Er hatte eine immense Spannweite und wäre zu Lebzeiten ein guter Pianist geworden. Doch er spielte seelenlos, blieb stets außerhalb der Musik, die er wie ein Zauberer aus dem Klavier holte, mit der Virtuosität seiner Vampirsinne. ›Also, habe ich ihn getötet?‹ fragte er abermals.

›Nein, du hast es nicht‹, wiederholte ich, obwohl ich ebensogut das Gegenteil hätte sagen können. Ich bemühte mich, mein Gesicht undurchsichtig wie eine Maske zu halten.

›Du hast recht, ich habe es nicht getan‹, erwiderte er. ›Es erregt mich, bei ihm zu sein, immer wieder zu denken, ich kann ihn töten und will ihn töten, aber nicht jetzt. Und ihn dann zu verlassen und jemanden zu finden, der ihm so ähnlich wie möglich sieht. Wenn er Brüder hätte – ich würde sie alle töten, einen nach dem anderen. Dann wäre die ganze Familie eines Tages einem geheimnisvollen Fieber erlegen‹, sagte er im Tonfall eines Marktschreiers. ›Claudia hat eine Schwäche für Familien. Übrigens, da wir von Familien sprechen – ich vermute, du hast es auch gehört: Die Plantage der Frenières soll von Geistern heimgesucht werden; sie können keinen Aufseher halten, und die Sklaven laufen in Scharen davon.‹

Das war nun etwas, das ich durchaus nicht hören wollte. Babette war jung gestorben, in geistiger Umnachtung, nachdem sie täglich zu den Trümmern von Pointe du Lac gewandert war und behauptet hatte, sie habe den Teufel gesehen und müsse ihn dort finden. Ich hatte es gerüchtweise gehört, und dann las ich die Todesanzeige. Manchmal war mir der Gedanke gekommen, zu ihr zu gehen und zu versuchen, auf irgendeine Weise wiedergutzumachen, was ich getan, doch dann dachte ich, die Zeit wird es heilen; und in meinem neuen Leben nächtlichen Tötens wurde mir die Zuneigung, die ich für Babette oder meine Schwester oder sonst einen Sterblichen empfunden, immer fremder. Und schließlich beobachtete ich die Tragödie wie ein Zuschauer aus seiner Theaterloge, teilnahmsvoll, doch nie genug, um auf die Bühne zu springen und mitzuspielen. Ich sagte zu Lestat: ›Sprich nicht von ihr!‹

›Schon gut‹, sagte er. ›Es war übrigens von der Plantage die Rede, nicht von der Dame deines Herzens. Du weißt, es kam letzten Endes alles so, wie ich wollte, nicht wahr? Aber ich sprach von meinem jungen Freund und wie . . .‹

›Mir wäre lieber, du spieltest Klavier‹, sagte ich ruhig, doch bestimmt. Manchmal verfehlte dieser Ton bei Lestat nicht seine Wirkung, und er tat, worum ich ihn bat. So auch jetzt. Er knurrte, als wolle er sagen: ›Du Narr!‹, doch er begann zu spielen.

Dann hörte ich die Tür des hinteren Salons sich öffnen, und Claudias Schritte auf dem Korridor. Komm nicht herein, Claudia, dachte ich, fühlte ich, geh davon, ehe wir alle vernichtet werden. Aber ihre Schritte näherten sich, und ich wandte mich um, als sie eintrat und schweigend über den Teppich zum Klavier schritt. Sie war ganz in Weiß und duftete nach einem Blumenparfüm. Am Klavier blieb sie stehen, die Hände auf dem Holz gefaltet, das Kinn darauf gestützt. Ich konnte Lestats Profil sehen und ihr kleines Gesicht, das ihn anschaute.

›Was soll denn das!‹ sagte er, blätterte um und ließ die Hand sinken. ›Du irritierst mich. Deine Anwesenheit irritiert mich.‹ Seine Augen wanderten über das Notenblatt.

›Ach – wirklich?‹ fragte sie mit ihrer süßesten Stimme.

›Ja, wirklich. Und ich will dir noch etwas sagen. Ich habe jemand kennengelernt, der einen besseren Vampir als du abgeben würde.‹ Das bestürzte mich. Aber ich mußte ihn nicht auffordern, weiterzureden. Und da sie nicht antwortete, setzte er hinzu: ›Hast du verstanden, was ich sagte?‹

Sie fragte: ›Willst du mir einen Schreck einjagen?‹

›Du bist verwöhnt, weil du ein Einzelkind bist‹, antwortete er. ›Du brauchst einen Bruder. Oder, besser gesagt, ich brauche einen Bruder. Ich habe genug von euch. Ihr seid habgierige, spintisierende Vampire, die sich selbst heimsuchen.‹

Sie sagte: ›Ich vermute, wir könnten die ganze Welt mit Vampiren versorgen, wir drei.‹

›Das bildest du dir ein!‹ versetzte er und grinste verächtlich. ›Meinst du, du könntest? Ich nehme an, Louis hat dir erzählt, wie ich es gemacht habe oder wie er denkt, daß es geschah. Du hast nicht die Macht. Beide habt ihr sie nicht.‹

Dies schien Claudia zu verwirren – es war etwas, womit sie nicht gerechnet hatte. Sie schaute Lestat forschend an, und ich konnte sehen, daß sie ihm nicht ganz glaubte. ›Und was hat dir die Macht gegeben?‹ fragte sie ruhig, doch mit einem Anflug von Sarkasmus.

›Das, meine Liebe, ist eins der Dinge, die du vielleicht nie wissen wirst‹, sagte er. ›Denn sogar die Unterwelt, in der wir leben, muß ihre Aristokratie haben.‹

›Du bist ein Lügner‹, sagte sie mit einem kurzen Lachen. Und als er wieder seine Finger auf die Tasten legte, fuhr sie fort: ›Aber du hast meine Pläne umgeworfen!‹

›Deine Pläne?‹ fragte er.
›Ich kam, um Frieden mit dir zu schließen, auch wenn du der Vater der Lügen bist. Du bist mein Vater‹, sagte sie, ›ich will Frieden mit dir machen. Ich möchte, daß es wieder so wie früher ist.‹
Jetzt war Lestat der Ungläubige. Er warf mir einen Blick zu, dann sah er Claudia an. ›Warum nicht?‹ sagte er. ›Du brauchst nur aufzuhören, mir Fragen zu stellen. Unterlasse es, mir zu folgen und in jeder Gasse nach anderen Vampiren zu suchen. Es gibt keine anderen Vampire! Und hier lebst du und hier bleibst du!‹ Er sah ein wenig verlegen aus, als habe seine eigene erhobene Stimme ihn aus der Fassung gebracht. ›Ich sorge schon für dich. Du brauchst nicht mehr.‹
›Und du weißt nicht mehr, und deshalb sind dir meine Fragen unangenehm. Soweit ist alles klar. Also laß uns Frieden schließen, denn weiter ist nichts zu machen. Ich habe ein Geschenk für dich.‹
›Hoffentlich ist es eine schöne Frau mit den Talenten, die dir fehlen‹, sagte er und musterte sie von oben bis unten. Ihre Miene veränderte sich, es war, als verlöre sie zum ersten Mal die Selbstbeherrschung. Doch dann schüttelte sie nur den Kopf und legte die Hand auf seinen Arm.
›Mir ist es ernst mit dem, was ich sage‹, erwiderte sie. ›Ich bin es müde, mit dir zu streiten. Der Haß ist die Hölle, die Hölle, wo man in ewiger Feindschaft miteinander lebt. Wir sind nicht in der Hölle. Du kannst mein Geschenk annehmen oder nicht, es ist mir gleich. Nur laß uns ein Ende machen, ehe Louis uns angewidert verläßt.‹ Sie nötigte ihn, vom Klavier aufzustehen, indem sie den Deckel über den Tasten schloß, den Sessel drehte, bis seine Augen ihr zur Tür folgten.
›Du meinst es ernst‹, sagte er. ›Ein Geschenk – was meinst du damit?‹
Sie sagte: ›Du hast nicht genug getrunken. Ich sehe es dir am Gesicht an, an den Augen. Du bist zur Stunde noch nicht gesättigt. Ich kann dir etwas Köstliches geben. *Lasset die Kindlein zu mir kommen!*‹ wisperte sie und ging hinaus.
Lestat blickte mich an, doch ich konnte nichts sagen. Ich war betäubt, als hätte ich eine Droge genommen. Aber ich sah die Neugier in seinen Augen und auch das Mißtrauen. Er folgte Claudia über den Korridor, und dann hörte ich ihn laut stöhnen, eine erschreckende Mischung von Hunger und Verzückung.
Als ich die Tür erreichte, beugte er sich über das Sofa. Zwei kleine Knaben lagen darauf, in die weichen Samtkissen gebettet, tief in ihren Schlaf versunken, wie nur Kinder schlafen können, die rosigen Münder offen. Die Gesichter waren glatt und glänzend, ein wenig feucht, und

dem einen klebten die dunklen Locken an der Stirn. An ihrer ärmlichen und gleichen Kleidung sah ich, daß es Waisenkinder waren. Sie hatten ein Mahl verzehrt, auf unserem besten Porzellan, das noch auf dem Tisch stand. Das Tischtuch war mit Wein befleckt, und eine kleine Flasche stand halb voll zwischen den abgegessenen Tellern. In der Luft lag ein abstoßender Geruch. Ich trat näher, um die Schläfer besser zu betrachten, und sah, daß ihre Kehlen entblößt, doch unberührt waren. Lestat war neben einem niedergekniet, dem Dunklen, bei weitem Hübscheren. Der Knabe hätte aus einem Deckengemälde in einer Kirche sein können, nicht älter als sieben Jahre und von der geschlechtslosen Schönheit eines Engels. Lestat legte seine Hand sanft auf die weiße Kehle und berührte die seidigen Lippen. Dann stieß er einen Seufzer aus, einen Seufzer schmerzlichen Verlangens. ›Ach, Claudia . . .‹, flüsterte er, ›du hast dich selbst übertroffen. Wo hast du sie gefunden?‹

Claudia gab keine Antwort. Sie hatte sich in einem dunklen Sessel niedergelassen, gegen zwei Kissen gelehnt, die Beine auf einem runden Sitzpolster ausgestreckt; ihre Füße lagen so da, daß man ihre schlanken Fesseln und die zarten Riemchen ihrer weißen Schuhe sehen konnte. Schließlich sagte sie, ohne Lestat aus den Augen zu lassen. ›Sie sind trunken von Branntwein. Nur ein Fingerhut voll. Ich dachte an dich, als ich sie sah . . . ich dachte, wenn ich dies mit ihm teile, wird er mir vergeben.‹

Ihre Schmeichelei erwärmte ihn. ›Mein Täubchen!‹ flüsterte er ihr zu und lachte, dann hielt er sich selber den Finger vor die Lippen, als gebiete er sich Schweigen, um die todgeweihten Kinder nicht zu wecken. Er winkte ihr, vertraulich, wie ein Verführer: ›Komm, setz dich dazu. Ich nehme diesen, und du nimmst den anderen. Komm!‹ Er umfaßte sie, als sie an ihm vorbeiging und sich neben dem anderen Knaben niederließ. Lestat strich über das feuchte Haar des einen Knaben, ließ die Finger über die runden Lider und die dunklen Wimperfransen gleiten; dann legte er seine ganze Hand auf das Gesicht und befühlte Schläfen, Wangen und Kinn. Er hatte vergessen, daß ich da war, vergessen, daß Claudia neben ihm saß, doch dann zog er die Hand zurück und saß einen Augenblick still, als mache sein Verlangen ihn schwindelig, sah zur Decke empor und wieder auf den köstlichen Schmaus. Dann drückte er langsam den Kopf des Knaben zurück, die Augenbrauen des Jungen zuckten einen kurzen Augenblick lang, und ein leises Stöhnen kam über seine Lippen.

Claudia hielt die Augen fest auf Lestat gerichtet, während sie mit der linken Hand langsam das Hemd des Knaben neben ihr aufknöpfte, hineingriff und das nackte Fleisch befühlte. Lestat tat das gleiche, und es schien, als habe seine Hand ein eigenes Leben und zöge den Arm hinein und in einer festen Umarmung um die kleine Brust. Er glitt vom Sofa und kniete auf dem Boden, den Arm um den Leib des Kindes gelegt, und zog es so dicht an sich, daß sein Kopf sich an den Hals des Knaben schmiegte. Seine Lippen berührten Hals und Brust, dann fuhr er mit dem anderen Arm unter das Hemd, und der Knabe war unentrinnbar von beiden Armen umschlossen, und er zog ihn noch dichter an sich und grub die Zähne in seinen Hals. Der Kopf des Kindes sank zurück, die Lider flatterten, ohne sich wieder zu öffnen. Und Lestat kniete, den Knaben an sich gepreßt, und saugte heftig und stöhnte dabei, bis sich sein ganzer Körper spannte und seine Hände den Knaben von sich stießen, als klammere dieser sich in seinem unschuldigen Schlummer an Lestat, und schließlich legte er ihn in die Kissen zurück.

Noch immer kniete er vor dem Sofa, jetzt den Kopf zurückgeworfen, so daß sein blondes Haar lose und unordentlich hinunterhing. Und dann sank er ganz zu Boden und flüsterte, mit halbgeschlossenen Lidern. ›O Gott . . .!‹ Ich konnte sehen, wie ihm das Blut in die Wangen schoß und seine Hände sich röteten. Eine Hand lag zitternd auf seinem angewinkelten Knie, und dann war sie ruhig.

Claudia hatte sich nicht gerührt; sie lag wie ein Botticelli-Engel neben dem anderen, unverletzten Knaben. Der Körper des ersten begann schon zu verfallen, der Kopf hing wie eine gebrochene Blüte herab. Doch mit Lestat ging etwas Seltsames vor. Er lag allzu still und starrte zur Decke hinauf; seine Zunge bewegte sich mühsam, als versuche sie, die Barriere der Zähne zu überwinden und die Lippen zu berühren. Der Körper zitterte, die Schultern zuckten, dann löste sich die Spannung; doch er bewegte sich noch immer nicht. Ein Schleier hatte sich auf seine klaren grauen Augen gelegt. Er starrte an die Decke. Dann schien er etwas sagen zu wollen. Ich trat näher, doch Claudia zischte mich an: ›Geh zurück!‹

›Louis . . .‹, konnte ich ihn flüstern hören. ›Louis . . . Louis . . .‹

›Hat es dir nicht geschmeckt, Lestat?‹ fragte sie.

›Hier stimmt etwas nicht‹, stöhnte er und riß die Augen auf, als sei das Sprechen allein eine ungeheure Anstrengung. Er konnte sich nicht mehr bewegen; ich sah es genau. ›Claudia!‹ keuchte er und drehte ihr die Augen zu.

›Magst du nicht mehr den Geschmack von Kinderblut?‹ fragte sie mit sanfter Stimme.

›Louis!‹ flüsterte er wieder und bemühte sich vergeblich, den Kopf zu heben. ›Louis, es ist . . . Absinth! Sie hat sie mit Absinth vergiftet. Sie hat mich vergiftet. Louis . . .‹ Er versuchte die Hand zu heben. Ich trat näher, so daß nur noch der Tisch zwischen uns stand.

›Bleib zurück!‹ sagte Claudia wieder. Und jetzt glitt sie vom Sofa, näherte sich Lestat und blickte ihm ins Gesicht, so wie er auf den Knaben geblickt hatte. ›Ja, Absinth, Vater‹, sagte sie, ›und Laudanum.‹

›Teufel!‹ lallte er. ›Louis . . . leg mich in meinen Sarg!‹ Er wollte sich aufrichten, doch es gelang ihm nicht. ›Leg mich in meinen Sarg!‹ Seine Stimme war heiser und kaum hörbar. Die Hand zitterte, hob sich ein wenig und fiel herab.

›Ich werde dich in deinen Sarg legen, Vater‹, sagte Claudia, als wolle sie ihn beruhigen. ›Für immer.‹ Und dann zog sie unter den Kissen ein Küchenmesser hervor.

›Claudia‹, rief ich, ›tu das nicht!‹ Aber in ihrem Gesicht flammte ein Haß, wie ich ihn zuvor nie gesehen hatte. Ich stand wie gelähmt, als sie ihm an die Kehle ging, und er stieß einen kurzen würgenden Schrei aus. ›Gott!‹ rief er. ›O Gott!‹

Das Blut schoß heraus und lief ihm über Hemd und Rock. Es strömte mit aller Macht aus ihm, all das Blut, mit dem er sich vollgetrunken hatte, von dem Knaben und schon davor; und Claudia drückte seinen Kopf zurück, damit die Wunde sich nicht schließen sollte. Dann stieß sie ihm das Messer in die Brust, und er stürzte vornüber, den Mund weit aufgerissen, so daß seine Fangzähne sich entblößten, mit flatternden Händen, die das Messer nicht zu fassen vermochten. Er sah mich an, keuchte ›Louis, Louis!‹ und fiel seitwärts auf den Teppich.

Claudia war stehengeblieben und blickte auf ihn hinunter. Das Blut floß wie Wasser, überall hin. Er stöhnte und versuchte sich aufzurichten, ein Arm lag unter seinem Brustkorb, und mit dem anderen stieß er sich vom Boden ab. Dann plötzlich stürzte sie sich auf ihn, umklammerte seinen Nacken und verbiß sich in ihn. ›Louis, Louis!‹ seufzte Lestat noch einmal, aber er konnte Claudia nicht abwerfen; ihr leichter Körper hob und senkte sich mit seinen Schultern, bis sie von ihm ließ und aufstand, die Hände an den Lippen, die Augen verschleiert. Ich wandte mich ab, weil ich es nicht mehr ertragen konnte. ›Louis!‹ sagte jetzt Claudia, doch ich schüttelte nur den Kopf. Das ganze Haus schien sich zu drehen, und sie sagte: ›Schau, was mit ihm geschieht!‹

Er lag auf dem Rücken und bewegte sich nicht mehr. Und sein ganzer Körper schrumpfte, trocknete ein; die Haut wurde dick und runzlig und so weiß, daß die kleinsten Adern bläulich durchschimmerten. Es verschlug mir den Atem, doch konnte ich die Augen nicht abwenden, und ich sah schaudernd, wie die Knochen sich durch das Fleisch abzuzeichnen begannen, die Lippen sich von den Zähnen zurückzogen und das Fleisch der Nase verdorrte, bis nur zwei große Löcher übrig waren. Doch die Augen, sie blieben die gleichen, sie starrten wild zur Decke, und die Augäpfel rollten von einer Seite zur andern, noch als die Haut schon eine pergamentene Hülle war und die Kleider leer und hohl das Skelett umschlossen, das zurückblieb. Schließlich kamen auch die Augen zur Ruhe, und das Weiße wurde trübe. Dann kam alles zur Ruhe – eine Fülle blonder Haare, ein Tuchrock, ein Paar glänzender Schuhe, und dieser Schrekkensanblick, der Lestat gewesen war und den ich nun hilflos anstarrte.«

»Claudia stand noch lange regungslos da. Das Blut hatte ihr Kleid, ihre weißen Schuhe und ihre Wangen befleckt; es hatte den Teppich durchtränkt und die Blumenmuster dunkel gefärbt und klebte schwärzlich auf den Dielen. Sie versuchte, ihr Gesicht mit einer Serviette abzuwischen und sagte: ›Du mußt mir helfen, ihn fortzuschaffen.‹

Ich sagte ›Nein!‹ und kehrte ihr den Rücken zu, ihr und dem Leichnam, der zu ihren Füßen lag.

›Bist du verrückt, Louis?‹ rief sie. ›Er kann doch hier nicht bleiben! Und die Knaben. Der andere ist tot von dem Absinth. Du mußt mir helfen! Louis!‹

Natürlich hatte sie recht. Es war notwendig, und doch schien es mir unmöglich. Sie mußte mich antreiben, mich buchstäblich Schritt für Schritt führen. In dem Küchenherd lagen noch die Gebeine der beiden Frauen, die Claudia getötet hatte – eine törichte und gefährliche Unterlassung. Wir holten sie heraus und verstauten sie in einem Sack und zogen den Sack über den Hof zum Wagen. Ich spannte die Pferde selber ein, nachdem ich den schlaftrunkenen Kutscher weggeschickt hatte, und fuhr aus der Stadt hinaus zu den dunklen Sümpfen, die sich zum Pontchartrain-See hin erstreckten. Claudia saß schweigend neben mir, während wir fuhren und fuhren, die letzten erleuchteten Häuser hinter uns ließen, bis die Straße schmaler und furchiger wurde und der Sumpf sich rechts und links von uns ausdehnte, eine scheinbar undurchdringliche Mauer von Zypressen und wildem Wein. Ich konnte die faulige Ausdünstung riechen, das Rascheln der Tiere hören.

Claudia hatte den toten Lestat in ein Laken gehüllt, ehe ich ihn noch berühren konnte, und dann hatte sie, zu meinem Entsetzen, die langstieligen Chrysanthemen darauf gelegt. So roch es nach Begräbnis, als ich die Leiche, als letzte, vom Wagen hob. Sie war fast gewichtslos und schlaff, wie aus Stricken geknüpft, als ich sie über die Schulter nahm und hinunter in den dunklen Sumpf ging, tiefer und tiefer, bis mir das Wasser in die Stiefel drang. In dem Schlamm suchte ich nach einem Pfad, der von dem Ort wegführte, an den ich die beiden Knaben gelegt hatte. Ich ging mit Lestats sterblichen Überresten weiter und weiter in den Sumpf hinein; warum ich das tat, wußte ich nicht. Endlich, als ich kaum noch den schmalen Streifen der Straße erkennen konnte und sich am Himmel schon die Dämmerung ankündigte, ließ ich den Leichnam aus den Armen ins Wasser gleiten und sah die formlose weiße Masse unter der schleimigen Oberfläche versinken. Die Lähmung, die mich während der Fahrt erfaßt hatte, war gewichen, ich fühlte mich leer und ausgehöhlt, stand da und starrte und dachte: Das ist Lestat. Das ist alles, was bleibt von der geheimnisvollen Verwandlung, tot, in ewige Finsternis entschwunden. Und ich fühlte mich seltsam hinabgezogen, als riefe mich eine Stimme hinunter zu ihm, niederzusteigen in die feuchte Schwärze und niemals wiederzukehren. Es war so stark und deutlich und sprach ohne Worte: ›Du weißt, was du tun mußt. Komm herab in die Dunkelheit. Laß alles andere fahren.‹

Doch im gleichen Augenblick hörte ich Claudias Stimme. Sie rief meinen Namen. Ich wandte mich um und sah sie zwischen den Schlingpflanzen, weit ab und winzig, wie ein weißes Flämmchen.

Am Morgen, in der Abgeschlossenheit unseres Sarges, schlang sie die Arme um mich, legte den Kopf an meine Brust und flüsterte, sie liebe mich und wir seien nun für immer von Lestat befreit. ›Ich liebe dich, Louis!‹ sagte sie immer wieder, als sich der Sargdeckel schloß und das Dunkel uns umfing und barmherzig alles Bewußtsein auslöschte.

Als ich erwachte, war sie schon auf und damit beschäftigt, Lestats Sachen durchzusehen. Sie tat es schweigend, beherrscht, mit verbissenem Eifer, leerte Schränke und Schubladen, nahm jeden Anzug vom Bügel und kehrte die Taschen um, häufte alles auf dem Teppich auf, warf Zettel, alte Theaterbilletts und Münzen fort. Sein Sarg, den sie drapiert hatte, stand daneben, und mir war, als müsse ich ihn öffnen, um Lestat drin liegen zu sehen. ›Nichts!‹ sagte Claudia endlich enttäuscht und angeekelt. Sie stopfte die Kleider in den Kamin. ›Kein Hinweis, woher er kam oder wer ihn gemacht hat. Nicht der kleinste Fetzen.‹ Sie sah mich an, als erwarte sie Verständnis von mir; doch ich wandte mich ab, ich konnte sie nicht anschauen. Ich ging in mein Zimmer, wo ich meine Bücher und die Andenken an meine Mutter und Schwester hatte, und setzte mich auf das Bett. Ich hörte sie eintreten, aber ich wollte sie nicht sehen. ›Er hat es verdient zu sterben‹, sagte sie.

›Dann verdienen wir es ebenfalls‹, sagte ich. ›Auf die gleiche Weise, jede Nacht unseres Lebens. Geh fort von mir!‹ Ich sprach, wie es mir in den Sinn kam, in meinem Kopf wirbelte alles durcheinander. ›Ich werde weiter für dich sorgen, weil du nicht selber für dich sorgen kannst. Aber ich will dich nicht mehr neben mir haben. Schlafe in dem Sarg, den du dir gekauft hast. Komm mir nicht in die Nähe!‹

Sie erwiderte: ›Ich habe dir gesagt, daß ich es tun werde; ich habe es dir gesagt ...‹ Nie hatte ihre Stimme so zart geklungen, wie ein Silberglöckchen. Doch ihr Gesicht, als ich endlich zu ihr aufschaute, schien nicht das gleiche. Ein Puppengesicht kann nicht solche Erregung zeigen. ›Ich habe es dir gesagt, Louis‹, wiederholte sie mit zitternden Lippen. ›Ich habe es für uns beide getan. Damit wir frei sind.‹ Ich konnte ihren Anblick nicht ertragen, ihre Schönheit, ihre scheinbare Unschuld, und jetzt diese Erregung; ich ging an ihr vorbei, vielleicht habe ich sie beiseite gestoßen, ich weiß es nicht, und wollte das Haus verlassen. Als ich schon auf der Treppe war, hörte ich einen seltsamen Ton.

Einen solchen Ton hatte ich während unseres ganzen gemeinsamen Lebens nicht gehört. Nicht seit der Nacht, vor langer, langer Zeit, da ich sie gefunden hatte, ein sterbliches Kind, an ihre Mutter geklammert. Sie weinte!

Wider Willen kehrte ich um. Aber es klang so unbewußt, so hoffnungslos, als solle niemand es hören oder als sei es ihr gleichgültig, ob die ganze Welt es hörte. Sie lag auf meinem Bett, wo sie so oft gesessen und gelesen hatte, die Knie angezogen, und der ganze Körper erbebte unter ihrem Schluchzen. Es war schrecklich anzuhören, grauenvoller, herzzerbrechender als ihr sterbliches Weinen je gewesen war. Ich setzte mich neben sie und legte ihr die Hand auf die Schulter. Sie hob den Kopf, mit großen Augen und zitterndem Mund, das Gesicht mit Tränen beschmiert, in die sich noch kleine Blutflecken mischten. Auch ihre Hand zeigte noch Blutspuren. Sie schien es nicht zu merken, sie strich das Haar aus der Stirn und stieß einen tiefen Seufzer aus. ›Louis ...‹, flüsterte sie, ›wenn ich dich verliere, habe ich nichts mehr. Ich würde es ungeschehen machen, um dich zu behalten. Aber ich kann es nicht ungeschehen machen –‹ Sie legte die Arme um mich, klammerte sich an und schluchzte an meiner Brust. Noch zögerten meine Hände, sie zu berühren; dann hoben sie sich wie von selber, um sie zu umfassen und ihr Haar zu streicheln. ›Ich kann nicht ohne dich leben‹, flüsterte sie. ›Lieber würde ich sterben – auf die gleiche Weise sterben, wie er gestorben ist. Ich kann es nicht ertragen, daß du mich so ansiehst; ich kann es nicht ertragen, wenn du mich nicht liebst!‹ Ihr Schluchzen wurde heftiger und leidenschaftlicher, bis ich mich schließlich niederbeugte und ihr Hals und Wangen küßte, ihre weichen Wangen, duftig und zart wie Früchte eines Zauberbaums, die nie von den Zweigen fallen, wo die Blüten nie welken und sterben. ›Schon gut, Liebste‹, sagte ich zu ihr, ›schon gut!‹ Und ich wiegte sie langsam in meinen Armen, und sie murmelte, daß wir ewig glücklich sein würden, frei von Lestat für immer, und daß jetzt das große Abenteuer unseres Lebens begänne.«

»Das große Abenteuer unseres Lebens! Was bedeutet es zu sterben, wenn du bis zum Ende der Welt leben kannst? Und ist ›Das Ende der Welt‹ nicht auch nur eine Phrase, denn wer weiß schon, was die Welt ist? Ich hatte nun schon in zwei Jahrhunderten gelebt und gesehen, wie die Illusionen des einen von dem nächsten zerschlagen wurden, war ewig jung und ewig alt gewesen und hatte keine Illusionen mehr, lebte von Augenblick zu Augenblick in einer Weise, daß ich an eine silberne Uhr in einem leeren Raum denken mußte: das gemalte Zifferblatt, die zierlichen Zeiger – sie zeigten nichts an, und niemand schaute sie an, und sie leuchteten in einem Licht, das kein Licht war, so wie das Licht gewesen sein mußte, bei welchem Gott die Welt erschuf, bevor er das Licht befahl. Ticktack, ticktack – eine Uhr in einem Raum so groß wie das Universum.

Eines Abends war ich auf der Straße, nachdem Claudia aufgebrochen war zu töten, und hatte noch den Duft ihres Haares, ihres Kleides an den Fingerspitzen und auf meinem Rock. Meine Augen leuchteten mir voran wie der Strahl einer Laterne. Plötzlich stand ich vor der Kathedrale. Was bedeutet es zu sterben, wenn du bis zum Ende der Welt leben kannst? Ich mußte an meines Bruders Tod denken, an den Rosenkranz und den Weihrauch. Und plötzlich hatte ich den Wunsch, in die Beerdigungskapelle zu gehen, zu hören, wie die Stimmen der Frauen beim *Ave* sich heben und senken, und den Geruch der Wachskerzen zu riechen. Ich konnte mich an den Singsang erinnern, als sei es erst gestern gewesen. Ich sah mich selbst einen Korridor entlangeilen und der Tür einen sanften Stoß versetzen.

Die große Fassade der Kathedrale ragte wie ein dunkler Fels auf, die Türen waren geöffnet, und ich sah das gedämpfte, flackernde Licht im Innern. Es war am frühen Samstagabend, und die Leute gingen zur Beichte für die morgige Messe und Kommunion. Die Kerzen brannten in ihren Leuchtern; am Ende des Schiffes erhob sich der mit Blumen bedeckte Altar aus dem Schatten. Es war die alte Kirche, in die man meinen Bruder zu den Exequien gebracht hatte, ehe man ihn begrub. Und mir fiel ein, daß ich seitdem nie mehr hier gewesen, nie wieder die Stufen hinaufgestiegen und durch die offenen Türen gegangen war.

Ich hatte keine Furcht. Vielleicht wünschte ich sogar, daß sich etwas ereignete – daß die Steine zu zittern anheben würden –, als ich durch den Vorraum ging und weitab das Tabernakel auf dem Altar sah. Jetzt erinnerte ich mich, daß ich einmal hier vorbeigekommen war, als die Fenster erleuchtet gewesen und der Gesang hinaus auf den Platz gedrungen war. Damals hatte ich gezögert, ungewiß, ob es nicht etwas gab, das Lestat mir nicht verraten hatte, etwas Geheimnisvolles, das mich zerstören könnte, wenn ich eine Kirche betreten würde. Es zog mich hinein, doch schlug ich es mir aus dem Sinn und befreite mich von der Faszination der geöffneten Türen, des monotonen Chorgesanges. Ich trug ein Geschenk für Claudia bei mir, eine Puppe, eine Brautpuppe, die ich aus einem Spielzeugladen geholt hatte, in einer großen Schachtel mit Seidenpapier und bunten Bändern. Eine Puppe für Claudia. Ich hatte sie an mich gedrückt und mich davongemacht.

Jetzt mußte ich an diesen Augenblick denken, an die Angst in mir, die ich beim Anblick des Altars und beim Klang des *Pange Lingua* hatte, und dann wieder an meinen Bruder. Ich sah, wie der Sarg das Mittelschiff hinunter getragen wurde, und den Trauerzug dahinter. Jetzt hatte ich keine Furcht, eher den Wunsch, wie ich dir schon sagte, es möge sich etwas zum Fürchten ereignen. Es war kühl hierinnen trotz des Sommers. Wieder fiel mir Claudias Puppe ein. Jahrelang hatte Claudia damit gespielt. Wo war sie geblieben, diese Puppe? Plötzlich sah ich mich danach suchen, beharrlich und sinnlos wie in einem Alptraum, wo man vor Türen steht, die sich nicht öffnen, und Schubläden, die sich nicht schließen wollen, ohne zu wissen, weshalb das Mühen so verzweifelt ist oder warum der plötzliche Anblick eines Stuhls, über dessen Lehne ein Tuch hängt, einen so mit Entsetzen erfüllt.

Nun war ich also in der Kathedrale. Eine Frau verließ einen Beichtstuhl und ging an der Reihe der Wartenden vorbei. Der Mann, der nun hätte eintreten sollen, rührte sich nicht, und als ich ihm unwillkürlich ein Zeichen geben wollte, starrte er mich an. Schnell wandte ich mich ab und hörte noch, wie er den Beichtstuhl betrat. Ich ging weiter und setzte mich in eine der Bänke, mehr aus Müdigkeit, nicht aus Überzeugung, obwohl ich fast, aus alter Gewohnheit, das Knie gebeugt hätte. Meine Seele kam mir ebenso gequält und unordentlich vor wie die irgendeines Sterblichen. Ich schloß die Augen und versuchte, an nichts zu denken. Nur hören und sehen, sagte ich zu mir. Um mich herum in dem Halbdunkel hörte ich das Flüstern der Betenden, das leise Klappern der Rosenkranzperlen, den Seufzer einer Frau, die vor einer Kreuzwegstation kniete. Und ich konnte Ratten riechen, eine irgendwo in der Nähe des Hauptaltars und eine andere in dem holzgeschnitzten Marienaltar im Seitenschiff. Die goldenen Leuchter schimmerten auf den Altären; eine volle weiße Chrysantheme beugte sich herab, kleine Tropfen schimmerten auf den üppigen Blütenblättern, und ein säuerlicher Geruch stieg aus den Vasen, die vor den Standbildern der Jungfrau und der Heiligen aufgestellt waren. Ich starrte die Statuen an, plötzlich wie besessen von den empfindungslosen Profilen, den toten Augen, leeren Händen und steifen Falten. Es war ein Friedhof voller Grabdenkmäler und steinerner Engel. Ich sah mich deutlich in einer schrecklichen Vision: Ich stieg die Altarstufen hinauf, öffnete das Allerheiligste, nahm mit frevler Hand den Leib Christi heraus, verstreute die Hostien über den Teppich, trampelte darauf herum und gab dem Staub das heilige Abendmahl. Ich stand auf in meiner Bank und starrte vor mich hin – ich begriff sehr wohl die Bedeutung meiner Vision.

Gott lebte nicht in dieser Kirche – die Statuen waren ein Abbild der Nichtigkeit. *Ich* war das Übernatürliche hier, das einzige unsterbliche Wesen, das bewußt unter diesem Dache stand. Einsamkeit, Einsamkeit bis zum Wahnsinn. In meiner Vision zerbröckelte die Kathedrale, die Heiligen neigten sich zur Seite und stürzten. Ratten fraßen das Sakrament und nisteten auf den Schwellen der Altäre. Eine große Ratte mit einem langen Schwanz richtete sich auf und zerrte und nagte an der zerschlissenen Altardecke, bis die Kerzen hinunterfielen und über die schleimbedeckten Steine rollten. Und ich blieb stehen. Ungerührt. Und plötzlich griff ich nach der Hand der Madonna und sah, daß sie in meiner Hand zerbrach, so daß ich nur noch Gipsbrocken hielt, von meinen Fingern zu Staub zerdrückt.

Und durch die Ruinen, durch die offene Tür, hinter der ich in allen Richtungen wüstes Land sah, den großen Fluß über und über gefroren und bestückt mit vereisten Schiffstrümmern, durch diese Ruinen näherte sich jetzt ein Leichenzug, eine Schar blasser Männer und Frauen, Ungeheuer mit funkelnden Augen und flatternden schwarzen Gewändern; der Sarg klapperte auf Holzrädern, und die Ratten huschten über den zerbrochenen und holprigen Marmor. Ich sah Claudia in der Prozession, die großen Augen hinter einem dünnen schwarzen Schleier, die eine behandschuhte Hand auf ein schwarzes Gebetbuch gelegt, die andere auf dem Sarg, neben dem sie einherging. Und in dem Sarg, unter einem gläsernen Deckel, sah ich schaudernd Lestats Skelett, dessen

Knochen durch die dünne und trocken gewordene Haut stachen; die Augen waren nur noch Höhlen, und das blonde Haar ergoß sich über die weiße Seide.

Jetzt hielt der Zug an. Die Trauernden verteilten sich lautlos in den staubigen Bänken, Claudia öffnete ihr Buch und blickte mich an, als ihr Finger die Seite berührte. ›Und nun verflucht seist du auf der Erde‹, flüsterte sie, und ihr Flüstern hallte von den geborstenen Wänden wider, ›verflucht seist du auf der Erde, die ihr Maul aufgetan und deines Bruders Blut von deinen Händen empfangen. Wenn du den Acker bauen wirst, soll er dir hinfort sein Vermögen nicht geben. Unstet und flüchtig sollst du sein auf Erden ... und schlägt dich wer, das soll siebenfältig gerochen werden.‹

Ich rief sie an, ich schrie, und mein Schrei stieg aus den Tiefen meines Wesens wie eine große, rollende Kraft, die von meinen Lippen brach und meinen Körper taumeln machte. Ein schreckliches Stöhnen kam aus den Reihen der Trauergäste, ein immer lauter werdender Chor, und als ich mich umwandte, wurde ich an die Seite des Sarges gedrängt, und ich stützte mich mit beiden Händen darauf, um nicht das Gleichgewicht zu verlieren. Und dann blickte ich in den Sarg und sah nicht Lestat, sondern den Leib meines sterblichen Bruders. Ein Schweigen brach herein, als sei ein Schleier über alle gefallen, der ihre Gestalten unter seinen lautlosen Falten aufzulösen schien. Da lag mein Bruder, jung und blond und lieblich, wie er im Leben gewesen, so warm und so wahr, wie vor unendlich vielen Jahren, die aus meinem Gedächtnis geschwunden waren, so vollkommen war er neu-erschaffen, so vollkommen in jeder Einzelheit. Das blonde Haar sauber aus der Stirn gebürstet, die Augen geschlossen, als schliefe er, die Finger um ein Kruzifix auf seiner Brust gelegt, die Lippen so rosig und seidig, daß ich sie kaum ansehen konnte, ohne sie zu berühren. Und als ich die Hand ausstreckte, um seine weiche Haut zu streicheln, endete die Vision.

Noch immer saß ich in der Kathedrale an einem Samstagabend; der Geruch der Kerzen lag schwer in der bewegungslosen Luft, die Frau vor der Kreuzwegstation war fort, und die Dunkelheit umfing mich von allen Seiten. Ein Kirchendiener mit einem Lichthütchen an einem langen Stock ging umher und löschte eine Kerze nach der anderen. Er sah mich und blickte weg, als wolle er keinen stören, der tief im Gebet versunken war. Dann fühlte ich eine Hand auf der Schulter. Daß zwei Sterbliche so nahe an mir vorübergehen sollten, ohne daß ich sie hörte oder mir gar etwas aus ihnen machte, sagte mir tief in meinem Inneren, daß ich mich in Gefahr befand, doch es war mir gleich. Ich blickte auf und sah einen grauhaarigen Priester. ›Möchten Sie noch zur Beichte?‹ fragte er. ›Ich wollte gerade die Kirche abschließen.‹ Er kniff die Augen hinter dicken Brillengläsern zusammen. Das einzige Licht kam jetzt von den kleinen Kerzen in rotem Glas, die vor den Heiligen brannten und zuckende Schatten an die Wände warfen. ›Sie haben Kummer, nicht wahr? Kann ich Ihnen helfen?‹

›Es ist zu spät, zu spät‹, flüsterte ich und stand auf, um zu gehen. Er trat zurück, ohne offenbar an meiner Erscheinung etwas zu bemerken, das ihn stutzig machen könnte, und sagte freundlich und beruhigend: ›Es ist nie zu spät. Möchten Sie nicht in den Beichtstuhl kommen?‹

Einen Augenblick lang starrte ich ihn an und war versucht zu lächeln. Doch dann sagte ich mir, warum nicht? und folgte ihm, obwohl ich wußte, daß es Wahnsinn war. Ich kniete nieder in dem engen Verschlag, die Hände auf dem Betpult gefaltet, während der Priester nebenan Platz nahm und das Klappfensterchen öffnete, damit ich die dunklen Umrisse seines Profiles erkennen konnte. Ich starrte ihn einen Augenblick lang an. Und dann machte ich das Zeichen des Kreuzes und sagte: ›Segne mich, Vater, denn ich habe gesündigt, so oft und so schwer gesündigt, daß ich nicht weiß, wie ich mich ändern soll und wie ich vor Gott bekennen kann, was ich getan habe.‹

›Mein Sohn, Gott ist unendlich in seiner Fähigkeit zu vergeben‹, gab er zur Antwort. ›Sage es ihm, so gut du kannst und von ganzem Herzen.‹

Und ich sagte: ›Ich habe getötet, Vater, Mord um Mord. Die Frau, die vor zwei Tagen in Jackson Square starb, ich habe sie umgebracht, und tausend andere vor ihr, jede Nacht einen oder sogar zwei, Vater, siebzig Jahre lang. Ich habe die Straßen von New Orleans heimgesucht wie der Schnitter Tod und mich von Menschenleben genährt. Ich bin kein Sterblicher, Vater, ich bin unsterblich und verdammt wie die Engel, die Gott in die Hölle verstieß. Ich bin ein Vampir.‹

Der Priester sagte entrüstet: ›Soll das ein Scherz sein? Wollen Sie sich über einen alten Mann lustig machen?‹ Er stand auf und kam hinaus, und auch ich trat aus dem Beichtstuhl. ›Haben Sie keine Gottesfurcht, junger Mann?‹ fragte er. ›Wissen Sie, was Kirchenschändung ist?‹ Jetzt standen wir uns in der leeren Kirche gegenüber; ich näherte mich ihm langsam, ganz langsam, und er starrte mich fassungslos an. Dann trat er verwirrt einen Schritt zurück. Die Kirche war leer, verlassen, düster, der Kirchendiener war gegangen, und die Kerzen warfen ein gespenstisches Licht auf den fernen Altar. Sie legten einen Kranz weicher, goldener Strahlen um sein graues Haupt und sein Gesicht. ›Dann gibt es keine Gnade!‹ sagte ich und packte ihn an beiden Schultern und hielt sein Gesicht dicht vor das meine. Er starrte mich entsetzt, mit aufgerissenem Mund an. ›Siehst du, was ich bin?‹ fragte ich. ›Wenn es einen Gott gibt, warum läßt er zu, daß es mich gibt? Und du sprichst von Kirchenschändung!‹ Er versuchte verzweifelt, sich zu befreien, grub die Nägel in meine Hände, sein Meßbuch fiel zu Boden, und sein Rosenkranz klapperte in den Falten seiner Soutane, doch er hätte ebensogut mit den steinernen Heiligen ringen können. Ich verzog die Lippen und zeigte ihm meine Fangzähne. ›Warum läßt er zu, daß ich lebe!‹ rief ich aus. Sein Gesicht versetzte mich in Wut, seine Angst, seine Verachtung, seine Entrüstung; in allem sah ich den Haß, den ich bei Babette gesehen hatte. ›Laß mich los, Teufel!‹ wisperte er in nackter, menschlicher Todesangst.

Ich ließ ihn los und sah ihm mit grimmigem Vergnügen nach, wie er durch das Chorgestühl davoneilte, als pflüge er durch Schnee. Und dann war ich hinter ihm her, so schnell, daß ich ihn wie der Blitz umfaßte, mit meinem Umhang einhüllte und zu Boden warf. Er verfluchte mich und rief Gott an. Doch vor den Altarstufen zog ich ihn an mich und schlug die Zähne in seinen Hals.«

Der Vampir schwieg. Schon vor einer ganzen Weile hatte der Junge sich eine Zigarette anzünden wollen, und nun saß er noch immer da mit dem Streichholz in der einen Hand, der Zigarette in der anderen, regungslos wie eine Schaufensterpuppe, und starrte sein Gegenüber an. Der Vampir blickte zu Boden. Dann nahm er dem Jungen die Streichhölzer aus der Hand und gab ihm Feuer. Der Junge tat einen tiefen Zug, stieß den Rauch aus und nahm einen Schluck aus seiner Flasche, ohne die Augen von dem Vampir zu wenden. Er wartete, bis der Vampir weitersprach.

»Ich konnte mich an meine Kindheit in Europa nicht mehr besinnen, nicht einmal an die Überfahrt nach Amerika. Daß ich drüben geboren wurde, war nicht mehr als eine abstrakte Vorstellung, doch hielt sie mich so machtvoll in Bann, wie vielleicht nur Frankreich einen Kolonisten in Bann halten kann. Ich sprach französisch, las französische Bücher und hatte seinerzeit die Berichte über die Französische Revolution und die Siege und Niederlagen Napoleons mit brennendem Interesse verfolgt. Ich erinnere mich noch, wie es mich bekümmerte, als er Louisiana an die Vereinigten Staaten verkaufte. Wie lange der sterbliche Franzose noch in mir gelebt hatte, weiß ich nicht; er war mit der Zeit gestorben, doch in mir blieb das Verlangen, Europa zu sehen und kennenzulernen, und das kam nicht nur daher, daß ich europäische Dichter und Philosophen gelesen hatte, sondern aus dem Gefühl, daß ich von Europa tiefer und schärfer geprägt worden war als die anderen Amerikaner. Ich war von beiden Kulturen geprägt und wollte sehen, wo es angefangen hatte.

So nahm ich also diese Sache in Angriff, räumte zunächst in meinen Schränken und Truhen auf und behielt nur, was ich unbedingt brauchte. Und das war nicht viel; das meiste konnte im Haus bleiben, denn ich würde früher oder später sicher zurückkehren. Vielleicht nur, um meine Habe in ein ähnliches Haus zu überführen, um ein neues Leben in New Orleans zu beginnen. Ich konnte mir nicht vorstellen, daß ich es für immer verlassen sollte, doch zunächst stand all mein Sinnen und Trachten auf Europa, und zum ersten Mal wurde mir klar, daß ich die ganze Welt sehen könnte, wenn ich wollte. Daß ich, wie Claudia sagte, frei sein würde.

Inzwischen machte sie Pläne. Sie war ganz entschieden der Meinung, daß wir zuerst nach Südosteuropa gehen müßten, wo es wahrscheinlich die meisten Vampire gäbe, und sie war fest davon überzeugt, daß wir einen treffen würden, von dem wir lernen und etwas über unseren Ursprung erfahren könnten. Aber sie schien auf mehr erpicht als auf bloße Belehrung: auf eine Vereinigung mit ihresgleichen. Sie sagte es immer wieder, und sie betonte das Wort ›meinesgleichen‹ anders, als ich es betont haben würde, und ließ mich dadurch den Abgrund fühlen, der zwischen uns lag. In den ersten Jahren unseres gemeinsamen Lebens hatte ich gedacht, sie sei wie Lestat, habe von ihm den Instinkt zu töten eingesaugt, wenn sie auch in allem anderen meine Neigungen und meinen Geschmack teilte. Jetzt wußte ich, daß sie weniger menschlich war als wir beide, weniger, als einer von uns sich hätte träumen lassen. Nicht die geringste Gleichgestimmtheit verband sie mit dem Leben der Menschen; und vielleicht erklärte dies, warum sie – trotz allem, was ich getan oder unterlassen hatte – sich an mich klammerte. Ich war *nicht* ihresgleichen, nur ihr am allernächsten.«

»Aber wäre es nicht möglich gewesen«, fragte der Junge, »ihr die Empfindungsweise der Menschen nahezubringen, so wie Sie ihr alles andere vermittelt haben?«

»Wozu?« fragte der Vampir freimütig. »Um sie so leiden zu lassen, wie ich gelitten hatte? Ja, ich gebe zu, daß ich sie etwas hätte lehren sollen, ein Gegenmittel gegen ihr Verlangen, Lestat umzubringen. Um meiner selbst willen hätte ich es tun sollen. Aber, siehst du, ich hatte zu nichts mehr Vertrauen. Nachdem ich einmal der Gnade verlustig gegangen war, hatte ich zu nichts mehr Vertrauen.«

Der Junge nickte. »Ich wollte Sie nicht unterbrechen. Sie wollten etwas anderes sagen.«

»Nur, daß ich jetzt vergessen konnte, was mit Lestat geschehen war, indem ich mich ganz auf Europa einstellte. Und der Gedanke an mögliche andere Vampire beflügelte mich auch. Was die Existenz Gottes betrifft, so war ich keinen Augenblick zynisch. Ich war nur aus seinen Händen gefallen und trieb, ein übernatürliches Wesen, durch die natürliche Welt.

Doch es ereigneten sich noch andere Dinge, ehe wir nach Europa abreisten. Es begann mit dem jungen Musiker. Er hatte vorgesprochen, als ich an der Kathedrale war, und wollte am folgenden Abend wiederkommen. Ich schickte die Dienstboten fort und machte ihm selber auf. Und war bestürzt über sein Aussehen.

Er war viel dünner, als ich in Erinnerung hatte, und sehr bleich, mit einem fiebrigen Glanz in den Augen. Und er war furchtbar unglücklich. Als ich ihm sagte, Lestat sei abgereist, wollte er es nicht glauben und versicherte, Lestat hätte ihm bestimmt etwas hinterlassen, wenigstens eine Nachricht. Dann stürzte er auf die Rue Royale hinaus und sprach dabei mit sich selber, als sei ihm alles um ihn herum gleichgültig. Ich eilte ihm nach und holte ihn unter einer Gaslaterne ein. ›Er hat etwas für Sie dagelassen‹, sagte ich und griff schnell nach meiner Brieftasche. Ich wußte nicht, wieviel ich darin hatte, doch ich gab ihm alles, mehrere hundert Dollar, die ich ihm in die Hände drückte. Sie waren so mager, daß man die blauen Adern unter der blassen Haut sehen konnte. Jetzt frohlockte er, und ich merkte, daß es ihm nicht nur um das Geld ging. ›Dann hat er also von mir gesprochen, hat gesagt, daß Sie mir das hier geben sollen!‹ rief er aus und hielt das Geld fest, als sei es eine Reliquie. ›Aber er muß noch mehr gesagt haben!‹ Er blickte mich an, mit gequälten hervortretenden Augen. Ich antwortete nicht gleich, denn ich hatte an seinem Hals zwei rote Einstiche gesehen. Zwei winzige Punkte auf der rechten Seite, über seinem beschmutzten Kragen. Er achtete nicht auf den abendlichen Straßenverkehr, auf die Menschen, die sich um uns drängten. Die Scheine flatterten in seiner Hand. ›Stecken Sie das Geld weg‹, flüsterte ich. ›Ja, er hat von Ihnen gesprochen, er sagte, Sie müßten unbedingt Ihr Musikstudium fortsetzen.‹

Er starrte mich an, als erwarte er mehr. ›Ja? Hat er noch etwas gesagt?‹ fragte er. Ich wußte nicht weiter, ich hätte mir ja etwas ausdenken können, um ihm Trost zu geben, aber es tat mir weh, von Lestat zu sprechen, und die Worte erstarben auf meinen Lippen. Und die kleinen Einstiche bestürzten mich; ich konnte sie mir nicht erklären. Schließlich sagte ich irgendwelchen Unsinn – daß Lestat ihm alles Gute wünsche, daß er mit dem Dampfschiff nach St. Louis gefahren sei, weil er dort zu tun habe, daß der Krieg unmittelbar bevorstünde und daß Lestat bald zurück sein würde. Der junge Mann gierte nach jedem Wort, als könnte er nicht genug hören, und drängte weiter nach dem nächsten. Er zitterte, der Schweiß trat ihm auf die Stirn, und plötzlich biß er sich auf die Lippen und sagte: ›Aber warum ist er fortgegangen?‹, wie wenn ihm meine Erklärungen nicht genügten.

›Was ist es denn?‹ fragte ich. ›Was wollten Sie von ihm? Ich bin überzeugt, er hätte mir . . .‹

›Er war mein Freund!‹ rief er aus, und es klang, als unterdrücke er einen Zornesausbruch.

›Sie sind krank‹, sagte ich. ›Sie brauchen Ruhe. Da ist etwas . . .‹, und ich zeigte darauf, ›. . . an Ihrem Hals.‹ Er wußte nicht einmal, was ich meinte. Mit den Fingern tastete er nach der Stelle und rieb sie.

›Was macht das schon! Ich weiß nicht, was es ist‹, sagte er und wandte sich ab. ›Diese Insekten, sie sind überall. Hat er noch etwas gesagt?‹

Endlich ging er. Ich sah ihm lange nach, wie er sich durch das Gedränge in der Rue Royale seinen Weg bahnte, eine schlaksige, ungestüme Figur, der man bereitwillig Platz machte.

Ich erzählte Claudia sogleich von dem jungen Mann und den roten Wundmalen an seinem Hals. ›Was kann das bedeuten?‹ überlegte sie. ›Daß Lestat ihm im Schlaf . . . und daß der Junge es erlaubt hat? Ich kann es mir nicht vorstellen.‹

›Ja, das muß es sein‹, sagte ich, aber ich war nicht sicher. Mir fiel ein, daß Lestat zu Claudia eine Bemerkung gemacht hatte, er kenne einen Jüngling, der einen besseren Vampir abgeben würde als sie. Hatte er diese Absicht gehabt? Hatte er einen neuen Vampir schaffen wollen?

›Das ist jetzt ganz gleichgültig, Louis‹, sagte sie. Es war unser letzter Abend in New Orleans, und wir mußten Abschied nehmen. Morgen vor Mitternacht würden wir an Bord gehen und bei Tagesanbruch in See stechen. Noch einmal wollten wir gemeinsam ausgehen, und jetzt verließen wir die belebte Rue Royale und wanderten durch einsame Straßen. Meine scharfen Sinne nahmen alles um uns herum wahr und hielten es fest, als könnten sie nicht fassen, daß es die letzte Nacht sein sollte.

Die alte französische Stadt war vor längerer Zeit zum größten Teil niedergebrannt, und die Architektur jener Tage war spanisch, wie überwiegend auch heute noch. Und als wir durch die sehr engen Straßen gingen, wo eine Kutsche auf die entgegenkommende warten mußte, kamen wir an weißgetünchten Mauern vorbei und an großen Gartentoren, durch die man in idyllische Innenhöfe und Gärten ähnlich dem unseren blicken konnte, geheimnisvoll und verheißungsvoll im schwachen Licht der Laternen. Bananenbäume ragten über die Mauern, Farnkraut und Blumen quollen üppig durch die Tore. Auf den Balkons saßen Leute mit dem Rücken zu den geöffneten Türen; sie fächerten sich Kühlung zu und unterhielten sich flüsternd in der milden Brise, die vom Fluß kam. Über die Mauern hingen Glyzinien und Passionsblumen so reich, daß wir sie im Vorübergehen streiften und uns die eine oder andere Blüte pflückten. Durch hohe Fenster sahen wir das Spiel des Kerzenlichtes an reichverzierten Stuckdecken oder einen hellschimmernden Kristallleuchter. Manchmal trat eine Dame auf den Balkon mit glitzernden Juwelen am Hals und einem Parfüm, das dem Blumenduft noch einen zusätzlichen vergänglichen Reiz verlieh.

Wir hatten unsere Lieblingsstraßen, Ecken und Gärten; doch als müsse es so sein, erreichten wir schließlich den Rand der alten Stadt und sahen den Sumpf vor uns. Wagen auf Wagen kam uns von der Bayou Road entgegen, zur Oper und zum Theater, doch die Lichter der Stadt lagen hinter uns, und ihre mannigfachen Gerüche wichen dem Modergeruch des Sumpfes. Beim Anblick der hohen, schwankenden Bäume mit ihren bemoosten Zweigen wurde mir übel; ich mußte wieder an Lestat denken. Ich dachte an ihn, wie ich seinerzeit an meinen toten Bruder gedacht hatte, sah ihn tief zwischen den Wurzeln von Eiche und Zypresse versunken, seinen greulichen, verfallenen Leib in dem weißen Laken, und fragte mich, ob sich wohl die Kreaturen des Dunkels von ihm fernhielten, instinktiv wissend, daß seine Berührung tödlich sei, oder ob sie im Gegenteil sich in dem stinkenden Wasser um ihn drängten und das faulende Fleisch von seinen Knochen pickten.

Wir kehrten um, zurück in das Herz der alten Stadt, und ich fühlte den sanften, tröstenden Druck von Claudias Hand. Sie hatte sich von den Gartenmauern einen Strauß gepflückt, den sie jetzt vor die Brust an ihrem gelben Kleid hielt, das Gesicht darin vergraben. Und nun sagte sie, so leise, daß ich mich zu ihr beugen mußte: ›Louis, es bedrückt dich. Du weißt das Heilmittel: Laß das Fleisch ... laß das Fleisch den Geist belehren!‹ Sie ließ meine Hand los und entfernte sich und wandte sich noch einmal um, um die Worte zu wiederholen: ›Laß das Fleisch den Geist belehren ... Vergiß ihn!‹ Ich mußte an das Gedichtbuch denken, das ich in der Hand gehalten, als sie diese Worte zum ersten Mal zu mir sprach, und ich sah die Verse vor mir:

Sie war so hold, die Lippen rot,
Wie Aussatz ihre Haut so weiß,

Der lebend' Tod,
Der Hauch der Pest,
Der Menschenblut gefrieren läßt,
Zu dickem, kaltem Eis.

Dann sah ich Claudia um die Ecke verschwinden, nachdem sie mir noch einmal zugelächelt hatte, ein Wölkchen gelber Seide, das die Dunkelheit verschluckt. Meine Gefährtin, dachte ich, meine Gefährtin für immer.

Ich bog in die Rue Dumaine ein und ging an dunklen Fenstern vorbei. Hinter einem Vorhang aus schwerer Spitze verlosch ganz gemächlich eine Lampe, das Muster des Schattens breitete sich auf der Ziegelmauer aus, wurde schwächer und verschwand dann ganz und gar in der Dunkelheit. Ich näherte mich dem Hause der Madame LeClair. Aus den Salons im ersten Stock hörte ich den Ton schriller Violinen und das metallische Lachen der Gäste, und gegenüber, im Schatten postiert, sah ich, wie sie sich hinter den Fenstern bewegten. Einer der Gäste, einen hellen zitronenfarbenen Wein in seinem Stielglas, ging von Fenster zu Fenster, sein Gesicht dem Mond zugewandt, als suche er einen besseren Aussichtsplatz und fand ihn schließlich am letzten Fenster, wo er den dunklen Vorhang zur Seite schob. Eine Tür war geöffnet, und Licht fiel in einen Gang. Ich schlich leise über die schmale Straße, und schwere Küchengerüche empfingen mich hinter dem Tor. Der Übelkeit erregende Geruch von schmorendem Fleisch. Ich schlüpfte in den Gang. Jemand war gerade über den Hof geeilt und hatte eine Hintertür geschlossen. Doch dann sah ich noch eine andere Gestalt. Vor dem Herd stand eine schlanke, schwarze Frau mit einem weißen Häubchen, die Züge feingemeißelt und im Schein des Herdfeuers glänzend wie Diorit. Ich roch den angenehmen Duft der Gewürze, frisches Grün und Majoran und Lorbeer, doch dann, als sie im Kessel rührte, den abscheulichen Gestank schmorenden Fleisches. Sie legte den langen Eisenlöffel nieder und stand da, die Hände auf die Hüften gelegt. Die Brühe in dem Kessel schäumte über den Rand und tropfte in die glühenden Kohlen darunter. Der dunkle Duft der Frau wehte zu mir herüber, stärker als der Geruch der Speisen und Gewürze, verlockend, quälend, als ich näher trat und mich gegen die Wand lehnte. Oben begannen die dünnen Violinen einen Walzer, und die Dielen dröhnten unter den tanzenden Paaren. Die Frau kam zur Küchentür, den schwarzen Nacken anmutig gebeugt, während sie zu mir hinausspähte. ›Monsieur?‹ sagte sie und trat ins volle Licht. Es fiel auf ihre Brust, die seidenglänzenden nackten Arme und auf die fremdartige Schönheit des Gesichtes. ›Sie wollen zur Party, Monsieur?‹ fragte sie. ›Die Party ist oben . . .‹

›Nein, meine Liebe, ich will nicht zur Party‹, sagte ich und trat aus dem Schatten heraus. ›Ich will zu Ihnen.‹«

»Alles war fertig, als ich am nächsten Abend erwachte: Die Koffer waren unterwegs zum Schiff, dazu eine Kiste mit einem Sarg; die Dienstboten waren entlassen, die Möbel mit weißleinenen Tüchern zugedeckt. Die Tickets, die Kreditbriefe und andere Papiere in der Brieftasche verwandelten die Reise von einem Traum in Wirklichkeit. Wenn es möglich gewesen wäre, hätte ich an diesem Abend auf das Töten verzichtet, und so erledigte ich es früh und routinemäßig. Claudia hielt es ebenso, und als es Zeit zum Aufbruch war, saß ich allein in unserer Wohnung und wartete auf sie. Sie blieb lange aus, ich wurde nervös und ängstigte mich um sie – obwohl sie alle Leute bestricken konnte, ihr zu helfen, wenn sie sich allzu weit von unserem Haus entfernt hatte. Wie oft hatte sie nicht schon einen Fremden dazu beredet, sie heimzubringen zu ihrem Vater, der ihm überschwenglich dankte.

Als sie endlich kam, war sie außer Atem vom Laufen, und ich dachte, sie habe sich in der Zeit geirrt und glaube, es sei später, als es tatsächlich war. Wir hatten noch eine Stunde Zeit. Doch als sie eintrat, sah ich, daß es etwas anderes war. ›Schließ die Türen, Louis!‹ keuchte sie, die Hand auf dem Herzen. Sie lief den Korridor hinunter, ich hinterher, und als sie mir verzweifelt Zeichen gab, schloß ich die Türen zur Galerie. ›Was ist los?‹ fragte ich. ›Was hast du denn?‹ Aber sie gab keine Antwort und eilte zur Frontseite zu den hohen Glastüren, die auf die schmalen Balkons über der Straße hinausgingen. Sie löschte die Lampe, und das Zimmer wurde dunkel bis auf die Lichter von der Straße. Noch immer stand sie keuchend da, dann zog sie mich neben sich zum Fenster.

›Mir ist jemand nachgegangen‹, flüsterte sie. ›Ich hörte deutlich seine Schritte hinter mir.‹ Sie hielt inne, um Atem zu holen. ›Louis, es war der Musiker.‹

›Aber was macht das aus? Er kennt dich; wahrscheinlich hat er dich einmal mit Lestat gesehen.‹

›Louis, er ist unten. Schau aus dem Fenster!‹ Sie schien so erschrokken, fast verängstigt. Ich trat auf den Balkon, ohne ihre Hand loszulassen, während sie hinter dem Vorhang stehenblieb, und sie hielt mich so fest, als habe sie um mich Angst. Es war elf Uhr, in der Rue Royale herrschte Stille, die Läden waren geschlossen und die Theatervorstellungen schon vorbei. Irgendwo rechts von mir schlug eine Tür zu. Ein Mann und eine Frau gingen vorüber und verschwanden in der Dunkelheit, das Gesicht der Frau war unter einem riesigen weißen Hut verborgen. Dann sah ich nichts, hörte nichts, nur Claudias mühevolles Atmen. Im Haus rührte sich etwas, und ich schrak zusammen. Es waren die Vögel, wir hatten sie ganz vergessen. Claudia hatte sich noch stärker erschreckt als ich und drückte sich an mich. ›Da ist niemand, Claudia!‹ flüsterte ich.

Dann sah ich den Musiker.

Er hatte so still im Eingang eines Möbelgeschäfts gestanden, daß ich ihn nicht bemerkt hatte, und das mußte er beabsichtigt haben. Jetzt hob er sein Gesicht, mir zugewandt, und es leuchtete im Dunkel wie ein helles Licht; Kümmernis und Enttäuschung waren gänzlich aus seinen starren Zügen gewichen, und die großen schwarzen Augen spähten aus dem bleichen Fleisch aufmerksam zu mir hinauf. Er war ein Vampir geworden.

›Ich sehe ihn‹, murmelte ich und bewegte die Lippen so wenig wie möglich, während ich seinem Blick standhielt. Claudia drängte sich noch näher an mich, ihre Hand in meiner zitterte, als schlüge ein Herz in meiner Hand. Sie stieß einen Laut des Erschreckens aus, als sie ihn jetzt sah. Doch während wir noch auf den Regungslosen hinunterstarrten, ließ mich etwas erschauern. Ich hörte die Gartentür knarren und Schritte in der Auffahrt, dann im Hausflur, dann auf der Treppe – geräuschvolle, unbekümmerte, vertraute Schritte. Claudia hielt die Hand vor den Mund, um einen Aufschrei zu ersticken. Der Vampir gegenüber in der Ladentür hatte sich nicht gerührt, doch die Schritte im Flur, auf der Treppe, kannte ich. Es war Lestat. Jetzt rüttelte er an der Klinke, klopfte und riß an der Tür, als wolle er sie aus dem Rahmen brechen. Claudia zog sich in eine Ecke zurück, zusammengekrümmt, wie wenn ihr jemand einen Schlag versetzt hätte. Das Klopfen an der Tür wurde lauter. Und dann vernahm ich seine Stimme, ›Louis!‹ rief er, ›Louis!‹, hörte, wie das Fenster zum hinteren Salon zerklirrte und der Riegel von innen zurückgeschoben wurde. Schnell nahm ich die Lampe, strich ein Zündholz an und zerbrach es, mit dem zweiten flammte die Lampe auf, ich ergriff sie am Petroloeumbehälter. ›Geh weg vom Fenster‹, rief ich Claudia zu, ›und schließ es. Und zünde die anderen Lampen an.‹ Sie gehorchte, als habe der klare und laute Befehl sie aus einer Lähmung befreit. Ich hörte sie weinen, als sie das Zündholz anstrich. Lestat kam den Korridor hinunter. Und dann war er in der Tür. Ich stieß einen lauten Atemzug aus und trat unwillkürlich mehrere Schritte zurück. Ich konnte Claudias

Schrei hören. Es war Lestat, fraglos, wiederhergestellt und ganz, wie er da stand: Den Kopf vorgebeugt, die Augen herausquellend, hielt er sich an den Türpfosten fest, als sei er betrunken und könne kopfüber ins Zimmer stürzen. Sein Gesicht war von Narben übersät, eine scheußliche Maske wunden Fleisches, als habe jede Phase seines ›Todes‹ ihre Spur hinterlassen, und seine früher so klaren Augen waren von roten Adern durchschossen.

›Bleib zurück . . . ich beschwöre dich!‹ flüsterte ich. ›Sonst werfe ich die Lampe nach dir, und du verbrennst bei lebendigem Leibe.‹ Und während ich dies sagte, hörte ich einen Ton links von mir, ein kratzendes Geräusch an der Außenwand unseres Hauses. Es war der andere. Jetzt sah ich seine Hände über das schmiedeeiserne Balkongitter greifen; dann warf er sich mit aller Kraft gegen die Glastür, und Claudia schrie laut auf.

Ich kann dir nicht alles erzählen, was sich nun abspielte; ich weiß noch, daß ich die Lampe hob, daß sie zu Lestats Füßen zerschellte und daß die Flammen emporzüngelten. Dann hielt ich eine Fackel in der Hand, ein großes Stoffknäuel, das ich vom Sofa gerissen und angezündet hatte. Doch zuvor muß ich mit ihm gerungen haben, mit furchtbaren Hieben und Fußtritten, denn er war sehr stark. Irgendwo im Hintergrund schrie Claudia in wilder Panik; die andere Lampe war zerbrochen, und die Fenstervorhänge brannten lichterloh. Lestats Kleider stanken nach Petroleum, und er schlug verzweifelt nach den Flammen. Er war schwerfällig, nicht gesund und konnte sich kaum auf den Füßen halten; doch als er mich im Griff hatte, brauchte ich nicht nur die Hände, sondern auch die Zähne, um mich seiner zu erwehren. Auf der Straße hatte sich Lärm erhoben, eine Glocke klingelte. Unser Zimmer war ein Inferno. Claudia schlug sich mit dem flügge gewordenen Vampir herum; er schien unfähig, sie festzuhalten, so wie ein unbeholfener Mensch einen Vogel zu fassen versucht. Ich erinnere, wie ich mich mit Lestat im Feuer wälzte, die erstickende Hitze im Gesicht fühlte und die Flammen auf seinem Rücken sah, wenn ich unter ihm lag. Dann gelang es Claudia, den Schürhaken zu ergreifen und damit auf Lestat einzuschlagen, bis seine Umklammerung nachließ und ich mich von ihm befreien konnte. Unbarmherzig schlug Claudia zu, ich hörte sie dabei knurren wie in Raubtier, und Lestat hielt die Hand vor das schmerzverzogene Gesicht. Und der andere lag auf dem schwelenden Teppich, aus einer Kopfwunde floß Blut.

Was dann geschah, weiß ich nur noch ungefähr. Ich glaube, ich nahm Claudia den Schürhaken aus der Hand und versetzte Lestat einen Schlag an die Schläfe. Ich erinnere mich, daß er nicht aufzuhalten und gegen die Schläge gefeit zu sein schien. Die Hitze versengte meine Kleidung, hatte Claudias Kleid erfaßt, und ich nahm sie auf und lief mit ihr hinunter und versuchte, die Flammen mit meinem Leib zu ersticken. Ich erinnere mich, daß ich meinen Rock auszog und damit draußen nach den Flammen schlug und daß Menschen an mir vorbei und die Treppe hinaufliefen. Eine große Menge drängte in unseren Hof, und jemand war sogar auf das schräge Dach der Ziegelhütte geklettert. Jetzt trug ich Claudia in den Armen und eilte an allen vorbei, hörte nicht auf ihre Fragen, bahnte mir den Weg. Und dann waren wir allein; ich hörte sie an meinem Ohr seufzen und schluchzen und rannte blindlings die Rue Royale hinunter in die erste enge Seitengasse, rannte und rannte, bis ich nichts mehr hörte als den Klang meiner Schritte und ihren Atem. Und dann standen wir da, der Mann und das Kind, versengt und keuchend, und holten tief Luft in der Stille der Nacht.«

Zweiter Teil

Die ganze Nacht stand ich auf dem Deck des französischen Schiffes *Mariana* und beobachtete die Landungsplanken. Auf dem Kai und dem Pier drängten sich die Menschen, auf den Decks ergingen sich Passagiere und Gäste, und in den luxuriösen Kabinen wurden Abschiedspartys gefeiert. Schließlich, schon gegen Morgen, nahmen die letzten Gäste Abschied, und einige verspätete Passagiere kamen an Bord. Doch Lestat und sein Jünger, wenn sie den Brand überlebt hatten (und ich war davon überzeugt), hatten den Weg zum Schiff nicht gefunden. Unser Gepäck war schon im Laufe des Tages geholt worden; wenn etwas zurückgeblieben war, woraus man unseren Zielort hätte erfahren können, so war es bestimmt ein Opfer der Flammen geworden. Dennoch war ich auf der Hut. Claudia hatte sich in unserer Kabine eingeschlossen und ließ die Augen nicht vom Bullauge. Aber Lestat kam nicht.

Endlich wurden die Anker gelichtet; das Schiff lief, wie ich gehofft hatte, noch vor Tagesanbruch aus. Einige Leute winkten vom Pier zum Abschied, als das große Schiff zunächst erzitterte und sich mit einem mächtigen Ruck zur Seite trieb, um dann in einem majestätischen Bogen in die Strömung des Mississippi hinauszugleiten. Die Lichter von New Orleans wurden kleiner und kleiner und waren schließlich nur noch ein schwacher Schimmer gegen die sich erhellenden Wolken. Ich war sterbensmüde, blieb jedoch so lange an Deck, wie ich konnte, und schaute den Lichtern nach, die ich vielleicht nie wiedersehen würde. Und als wir stromabwärts an den Landungsstegen von Frenière und Pointe du Lac vorübergetragen wurden, als ich die Wand von Pappeln und Zypressen am Ufer ragen sah, da merkte ich, daß der Morgen gefährlich nahe war.

Als ich unsere Kabine betrat, fühlte ich mich erschöpft wie nie zuvor. Nie in all den Jahren, in denen wir drei zusammengewesen waren, hatte ich so schreckliche Angst gekannt wie jetzt. Und dagegen gab es keinen Trost, kein Gefühl der Sicherheit. Nur die Linderung, die einem die Müdigkeit schenkt, wenn Körper und Geist es einfach nicht länger ertragen können. Denn obwohl Lestat nun schon Meilen von uns entfernt war, hatte seine Auferstehung in mir ein Gewirr von Ängsten hervorgerufen, denen ich nicht entrinnen konnte. Noch als Claudia zu mir sagte: ›Jetzt sind wir sicher, Louis‹, und ich ›ja‹ flüsterte, sah ich Lestat in der Tür stehen mit seinen hervorquellenden Augen und dem vernarbten Fleisch. Wie war er zurückgekommen, wie hatte er über den Tod triumphieren können? Wie war es möglich gewesen, daß aus einer eingeschrumpften Mumie wieder ein lebendes Wesen wurde? Wie auch die Antwort lauten mochte – was für eine Bedeutung hatte es, nicht nur für ihn, sondern auch für Claudia und mich? Und wenn wir auch vorläufig vor ihm sicher waren – waren wir sicher vor uns selber?

Ein seltsames ›Fieber‹ brach auf dem Schiff aus. Es war auffallend frei von Ungeziefer, wenn man auch gelegentlich totes Gewürm fand, trokken und gewichtslos, als sei es schon seit Tagen tot. Doch das Fieber war da. Zuerst überkam es einen Passagier in Form von Schwäche und einem wunden Hals, dann bemerkte man dort kleine Wundmale, auch an anderen Stellen, und manchmal gar keine. Und manchmal starb ein Fahrgast im Schlaf, so daß zahlreiche Bestattungen vorgenommen wurden, während wir den Atlantik überquerten. Da ich eine natürliche Furcht vor Fieber hatte, hielt ich mich den Mitreisenden fern, vermied es, mit ihnen in den Gesellschaftsräumen zusammenzukommen, ihre Geschichten und Träume und Erwartungen anzuhören, und nahm meine ›Mahlzeiten‹ allein. Doch Claudia liebte es, am frühen Abend an Deck zu stehen und sie zu beobachten.

Dann saß ich allein in der Kabine, schaute durch das Bullauge und spürte das sanfte Auf und Ab des Meeres, erblickte die Sterne, klarer und leuchtender, als sie je an Land gewesen, und so tief, daß sie in die Wellen zu tauchen schienen. Es war, als könne sich in der Begegnung von Himmel und Meer ein großes Geheimnis offenbaren, ein gewaltiger Abgrund für immer schließen. Aber wer sollte diese Offenbarung vollbringen? Gott? Oder Satan? Mir kam plötzlich in den Sinn, es müsse ein großer Trost sein, Satan zu kennen, sein Antlitz zu erblicken, wie furchtbar es auch sein möge, zu wissen, daß ich ihm ganz und gar gehörte, und aus der Qual dieser Unwissenheit zur ewigen Ruhe zu kommen. Durch einen Schleier zu schreiten, der mich für immer von allem trennen würde, das ich ›menschliche Natur‹ nannte.

Ich fühlte, daß sich das Schiff mehr und mehr diesem Geheimnis näherte. Das Firmament schien unendlich; es wölbte sich über uns mit atemberaubender Schönheit und Stille. Doch dann erschrak ich über die

Worte *zur ewigen Ruhe*; denn in der Verdammnis würde es, konnte es keine Ruhe geben; und was war die jetzige Qual, verglichen mit den ewigen Flammen der Hölle? Das Meer, das unter den unveränderlichen Sternen wogte, diese Sterne selber – was hatte es mit Satan zu tun? Und jene Bilder aus unserer Kindheit, in der wir von sterblicher Unrast so erfüllt sind, daß sie uns kaum wünschenswert erscheinen: Seraphime, die immer und ewig Gottes Antlitz schauen – und Gottes Antlitz selber – das war die ewige Ruhe, von der die wogende See nur eine sehr schwache Verheißung war. Doch selbst in diesen Stunden, in denen das Schiff und alle Welt schlief, schienen Himmel und Hölle nicht mehr als quälende Phantasie zu sein. Von dem einen oder dem anderen zu wissen und daran zu glauben ... war wohl das einzige Heil, von dem ich träumen konnte.

Claudia, die Lestats Vorliebe für helles Licht teilte, zündete alle Lampen an, wenn sie aufstand. Sie hatte von einer Dame an Bord ein schönes Kartenspiel bekommen; die Bilder waren im Stil von Marie-Antoinette gehalten, und die Rückseiten hatten goldene Lilien auf violettem Grund. Sie legte eine Patience, in der die Karten wie eine Uhr angeordnet wurden. Und sie fragte mich immer wieder, wie das Lestat bewerkstelligt haben könnte, bis ich zu antworten begann. Ihre Erschütterung war verflogen; falls sie sich noch erinnerte, wie sie geschrien hatte, als das Feuer in unserer Wohnung ausbrach, so kam sie jetzt nicht mehr darauf zurück; und wenn sie noch wußte, daß sie vorher in meinen Armen Tränen geweint hatte, so bewirkte dies keine Veränderung in ihr. Sie kannte, wie schon immer, nur wenig Unentschlossenheit, und ihre gewöhnliche Seelenruhe bedeutete weder Angst noch Bedauern.

Jetzt sagte sie: ›Wir hätten ihn verbrennen sollen. Es war dumm von uns anzunehmen, daß er tot war.‹

›Aber wie konnte er überlebt haben?‹ fragte ich. ›Du hast ihn gesehen, hast gewußt, was aus ihm geworden war.‹ Ich hatte keine Lust, darüber zu sprechen, hätte es am liebsten tief in mein Unterbewußtsein verdrängt, doch mein Verstand ließ es nicht zu. Und es war Claudia, die mir die Antworten gab, als führe sie das Gespräch mit sich selber. ›Angenommen‹, erklärte sie, ›er hat noch weitergelebt, nachdem er den nutzlosen Kampf mit uns aufgegeben hatte, eingeschlossen in der hilflosen, vertrockneten Leiche, mit Bewußtsein und Überlegung ...‹

›Mit Bewußtsein!‹ flüsterte ich. ›In diesem Zustand!‹

Sie fuhr fort: ›Und angenommen, als er im Sumpf lag und uns wegfahren hörte, hatte er noch Kraft genug, seine Glieder zu zwingen, sich zu bewegen. Es gab Lebewesen genug im Dunkeln um ihn. Ich habe einmal gesehen, wie er einer kleinen Eidechse den Kopf abriß und das Blut in ein Glas laufen ließ. Kannst du dir den hartnäckigen Lebenswillen in ihm vorstellen, der ihn im Wasser nach irgend etwas Lebendigem greifen ließ?‹

›Hartnäckigkeit? Lebenswillen?‹ murmelte er. ›Und wenn es etwas anderes war . . .‹

›Und dann, als er die Wiederkehr seiner Kraft spürte, gerade genug, um sich zur Straße zu schleppen, hat er vielleicht jemand auf dieser Straße getroffen, einen Wagen, der ihn mitnahm; oder er ist zu den Hütten der Einwanderer oder einem einsamen Landhaus gekrochen. Was für ein Anblick muß er gewesen sein!‹ Sie blickte stumm und ohne Gefühlsregung mit halbgeschlossenen Augen auf die Hängelampe. ›Und dann? Mir ist es einigermaßen klar. Wenn er es nicht bis nach New Orleans geschafft hat, dann hat er höchstwahrscheinlich auf dem Friedhof von Old Bayou übernachtet. Dorthin kommen täglich frische Särge aus dem Armenkrankenhaus. Ich sehe ihn vor mir, wie er die feuchte Erde nach einem solchen Sarg durchwühlt, den Inhalt in die Sümpfe wirft und sich bis zum nächsten Abend hineinbettet. Ja . . . so wird er es gemacht haben, ich bin ganz sicher.‹

Ich dachte eine ganze Weile darüber nach, malte es mir aus und räumte ein, daß es so gewesen sein könnte. Und dann hörte ich sie nachdenklich hinzufügen, während sie eine Karte auflegte und das ovale Gesicht eines Königs mit einer weißen Perücke betrachtete: ›Ich hätte es auch tun können.‹ Sie sammelte die Karten ein, häufte sie zu einem Päckchen und begann sie zu mischen. ›Warum schaust du mich so an?‹ fragte sie.

Ich sagte: ›Meinst du . . . wenn wir ihn verbrannt hätten – daß er dann gestorben wäre?‹

›Natürlich. Wo nichts mehr ist, kann nichts mehr auferstehen‹, sagte sie. ›Worauf willst du hinaus?‹ Sie verteilte die Karten und legte auch für mich ein Blatt auf den kleinen Kirschbaumtisch. Ich blickte die Karten an, ohne sie zu nehmen.

›Ich weiß nicht‹, sagte ich leise. ›Nur, daß es vielleicht gar keinen Lebenswillen, keine Hartnäckigkeit gegeben hat – ganz einfach, weil sie nicht vonnöten waren.‹

Sie sah mich aufmerksam an, ohne zu verraten, was sie dachte oder daß sie meine Gedanken verstand, so daß ich fortfuhr: ›Weil er vielleicht nicht sterben konnte – weil wir alle tatsächlich unsterblich sind?‹

Noch immer sagte sie nichts und wandte den Blick nicht von mir.

›Bewußtsein in diesem Zustand . . .‹, fügte ich schließlich hinzu,

›. . . wenn es so wäre, warum dann nicht auch in jedem anderen? Feuer oder Wasser – wo ist da der Unterschied?‹

›Louis‹, sagte sie mit sanfter Stimme, ›du hast Angst. Du bist nicht auf der Hut gegen die Furcht. Du verstehst nicht die Gefahr, die in der Furcht selber liegt. Wir werden die Antworten erhalten, wenn wir unseresgleichen finden, Vampire, die seit Jahrhunderten dieses Wissen besitzen und uns Auskunft geben können. Es war unser Geburtsrecht, und er hat uns dessen beraubt. Er hat seinen Tod verdient.‹

›Aber er ist nicht gestorben . . .‹, wandte ich ein.

›Er ist tot‹, sagte sie. ›Keiner konnte dem brennenden Haus entrinnen, der nicht mit uns hinausgelaufen ist. Nein, er ist tot, und sein Freund, der zitternde Ästhet, ebenfalls. Bewußtsein, was hat das für eine Bedeutung?‹

Sie legte die Karten beiseite und winkte mir, ihr die Bücher von dem Tisch neben der Koje zu reichen, jene Bücher, die sie gleich am ersten Tage an Bord ausgepackt hatte, die ausgewählten Berichte über die Geschichte der Vampire, die sie zu ihren Führern erkoren. Es waren keine englischen Schauerromane, keine Erzählungen von Edgar Allan Poe, überhaupt keine Belletristik. Nur die wenigen Beschreibungen der Vampire Osteuropas, die eine Art Bibel für Claudia geworden waren. In diesen Ländern verbrannte man in der Tat die Überbleibsel des Vampirs, wenn man einen gefunden hatte; das Herz wurde aufgespießt und der Kopf vom Rumpf getrennt. Claudia las stundenlang in diesen alten Büchern, die schon hundertmal gelesen worden waren, ehe sie den Weg über den Atlantik gefunden hatten, von Reisenden, Priestern und Gelehrten geschrieben. Und im Geist arbeitete sie schon unsere Reise aus, die uns nicht in die glanzvollen Hauptstädte Europas führen sollte, sondern geradewegs zum Schwarzen Meer, wo wir in Warna anlegen würden und wo unsere Entdeckungsfahrt durch die bäuerlichen Landstriche der Karpaten beginnen sollte.

Für mich, der ich Claudia begleiten mußte, waren es keine rosigen Aussichten, denn mich verlangte nach anderen Orten und nach anderem Wissen, wovon Claudia keine Ahnung hatte. Der Samen dieses Verlangens war vor vielen Jahren in mein Herz gesenkt worden und ging jetzt zu einer schmerzlichen Blüte auf, als unser Schiff die Straße von Gibraltar passierte und Kurs in das Mittelmeer nahm.

Ich hätte es gern blau gesehen, dieses Meer, wie ich es mir seit meiner frühesten Kindheit vorgestellt hatte, doch ich wurde enttäuscht. Es waren nachtdunkle Gewässer, durch die wir steuerten, und wie litt ich darunter! Das Mittelmeer war schwarz, schwarz an den Küsten Italiens, schwarz an den griechischen Küsten – immer schwarz, auch in den frühen Morgenstunden vor der Dämmerung, als sogar Claudia schlief, müde ihrer Bücher und der schmalen Kost, welche die Vorsicht ihrem Vampirhunger gestattete, und ich eine Laterne hinunterließ, bis ihr Licht über den Wellen schimmerte und mir nichts gab als ihren eigenen Widerschein, der mit uns reiste und mir aus den Tiefen herauf zu sagen schien: ›Louis, wonach du trachtest, ist Dunkelheit. Dieses Meer ist nicht dein Meer; die Mythen der Menschen sind nicht deine Mythen, und die Schätze der Menschen sind nicht die deinen.‹

Ach, wie sehr erfüllte mich in diesen Augenblicken die Suche nach den Vampiren der Alten Welt mit Bitterkeit, einer Bitterkeit, die ich schmecken konnte, als habe die Luft ihre Frische verloren. Denn welche Geheimnisse, welche Wahrheiten hatten diese Monster der Nacht uns zu offenbaren? Waren ihnen nicht notwendigerweise Beschränkungen auferlegt, sofern wir sie überhaupt finden würden? Was können die Verdammten wirklich den Verdammten sagen?

Ich bin nicht in Piräus an Land gegangen. Doch im Geist erstieg ich die Akropolis und sah den Mond durch das offene Dach des Parthenon aufgehen, kam mir klein vor neben der Erhabenheit der Säulen, ging auf den Straßen der Griechen, die bei Marathon starben, und lauschte dem Wind in den Zweigen der alten Olivenbäume. Dies waren die Monumente der Menschen, die nicht sterben konnten; hier waren die Geheimnisse, die den Lauf der Zeiten überdauert hatten und die ich erst dunkel zu verstehen begann. Und doch konnte mich nichts von unserer Suche abbringen, und immer wieder erwog ich das große Risiko unserer Fragen, das Risiko jeder Frage, die man aufrichtig stellt; denn die Antwort trägt einen unkalkulierbaren Preis in sich, eine tragische Gefahr. Wer wußte dies besser als ich, der ich Zeuge des Todes meines eigenen Leibes gewesen, der ich alles, was ich früher menschlich genannt, hatte welken und sterben sehen? Das war eine unzerreißbare Kette, die mich fest an diese Welt band, doch mich für ewig zu ihrem Ausgestoßenen machte, einem Schreckgespenst mit einem gebrochenen Herzen.

Die See lullte mich ein, doch meine Träume waren böse, meine Erinnerungen bitter: eine Winternacht in New Orleans; ich ging über den Friedhof und erblickte meine Schwester, alt und krumm, einen Strauß weißer Rosen im Arm, die Dornen sorgfältig mit Pergamentpapier umwickelt, das graue Haupt gebeugt, auf dem Weg zu dem Grabe, wo man ihrem Bruder Louis einen Stein gesetzt hatte, nahe dem des jüngeren Bruders . . . Louis, der bei dem Brand von Pointe du Lac ums Leben gekommen war. Diese Blumen waren für ihn, als seien nicht fünfzig Jahre seit seinem Tode vergangen, als ob ihre Erinnerung, wie die ihres Bruders, ihr keine Ruhe ließe. Sorge hatte ihre aschfarbene Schönheit gefurcht, Sorge ihren schmalen Rücken gekrümmt. Und was hätte ich nicht darum gegeben, über ihr Silberhaar zu streichen, ihr Liebe ins Ohr zu flüstern, wenn die Liebe sie in ihrem Greisenalter nicht in größeren Schrecken versetzt hätte als der Kummer. Und so ließ ich sie in ihrem Kummer.

Ich träumte zu viel und zu lang in dem Kerker dieses Schiffes, in dem Kerker meines Leibes, der auf jeden Sonnenaufgang abgestimmt war wie sonst kein sterblicher Leib. Und schließlich schlug auch mein Herz schneller nach den Bergen Osteuropas, schlug schneller in der einen Hoffnung, daß wir irgendwo in diesen rauhen Bergen die Antwort finden würden auf die Frage, warum, bei Gott, es ein solches Dasein geben durfte – warum, bei Gott, es beginnen durfte, und wie, bei Gott, es enden mochte. Ich hatte nicht den Mut, das wußte ich, es ohne diese Antwort zu beenden. Und dann war es soweit, und aus den Wassern des Mittelmeeres wurden die des Schwarzen Meeres.«

Der Vampir stieß einen Seufzer aus. Der Junge hatte die Ellbogen aufgestützt, die rechte Wange und das Kinn in die Hand geschmiegt, und sein Ausdruck zeigte Neugier und Wissensdurst, obwohl seine Augen vor Müdigkeit rot angeschwollen waren.

»Glaubst du, ich spiele mit dir?« fragte der Vampir und zog die feinen, dunklen Brauen zusammen.

»Nein«, erwiderte der Junge schnell. »Ich werde mich hüten, Ihnen noch mehr Fragen zu stellen. Sie werden mir schon alles zu seiner Zeit erzählen.« Sein Mund entspannte sich, und er blickte den Vampir erwartungsvoll an, damit er fortfahre.

Von irgendwo aus dem Innern des alten viktorianischen Hauses kam ein Geräusch. Der Junge sah zur Tür, als habe er vergessen, daß es um ihn herum ein Gebäude gab. Irgend jemand war über die knarrenden Dielen gegangen. Doch der Vampir ließ sich nicht stören; er sah vor sich hin, als wolle er sich abermals von der Gegenwart lösen.

»Jenes Dorf – ich habe den Namen vergessen. Ich erinnere mich, daß es viele Meilen von der Küste entfernt war und wir allein in einer Kutsche reisten. Diese Kutsche – Claudia hatte sie besorgt, und ich hätte es mir denken können; aber damals ließ ich alles mit mir geschehen. Vom ersten Augenblick unserer Ankunft in Warna an hatte ich gewisse Veränderungen an Claudia bemerkt, die mir deutlich machten, daß sie nicht nur meine, sondern auch Lestats Tochter war. Durch mich hatte sie den Wert des Geldes kennengelernt, doch von ihm die Leidenschaft geerbt, es mit vollen Händen auszugeben; und die luxuriöseste schwarze Kutsche, die sie auftreiben konnte, war ihr gerade gut genug; mit weichen Ledersitzen und so geräumig, daß sie eine ganze Reisegesellschaft hätte befördern können, und nicht nur einen Mann und ein Kind und eine kunstvoll geschnitzte Kiste aus Eichenholz. Hinten waren zwei Koffer angeschnallt mit den schönsten Kleidern, die Claudia in den Läden hatte finden können; und der Wagen mit den großen, leichten Rädern und der guten Federung trug uns bequem und schnell über die Gebirgsstraßen dieses sonderbaren Landes.

Und es war ein sonderbares Land. Einsam, finster, unzivilisiert, mit Burgen und Ruinen, die im Dunkel lagen, wenn sich der Mond hinter Wolken verbarg, so daß ich in solchen Stunden ein Bangen verspürte, das ich in New Orleans nicht gekannt hatte. Und die Einwohner waren auch kein Trost; wir waren nackt und verloren in ihren winzigen Dörfern und wurden nie das Gefühl los, bedroht zu sein. In New Orleans hatten wir es nicht nötig gehabt, unser Töten zu verschleiern. Es ging unter in den vielen Verbrechen, der Pest und anderen Seuchen, die dort alltäglich waren. Doch hier mußten wir umständliche Vorkehrungen treffen, um unbemerkt töten zu können. Denn dieses einfache Landvolk, das sich vor den belebten Straßen von New Orleans wahrscheinlich gefürchtet hätte, glaubte fest, daß die Toten einhergehen und das Blut der Lebenden trinken. Sie kannten unsere Namen: Vampire, Teufel. Und wir, die wir selbst eifrig auf das geringste Hörensagen erpicht waren, wollten unter keinen Umständen ins Gerede kommen.

Wir reisten allein, bequem und schnell über Land und hörten uns abends in den Wirtshäusern die Gespräche der Bauern über Vampire an. Meine Tochter schlief friedlich an meiner Brust, und ich fand fast immer jemand, der genügend Deutsch oder sogar Französisch sprach, um mir ihre vertrauten Legenden zu erzählen.

Doch dann kamen wir in das Dorf, das zum Wendepunkt unserer Reise werden sollte. Ich genoß nichts bei dieser Reise, weder die frische Luft noch die Kühle der Nächte. Noch heute durchfährt mich ein leiser Schauer, wenn ich davon erzähle. Wir hatten die Nacht in einem Bauernhaus verbracht und kamen nun an, unvorbereitet und bestürzt über den trostlosen Anblick, der sich uns bot. Es war noch früh, als wir eintrafen; die Fensterläden im Dorf waren noch nicht verriegelt, und es brannte noch keine Laterne vor dem Torweg des Wirtshauses. Vor den Türen hatte sich der Kehricht angesammelt, und noch anderes deutete darauf, daß etwas nicht stimmte: ein Kasten mit welken Blumen vor einem geschlossenen Laden; ein Faß, das scheinbar herrenlos im Hof des Wirtshauses hin und her rollte. Der Ort sah aus wie eine von der Pest heimgesuchte Stadt.

Als ich Claudia neben dem Wagen absetzte, sah ich einen Lichtstrahl unter der Wirtshaustür. ›Setz deine Kapuze auf‹, sagte sie schnell. ›Sie kommen.‹ Ich hörte, wie der Riegel zurückgeschoben wurde, und eine Frau trat heraus. Zuerst sah ich nur das Licht hinter ihr in dem schmalen Durchgang, den sie frei ließ; dann schimmerte das Licht der Kutschlampen in ihren Augen.

›Ein Zimmer für die Nacht‹, sagte ich auf deutsch. ›Und jemand soll nach meinen Pferden sehen.‹

›Ja, die Nacht ist keine Zeit zu reisen . . .‹, erwiderte sie mit einer eigentümlichen, klanglosen Stimme. ›Und mit einem Kind . . .‹ Während sie sprach, erblickte ich andere Leute in dem Raum hinter ihr, konnte sie murmeln hören und sah ein Feuer flackern, an dem sie saßen. Es waren Bauern; nur ein einziger der Männer war so ähnlich gekleidet wie ich, in einen geschneiderten Rock mit Überwurf; doch seine Kleidung war vernachlässigt und abgetragen. Sein rotes Haar glänzte im Schein des Feuers. Ein Fremder, ein Reisender wie wir, und der einzige, der uns nicht musterte. Sein Kopf schwankte ein wenig, als sei er betrunken.

›Meine Tochter ist müde‹, sagte ich zu der Frau. ›Wir können sonst nirgends bleiben.‹ Ich nahm Claudia auf den Arm, und sie flüsterte mir zu: ›Louis, sieh das Kruzifix über der Tür und den Knoblauch!‹

Ich hatte es noch nicht bemerkt, das kleine Kreuz mit dem Leichnam Christi in Bronze auf dem Holz, von Knoblauch umwunden, eine frische Girlande zusammen mit einer alten, in der die Knollen alt und welk waren. Die Augen der Frau folgten meinen Blicken, dann sah sie mich scharf an, und ich konnte sehen, wie erschöpft sie war, wie unordentlich ihr Haar, wie rot ihre Pupillen waren, wie die Hand zitterte, die das Tuch über ihrer Brust zusammenhielt. Als ich näher trat, riß sie die Tür ganz auf, wie wenn sie sich plötzlich entschlossen habe, uns einzulassen. Sie sprach ein Gebet, als ich an ihr vorbeiging, dessen bin ich sicher, obwohl ich die slawischen Worte nicht verstehen konnte.

Der kleine Raum mit der niedrigen Balkendecke war voll von Menschen, Männern, Frauen und Kindern, die auf Bänken an den roh getäfelten Wänden und sogar auf dem Fußboden saßen. Es war, als habe sich das ganze Dorf hier versammelt. Ein Kind schlief auf dem Schoß seiner Mutter, ein anderes auf der Treppe. Und überall hingen Knoblauchgirlanden an Nägeln und Haken neben Kochtöpfen und Krügen. Das Feuer war die einzige Lichtquelle, und es warf verzerrende Schatten auf die reglosen Gesichter, die uns beobachteten. Keiner forderte uns zum Sitzen auf oder bot uns etwas an, und schließlich sagte die Wirtin auf deutsch, ich könne die Pferde in den Stall führen, wenn ich wollte; sie würde an der Tür mit einer Laterne stehenbleiben, aber ich solle mich beeilen und das Kind hierlassen. Dabei starrte sie mich mit rotumränderten Augen an, doch schließlich entspannte sich ihr Gesicht.

Aber etwas anderes zog meine Aufmerksamkeit an, ein Geruch neben den schweren Düften des Weines und des schwelenden Holzes. Es war der Geruch des Todes. Ich fühlte den leichten Druck von Claudias Hand auf meiner Brust und sah sie auf eine Tür neben der Treppe zeigen. Von dort kam der Geruch.

Die Wirtin hielt einen Becher Wein für mich bereit, als ich zurückkam, und eine Schüssel Suppe für uns beide. Ich setzte mich, Claudia auf den Knien, die noch immer auf die geheimnisvolle Tür starrte. Alle Augen waren auf uns gerichtet, nur die des Fremden nicht, dessen Profil ich jetzt deutlich sehen konnte. Er war jünger, als ich gedacht hatte, mit einem schmalen, angenehmen Gesicht und heller, sommersprossiger Haut, so daß er fast wie ein Knabe aussah. Seine großen blauen Augen waren auf das Feuer gerichtet, als spräche er zu ihm, und seine Wimpern und Brauen schimmerten golden, was ihm einen unschuldigen, offenen Ausdruck gab. Doch er war unglücklich, verstört, betrunken. Plötzlich wandte er sich nach mir um, und ich sah, daß er geweint hatte. ›Sprechen Sie Englisch?‹ fragte er, und seine Stimme dröhnte in der Stille.

Ich bejahte. Und er warf den anderen einen triumphierenden Blick zu. Sie starrten ihn eisig an. ›Sie sprechen Englisch?‹ rief er aus, seine Lippen verzogen sich zu einem bitteren Lächeln; er blickte zur Decke und dann auf mich und sagte: ›Fahren Sie fort aus diesem Land, so schnell wie möglich! Steigen Sie in Ihren Wagen, treiben Sie die Pferde an, bis sie tot umfallen, aber verlassen Sie dieses Land!‹ Seine Schultern zuckten, als sei er krank. Dann legte er die Hand auf den Mund. Die Wirtin, die jetzt an die Wand gelehnt stand, die Arme über der schmutzigen Schürze verschränkt, sagte ruhig auf deutsch: ›Bei Morgengrauen können Sie weiterfahren, bei Morgengrauen.‹

›Aber was ist denn los?‹ flüsterte ich ihr zu; und dann sah ich ihn an.

Er beobachtete mich, mit glasigen blutunterlaufenen Augen. Niemand sprach ein Wort. Im Kamin sank ein großes Holzscheit in die Glut.

›Wollen Sie es mir nicht sagen?‹ fragte ich den Engländer leise. Er stand auf, und ich dachte, er würde umfallen; er war viel größer als ich und überragte mich, und er schwankte hin und her, bis er sich mit den Händen auf den Tisch stützte. Sein schwarzer Rock und seine Manschetten waren mit Wein befleckt. ›Wollen Sie sehen?‹ keuchte er, während er mich anstierte, ›wollen Sie selber sehen?‹ Seine Stimme klang weich und pathetisch, als er diese Worte sprach.

›Lassen Sie das Kind hier!‹ gebot die Frau mit einer schnellen, herrischen Geste.

›Sie schläft!‹ sagte ich, stand auf und folgte dem Engländer zur Tür an der Treppe. Einige, die dort saßen, rückten beiseite, und wir betraten gemeinsam ein kleines Zimmer.

Es brannte nur eine Kerze auf einem Buffet, und ich sah eine Reihe schön bemalter Teller auf einem Sims. Das kleine Fenster hatte Vorhänge, und an der Wand hing ein goldschimmerndes Madonnenbild. In der Mitte stand ein großer Eichentisch, und darauf lag der Leib einer jungen Frau. Die Hände waren über der Brust gefaltet, und das kastanienbraune Haar fiel ihr locker über den weißen Hals und die Schultern. Das liebliche Gesicht zeigte schon die Todesstarre. Ein Rosenkranz mit Bernsteinkugeln war um ihr Handgelenk geschlungen, daneben lag ein hübscher roter Hut mit einer weiten, weichen Krempe mit einem seidenen Schleier und ein Paar dunkle Handschuhe – alles war so hingelegt, als würde sie bald aufstehen und die Sachen anziehen. Der junge Engländer strich sanft über den Hut, als er herantrat. Er schien dem Zusammenbruch nahe. Jetzt zog er ein Taschentuch hervor und hielt es vors Gesicht. ›Wissen Sie, was sie mit ihr machen wollen?‹ flüsterte er mir zu. ›Können Sie es sich vorstellen?‹

Die Wirtin kam herein und zog ihn am Arm, doch er schüttelte sie ab. ›Wissen Sie es?‹ wiederholte er leise. ›Diese Barbaren!‹

›Schweigen Sie jetzt!‹ sagte die Frau.

Er biß die Zähne zusammen und schüttelte den Kopf, so daß ihm eine Haarwelle über die Augen fiel. ›Lassen Sie mich in Ruhe!‹ sagte er auf deutsch zu der Wirtin, ›und machen Sie, daß Sie hinauskommen!‹ Jemand flüsterte im Nebenzimmer. Dann blickte er wieder auf das junge Geschöpf auf dem Tisch, und seine Augen füllten sich mit Tränen. ›So unschuldig!‹ sagte er sanft; dann hob er die Augen zur Decke, ballte die rechte Hand zur Faust und stöhnte: ›Sei verflucht, Gott! Sei verflucht!‹ Die Wirtin bekreuzigte sich.

›Sehen Sie das hier?‹ fragte er mich jetzt und schob behutsam die Spitzen am Hals der jungen Frau beiseite, als scheue er sich, das erstarrende Fleisch zu berühren. An ihrer Kehle waren zwei winzige rote Einstiche, unverkennbar, wie ich sie schon Tausende Male gesehen hatte. Der Mann schlug die Hände vors Gesicht. ›Ich glaube, ich werde wahnsinnig!‹ rief er.

›Kommen Sie jetzt!‹ mahnte die Wirtin. Sie hielt ihn am Arm, als er sich sträubte, und wurde plötzlich rot im Gesicht.

›Lassen Sie ihn‹, sagte ich zu ihr. ›Ich werde mich seiner annehmen.‹

Ihr Mund zog sich zusammen. ›Ich werfe euch alle hinaus, hinaus ins Dunkel, wenn ihr nicht aufhört‹, sagte sie. Sie schien selber dem Zusammenbruch nahe. Doch dann zog sie ihr Tuch enger um die Schultern und verließ das Zimmer. Die Männer, die sich an der Tür versammelt hatten, machten ihr den Weg frei.

Der Engländer weinte. Ich begriff, was ich tun mußte, aber es war nicht nur, daß ich von ihm etwas Wichtiges erfahren wollte, worüber mein Herz in schweigender Erregung klopfte. Es war herzzerreißend, ihn in einem solchen Zustand zu sehen. Das Schicksal hatte mich zu gnadenlos zu ihm geführt.

Und so bot ich an, bei ihm zu bleiben, holte zwei Stühle an den Tisch und schloß die Tür. Er setzte sich schwerfällig und blickte in die flakkernde Kerzenflamme. Ich schloß die Tür, und die Wände schienen zurückzuweichen und der Schein der Kerze um sein gebeugtes Haupt heller zu werden. Er lehnte sich zurück gegen die Kredenz und wischte sich das Gesicht mit einem Taschentuch ab. Dann zog er eine Flasche in einem Lederfutteral aus der Tasche und bot sich mir an. Ich dankte und fragte: ›Wollen Sie mir nicht erzählen, was geschehen ist?‹

Er nickte und sagte: ›Vielleicht können Sie etwas Vernunft in dieses Dorf bringen. Sie sind Franzose, nicht wahr? Ich bin Engländer, wie Sie wissen.‹ Er drückte mir die Hand, ohne zu merken, wie kalt sie war, da der Alkohol ihn benebelte. Er erzählte, daß er Morgan heiße und mich ganz verzweifelt brauche, so wie er in seinem ganzen Leben noch keinen Menschen gebraucht hatte. Und als ich seine fieberheiße Hand hielt, tat ich etwas Seltsames: Ich sagte ihm meinen Namen, den ich noch nie jemandem verraten hatte. Doch er schien mich gar nicht zu hören, sondern starrte mit tränenfeuchten Augen auf seine tote Frau. Sein Gesicht hätte jedes Menschenkind gerührt. Er war an der Grenze dessen, was ein Mensch ertragen konnte.

›Es ist meine Schuld‹, sagte er. ›Ich habe sie hergebracht.‹ Und er hob die Augenbrauen, als sei er selber erstaunt darüber.

›Nein‹, sagte ich schnell, ›Sie haben keine Schuld. Erzählen Sie mir, wer es getan hat.‹

Doch er schien verwirrt, in seinen Gedanken verloren. Dann begann er stockend: ›Ich bin vorher nie aus England fort gewesen. Ich malte, müssen Sie wissen . . . als ob das alles jetzt noch so wichtig wäre . . . die Bilder, das Buch. Es kam mir alles so malerisch vor, so pittoresk!‹ Seine Augen schweiften durch das Zimmer und blieben wieder auf der toten Frau haften. Er sagte leise ›Emily!‹, und mir war, als hätte ich in etwas sehr Kostbares Einblick erhalten, etwas, das seinem Herzen teuer war.

Nach und nach erfuhr ich dann die Geschichte. Eine Hochzeitsreise durch Deutschland und in dies Land hier – wohin immer die Postkutsche sie trug, wo immer Morgan Motive zum Malen fand. Sie waren in diese einsame Gegend geraten, weil Morgan von einer Klosterruine gehört hatte, die er malen wollte.

Doch Morgan und Emily kamen nicht bis zum Kloster. Die Tragödie hatte sie schon erwartet. Es hatte sich herausgestellt, daß in diesem Teil des Landes keine Postkutschen mehr verkehrten, und Morgan ließ sich und seine Frau von einem Bauern mit dessen Wagen in das Dorf bringen. Am Nachmittag ihrer Ankunft schien der ganze Ort auf dem Weg zum außerhalb gelegenen Friedhof zu sein. Nachdem er das gesehen hatte, weigerte sich der Bauer, seinen Wagen zu verlassen, um sich die Sache näher zu betrachten.

›Es erschien mir wie eine Art Prozession‹, berichtete Morgan. ›Alle Leute trugen ihre Festtagskleider, einige hatten Blumen; und ich dachte, als wir vorbeifuhren, das müsse ich unbedingt sehen. Ich ließ den Mann halten und uns mit dem Gepäck absetzen. Das Dorf konnten wir vor uns sehen. Mir war mehr daran gelegen als Emily, doch sie ließ mich gewähren und blieb auf den Koffern zurück, während ich allein den Hügel hinaufstieg. Sie haben den Friedhof nicht gesehen, als Sie herkamen? Natürlich nicht, Ihre Kutsche hat Sie ja sicher und direkt hergebracht. Obwohl, wenn Sie weitergefahren wären, einerlei wie erschöpft Ihre Pferde waren . . .‹ Er hielt inne.

›Was für eine Gefahr . . .?‹ fragte ich.

›Ach was . . . Gefahr! Barbaren!‹ murmelte er. Er warf einen Blick auf die Tür und nahm noch einen Schluck aus der Flasche. Dann fuhr er fort: ›Nun, es war keine Prozession, das sah ich bald. Die Leute sprachen nicht mit mir, als ich näher trat – Sie wissen ja inzwischen, wie sie sind –, aber sie schienen auch nichts gegen meine Anwesenheit zu haben. Vielleicht war ich einfach Luft für sie. Sie werden mir nicht glauben, wenn ich Ihnen erzähle, was ich gesehen habe, doch Sie müssen mir glauben; denn wenn Sie es nicht tun, bin ich verrückt, soviel weiß ich.‹

›Ich werde Ihnen glauben‹, sagte ich. ›Sprechen Sie weiter.‹

›Der Friedhof war voller neuer Gräber, einige schon mit Holzkreuzen versehen, andere nur Erdhügel mit noch frischen Blumen; einige Bauern hielten Blumen in den Händen, als wollten sie die Gräber schmükken; doch alle standen stockstill, die Augen auf zwei Burschen gerichtet, die ein Pferd am Zügel führten – und was für ein Pferd! Es stampfte und scheute und schlug aus, ein prachtvolles Tier, ein schneeweißer Hengst. Plötzlich – ich weiß nicht, wie sie sich darauf verständigt hatten, denn keiner von ihnen sagte auch nur ein einziges Wort – versetzte einer der Burschen dem Pferd einen Schlag mit dem Spatenstiel und ließ es los; es galoppierte sofort davon, und ich dachte, wir haben es zum letzten Mal gesehen. Doch das war ein Irrtum. In einer Minute trabte es langsamer, machte zwischen den alten Gräbern kehrt und kam zu den neuen zurück. Und die Leute standen da und sahen zu, ohne einen Ton von sich zu geben und ohne den Versuch zu machen, das Tier zu halten. Und es trottete heran und blieb plötzlich auf einem der neuen Gräber stehen.‹

Der Engländer wischte sich die Augen, doch seine Tränen waren fast versiegt. Er schien sich von seiner Geschichte fortreißen zu lassen, und ich war ebenso fasziniert.

Und er fuhr fort: ›Das Pferd blieb also stehen. Und plötzlich stieg ein Schrei aus der Menge – nein, kein Schrei, sondern wie wenn alle seufzten und stöhnten, und dann war es wieder ruhig. Das Tier stand immer noch da und warf den Kopf hin und her, und einer der Burschen, der es geführt hatte, sprang nach vorn und rief den anderen etwas zu, und eine Frau schrie laut und warf sich auf das Grab, fast unter die Hufe des Pferdes. Ich war sehr nahe herangetreten und konnte die Schrift auf dem Kreuz lesen; es war eine junge Frau gewesen, erst vor einem halben Jahr gestorben, und nun lag dieses unglückliche Weib, vielleicht ihre Mutter, auf den Knien im Staub, legte die Arme um das Kreuz, als wolle sie es aus der Erde reißen; und zwei Männer hoben sie auf und führten sie beiseite.

Ich wollte mich abwenden, doch ich konnte nicht, nicht bevor ich sehen würde, was das zu bedeuten hatte. Ich wußte Emily in Sicherheit, und keiner nahm von uns die geringste Notiz. Es kamen andere Männer mit Schaufeln und Spaten und begannen das Grab auszuheben; einer stieg in die Grube, und alle waren so still, man konnte jedes Geräusch hören, die Spatenstiche und wie die Erde auf einen Haufen geworfen wurde. Ich kann es gar nicht richtig beschreiben. Die Sonne schien von einem wolkenlosen Himmel, und alle Umstehenden hielten einander fest, und selbst die bemitleidenswerte Frau . . .‹ Dann hielt er inne und sah Emily an. Ich saß da und wartete. Ich konnte den Whisky gluckern hören, als er die Flasche wieder ansetzte, und war froh, daß er genügend davon hatte, um seine Qual zu lindern. ›Es hätte ebensogut Mitternacht auf diesem Friedhof sein können‹, sagte er schleppend und sah mich an. ›So ein Gefühl hatte ich. Und dann konnte ich diesen Burschen in der Grube hören. Er brach den Sarg mit einem Spaten auf! Ich hörte es krachen und sah, wie er die zerbrochenen Bretter hinaufwarf. Dann stieß er einen furchtbaren Schrei aus; die anderen kamen heran und drängten sich zu dem Grab, wogten zurück, und einige schienen heraus zu wollen, und das arme Weib versuchte, sich von den Männern, die sie hielten, loszureißen. Nun, es zog mich magisch näher, nichts hätte mich zurückhalten können. Ich schwöre Ihnen, es war das erste und letzte Mal, daß ich in meinem Leben so etwas getan habe. Sie müssen mir glauben, was ich jetzt erzähle: In dem erbrochenen Sarg lag die tote junge Frau, und ich sage Ihnen . . . ich sage Ihnen, sie war frisch und rosig.‹ Die Stimme des Engländers überschlug sich, und er saß da, die Augen aufgerissen und die Hand erhoben, als wolle er mich beschwören, ihm ja zu glauben. ›So rosig, wie wenn sie lebte! Seit sechs Monaten begraben! Das Bahrtuch zurückgeworfen, und ihre Hände lagen auf der Brust, als schliefe sie!‹

Er seufzte, ließ die Hand sinken und schüttelte den Kopf. ›Ich schwöre es Ihnen!‹ wiederholte er. ›Der Bursche, der in das Grab gestiegen war, beugte sich nieder und hob die Hand der Toten auf, und der Arm bewegte sich so mühelos wie mein Arm! Und er hielt den Arm hoch, als ob er sich ihre Fingernägel besähe. Und dann schrie er; und diese Frau am Grab stieß mit den Füßen nach den Burschen und in den Erdhaufen, so daß die Erde hinunter auf das Gesicht und die Haare der Toten fiel. Ach, sie war schön, die tote Frau, Sie hätten sie sehen müssen; und was sie dann taten . . .‹

›Sagen Sie es mir!‹ flüsterte ich, doch ich wußte es, bevor er es aussprach.

›Ach, was wissen wir von diesen Dingen, wenn wir es nicht mit eigenen Augen gesehen haben!‹ Er sah mich an und hob die Augenbrauen, als ob er mir gerade ein schreckliches Geheimnis anvertraue. ›Wir haben keine Ahnung.‹

›Nein, das haben wir nicht‹, sagte ich.

›Ich werde Ihnen erzählen, was sie taten. Sie brachten einen Stab, einen zugespitzten Holzstab, und der Bursche im Grab nahm einen Hammer und den Stab und stieß ihn der Toten in die Brust! Ich traute meinen Augen nicht! Ich stand wie angewurzelt; ich hätte mich nicht rühren können, ich versichere es Ihnen, selbst wenn ich es gewollt hätte. Und dann schwang dieser Kerl, dieses Untier, seinen Spaten und stieß ihn ihr in die Kehle. Der Kopf war ab, im Nu!‹ Er schloß die Augen und wandte das Gesicht ab.

Ich blickte ihn an, ohne ihn zu sehen; ich sah die junge Frau in ihrem Grab vor mir mit dem abgetrennten Kopf und fühlte den heftigsten Abscheu in mir aufsteigen; meine Kehle war wie zugeschnürt, und ich konnte kaum atmen. Dann spürte ich Claudias Lippen an meinem Puls – sie war unbemerkt ins Zimmer gekommen, und nun starrte sie Morgan an.

›Und das wollten sie auch mit *ihr* machen!‹ sagte er mit wild rollenden Augen. ›Mit Emily! Aber ich ließ es nicht zu.‹ Er schüttelte entschlossen den Kopf. ›Ich ließ es nicht zu‹, wiederholte er. ›Sie müssen mir helfen, Louis!‹ Seine Lippen zitterten, und sein Gesicht war so von seiner Verzweiflung entstellt, daß ich erschrak. ›In unseren Adern fließt gleiches Blut‹, sagte er. ›Ich meine, Franzose oder Engländer – wir sind kultivierte Menschen, Louis! Und das sind Barbaren.‹

›Beruhigen Sie sich, Morgan‹, sagte ich und ergriff seine Hand. ›Erzählen Sie, was weiter geschah. Mit Ihnen und Emily . . .‹

Er tastete nach seiner Flasche; ich nahm sie ihm aus der Tasche und reichte sie ihm, und er schraubte die Kappe ab. ›Sie sind ein guter Mensch, Louis, ein wahrer Freund!‹ sagte er emphatisch. ›Sehen Sie, ich brachte Emily weg, so rasch wie möglich. Sie wollten die Leiche an Ort und Stelle verbrennen, dort auf dem Friedhof; und Emily sollte es nicht sehen, nicht, solange ich . . .‹ Er schüttelte den Kopf. ›Aber es war kein Wagen aufzutreiben, mit dem wir dieses verfluchte Nest hätten verlassen können, nicht für Geld und gute Worte.‹

›Aber wie hat man es Ihnen erklärt?‹ fragte ich.

›Vampire!‹ stieß er hervor und verschüttete den Whisky auf seiner Hand. ›Vampire, Louis, ob Sie es glauben oder nicht.‹ Und er zeigte mit der Flasche zur Tür. ›Eine Horde von Vampiren! Und immer dieses Geflüster, wie wenn der leibhaftige Satan vor der Tür stünde und zuhörte. Sie haben versucht, dem Einhalt zu gebieten, auf ihre Weise. Jene unglückliche Frau auf dem Friedhof – sie haben verhindert, daß sie nachts aus dem Grabe kam und uns alle heimsuchte.‹ Er setzte die Flasche an die Lippen. ›O Gott!‹ stöhnte er.

Ich sah zu, wie er trank, und wartete geduldig.

›Und Emily . . .‹, fuhr er fort, ›sie fand es faszinierend. Draußen das Feuer, und im Wirtshaus ein anständiges Essen und ein gutes Glas Wein. Sie hatte ja die Frau nicht gesehen! Sie hatte ja nicht gesehen, was man mit ihr gemacht hatte! Ach, ich wollte fort, so schnell wie möglich, und bot ihnen Geld. Wenn alles vorbei ist, werdet ihr es brauchen können, sagte ich, ein kleines Vermögen, nur um uns von hier wegzubringen.‹

›Aber es war nicht vorbei‹, flüsterte ich und sah wieder, wie ihm Tränen in die Augen stiegen und sein Mund sich schmerzlich verzog. ›Wie ist es ihr widerfahren?‹ fragte ich.

›Ich weiß nicht‹, antwortete er tonlos, schüttelte den Kopf und drückte die flache Flasche an die Stirn, als könne sie ihm Kühlung geben.

›Ist da etwas ins Wirtshaus hereingekommen?‹

›Man hat mir gesagt, Emily sei hinausgegangen!‹ erwiderte er, und die Tränen liefen ihm die Wangen hinunter. ›Dabei war alles verriegelt und verschlossen, Türen und Fenster. Dafür hatte man gesorgt. Und am Morgen war großes Geschrei, und sie war fort! Das Fenster stand weit offen, und sie war nicht im Haus. Ich nahm mir nicht einmal Zeit, meinen Morgenrock anzuziehen. Ich lief hinaus und fand sie gleich hinter dem Haus. Beinahe wäre ich über sie gestolpert. Sie lag unter einem Pfirsichbaum und hielt eine leere Tasse in der Hand! Eine leere Tasse! Sie sagten, es hätte sie hinausgelockt . . . sie habe ihm Wasser geben wollen . . .‹ Die Flasche entglitt ihm, und er stützte sein gebeugtes Haupt mit den Händen.

Ich sah ihn lange an und fand keine Worte. Und als er mit tränenerstickter Stimme stammelte, daß sie Emily schänden wollten, daß sie behaupteten, sie sei jetzt selber ein Vampir geworden, bemühte ich mich, ihn zu beruhigen und versicherte, obwohl er mich wahrscheinlich gar nicht hörte, daß dies nicht der Fall sein könne.

Er schwankte, und als er sich am Buffet festhalten wollte, ging die Kerze aus, und wir saßen im Dunkeln. Das einzige Licht im Zimmer schien nun von Claudias Augen auszugehen. Doch als die Stille andauerte und ich wartete, daß Morgan den Kopf heben würde, trat die Wirtin herein. Ihre Kerze beleuchtete ihn, er hatte den Kopf auf die Arme gelegt, betrunken, schlafend.

›Gehen Sie jetzt‹, sagte die Wirtin zu mir. Hinter ihr drängten sich dunkle Gestalten. Das Wirtszimmer war noch immer voller Menschen. ›Setzen Sie sich ans Feuer!‹

›Was wollen Sie tun?‹ fragte ich, stand auf und drückte Claudia an mich. ›Ich möchte wissen, was Sie vorhaben.‹

›Gehen Sie zum Feuer!‹ befahl sie.

›Nein, tun Sie das nicht‹, sagte ich. Aber sie kniff ihre Augen zusammen und bleckte die Zähne. ›Gehen Sie!‹ knurrte sie. Ich rief den Schlafenden an: ›Morgan!‹, doch er hörte mich nicht.

›Lassen Sie ihn‹, sagte die Wirtin streng.

›Aber es ist töricht, was Sie tun‹, beschwor ich sie. ›Verstehen Sie nicht? Die Frau hier ist tot.‹

Claudia flüsterte mir zu, den Arm um meinen Nacken gelegt: ›Louis, laß die Leute in Ruhe!‹ Inzwischen waren andere ins Zimmer gekommen und sahen uns finster an.

›Aber woher sollen denn diese Vampire kommen?‹ sagte ich. ›Ihr habt den Friedhof durchsucht. Wenn es Vampire sind – wo verbergen sie sich vor euch? Die Frau hier kann euch nichts Böses tun. Sucht anderswo nach euren Vampiren, wenn ihr müßt.‹

›Bei Tag‹, sagte die Wirtin nachdrücklich und nickte langsam. ›Bei Tag. Wir werden sie finden.‹

Ich fragte: ›Wo? Draußen auf dem Friedhof? In den Gräbern eurer eigenen Leute?‹

Sie schüttelte den Kopf. ›In den Ruinen‹, sagte sie. ›Es waren immer die Ruinen. Wir haben uns geirrt. Zu meines Großvaters Zeit waren es die Ruinen, und jetzt sind sie es wieder. Wir werden sie Stein für Stein abtragen, wenn es notwendig ist. Aber Sie . . . Gehen Sie jetzt! Denn wenn Sie nicht von selber gehen, werden wir Sie in die Finsternis hinaustreiben.‹ Und dann zog sie einen Pflock hinter ihrer Schürze hervor und hielt ihn im flackernden Kerzenschein hoch. ›Gehen Sie jetzt, haben Sie verstanden!‹ sagte sie; und die Männer drängten sich mit glühenden Blicken und unbewegten Mienen hinter ihr zusammen.

›Ja . . .‹, sagte ich. ›Hinaus . . . das scheint mir das beste. Dort hinaus . . .‹ Und ich stieß sie beiseite, und die anderen machten mir Platz, und im Nu war ich an der Wirtshaustür und schob den Riegel zurück.

›Nein!‹ rief die Wirtin. ›Sie sind verrückt!‹ Sie stürzte auf mich zu, und dann starrte sie wie betäubt auf den Riegel. ›Wissen Sie, was Sie tun?‹

›Wo sind die Ruinen?‹ fragte ich sie gelassen. ›Wie weit ist es bis dahin? Links oder rechts von der Straße?‹

Wieder schüttelte sie heftig den Kopf.

›Nein, nein‹, rief sie. Ich öffnete die Tür und spürte den kalten Lufthauch im Gesicht.

›Ich gehe jetzt. Sagen Sie mir nur, wo die Ruinen sind, damit ich mich von ihnen fernhalten kann. Sagen Sie es mir!‹

›Sie wissen nicht, Sie wissen nicht!‹ rief sie aus. Ich ergriff sie beim

Handgelenk und zog sie langsam durch die Tür hinaus. Sie wehrte sich, das Haar fiel ihr ins Gesicht, und sie sah mich mit zornigen Augen an. ›Sagen Sie es mir!‹ wiederholte ich.

Jetzt bemerkte ich, daß sie nicht mich, sondern Claudia anstarrte. Sie sah nicht die runden Wangen und den gespitzten Mund, sondern Claudias Augen, die sie mit dunklem, dämonischem Scharfsinn anblickten. Sie biß sich auf die Lippen.

›Nord oder Süd?‹ fragte ich.

›Nord . . .‹, flüsterte sie.

›Links oder rechts?‹

›Links.‹

›Und wie weit?‹

Sie versuchte sich zu befreien, doch ich hielt sie fest. ›Drei Meilen‹, hauchte sie. Ich ließ sie los, so daß sie gegen die Tür taumelte, die Augen aufgerissen in Furcht und Verwirrung. Ich hatte mich zum Gehen gewandt, doch plötzlich rief sie, ich solle warten. Sie eilte hinein, nahm das Kruzifix vom Balken und kam zurück und drückte es mir in die Hand. Und in der dunklen Traumlandschaft meiner Erinnerung sah ich Babette, wie sie mich vor vielen, vielen Jahren angestarrt und die Worte gesprochen hatte: ›Hebe dich hinweg von mir, Satan!‹ Aber im Gesicht dieser Frau war nur Verzweiflung. ›Nehmen Sie es, in Gottes Namen, und fahren Sie schnell!‹ Die Tür schloß sich, und Claudia und ich standen in völliger Finsternis.«

»Die schwachen Laternen unseres Wagens wurden vom Tunnel der Nacht verschluckt, und hinter uns verschwand das Dorf, als hätte es nie existiert. Wir rollten dahin, mit quietschenden Federn, wenn es um eine Biegung ging, und der trübe Mond zeigte uns nur für Sekunden die blassen Konturen der Berge hinter den Fichten. Ich mußte unaufhörlich an Morgan denken, hatte immer noch seine Stimme im Ohr, und damit verband sich die angstvolle Erwartung, das Wesen zu treffen, das Emily getötet hatte, ein Wesen, das fraglos einer von uns war. Doch Claudia war in höchster Aufregung. Am liebsten hätte sie selber die Zügel genommen, um die Pferde anzutreiben, und immer wieder forderte sie mich auf, die Peitsche zu gebrauchen. Sie schlug wild nach den tiefhängenden Zweigen, die plötzlich vor unseren Gesichtern auftauchten; und ihr Arm, den sie auf dem schwankenden Kutschbock um meine Hüfte schlang, griff zu wie eine eiserne Klammer.

Plötzlich, an einer scharfen Wegbiegung, rief sie über den Wind und die klappernden Laternen hinweg: ›Dort, Louis, siehst du?‹ Ich riß an den Zügeln, der Wagen schwankte wie ein Schiff auf hoher See.

Eine graue Wolke hatte gerade den Mond freigegeben, und hoch über uns ragte dunkel ein Turm. Durch eine große Fensteröffnung schien bleich der Himmel. Ich blieb gebannt sitzen, klammerte mich an die Bank und versuchte, meiner Erregung Herr zu werden. Eins der Pferde wieherte . . . dann war alles still.

Claudia sagte: ›Komm, Louis . . .‹

Ich flüsterte irgend etwas, eine rasche, unsinnige Ablehnung. Ich hatte das bestimmte und erschreckende Gefühl, daß Morgan bei mir war, daß er zu mir mit seiner leisen, bewegten Stimme sprach, so wie er im Wirtshaus gesprochen hatte. Kein Lebewesen rührte sich in der Nacht, nur der Wind und das leise Rascheln der Blätter.

›Glaubst du, er weiß, daß wir kommen?‹ fragte ich, und meine Stimme kam mir sonderbar fremd vor. Ich glaube, ich zitterte. Dann fühlte ich, wie Claudias kleine Hand sacht meine Hand berührte, die ich an die Augen hob. Die dünnen Tannen schwankten hinter ihr, das Blätterrauschen wurde stärker, als verschlucke ein großes Maul die Brise und ein Wirbelwind bereite sich vor. ›Sie werden sie am Kreuzweg begraben, nicht wahr?‹ flüsterte ich. ›Eine Engländerin!‹

›Ich wollte, ich wäre so groß wie du‹, sagte Claudia. ›Oder du hättest mein Herz. Ach, Louis . . .‹ Und sie neigte den Kopf zu mir, ganz wie die Vampire tun, wenn sie küssen, so daß ich unwillkürlich zurück schrak; doch sie drückte nur sanft ihre Lippen auf meinen Mund. ›Laß mich dich führen‹, bat sie. ›Es gibt jetzt kein Zurück mehr. Nimm mich auf die Arme, und hilf mir aus dem Wagen.‹

Dann stand sie auf der Straße im schwachen Lichtschein der Laterne und sah zu mir auf, trat zurück und winkte ›Louis, komm!‹, und als sie in der Dunkelheit zu verschwinden drohte, sprang ich schnell vom Wagen, nahm die Laterne aus ihrem Halter und stand neben ihr.

›Spürst du nicht die Gefahr?‹ flüsterte ich. ›Atmest du sie nicht mit der Luft ein?‹ Sie lächelte, ein schnelles, flüchtiges Lächeln, wie ich es schon tausendmal bei ihr gesehen hatte, und zog ihr Cape fester zusammen, als sie auf die Böschung zuging. Die Laterne bahnte einen dünnen Pfad durch den schwarzen Wald.

Ich rief: ›Warte einen Augenblick!‹

›Die Furcht ist dein Feind‹, antwortete sie und schritt dem Lichtstrahl voran, sicher auf den Füßen, auch als das hohe Gras allmählich niedrigen Geröllhaufen Platz machte, der Wald dichter wurde und der Turm in dem Geäst der Zweige über uns verschwand. Schon bald erstarb das

Geräusch der Pferde im leisen Wind. ›Sei auf der Hut‹, flüsterte Claudia, während sie unaufhaltsam weiterging und nur dort hin und wieder stehenblieb, wo dichter Wein und Felsen Schutz zu bieten schienen. Die Ruinen waren sehr alt. Ob die Pest, ein Feuer oder fremde Eindringlinge die Stadt verwüstet hatten, konnten wir nicht wissen. Nur das Kloster war stehengeblieben. Jetzt flüsterte etwas im Dunkel, das weder Wind noch Blätterrauschen war – ein Wasserfall, der vom Berg hinunterrieselte und sich in einem Becken sammelte. Claudias Silhouette hob sich davor ab; sie klammerte sich an eine nackte Wurzel in der feuchten Erde und erkletterte mit Händen und Füßen eine überwachsene Klippe. Das Wasser war kühl und gab der Luft um uns Duft und Frische, so daß ich einen Augenblick stehenblieb, um tief zu atmen. Nichts um mich herum bewegte sich. Ich lauschte, nahm aber nur das leise Säuseln der Blätter wahr, sonst regte sich nichts. Und dann spürte ich, daß die Nacht leblos war, totenstill, wie ein kalter Schleier, der sich langsam über Arme, Hals und Gesicht legte. Es war, als hielten sich selbst die Vögel und all die unzähligen anderen Kreaturen von diesem Ort fern. Claudia, über mir, griff nach der Laterne und streckte die Hand nach mir aus, als könne sie mir hinaufhelfen. Und dann war ich oben, und es ging weiter, und dann verklang das Plätschern des Baches und das Säuseln des Windes, und das Rascheln der Blätter hörte auf. ›Fühlst du es?‹ flüsterte ich. ›Es ist zu still.‹

Sie drückte meine Hand, wie um zu sagen ›Sei ruhig!‹. Der Hang wurde steiler, und die Stille war beängstigend. Etwas bewegte sich, und unwillkürlich zog ich Claudia enger an mich; doch es war nur eine Eidechse, die durch das Gras schoß. Endlich schien sich der Wald vor uns zu öffnen; Claudia löschte die Laterne und sagte: ›Schließ einige Sekunden die Augen, und öffne sie wieder, dann siehst du besser.‹

Ich gehorchte und hielt Claudia fest, und dann sah ich tatsächlich hinter den Baumstämmen die breiten, niedrigen Mauern des Klosters und den schweren, viereckigen Turm. In der Ferne schimmerten über dem weiten schwarzen Tal die schneebedeckten Gipfel der Berge. ›Komm!‹ befahl Claudia, ›und ganz ruhig, als sei dein Körper ohne Gewicht.‹ Und ohne zu zögern, ging sie auf die Mauern zu, furchtlos, was immer dort auf uns warten mochte.

Wir fanden ein Tor, noch schwärzer als die Mauern, von wildem Wein umrankt, als solle er die modrigen Steine festhalten. Durch das offene Dach sah ich zwischen den Wolkenstreifen ein schwaches Sterngefunkel. Eine große Treppe führte zu den Räumen des Klosters, die übriggeblieben waren. Claudia stand still, als sei sie selber zu Stein geworden. Sie lauschte, und ich lauschte mit ihr.

›Hörst du es?‹ wisperte sie. ›Horch!‹

Es war so leise, daß kein Sterblicher es hätte vernehmen können. Und es kam nicht aus den Ruinen, sondern von weiter her, nicht den Waldweg von der Straße, den wir genommen hatten, sondern einen anderen Weg, direkt vom Dorf. Ein Rascheln nur, ein Scharren, doch anhaltend, und dann war es wie das feste Auftreten eines Fußes. Die Tritte wurden lauter, und ich merkte, daß ein Fuß wohl nachgeschleppt wurde. Es war ein hinkender Schritt, der näher und näher kam. Ich fühlte, wie mir das Herz in der Brust schlug und die Schläfenadern sich spannten, als ich wie gelähmt dastand.

Dann trug der Wind einen schwachen Duft heran. Es war Blutgeruch, ohne Zweifel, der mich aufrüttelte, der warme, süße Duft menschlichen Blutes; und dann roch ich lebendiges Fleisch und hörte dazu im Takt mit den Füßen ein trockenes heiseres Atmen. Aber daneben war noch ein anderer, schwächerer Ton, als die Schritte sich näherten, der stockende, mühsame Atem eines zweiten Wesens. Und ich hörte dessen Herz klopfen, unregelmäßig und angstvoll zitternd, und dazu das andere Herz mit seinem festen, stetigen Schlag, ein Herz, so stark wie das meine! Und dann, in der Toröffnung, durch die wir gekommen waren, sah ich ihn.

Zuerst schob sich eine gewaltige Schulter durch das Tor, ein langer Arm und eine Hand mit gekrümmten Fingern, zuletzt der Kopf. Über der anderen Schulter trug er einen Körper. Er richtete sich auf, schob seine Last zurecht und starrte durch das Dunkel zu uns herüber. In mir straffte sich jeder Muskel, als ich ihm entgegenblickte, die Umrisse seines Kopfes gegen den Himmel sah. Doch nichts in seinem Gesicht war erkennbar außer dem schwachen Blinken des Mondlichtes auf seinem Auge, als wäre es ein Stück Glas.

Ich drückte Claudia fest an mich, bereit, sie beiseite zu schieben, um ihm entgegenzutreten. Doch dann sah ich, daß seine Augen mich nicht so wahrnahmen wie ich ihn, als er, unter seiner Last gebeugt, näher kam. Der Mondschein fiel jetzt voll auf den geneigten Kopf, eine Fülle wirren Haares, das ihm auf die Schulter fiel. Ich sah, daß der Rockaufschlag und der Ärmel zerrissen waren; mir war, als könne ich das nackte Fleisch des Armes sehen. Jetzt regte sich der menschliche Körper auf seiner Schulter und stöhnte erbärmlich, und die Gestalt blieb eine Sekunde stehen und schien den Menschen zu streicheln. Und in diesem Augenblick verließ ich den Schutz der Mauer und trat ihm entgegen.

Kein Wort kam über meine Lippen; ich hätte nichts zu sagen gewußt. Ich wußte nur, daß ich vor ihm in das Licht des Mondes trat und daß er den dunklen, struppigen Kopf mit einem Ruck hob und daß ich seine Augen sah.

Eine Sekunde lang blickte er mich an, und ich sah das Licht in seinen Augen schimmern und auf zwei blitzenden scharfen Hundezähnen; und dann löste sich ein tiefer erstickter Schrei aus der Tiefe seiner Kehle, ein Schrei, der mein eigener hätte sein können. Der Menschenkörper fiel auf die Steine, und ein schauderndes Stöhnen entrang sich seinen Lippen. Und der Vampir stürzte auf mich zu, wieder mit diesem erstickten Schrei, während er mit den klauenförmigen Fingern in meinen Umhang griff und ich den üblen Gestank seines Atems spürte. Ich wankte, stieß mit dem Kopf gegen die Mauer und packte den Kopf des anderen, das wirre Haar und den Mantel, dessen morscher Stoff unter meinen Fingern zerriß; doch der Arm, der mich hielt, war wie Eisen, und als ich seinen Kopf abwehren wollte, berührten die Fangzähne meinen Hals. Hinter ihm schrie Claudia laut auf; etwas Hartes schlug auf seinen Kopf, und dann noch einmal, und er ließ von mir ab. Als er sich umwandte, versetzte ich ihm einen Fausthieb ins Gesicht, so stark ich konnte. Wieder traf ihn ein Stein; Claudia schlüpfte beiseite, und ich warf mich mit meinem vollen Gewicht auf ihn und schlug mehrfach seinen Kopf auf den Boden, um seinen Fangzähnen, seinen Klauen auszuweichen. Wir rollten übereinander, bis ich seine Schultern zurückdrücken konnte. Der Mond schien ihm voll ins Gesicht, und ich erkannte jetzt erst, was ich da mit meinen Armen festhielt. Die zwei großen Augen wölbten sich aus nackten Höhlen, zwei kleine, abscheuliche Löcher waren die ganze Nase. Nur abgestorbenes, lederiges Fleisch umschloß den Schädel, und die widerwärtigen stinkigen Lumpen, die an seinem Knochengerüst hingen, waren voller Erde, Schlamm und Blut. Ich kämpfte mit einem vernunftlosen, tierischen Körper.

Abermals traf ein scharfer Stein seine Stirn, ein Blutstrahl schoß zwischen den Augen unter dem Haarwurst hervor und versickerte im Gras und zwischen den Steinen. Die Brust unter mir hob und senkte sich noch, aber die Arme zitterten und blieben still. Ich richtete mich herzklopfend auf und lehnte mich gegen die Mauer; die Kehle war mir wie zugeschnürt, das Blut rauschte in meinen Ohren, und jeder Muskel schmerzte von dem Kampf. Claudia kniete auf der Brust des Monsters und warf in alle vier Windrichtungen, was von dem Schädel übriggeblieben war. Wir hatten den europäischen Vampir gefunden, die Kreatur der Alten Welt. Er war tot.«

»Ich blieb lange auf den Treppenstufen liegen, den Kopf auf die kühle Erde gebettet, die sie bedeckte. Claudia stand zu Füßen des toten Vampirs, ließ die Arme an den Seiten herabfallen und schloß eine Sekunde die Augen, und mit den zwei winzigen Lidern sah ihr Gesicht im Mondschein wie das einer Marmorstatue aus. Und dann begann ihr Körper sich langsam zu wiegen. ›Claudia!‹ rief ich. Sie erwachte und zeigte auf den Menschen, der neben der Mauer auf dem Boden lag. Er regte sich nicht, doch ich merkte, daß er nicht tot war. Ich hatte ihn über dem Kampf mit dem Vampir ganz vergessen; nun sah ich ihn an, und irgendwie wußte ich, was sein Schicksal sein würde, aber ich scherte mich nicht darum. Ich spürte, daß es nur noch eine Stunde bis zur Dämmerung war.

›Er bewegt sich‹, sagte Claudia, und ich versuchte aufzustehen. Es wäre besser, er erwacht nicht, wollte ich sagen, besser, er erwacht überhaupt nicht mehr. Sie ging zu ihm, ungerührt vorbei an dem toten Ungetüm, das uns beide fast umgebracht hätte; ich sah sie den Rücken beugen und den Mann vor ihr sich rühren und seine Füße sich im Gras bewegen. Auch ich trat näher; ich weiß nicht, was ich zu sehen erwartet hatte, was für einen verschreckten Bauern oder sonst einen unglücklichen Menschen, der dem Ungeheuer ins Gesicht geblickt hatte, das ihn hierher verschleppt. Und im ersten Augenblick war mir nicht klar, wer hier lag – daß es Morgan war, der junge Engländer, auf dessen bleiches Gesicht der Mond schien, die Male des Vampirs an der Kehle, stumm und ausdruckslos mit seinen blauen Augen vor sich hin starrend.

Plötzlich weiteten sie sich, und er flüsterte ›Louis!‹ in fassungslosem Erstaunen und bewegte die Lippen, als versuche er, weitere Worte zu formen, doch er wiederholte nur ›Louis!‹ und lächelte. Er streckte die Hände nach mir aus; ein trockener schnarrender Laut kam aus seinem Mund, während er sich aufzurichten bemühte. Sein bleiches Gesicht verzerrte sich, als der Ton erstarb, und er nickte verzweifelt, und das rote, wirre Haar fiel ihm in die Stirn. Ich wandte mich ab und wollte davonlaufen, doch Claudia kam mir nach, ergriff meinen Arm und zischte: ›Siehst du nicht, wie der Himmel sich färbt?‹ Hinter mir rief Morgan wieder ›Louis!‹; er schien die Ruinen nicht zu sehen, nicht die Nacht – nichts außer einem Gesicht, das er wiedererkannte und dessen Namen er wiederholte. Ich hielt mir die Ohren zu und flüchtete vor ihm. Er hob die Hand, sie blutete; ich konnte das Blut sehen und riechen. Und Claudia roch es auch.

Blitzschnell ließ sie sich neben ihm nieder, drückte ihn auf die Steine zurück und fuhr ihm mit ihren weißen Fingern durchs Haar. Er versuchte den Kopf zu heben, streckte die Arme aus und nahm ihr Gesicht in beide Hände. Und plötzlich streichelte er ihre blonden Locken. Claudia grub ihre Zähne in seinen Hals, und er ließ hilflos die Hände sinken.

Am Waldrand holte sie mich ein. ›Du mußt zu ihm gehen, ihn nehmen‹, gebot sie. Ich konnte die Wärme in ihren Wangen sehen, das Blut auf ihren Lippen riechen. Aber ich rührte mich nicht. ›Hör auf mich, Louis‹, sagte sie, und es klang zornig und verzweifelt zugleich, ›ich habe ihn dir gelassen, aber er stirbt . . . es ist keine Zeit zu verlieren.‹

Ich hob sie in meine Arme und begann den langen Abstieg. Es war keine Vorsicht mehr nötig, keine Heimlichkeit; es erwarteten uns keine übernatürlichen Horden. Die Tür zu den Geheimnissen Osteuropas blieb uns verschlossen. Ich bahnte mir durch die Dunkelheit den Weg zur Straße. Claudia rief aus ›Höre doch auf mich!‹ und klammerte sich an meinen Mantel, meine Haare. Ich schritt beharrlich weiter. ›Siehst du nicht den Himmel?‹ rief sie vorwurfsvoll und begann zu schluchzen, doch ich durchwatete den kalten Bach und suchte die Laterne auf der Straße.

Ich fand unseren Wagen. ›Gib mir das Kruzifix‹, sagte ich, als wir oben saßen und ich mit der Peitsche knallte. ›Wir müssen ins Dorf zurück.‹ Der Wagen ruckte an.

Mir war nicht ganz geheuer, als ich sah, wie der Nebel zwischen den dunklen Bäumen aufstieg. Die Luft war kühl und frisch, die ersten Vögel zwitscherten, und man hätte meinen können, die Sonne ging auf. Aber ich sagte mir, es ist noch genug Zeit. Es war ein herrliches, beruhigendes Gefühl. Noch brannten die Kratzer und Schnitte in meinem Fleisch, und mein Herz hungerte, doch im Kopf war mir wunderbar leicht. Bis ich den Kirchturm sah und den grauen Schatten des Wirtshauses – sie waren zu deutlich, und die Sterne am Himmel schwanden schnell.

Ich klopfte laut an der Wirtshaustür. Als geöffnet wurde, zog ich mir die Kapuze fest ums Gesicht und hielt Claudia in meinem Mantel verborgen. ›Euer Dorf ist von dem Vampir befreit!‹ sagte ich zu der Wirtin, die mich erstaunt anblickte. Ich hielt das Kruzifix in der Hand, das sie mir gegeben hatte. ›Er ist tot, Dank sei Gott! Was von ihm übrig ist, könnt ihr im Klosterturm finden. Sagen Sie es den anderen.‹ Und ich trat ein.

Sofort war ich von den neugierigen Bauern umdrängt; doch ich sagte, ich sei schrecklich müde, ich müsse beten und ausruhen. Man solle die Kiste von unserem Wagen in ein Zimmer bringen, wo ich schlafen könne. Aber ich erwartete eine Botschaft vom Bischof von Warna, und in diesem Falle, doch nur dann, wolle ich geweckt werden. ›Sagen Sie dem Klosterbruder, wenn er kommt, daß der Vampir tot ist; geben Sie ihm zu essen und zu trinken und bitten Sie ihn, auf mich zu warten.‹ Die Frau bekreuzigte sich. ›Sie verstehen‹, fuhr ich fort, während ich zur Treppe eilte, ›daß ich von meinem Auftrag erst sprechen konnte, nachdem der Vampir . . .‹ ›Ja, ja‹, nickte sie, ›aber Sie sind kein Priester . . . das Kind . . .‹ ›Nein, doch ich besitze Erfahrung in diesen Dingen. Die unreinen Geister sind mir nicht gewachsen.‹ Ich stutzte. Die Tür des Hinterzimmers war offen, auf dem Tisch ein weißes Tuch. ›Ihr Freund . . .‹, sagte die Frau und blickte zu Boden, ›er ist auf und davon in der Nacht . . . er war von Sinnen.‹ Ich nickte nur.

Ich konnte die Leute rufen hören, als ich oben die Tür des Zimmers hinter mir schloß. Sie schienen in alle Richtungen zu laufen, und dann erklang das scharfe Geläut der Kirchenglocke. Claudia blickte mich ernst an, während ich die Tür verriegelte, die Fensterläden öffnete und kalte Luft hereinließ. Dann war sie an meiner Seite, hielt mir ihre Hand hin und sagte: ›Hier!‹ Ich fühlte mich so schwach, daß ihr Gesicht vor mir verschwamm und ihre blauen Augen auf ihren weißen Wangen zu tanzen schienen.

›Trink!‹ wisperte sie und drängte sich noch näher an mich. ›Trink!‹ Und sie hielt mir das zarte Fleisch ihres Handgelenks an den Mund. Ich sagte: ›Nein, ich weiß, was ich zu tun habe, habe ich es nicht früher oft getan?‹ Jetzt war sie es, die das Fenster schloß und die Läden verriegelte. Ich erinnere mich, daß ich an dem kleinen Kamingitter kniete und das alte Paneel befühlte. Das Holz war morsch hinter der gefirnißten Oberfläche und gab unter meinen Fingern nach; ich stieß mit der Faust hindurch und fühlte die Splitter am Handgelenk. Und dann griff ich ins Dunkel und hielt etwas Warmes, Pulsierendes in der Hand. Eine Welle kühler, feuchter Luft berührte meine Stirn, und Finsternis, kühl und feucht, umgab mich, als wäre diese Luft ein stilles Wasser, das durch die zerbrochene Wand drang und den Raum erfüllte. Das Zimmer verschwand. Ich trank von einem nie versiegenden Strom warmen Blutes, der durch meine Kehle floß, durch mein klopfendes Herz und meine Adern. Jetzt floß das Blut, das ich trank, schwächer, und mein ganzer Leib schrie, der Pulsschlag möge nicht ermatten, und mein Herz klopfte und versuchte, jenes Herz im Gleichklang mit ihm schlagen zu lassen. Ich fühlte mich aufstehen, als schwebte ich in der Dunkelheit, und dann begann die Dunkelheit, wie der Herzschlag, nachzulassen. Etwas flimmerte in meiner Ohnmacht; es zitterte leicht zu dem Beben von Schritten auf der Treppe und den Dielen, dem Rollen von Rädern und Stampfen von Hufen, und es gab einen leisen Klingelton dabei. Es hatte einen schmalen Holzrahmen, und aus dem Rahmen trat durch das Flimmern hindurch die Gestalt eines Mannes. Er war mir vertraut; ich kannte die hohe, schlanke Figur, das schwarze, wellige Haar. Seine grünen Augen starrten mich an. Und zwischen den Zähnen und mit beiden Händen hielt er etwas Weiches, Braunes. Es war eine Ratte, eine große widerliche Ratte, das Maul aufgerissen, die Füße abgestreckt, den geschwungenen Schwanz starr in der Luft. Mit einem Aufschrei ließ der Mann die Ratte fallen und stierte entsetzt, und das Blut floß ihm aus dem offenen Mund.

Gleißendes Licht sengte mir die Augen. Ich versuchte sie zu öffnen, und das ganze Zimmer war in Glut. Claudia stand vor mir, kein winziges Kind, sondern viel größer, und sie zog mich mit beiden Händen an sich. Dann kniete sie nieder, und meine Arme umfingen sie, während sich Dunkelheit über uns senkte. Betäubung erfaßte meine Glieder, und dann die Lähmung der Vergessenheit.«

Und so war es in ganz Transsylvanien, in Ungarn, Bulgarien und allen diesen Ländern, wo die Bauern wissen, daß die Toten wandeln, und man sich Geschichten von Vampiren erzählt. In jedem Dorf, wo wir dem Vampir begegneten, war es das gleiche.«

»Eine vernunftlose Kreatur?« fragte der Junge.

»Überall. Wenn wir überhaupt solche Geschöpfe fanden. An einige erinnere ich mich. Manchmal beobachteten wir sie nur aus der Entfernung, inzwischen allzu vertraut mit ihren schwerfällig sich wiegenden Köpfen, den mageren Schultern, der zerschlissenen, muffigen Kleidung. In einem Dorf war es eine Frau, erst ein paar Monate tot; die Bauern hatten sie erblickt und wußten ihren Namen. Sie als einzige hat uns Hoffnung gemacht nach der Enttäuschung mit dem Ungetüm in Transsylvanien, und auch diese Hoffnung wurde zunichte. Sie lief durch den Wald vor uns davon; wir hinter ihr her und versuchten, sie bei ihrem langen schwarzen Haar zu fassen. Ihr weißes Leichenhemd war mit Blut getränkt, die Hände schmutzverkrustet. Und die Augen . . . ausdruckslos, leer, zwei Pfützen, in denen sich der Mond spiegelte. Keine Geheimnisse, keine Wahrheiten, nur Verzweiflung.«

»Aber was waren diese Kreaturen? Warum waren sie so?« fragte der Junge und verzog angeekelt den Mund. »Ich verstehe es nicht. Wie konnten sie so anders sein als Sie und Claudia, und doch existieren?«

»Ich hatte meine Vermutungen, und Claudia auch. Was ich damals allerdings am stärksten empfand, war Verzweiflung. Und in der Verzweiflung die immer wiederkehrende Angst, daß wir den einzigen Vampir umgebracht hatten, der so gewesen war wie wir. Doch es schien undenkbar. Hätte Lestat die Weisheit eines Zauberers besessen, die Kräfte eines Hexenmeisters . . . ich wäre vielleicht zu der Einsicht gekommen, daß er es irgendwie fertiggebracht hätte, den Instinkten, die jene Ungetüme beherrschten, ein bewußtes Leben zu entreißen. Aber er war nur Lestat, wie ich ihn dir beschrieben habe, bar jeden Geheimnisses, und seine Grenzen wurden mir in diesen Monaten in Südosteuropa ebenso bewußt wie sein Zauber. Ich wollte ihn vergessen und schien doch immer an ihn zu denken, als seien die leeren Nächte eigens dafür geschaffen. Und manchmal stand er mir so lebendig vor Augen, als sei er soeben aus dem Zimmer gegangen und seine Stimme noch nicht verklungen. Und irgendwie lag ein beunruhigender Trost darin, und wider Willen stellte ich ihn mir oft im Geiste vor, nicht so, wie er in der letzten Nacht während des Feuers gewesen war, sondern in anderen Nächten, wie an dem letzten Abend, den er bei uns verbracht hatte, als er müßig mit den Tasten des Klaviers spielte, den Kopf auf die Seite gelegt. Mir wurde fast übel, wenn ich sah, was meine Träume anrichteten. Ich wollte ihn wieder lebendig! In den dunklen Nächten in Südosteuropa war Lestat der einzige wirkliche Vampir, den ich gefunden hatte.

Claudias Gedanken hingegen waren mehr praktischer Art. Immer wieder mußte ich ihr von der Nacht in dem Hotel in New Orleans erzählen, wo sie ein Vampir geworden war, und immer wieder suchte sie in diesem Vorgang den Schlüssel zu der Tatsache, daß unsere Erlebnisse auf den Dorffriedhöfen uns nicht weitergebracht hatten. Was wäre geschehen, wenn sie, nachdem sie Lestats Blut getrunken, in ein Grab gelegt worden wäre, eingeschlossen, bis der übernatürliche Drang nach Blut sie gezwungen hätte, die steinerne Tür ihres Gefängnisses aufzubrechen – wes Geistes wäre sie wohl dann gewesen, ausgehungert bis zum äußersten? Ihr Leib hätte sich, auch ohne Geist, selbst geholfen, und sie wäre, Zerstörung verbreitend, durch die Welt getaumelt, so wie die Kreaturen, die wir nun gesehen hatten. So deutete sich Claudia ihre Existenz. Aber wer hatte jene in die Welt gesetzt, wie hatten sie angefangen? Das war es, was sie nicht erklären konnte und was sie immer noch zu entdecken hoffte, wenn ich, des Forschens müde, die Hoffnung aufgab. ›Sie erzeugen ihre eigene Gattung, das ist klar‹, sagte sie, ›aber wo fängt es an?‹ Und dann, als wir schon in der Nähe von Wien waren, stellte sie mir die Frage, die sie bisher noch nicht über die Lippen gebracht hatte: Warum konnte ich nicht machen, was Lestat mit uns beiden gemacht hatte? Warum konnte ich nicht auch einen Vampir erschaffen? Ich weiß nicht, warum ich Claudia zuerst gar nicht verstanden habe, nur daß ich, im Abscheu vor dem, was ich war, eine besondere Furcht vor dieser Frage empfand, die mir schlimmer erschien als jede andere. Verstehst du – ich begriff eine gewisse Kraft in mir selber nicht. Jahre zuvor hatte mich die Einsamkeit an diese Möglichkeit denken lassen, als ich dem Zauber von Babette Frenière verfallen war. Aber ich hielt es in mir verschlossen wie eine unreine Leidenschaft. Danach scheute ich vor menschlichem Leben zurück. Ich tötete nur Fremde. Und Morgan, der junge Engländer, war vor meiner tödlichen Umarmung so sicher, wie es Babette gewesen; beide hätten mir zu viel Leid verursacht. Das Leben im Tode – es war ungeheuerlich. Und so wandte ich mich ab, als Claudia mir die Frage stellte; ich wollte ihr keine Antwort geben. Doch so ungeduldig sie war, sie konnte mich nicht in dieser Stimmung sehen. Sie setzte sich zu mir und tröstete mich mit Händen und Augen, ganz meine liebende Tochter.

›Denk nicht mehr daran, Louis‹, sagte sie später, als wir uns in einem komfortablen Hotel in einem Vorort einlogiert hatten. Ich stand am Fenster und blickte auf das erleuchtete Wien hinab, neugierig auf diese Stadt, ihre Kulturschätze, ihr Leben und Treiben. ›Laß mich dein Gewissen beruhigen, obwohl ich nicht genau weiß, was das ist‹, flüsterte sie mir ins Ohr und streichelte mein Haar.

›Tu das, Claudia‹, gab ich zur Antwort. ›Beruhige es. Versprich mir, daß du nie wieder davon sprechen wirst, wie Vampire erschaffen werden.‹

›Ich will keine Waisen, solche wie wir sind‹, sagte sie, doch allzu schnell. Ich merkte, daß meine Worte, meine Gefühle sie verdrießlich stimmten. ›Ich möchte Antworten, Erkenntnisse‹, setzte sie hinzu. ›Aber sage mir, Louis, woher weißt du, ob du es nicht schon getan hast, ohne es zu wissen?‹

Da war sie wieder, diese Dumpfheit im Kopf. Ich muß Claudia angesehen haben, als verstünde ich nicht die Bedeutung ihrer Worte. Ich strich ihr Haar zurück, streichelte mit den Fingerspitzen ihre langen Wimpern und blickte beiseite ins Licht. Sie sollte schweigen und nur bei mir sein.

Aber sie fuhr fort: ›Was gehört schließlich dazu, diese Kreaturen zu machen? Diese vagabundierenden Ungeheuer? Wieviel Tropfen deines Blutes, mit Menschenblut vermischt . . . und was für ein Herz, um den ersten Angriff zu überleben?‹ Sie sprach weiter, ohne das schmerzliche Zucken in meinem Gesicht zu beachten: ›Diese blaßgesichtige Emily, dieser unglückliche Engländer . . . ihre Herzen taugten nichts, und die Todesangst hat sie ebenso umgebracht wie der Blutverlust. Die bloße Vorstellung hat sie getötet. Aber die Herzen, die standhielten? Bist du sicher, daß du nicht eine Legion von Ungeheuern in die Welt gesetzt hast, die sich von Zeit zu Zeit instinktiv und vergeblich bemüht haben, in deine Fußstapfen zu treten? Wie lang war die Lebensspanne dieser Waisen, die du zurückgelassen hast – hier einen Tag, dort eine Woche, ehe die Sonne sie zu Asche verbrannte oder ein sterbliches Opfer sie niederschlug?‹

›Hör auf!‹ bat ich. ›Wenn du wüßtest, wie lebhaft ich alles vor mir sehe, was du schilderst, würdest du es dir sparen. Ich sage dir, dergleichen ist niemals geschehen. Lestat trank mich leer bis an die Schwelle des Todes, um mich zu einem Vampir zu machen. Und gab mir mein Blut zurück, gemischt mit seinem. So wurde es gemacht.‹

Claudia blickte von mir weg, und dann auf ihre Hände. Ich glaubte, sie seufzen zu hören, doch ich war nicht sicher. Dann ließ sie die Augen über mich gleiten, langsam, von oben nach unten, ehe sie mich voll ansah. Sie lächelte und sagte sanft: ›Hab keine Angst vor meiner Phantasie. Schließlich bleibt die endgültige Entscheidung immer bei dir. Ist es nicht so?!‹

›Ich verstehe nicht‹, sagte ich.

Sie lachte kühl und spöttisch. ›Kannst du es dir vorstellen?‹ fragte sie so leise, daß ich es kaum hörte. ›Ein Hexensabbat von Kindern – das wäre alles, was ich liefern könnte . . .‹

›Claudia!‹ murmelte ich.

›Beruhige dich!‹ sagte sie. ›Ich sage dir, so sehr ich Lestat gehaßt habe . . .‹ Sie hielt inne.

›Ja . . .‹, flüsterte ich. ›Ja . . .‹

›So sehr ich ihn gehaßt habe – mit ihm waren wir – vollständig.‹

Ich antwortete: ›Nein, nur du warst vollständig . . . Weil du von Anfang an uns beide hattest, jeden an einer Seite.‹

Ich glaube, sie lächelte. Sie neigte den Kopf, doch ich sah, wie sich ihre Augen unter den Wimpern bewegten. Dann sagte sie: ›Ihr beide mir zur Seite . . . malst du es dir aus, so wie du dir alles ausmalst?‹

Eine Nacht, längst vergangen, war mir so deutlich, als sei sie Gegenwart, aber ich sprach nicht davon. Claudia war in dieser Nacht verzweifelt gewesen, war von Lestat weggelaufen, der sie gedrängt hatte, eine Frau auf der Straße zu töten. Sie war davor zurückgeschreckt – ich bin sicher, die Frau sah ihrer Mutter ähnlich. Schließlich fand ich Claudia im Kleiderschrank, zwischen Anzügen und Mänteln, ihre Puppe fest an sich gedrückt. Und ich trug sie zu Bett, saß neben ihr und sang ihr etwas vor, und sie starrte mich an, ohne die Puppe loszulassen, als versuche sie blindlings und geheimnisvoll eine Pein zu lindern, die sie selber nicht verstand. Kannst du es dir vorstellen, diese gemütvolle Häuslichkeit, mit abgeschirmten Lampen, und der Vampirvater singt die Vampirtochter in den Schlaf? Nur die Puppe hatte ein menschliches Gesicht, nur die Puppe.

Jetzt sagte Claudia plötzlich: ›Aber wir müssen von hier fort‹, als habe sich der Gedanke gerade jetzt mit besonderer Dringlichkeit in ihr geformt. ›Fort von den Straßen, die hinter uns liegen, fort von dem, was ich in deinen Augen sehe, weil ich Gedanken ausspreche, die für mich nichts weiter als einfache Überlegungen sind . . .‹

›Verzeih mir‹, sagte ich so sanft wie möglich und fand zögernd aus der alten Zeit und dem erschreckten Vampirkind in die Gegenwart zurück. Und Lestat, wo war Lestat? Ein Zündholz, im Nebenzimmer angestrichen, ein Schatten, der auf einmal lebendig wird, so wie Licht und Dunkelheit sich beleben, wo vorher nur Finsternis war.

›Nein, verzeih du mir‹, sagte sie jetzt zu mir in unserem kleinen Hotelzimmer. ›Nein, wir vergeben einander. Aber ihm vergeben wir nicht; und ohne ihn kannst du sehen, wie es zwischen uns steht!‹

›Nur weil wir müde sind, und die Dinge trostlos . . .‹, sagte ich zu ihr und zu mir, denn es war niemand sonst in der Welt, zu dem ich sprechen konnte.

›O ja: Und das muß ein Ende haben. Weißt du, ich beginne zu verstehen, daß wir alles von Anfang an falsch gemacht haben. Wir müssen uns Wien versagen. Wir brauchen unsere Sprache, unsere Landsleute. Ich möchte direkt nach Paris.‹«

Dritter Teil

Schon das Wort ›Paris‹ versetzte mich in einen Freudenrausch, der ungewöhnlich für mich war; ich empfand ein Gefühl der Erleichterung und des Wohlbefindens, das mich selber erstaunte – nicht nur, weil ich es empfinden konnte, sondern auch, weil ich es beinahe vergessen hatte.

Ich weiß nicht, ob du mich verstehst; ich kann es jetzt nicht so ausdrücken, denn was Paris heute für mich ist, unterscheidet sich sehr von dem, was es in jenen Tagen, zu jener Stunde für mich war; aber immer noch, sogar jetzt, fühle ich etwas, das der damaligen Glückseligkeit ähnelt. Und ich habe heute mehr Grund denn je zu betonen, daß Glück nicht das ist, was ich jemals kennenlernen will oder kennenzulernen verdiene. Ich liebe das Glück nicht sonderlich. Aber das Wort Paris gibt mir ein Gefühl davon.

Sterbliche Schönheit ist mir oft schmerzlich, und sterbliche Größe kann mich mit jener Sehnsucht erfüllen, die ich so hoffnungslos auf dem Mittelländischen Meer empfand. Aber Paris zog mich an sein Herz, so daß ich mich selber ganz vergaß – das verdammte und umherirrende übernatürliche Geschöpf vergaß, das in sterbliche Haut und sterbliche Kleidung vernarrt war. Paris erfreute, belohnte und überwältigte mehr als jede andere Verheißung.

Paris war ja die Mutter von New Orleans, das mußt du verstehen; es hatte New Orleans das Leben geschenkt, seine ersten Bewohner gegeben, und es war das, was New Orleans seit langem gern hätte sein wollen. Aber New Orleans, so schön es war und so lebendig, es war erschreckend zerbrechlich. Es behielt immer etwas Wildes und Primitives, von dem das malerische und verfeinerte Leben von innen und außen gefährdet wurde. Da war kein Zoll der holzgepflasterten Straßen, kein Ziegelstein der spanischen Häuser, der nicht der Wildnis abgerungen gewesen wäre, welche die Stadt umgab und ständig drohte, sie wieder zu verschlingen. Wirbelstürme, Überschwemmungen, das Sumpffieber und die Pest – und nicht zuletzt das feuchtwarme Klima von Louisiana selbst – bedrohten unablässig jede Stein- oder Holzfassade, so daß uns New Orleans stets wie ein Traum seiner heftig kämpfenden Bevölkerung erschien, ein Traum, der in jeder Sekunde von einem hartnäckigen, wenn auch unbewußten, gemeinsamen Lebenswillen lebendig gehalten wurde.

Aber Paris – Paris war ein Universum, ganz und gar auf sich gestellt, von der Geschichte geformt und geheiligt; und so sah ich es damals, im Zeitalter Napoleons III., mit seinen hohen Häusern und stattlichen Kirchen, den breiten neuen Boulevards und engen mittelalterlichen Gassen – ungeheuerlich und unzerstörbar wie die Natur selbst. Es war erfüllt von einer lebhaften und begeisterten Bevölkerung, die sich in den Galerien, Theatern und Cafés drängte; es war die Geburtsstätte von Genialität und Heiligkeit, Philosophie und Kunst, so daß man denken konnte, wenn die ganze übrige Welt in Dunkelheit versinken müßte, so würde hier noch immer alles Wesentliche, alle Schönheit und Weisheit zur feinsten Blüte kommen. Sogar die majestätischen Bäume in den Straßen und Alleen waren auf die Stadt abgestimmt – so wie die Gewässer der Seine, die sich gezähmt und sittsam durch ihr Herz wand –, und jeder Fußbreit der geschichtsträchtigen Erde war nicht mehr Erde schlechthin, sondern war Paris geworden.

Wir lebten wieder. Wir liebten uns, und so euphorisch war ich nach den hoffnungslosen Nächten unserer Wanderung durch Südosteuropa, daß ich keinen Einspruch erhob, als Claudia darauf bestand, daß wir uns im Hôtel Saint-Gabriel auf dem Boulevard des Capucines einlogierten. Es soll eines der größten und schönsten Hotels Europas gewesen sein; gegen die geräumigen Zimmer unserer Suite kamen uns die unserer Wohnung in New Orleans wie Puppenstuben vor. Die Fenster gingen auf den gasbeleuchteten Boulevard, über den sich in den Abendstunden ein Strom von Passanten und Wagen ergoß, wenn die eleganten Damen mit ihren Kavalieren zur Oper und zu den Theatern, zu Bällen und Empfängen fuhren.

Dieses Hotel, so erklärte Claudia, bot uns vollkommene Freiheit; unsere nächtlichen Gewohnheiten blieben in dem ständigen Kommen und Gehen unbemerkt; die Zimmer wurden von einem anonymen Bedientenstab in peinlicher Ordnung gehalten, während uns der immense Preis Ungestörtheit und Sicherheit garantierte. Claudia führte die Vorzüge dieses Aufwandes ruhig und logisch an, doch ihr Hang zum Luxus, ihre verschwenderischen Einkäufe hatten noch andere Gründe.

›Dies ist meine Welt‹, sagte sie, als sie in einem kleinen Samtsessel vor dem geöffneten Balkon saß und die Broughams beobachtete, die vor dem Hotel hielten. ›Ich muß es so haben, wie ich es mag.‹ Und es war so, wie sie es mochte – überwältigende Tapeten in Rosa und Gold, üppige Möbelstoffe in Damast und Samt, gestickte Kissen und seidene Behänge an dem Himmelbett. Täglich kamen Dutzende von Rosen für die marmornen Kaminsimse und die eingelegten Tische und wurden von den schräg geneigten Spiegeln vervielfältigt. Und die Fenster und Glastüren verstellte sie mit regelrechten Gärten von Kamelien und Farnkräutern. ›Ich brauche die Blumen‹, sagte sie verträumt, ›mehr als alles brauche ich die Blumen.‹ Auch in den Gemälden, die wir in den Läden und Galerien kauften, mußten Blumen sein – klassisch und naturgetreu gemalt, so daß man die Blütenblätter, die auf einem gemalten Tischtuch lagen, förmlich greifen konnte, oder in einem neuen, verwirrenden Stil, wo die Farben in einer solchen Intensität schimmerten, daß sie die hergebrachten Formen sprengten und eine Vision erzeugten, ähnlich dem Zustand, in welchem ich dem Delirium nahe bin und Blumen vor meinen Augen aufsteigen und flackern sehe wie die Gasflammen eines Kronleuchters. Paris flutete mit diesen Bildern in unsere Zimmer.

Ich fühlte mich in unseren Hotelzimmern bald zu Hause, vergaß meine Träume und genoß die Annehmlichkeiten, die ich Claudias sanfter Hartnäckigkeit verdankte. Die Luft war süß wie in unserem Garten in der Rue Royale, und dazu kam eine Fülle von Licht, das sogar an den bemalten Zimmerdecken keine Schatten duldete; es spielte auf den vergoldeten Stuckornamenten und brach sich tausendfach in den Kristallfacetten der Kronleuchter. Es gab keine Dunkelheit. Es gab keine Vampire.

Und selbst wenn wir auf die unerläßliche Jagd gingen, so war es süß zu denken, daß Vater und Tochter den hochzivilisierten Luxus nur für kurze Zeit verließen, um in einem Kabriolett das Seine-Ufer entlang, über den Pont Saint-Michel ins Quartier Latin zu fahren und in den dunklen, engen Straßen in die Vergangenheit zu tauchen. Und nach einer Stunde zum Ticktack der Kaminuhr, den Büchern der Dichter oder den Spielkarten auf dem Intarsientisch zurückzukehren, um uns die vielfältigen Geräusche des großen Hotels, die Stimme einer Frau im Nebenzimmer, entfernte Geigenklänge und hoch über uns, im obersten Stockwerk, ein Mann, der immer wieder in die Nacht hinausrief: ›Ich begreife, ich beginne gerade, ich beginne gerade zu begreifen . . .‹

›Ist es so, wie du es haben wolltest?‹ fragte Claudia, vielleicht nur, um zu zeigen, daß sie mich nicht vergessen hatte; denn sie schwieg jetzt manchmal stundenlang – von Vampiren war nicht mehr die Rede. Doch irgend etwas stimmte nicht. Es war nicht die alte friedliche Heiterkeit, auch nicht die Schwermut, die aus der Erinnerung kommt. Es war eine brütende Stimmung, eine schwelende Unzufriedenheit. Und wenn es auch aus ihren Augen verschwand, sobald ich sie ansprach, schien sich doch Unwille unter der Oberfläche zu sammeln.

Ich antwortete: ›Ach, du weißt ja, wie ich es haben wollte. Eine Dachstube in der Nähe der Sorbonne, nicht zu weit von der Rue Saint-Michel. Aber in erster Linie wollte ich es haben, wie du es dir gewünscht hast.‹ Und ich konnte sehen, wie sie sich erwärmte; doch sie schaute an mir vorbei, als ob sie sagen wollte: ›Du hast kein Heilmittel; komm nicht zu nahe heran, frage mich nicht, was ich dich frage – bist du zufrieden?‹

Mein Gedächtnis ist zu klar, zu scharf; die Dinge sollten sich eigentlich abschleifen, und was ungelöst ist, sollte vergessen werden. Und so sind manche Szenen meinem Herzen nahe geblieben wie Bilder in Medaillons, aber ungeheuerliche Bilder, die kein Künstler malen, keine Kamera erfassen könnte; und immer wieder sah ich Claudia am Klavier stehen in jener letzten Nacht, als Lestat spielte, sah ihr Gesicht sich verziehen und zu einer Maske werden, als er sie verspottete. Mehr Aufmerksamkeit hätte ihm vielleicht das Leben gerettet – wenn er überhaupt tot war.

Irgend etwas sammelte sich in Claudia an und zeigte sich allmählich und unbewußt an diesem und jenem. Sie hatte eine neue Leidenschaft für Ringe und Armbänder, die Kinder nicht zu tragen pflegen. Ihr eleganter, damenhafter Gang war nicht der eines Kindes; und oft betrat sie, ohne auf mich zu warten, kleine Boutiques und zeigte auf ein Parfüm oder ein Paar Handschuhe, die sie kaufte und selber bezahlte. Ich war immer in der Nähe und stets mit einem unguten Gefühl – nicht weil ich etwas für sie in dieser großen Stadt befürchtete, sondern weil ich sie selber fürchtete. Sie war immer für ihre Opfer das ›verlorene Kind‹ gewesen, das Waisenkind, und nun schien es, sie sei etwas anderes, etwas Böses und Schockierendes für die Vorübergehenden. Aber das spielte sich oft im geheimen ab, wenn ich für eine Stunde allein war und die Steinfiguren von Notre-Dame betrachtete oder am Rande eines Parks im Wagen auf Claudia wartete.

Und eines Nachts, als ich in dem üppigen Hotelbett erwachte, weil mich das Buch drückte, in dem ich gelesen und das vom Kissen geglitten war, eines Nachts war sie verschwunden. Ich wagte nicht zu fragen, ob man sie gesehen hatte – wir besaßen für das Personal keinen Namen. Ich suchte sie auf den Korridoren und in den Seitenfluren, sogar im Ballsaal, und eine unerklärliche Angst überfiel mich bei dem Gedanken, daß sie dort allein sein könne. Schließlich sah ich sie durch die Seitentür der Halle kommen, das Haar unter dem Hutrand glitzernd von einem leichten Regen, wie ein mutwilliges Kind, das fortgelaufen war und zurückkehrt; und die Gesichter der Herren und Damen erhellten sich verzückt, als sie die große Treppe hinaufstieg und an mir vorüberging, als wenn sie mich überhaupt nicht gesehen hätte.

Ich schloß die Tür hinter mir, während sie ihren Umhang abnahm und die Tropfen abschüttelte. Mir wurde merklich leichter, als ich die kindliche Kleidung sah und etwas wundervoll Tröstliches in ihren Armen, eine kleine Porzellanpuppe. Noch sagte sie nichts zu mir, sie spielte nur mit der Puppe, deren winzige Füße wie ein Glöckchen klingeln konnten. ›Es ist eine Puppendame‹, sagte sie schließlich und sah zu mir auf. ›Siehst du es? Eine Puppendame.‹

›Ich sehe es‹, sagte ich.

Sie fuhr fort: ›Die Frau in einem Laden hat sie für mich gemacht. Sie macht sonst Puppenkinder, den ganzen Laden hat sie davon voll, bis ich zu ihr sagte: Ich möchte eine Puppendame.‹

Es klang wie blanker Hohn. Sie hatte sich hingesetzt, strich die feuchten Locken aus der Stirn und war mit der Puppe beschäftigt. ›Weißt du, warum die Frau sie für mich gemacht hat?‹ fragte sie. Ich wünschte in dem Moment, es hätte Schatten in diesem allzu hellen Zimmer gegeben, damit ich nicht dasitzen mußte wie auf einer erleuchteten Bühne und sie vor mir sehen, vervielfältigt von den zahlreichen Spiegeln. ›Weil du ein hübsches Kind bist und sie dir eine Freude machen wollte‹, antwortete ich, und meine Stimme kam mir klein und fremd vor.

Claudia lachte tonlos. ›Ein hübsches Kind!‹ wiederholte sie und sah zu mir herauf. ›Glaubst du, ich bin es noch immer?‹ Und ihr Gesicht verdunkelte sich, während sie weiter mit der Puppe spielte und mit dem kleinen Finger die winzige Nackenlinie entlangfuhr. ›Ja, ich ähnele ihren Puppenkindern. Du solltest sie in ihrem Laden arbeiten sehen, mit ihren Puppen, alle mit den gleichen Gesichtern, Augen, Mündern.‹ Sie berührte ihren eigenen Mund. Etwas schien sich plötzlich zu verschieben in den vier Wänden dieses Zimmers, und die Spiegel mit Claudias Abbild zitterten, als seufze die Erde unter den Fundamenten. In den Straßen rollten und ratterten die Wagen, aber sie waren zu weit weg. Und dann sah ich, was sie, noch immer ein Kind, machte: In einer Hand hielt sie die Puppe, die andere hatte sie an die Lippen geführt, und die Hand, die die Puppe hielt, zerdrückte sie und brach sie zu Scherben, die nun aus der blutenden Hand auf den Teppich fielen. Sie nahm das Puppenkleidchen und schüttelte die winzigen Bruchstücke ab; ich kehrte mich weg, doch sie verfolgte mich mit den Blicken aus dem geneigten Spiegel über dem Kamin und musterte mich vom Kopf bis zu den Füßen.

›Warum schaust du fort, warum siehst du mich nicht an?‹ fragte sie, und ihre Stimme war wieder ganz das Silberglöckchen. Doch dann lachte sie leise, ein Frauenlachen, und sagte: ›Hast du gedacht, ich würde immer deine Tochter bleiben? Bist du der Vater von Narren, der Narr unter den Vätern?‹

›Dein Ton ist ungehörig‹, sagte ich.

›Hmmm . . . ungehörig.‹ Ich glaube, sie nickte. Sie war wie ein loderndes Feuer in meinem Augenwinkel, wie blaue und goldene Flammen.

›Und was halten sie von dir‹, fragte ich so sanft wie möglich, ›da draußen?‹ Ich zeigte zum Fenster.

Sie lächelte. ›Vielerlei. Die Menschen sind sehr erfinderisch, wenn es um Erklärungen geht. Hast du die Liliputaner in den Parks und den Zirkussen gesehen, die kleinen Mißgeburten, die sich für Geld sehen lassen?‹

›Ich war nur ein Zauberlehrling!‹ brach ich plötzlich wider Willen aus. ›Ein Lehrling.‹ Ich wollte sie berühren, ihr Haar streicheln, doch ich blieb sitzen in der Furcht, ihr Zorn könne wie ein Streichholz aufflammen.

Dann saß sie neben mir, zog meine Hand in ihren Schoß und legte die ihre darauf. ›Ein Lehrling, ja‹, lachte sie. ›Aber verrate nur das eine, von deiner erhabenen Höhe herab – wie war das, was die Menschen Liebe nennen?‹

Ich erhob mich, um von ihr wegzugehen, früher, als ich beabsichtigt hatte, und suchte wie irgendein schwachsinniger Sterblicher nach Mantel und Handschuhen. ›Du erinnerst dich nicht?‹ fragte sie mit vollendeter Ruhe, als ich die Hand auf die Türklinke legte.

Ich hielt beschämt inne, spürte ihren Blick in meinem Rücken, und dann wandte ich mich um, als ob ich überlegen müßte: Wohin gehe ich eigentlich, was soll ich tun, warum stehe ich noch hier? ›Es war meist eine hastige Angelegenheit‹, sagte ich und versuchte, ihrem Blick zu begegnen. Was für makellose, kühlblaue Augen! Wie ernsthaft! ›Und . . .‹, fuhr ich fort, ›es wurde selten ausgekostet . . . es war scharf und heftig und schnell vorbei. Ich glaube, es war nur der blasse Schatten des Tötens.‹

›Ach . . .‹, sagte sie. ›Wie wenn ich dich verletze, wie ich es jetzt tue . . . auch das ist der blasse Schatten des Tötens.‹

›Ja, Madame‹, sagte ich. ›Mir scheint, das trifft ins Schwarze.‹ Und mit einer kurzen Verbeugung bot ich ihr gute Nacht.«

»Erst nach einer geraumen Weile verlangsamte ich meinen Schritt. Ich hatte die Seine überquert. Mich verlangte nach Dunkelheit, um mich vor Claudia zu verbergen und zugleich vor den Gefühlen, die in mir aufstiegen, vor der großen verzehrenden Sorge, daß ich ganz und gar unfähig sei, sie glücklich zu machen oder mich selber glücklich zu machen, indem ich sie zufriedenstellte.

Ich hätte eine Welt dafür gegeben, die ganze Welt, die wir besaßen und die mir zugleich leer und unabänderlich schien. Doch ich war verletzt von ihren Worten und ihren Blicken, und keine der vielen Erklärungen – die mir wieder und wieder durch den Kopf gingen und sich sogar in verzweifeltem Geflüster auf meinen Lippen formten, als ich die Rue Saint-Michel verließ und mich immer tiefer in den dunklen Gassen des Quartier Latin verlor – keine Erklärung schien mir geeignet, ihre tiefe Unzufriedenheit oder meine Pein zu lindern.

Die Worte, die ich vor mich hin sprach, wurden zu einem seltsamen Gesang. ›Ich mache sie nicht glücklich, ich kann es nicht, ich kann es nicht, und ihr Unglück wächst mit jedem Tag.‹ Das war mein Gesang, den ich wiederholte, abbetete wie einen Rosenkranz, eine Zauberformel, um die Wahrheit zu verändern, nämlich Claudias unvermeidliche Enttäuschung über unsere Pilgerfahrt, die uns in diese Hölle geführt hatte, eine Hölle, in der sie sich von mir abwandte und mich klein erscheinen ließ gegenüber ihrer ungeheuren Not. Ich empfand sogar eine wilde Eifersucht auf die Puppenmacherin, der sie ihren Wunsch nach der klingelnden kleinen Puppe anvertraut hatte, weil diese Frau ihr einen Augenblick lang etwas gegeben hatte, das sie in meiner Gegenwart fest an sich drückte, als sei ich überhaupt nicht da.

Worauf lief das hinaus, wohin konnte es führen? Noch nie, seit wir vor Monaten nach Paris gekommen waren, hatte ich die gewaltige Größe dieser Stadt, wo ich in wenigen Schritten aus den dunklen Gassen in die Welt der Vergnügungen gelangen konnte, so stark gefühlt, und nie so deutlich ihre Zwecklosigkeit. Zwecklos für Claudia, wenn es ihr nicht gelang, ihres Zornes Herr zu werden, irgendwie die Grenzen zu erfassen, deren sie sich so ärgerlich, so bitter bewußt zu sein schien. Ich war hilflos, und sie war hilflos. Doch sie war stärker als ich. Und ich wußte, hatte es auch in dem Moment gewußt, als ich sie im Hotel zurückgelassen, daß hinter ihren Augen ihre unaufhörliche Liebe für mich war.

Und müde und taumelig, verloren in dem Labyrinth der Gassen, spürte ich mit den unauslöschlichen Sinnen des Vampirs, daß mir jemand folgte.

Mein erster Gedanke war, Claudia sei mir nachgekommen, doch die Schritte waren zu schwer für sie. Wahrscheinlich, dachte ich, irgendein Sterblicher, der unwissend dem Tode entgegengeht. Dann horchte ich genauer und merkte, daß diese Schritte sich im vollkommenen Gleichtakt mit meinen bewegten. Ein Zufall – denn wenn es sterbliche waren, dann waren sie zu weit entfernt für sterbliche Ohren. Doch als ich unwillkürlich stehenblieb, um darüber nachzudenken, blieben sie auch stehen; und als ich zu mir sagte, Louis, du täuschst dich, und weiterging, setzten auch sie sich wieder in Bewegung, jeder Schritt zugleich mit meinem und schneller, als ich den Gang beschleunigte. Und dann geschah etwas Sonderbares: Ich stolperte über einen Stein, schwankte und stieß gegen eine Mauer – und die Schritte hinter mir wiederholten alles genau, das Stolpern, das Schwanken, das Anstoßen.

Ich war aufs höchste erstaunt und wußte nicht, was ich tun sollte. Rechts und links von mir war die Straße dunkel; nicht einmal in einer Dachkammer schimmerte ein trübes Licht. Ich hatte das beinahe unwiderstehliche Verlangen, jenes Wesen, das kein menschliches sein konnte, anzurufen und zu begrüßen, es wissen zu lassen, daß ich es erwartete und mich ihm stellen wollte. Doch ich hatte Furcht. Es schien mir vernünftiger, weiterzugehen und abzuwarten, bis es mich eingeholt hatte; und als ich es tat, äfften mich wieder meine eigenen Schritte, und der Abstand blieb der gleiche. In mir wuchs die Spannung; die Dunkelheit, die mich umgab, wurde drohender, und ich sagte zu mir im Takt der Schritte: Warum gehst du mir nach, warum verfolgst du mich?

Und als ich vor einer Straßenbiegung zögerte, gab es über mir ein Krachen und Klappern, als ob ein Dach einstürzte, und ich sprang zurück, gerade rechtzeitig, als eine Ladung Dachziegel auf die Straße polterte. Dann war alles ruhig. Ich starrte die Ziegelsteine an und lauschte und wartete. Und dann ging ich langsam um die Ecke, wo eine Laterne brannte, in deren Schein mich, unverkennbar, die Gestalt eines anderen Vampirs überragte.

Er war riesengroß, wenngleich so mager wie ich; das längliche weiße Gesicht schimmerte unter der Laterne, und die großen schwarzen Augen starrten mich in unverhohlener Verwunderung an. Und dann sah ich erschreckt, daß nicht nur sein volles und langes Haar ebenso gekämmt war wie das meine, daß er nicht nur den gleichen Mantel und Überhang trug wie ich, sondern auch meine Haltung und meinen Gesichtsausdruck vollkommen imitierte. Ich schluckte und ließ langsam meine Augen über ihn gleiten, bemüht, ihn meinen erregten Pulsschlag nicht merken zu lassen, während er mich in der gleichen Weise musterte. Und als ich sah, daß er blinzelte, wußte ich, daß ich selber soeben geblinzelt hatte, und als ich die Arme über der Brust faltete, tat er das gleiche. Es war aufreizend, ja, mehr als aufreizend; denn bewegte ich die Lippen, dann bewegten sich seine Lippen ebenso, fast unmerklich; mir erstarben die Worte, die ich hatte sagen wollen, und ich fand keine anderen, um diesem unheimlichen Treiben Einhalt zu gebieten. Und dabei immer diese scharfen schwarzen Augen und diese Aufmerksamkeit von oben herab, die natürlich purer Hohn war, doch darum nicht weniger eindringlich auf mich gerichtet. *Er* war der Vampir, und *ich* schien das Spiegelbild zu sein.

›Sehr geschickt‹, sagte ich in verzweifeltem Spott, und natürlich sprach er es so schnell nach, wie ich es gesprochen hatte. Und obwohl ich darüber mehr noch als über alles Bisherige wütend war, obwohl meine Beine zitterten und mir der Schweiß aus allen Poren brach, zwang ich mich zu einem schwachen Lächeln. Er lächelte zurück, aber in seinen Augen lag eine tierische Wildheit, die meinen Augen fremd war, und das Lächeln, obwohl eine Kopie des meinen, war böse und drohend. Und dann hob er langsam, sehr langsam, den rechten Arm, obwohl meiner an der Seite geblieben war, ballte die Hand zur Faust und hämmerte in raschen Schlägen auf seine Brust, um mein Herzklopfen zu verspotten. Dabei lachte er laut, warf den Kopf zurück und zeigte seine Raubtierzähne, und sein Lachen schien die ganze Gasse zu erfüllen. Ich verabscheute ihn; ich kann dir gar nicht sagen, wie ich ihn verabscheute.

›Du hast es auf mich abgesehen?‹ fragte ich, und er äffte mich nach. ›Schwindler!‹ sagte ich. ›Komödiant!‹

Dieses Wort ließ ihn verstummen. Es erstarb auf seinen Lippen, noch ehe er es nachsprechen konnte, und seine Züge wurden hart.

Dann drehte ich ihm impulsiv den Rücken zu, um fortzugehen; vielleicht wollte ich ihn veranlassen, mir zu folgen und mich zu fragen, wer ich sei. Doch in einer raschen Bewegung, so schnell, daß ich es nicht erfassen konnte, stand er wieder vor mir, als sei er just da aus dem Boden gestiegen. Abermals wandte ich mich um – und sah ihn wieder unter der Laterne, als hätte er sich überhaupt nicht fortbewegt.

›Ich habe dich gesucht‹, sagte ich, ›ich bin nach Paris gekommen, um dich zu suchen!‹ Ich zwang mich, diese Worte zu sprechen, und er wiederholte sie nicht und rührte sich nicht, sondern stand still und starrte mich an. Dann trat er langsam vor und streckte die Hand aus, als wollte er meine ergreifen, doch statt dessen versetzte er mir einen Stoß, daß ich schwankte und mich an der feuchten Mauer festhalten mußte. Und als ich mich aufrichtete, um ihm entgegenzutreten, schlug er mich ganz zu Boden.

Ich kann dir nicht schildern, wie stark er war. Doch dann sagte ich zu mir: Zeig ihm deine eigene Kraft, und erhob mich und fiel ihn mit beiden Armen an. Und ich schlug ins Nichts, in die leere Nacht, und ich blickte um mich, allein und ganz und gar zum Narren gehalten. Man wollte mich auf die Probe stellen, soviel wußte ich jetzt, und ich spähte aufmerksam in die dunkle Straße, prüfte Nischen und Torwege, in denen er sich verborgen halten konnte. Ich wollte nicht auf die Probe gestellt werden, aber ich sah keinen Ausweg. Plötzlich war er wieder da, packte mich an den Schultern und warf mich wieder auf das holprige Pflaster, wo ich vorhin gelegen. Ich spürte seinen Stiefel auf den Rippen und griff wütend nach seinem Bein und riß ihn zu Boden; er fiel gegen eine Mauer und stieß ein wütendes Knurren aus.

Was dann vor sich ging, war ein völliges Durcheinander. Ich hielt das Bein fest; er stürzte auf mich, und es gelang ihm, sich zu befreien, und ich wurde von starken Händen hochgehoben. Ich konnte mir vorstellen, was nun geschehen würde. Er hätte mich zu Boden schmettern können, einige Meter weit von sich, er war stark genug dazu. Und angeschlagen und schwer verletzt, hätte ich womöglich das Bewußtsein verloren – dabei war mir nicht genau klar, ob ich überhaupt das Bewußtsein verlieren konnte. Aber es kam nicht dazu. Irgend jemand muß zwischen uns getreten sein und meinen Gegner gezwungen haben, von mir abzulassen.

Als ich aufblickte, sah ich nur den Bruchteil einer Sekunde zwei Gestalten, wie einen kurzen Reflex, nachdem man das Auge schließt, ein Wirbel von schwarzen Mänteln, Stiefeln, die aufs Pflaster schlugen. Dann saß ich keuchend und allein in der dunklen Straße, der Schweiß lief mir über das Gesicht, und als ich umherstarrte, sah ich eine Gestalt in einer Mauernische hocken. Ein bleiches Männergesicht, breiter als das andere, und große dunkle Augen, die mich fixierten. Er sagte leise, ohne die Lippen zu bewegen: ›Sie sind unverletzt.‹

Ich richtete mich auf, bereit, mich zur Wehr zu setzen. Aber die Gestalt blieb sitzen, als sei sie ein Teil der Mauer. Eine Hand griff in die Tasche und holte eine Karte heraus, weiß wie die Hand, die sie mir reichte. Ich nahm sie nicht, rührte mich nicht. ›Kommen Sie morgen abend zu uns‹, kam es flüsternd aus dem glatten, ausdruckslosen Gesicht. ›Ich tue Ihnen nichts. Und der andere auch nicht. Ich werde es nicht erlauben.‹ Er streckte den Arm weit aus, wie es Vampire können, und drückte mir die Karte in die Hand, und dann glitt er wie eine Katze die Hausmauer empor und verschwand zwischen den Giebeln des Dachgeschosses.

Jetzt war ich allein; ich wußte, fühlte es. Das Klopfen meines Herzens schien in der leeren Straße widerzuhallen, als ich unter der Laterne stand und die Karte las. Mit purpurroter Schrift war darauf geschrieben: ›Théâtre des Vampires‹. Und die Anfangszeit: ›Neun Uhr abends‹. Auf der Rückseite entdeckte ich noch eine Notiz: ›Bringen Sie die *petite beautée* mit. Sie sind beide herzlich willkommen. Armand.‹

Ich zweifelte nicht, daß die Gestalt, die mir die Karte gegeben, sie auch geschrieben hatte. Und mir blieb nur kurze Zeit bis zur Dämmerung, um zum Hotel zurückzugehen und Claudia alles zu erzählen. Ich lief so schnell, daß die wenigen Menschen auf den Boulevards den Schatten nicht wahrnahmen, der an ihnen vorüberhuschte.«

»Das ›Théâtre des Vampires‹ war nur mit einer Einladung zu betreten, und am nächsten Abend prüfte der Portier meine Karte, während der Regen sanft auf alles herniederrieselte: auf den Mann und die Frau, die vor der Kasse stehenblieben; auf die Plakate blutrünstiger Vampire mit ausgestreckten Armen und Mänteln wie Fledermausflügel, im Begriff, sich auf die nackten Schultern eines sterblichen Opfers zu stürzen, und auf die anderen Paare, die sich nach uns in das Theater drängten. Ich sah gleich, daß sie alle Menschen waren, keine Vampire darunter, auch nicht der Knabe, der uns in das Foyer führte, wo es nach feuchten Kleidern roch und Damen in angeregter Unterhaltung mit behandschuhten Fingern ihre Hüte und nasse Locken betasteten. Ich drängte mich in den Schatten. Wir hatten unsere Nahrung heute früher zu uns genommen, damit unsere Haut nicht zu weiß, unsere Augen nicht zu glänzend waren. Ich war unbefriedigt geblieben, doch zu mehr war keine Zeit gewesen. Dies war keine Nacht zum Töten, es sollte eine Nacht der Offenbarung werden, wie immer sie enden mochte. Dessen war ich sicher.

Nun standen wir hier in dem allzu menschlichen Gedränge; die Tür zum Zuschauerraum wurde geöffnet, und man führte uns in eine Loge, eine der besten des Hauses, und wenn das Blut, das wir heute getrunken, auch meine Haut nicht restlos gefärbt und aus Claudia an meinem Arm nicht ganz ein Menschenkind gemacht hatte, so schien es der Schließer nicht zu bemerken, oder es kümmerte ihn nicht. Jedenfalls lächelte er freundlich, als er einen Vorhang zurückzog und uns zu den beiden Plätzen vor der Messingbrüstung führte.

›Würdest du es ihnen zumuten, menschliche Sklaven zu haben?‹ fragte Claudia flüsternd.

›Lestat hat niemals menschlichen Sklaven getraut‹, gab ich zurück.

Die Reihen des Zuschauerraums füllten sich, Blumenhüte wogten, weiße Schultern schimmerten, Diamanten glitzerten im hellen Gaslicht. Dann gingen die Lampen aus, im Rang, im Parkett. Im Orchestergraben vor der Bühne hatten sich die Musikanten versammelt, vor dem grünen Samtvorhang flammte das Rampenlicht auf. Das Sprechen und Hüsteln im Publikum verstummte, und nach einer kurzen Stille erklang der langsame, rhythmische Schlag eines Tamburins; die dünnen Töne einer Flöte gesellten sich dazu und verbanden sich mit den Messingglöckchen des Tamburins zu einer altertümlichen Melodie, die alsbald von gezupften Streichinstrumenten unterstützt wurde. Die Flöte stieg an zu einer schwermütigen Weise. Sie hatte einen besonderen Zauber, diese Musik, und die Zuschauer schienen wie von einem unsichtbaren Band gefesselt, das sich im Dunkel um sie legte. Dann hob sich der Vorhang, und die Bühne zeigte einen dichten Wald mit voll belaubten Bäumen, dazwischen sah man ein steiniges Flußufer und dahinter den glitzernden Fluß selbst. Eine dunkle Gestalt in einem dunklen Umhang bewegte sich von Baum zu Baum, und als sie ins Licht trat, streckte sie einen Arm mit einer blitzenden Sense aus und hielt mit der anderen Hand eine Maske an einem Stab vor das Gesicht, eine Maske mit dem Bild des Todes, einen gemalten Totenkopf.

Laute des Erstaunens drangen aus dem Publikum. Es war der Tod mit der erhobenen Sense, der vor den Zuschauern stand, der Tod am Rande eines dunklen Waldes. Und während er sich zum Rhythmus der Musik in seinem schwarzen, wogenden Mantel mit der Anmut eines großen Panthers hin und her bewegte, kamen weitere Figuren aus den Seitenkulissen. Zuerst eine alte Frau, mit krummem Rücken und grauem Haar, die einen großen Korb mit Blumen trug. Sie schlurfte über die Bühne und wackelte mit dem Kopf zum Takt der Musik und den tänzelnden Schritten des Sensenmannes. Als sie ihn erblickte, stutzte sie, stellte den Korb hin und faltete die Hände zum Gebet. Sie war müde, legte den Kopf auf die Hände wie zum Schlaf; dann streckte sie sie dem Tod flehend entgegen. Aber als er auf sie zutrat und sich zu ihr niederbeugte, um ihr ins Gesicht zu schauen, das für uns unter dem Haar im Schatten lag, prallte er zurück und fächelte sich mit der Hand frische Luft zu. Im Publikum wurde gelacht, und das Gelächter nahm zu, als die Alte den Tod aufs Korn nahm. Die Musik spielte einen schnellen Tanz zu der Verfolgung, die sich auf der Bühne abspielte, bis der Schnitter Tod sich schließlich in den Schatten eines Baumes rettete und das maskierte Gesicht wie ein Vogel in einem Flügel seines Mantels barg. Und die Alte, geschlagen und enttäuscht, nahm ihren Korb und trat, während die Musik langsamer wurde, von der Bühne ab. Mir gefiel es nicht, und ich mißbilligte das Gelächter.

Jetzt traten andere Figuren auf, Krüppel an Krücken, Bettler in aschgrauen Lumpen, und alle streckten die Hände nach dem Tod aus, der um sie herumwirbelte und jedem Zugriff durch eine schnelle Drehung zu entschlüpfen wußte und sie am Ende, mit einer Geste des Widerwillens und Überdrusses, von der Bühne jagte.

Da erst bemerkte ich, daß die weiße, schlaffe Hand, die diese Gesten vollführte, nicht geschminkt war. Es war eine weiße Vampirhand, die das Publikum zum Lachen gebracht hatte, und sich nun, da die Bühne leer war, zu dem grinsenden Schädel hob, wie um ein Gähnen zu verbergen. Dann lehnte er sich, immer mit der Maske vor dem Gesicht, an einen der gemalten Bäume, als wolle er in Schlaf fallen. Die Musik, die alles untermalte, war jetzt wie leises Vogelgezwitscher und Wellengesäusel, und der Scheinwerfer, der ihn umkreiste, blendete ab, während er einschlief.

Dann leuchtete der Scheinwerfer erneut auf und hob eine junge Frau aus dem Dunkel der Bühne. Sie war hochgewachsen und von einer reichen blonden Haarflut beinahe ganz bedeckt. Ich fühlte die Bewunderung des Publikums, als sie zwischen den Bäumen des gemalten Waldes einherzutaumeln schien und nur hin und wieder mit ihrem schönen Gesicht, fein gemeißelt wie das einer Marmor-Madonna, in den Zuschauerraum starrte. Das Seufzen, das über ihre Lippen drang, war wie das Echo auf die zarte, romantische Flötenmelodie, die ihrer Schönheit zu huldigen schien. Der Schnitter Tod erwachte, und auch er vollzog eine Geste der Bewunderung. Dann warf er die Totenmaske plötzlich fort und zeigte ein weißschimmerndes Gesicht, strich sich das schwarze Haar zurück, zupfte an seiner Weste und wischte ein Stäubchen von seinem Rockaufschlag. Der Tod als Freier. Und man klatschte Beifall für die brillante Mimik, als wäre sie eine meisterhafte Täuschung, während es doch mit Bestimmtheit das Gesicht eines Vampirs war, des Vampirs nämlich, der mich im Quartier Latin angesprochen hatte.

Ich griff nach Claudias Hand, doch sie blieb still, als sei sie hingerissen von der Vorstellung. Jetzt näherte sich der Vampir dem Mädchen, das ihn erblickte und stehenblieb, den Mund wie ein Kind klagend geöffnet. Obgleich augenscheinlich eine erwachsene Frau, ähnelte sie in der Tat sehr einem Kinde. Nur einige kleine Falten um die Augen verrieten ihr wahres Alter. Die kleinen Brüste unter ihrer Bluse waren wunderschön geformt, ihre schmalen Hüften verliehen ihr einen sinnlichen Ausdruck. Als sie zurückschrak, standen Tränen in ihren Augen, und ich empfand Angst und Verlangen zugleich. Ihre Schönheit war herzzerreißend.

Hinter ihr tauchten plötzlich zahlreiche bemalte Schädel aus dem Dunkel, vier männliche und drei weibliche Vampire, in schwarzen Gewändern mit weißen Händen; und während sie sich auf das Opfer zubewegten, warfen sie ihre Masken auf einen Haufen, grinsende Schädel mit den Stäben, die wie Gebeine aussahen. Sie waren von einer düsteren Schönheit, die sieben Vampire mit den bleichen Gesichtern, dem schwarzen Haar und den dunklen Augen, doch blaß und kalt neben dem blühenden Menschenkind mit dem goldschimmernden Haar und den rosigen Wangen, das sie umtänzelten. Ich konnte hören, wie man im Publikum den Atem anhielt und ergriffen seufzte. Es war ein packendes Schauspiel, der Reigen der blassen Gesichter unter der Führung des Gevatters Tod, der sich direkt an die Zuschauer wandte, die Hände über der Brust gekreuzt, den Kopf sehnsüchtig geneigt, als wolle er ihre Sympathie erregen – ist sie nicht unwiderstehlich?

Aber es war sie, die das magische Schweigen brach. ›Ich will nicht sterben‹, wisperte sie mit einer Stimme wie eine Silberglocke.

›Wir sind der Tod‹, erwiderte er; und der Reigen wiederholte flüsternd: ›Der Tod.‹ Sie wand sich verzweifelt, warf das blonde Haar hin und her. ›Helft mir!‹ rief sie ins Publikum, doch leise, als fürchte sie, die Stimme zu heben. Claudia lachte unmerklich. Das Mädchen auf der Bühne verstand nur ungefähr, wo sie war und was mit ihr geschah, doch unendlich mehr als die Hunderte von Menschen, die sie angafften.

›Ich will nicht sterben! Ich will nicht sterben!‹ rief sie immer wieder; ihre zarte Stimme brach, während sie die Augen nicht von dem großen bösen Feind ließ, dem Anführer der Vampire, der jetzt aus dem Kreis der anderen auf sie zutrat.

›Wir sterben alle‹, sagte er. ›Das einzige, was du mit jedem Sterblichen gemein hast, ist der Tod.‹ Er machte eine Handbewegung, die das Orchester, das Parkett und die Logen umschloß.

Das Mädchen protestierte ungläubig. ›Nein‹, hauchte sie. ›Ich habe doch noch viele Jahre vor mir, so viele . . .‹ Ihre Stimme war hell, melodisch bei allem Weh und ebenso hinreißend wie die Bewegung des nackten Halses und der Hand, die hilflos flatterte.

›Jahre!‹ sagte der Vampir höhnisch. ›Woher weißt du, daß du noch viele Jahre vor dir hast? Der Tod nimmt keine Rücksicht auf Jahre. Vielleicht hast du schon lange eine Krankheit, die dich von innen verzehrt. Oder irgendwo wartet ein Unhold auf dich, der es auf dein goldenes Haar abgesehen hat!‹ Und seine Finger streckten sich begehrlich danach aus, während er mit sonorer Stimme hinzusetzte: ›Wer weiß, was das Schicksal für dich bereithält?‹

›Es ist mir gleich . . . ich fürchte mich nicht‹, und ihre Stimme klang so dünn, so gebrechlich nach der seinen. ›Ich will es wagen.‹

›Und wenn du es wagst und viele Jahre lebst – was erwartet dich? Das runzlige, zahnlose Antlitz des Alters!‹ Jetzt hob er ihr Haar, legte die weiße Kehle bloß und öffnete langsam die Knöpfe ihrer Bluse. Sie versuchte ihn abzuwehren, doch er hielt sie an den Handgelenken fest. Das Publikum schien aufzuseufzen, als sei es ein einziges Lebewesen; die Herren gebannt vornüber gebeugt, die Damen mit den Operngläsern vor den Augen. Ich sah die Bluse sich öffnen, sah die makellose Haut, unter der das Herz schlug, während ihr die Tränen die geröteten Wangen hinunterliefen und sie sich auf die Lippe biß. Er sagte: ›So rosig dieses Fleisch jetzt ist – es wird grau und faltig im Alter!‹

›Laß mich leben!‹ bettelte sie und wandte das Gesicht ab. ›Es kümmert mich nicht . . .‹

›Und warum soll es dich kümmern, wenn du jetzt stirbst? Wenn jene Dinge dir keine Angst einjagen . . . jene Schrecken?‹

Sie schüttelte den Kopf, überlistet und hilflos. Ich fühlte Unwillen in mir aufsteigen. Mit geneigtem Kopf trug sie die ganze Verantwortung für die Verteidigung des Lebens, und es war unfair, höchst unfair, daß sie ihre Logik gegen seine Diabolik einsetzen sollte für eine Sache, die heilig war, über jeden Zweifel erhaben und auf so liebliche Weise in ihr verkörpert. Doch er brachte sie zum Schweigen, verwirrte ihren Instinkt und machte ihn lächerlich. Ich konnte fühlen, wie sie innerlich schwach wurde und erstarb, und ich haßte ihn dafür.

Die Bluse war hinuntergeglitten, und ein Murmeln ging durch die erregte Menge, als die kleinen, runden Brüste entblößt waren. Sie bemühte sich, ihre Hände zu befreien, doch der Tod hielt ihre Gelenke fest und fuhr fort: ›Und angenommen, wir ließen dich gehen . . . angenommen, der Schnitter Tod hätte ein Herz, das deiner Schönheit widerstehen könnte . . . auf wen sollte er sein Verlangen richten? Jemand muß an deiner Stelle sterben. Willst du ihn für uns auswählen? Damit er hier steht und leidet, so wie du jetzt leidest?‹ Er zeigte auf das Publikum. ›Hast du eine Schwester . . . eine Mutter . . . ein Kind?‹

Ihre Verwirrung war schrecklich: ›Nein‹, keuchte sie, ›nein . . .‹, und schüttelte abermals verzweifelt den Kopf.

›Sicher weißt du jemand, der deinen Platz einnehmen könnte – eine Freundin? Wähle!‹

›Ich könnte nicht . . . ich würde nicht . . .‹ Sie wand sich in seinen

Händen. Die Vampire rings herum sahen zu, lautlos, und ihre Gesichter zeigten keinerlei Bewegung. ›Kannst du es nicht?‹ spottete er. Und ich wußte, wenn sie sagte, sie könnte es, wie er es dann verdammen würde und sagen, sie sei ebenso böse wie er, weil sie jemand dem Tode preisgäbe, sagen, sie verdiene ihr Schicksal erst recht.

›Der Tod erwartet dich überall‹, seufzte der Vampir jetzt, als sei er enttäuscht. Die Zuschauer konnten es nicht sehen, aber ich bemerkte, wie sich die Muskeln seine glatten Gesichtes spannten. Er versuchte, ihre grauen Augen auf sich zu lenken, doch sie blickte verzagt von ihm weg. Durch die warme Luft hindurch konnte ich den Duft ihrer Haut riechen, ihren sanften Herzschlag hören. ›Unbewußter Tod ... das Schicksal aller Sterblichen.‹ Er beugte sich zu ihr, wie in blinder Leidenschaft. ›Aber wir sind der bewußte Tod! Das macht dich zur Braut. Weißt du, was es bedeutet, vom Tod geliebt zu werden?‹ Jetzt war er ihr so nahe, als wolle er ihr Gesicht, die Tränen von ihren Augen küssen. ›Weißt du, was es bedeutet, daß der Tod deinen Namen weiß?‹

Von Furcht überwältigt sah sie ihn an; doch dann schienen ihre Augen sich zu verschleiern, ihre Lippen zu erschlaffen. Sie starrte auf einen anderen Vampir, der langsam aus dem Schatten aufgetaucht war, die Hände gefaltet, die großen, dunklen Augen unbewegt. Seine Haltung war nicht die eines Gierigen, er schien nicht verzückt. Jetzt blickte sie in seine Augen, und ihre Qual tauchte sie in ein wundervolles Licht, ein Licht, das sie verführerisch, unwiderstehlich machte. Ich konnte ihre Haut spüren, ihre kleinen Brüste, konnte fühlen, wie meine Arme sie umfingen; und auch als ich die Augen schloß, stand ihr Bild vor mir. Es war, was alle um sie herum fühlten, diese Gemeinschaft der Vampire. Ihr Schicksal war besiegelt.

Und als ich wieder aufschaute und ihre Tränen wie Perlen durch das dunstige Rampenlicht schimmern sah, sprach der andere Vampir sanft die Worte: ›Kein Schmerz.‹

Ich sah, wie der andere stutzte – vermutlich bemerkte es niemand sonst. Sie sahen nur des Mädchens glattes Kindergesicht, die in unschuldigem Staunen geöffneten Lippen, als sie den anderen anstarrte und ungläubig wiederholte: ›Kein Schmerz?‹

Er antwortete: ›Deine Schönheit ist für uns ein Geschenk.‹ Seine volle Stimme füllte mühelos das Haus, schien die aufsteigende Welle der Erregung zu dämpfen, während er fast unmerklich die Hand hob. Der erste zog sich zurück und reihte sich ein in den Kreis der geduldigen Gesichter, in denen Hunger und Gleichmut seltsam vereint waren. Und mit langsamen und anmutigen Schritten trat der andere auf das Mädchen zu. Sie schien ermattet, ihre Nacktheit war vergessen, ihre Lider flatterten, und ein Seufzer kam über ihre feuchten Lippen. ›Kein Schmerz‹, flüsterte sie. Ich konnte es kaum ertragen, wie sie sich nach ihm sehnte, wie sie jetzt in seiner Macht war und sterben würde; und ich wollte sie anrufen, sie aus ihrer Ohnmacht erwecken. Und ich begehrte sie, als jener sich ihr näherte, die Hand ausgestreckt, um das Zugband zu lösen, das ihren Rock hielt. Und sie neigte sich ihm zu, den Kopf zurückgeworfen, als der dunkle Rock von den weißen Hüften über das golden schimmernde Vlies zwischen ihren Beinen glitt und zu ihren Füßen liegenblieb. Und der Vampir, mit dem Rücken zur Rampe, öffnete die Arme, und sein braunes Haar schien zu zittern, als das goldene Mädchenhaar über sein schwarzes Gewand fiel. ›Kein Schmerz . . . kein Schmerz . . .!‹ flüsterte er ihr ins Ohr, und sie ergab sich ihm.

Jetzt drehte er sie langsam zur Seite, so daß alle ihr ruhig-heiteres Gesicht sehen konnten, und hob sie hoch, und ihre nackten Brüste berührten die Knöpfe seiner Jacke, und ihre weißen Arme umfaßten seinen Nacken. Sie schrie leise auf, als er die Zähne in ihren Hals grub, und das dunkle Theater atmete dumpf im Banne dieses Rausches. Ich fühlte mich schwach und betäubt; meine Hand umklammerte das Messinggitter unserer Loge. Der Hunger stieg in mir auf, ich hörte das feine saugende Geräusch, das kein Sterblicher vernehmen konnte, und die Luft war heiß und süß und erfüllt von dem Duft ihrer Haut. Die anderen Vampire scharten sich um sie; die weiße Hand, die sie hielt, zitterte und ließ sie endlich los, und eine der schönen Vampirfrauen nahm sie in die Arme, wiegte sie und streichelte sie und beugte sich über sie, um zu trinken. Dann wurde sie vor der atemlos verzückten Menge von einem zum anderen gereicht, den Kopf über die Schultern eines Vampirmannes geneigt, und der Nacken war reizend wie der Rücken, die makellose Haut der langen Schenkel oder die Fältchen der Kniekehlen. Der braunhaarige Vampir, der sie bezwungen hatte, stand beiseite wie zu Anfang, und seine dunklen Augen schienen auf mich geheftet zu sein.

Nach und nach verschwanden die Vampire, bis das sterbliche Mädchen nackt im Walde lag, auf eine mit schwarzer Seide ausgeschlagene Bahre gebettet wie auf dem Waldboden selbst. Die Musik begann wieder, leise, unheimlich und beschwörend und wurde lauter, während die Lichter verdämmerten. Jetzt war nur noch der Gaukler auf der Bühne; er hatte wieder seine Sense und die Maske ergriffen und hockte sich neben das schlafende Mädchen, und nur noch die Musik beherrschte die Dunkelheit, die sich um die beiden schloß. Und dann erstarb sie auch.

Einen Augenblick blieb es still; dann wurde hier und da Beifall geklatscht, bis sich alles in lautem Applaus vereinte. Die Lichter an den Wänden und an der Decke gingen an, die Leute standen auf und drängten hinaus, schweigend zuerst, und dann verwandelten sie sich wieder in die angeregt plaudernde Menge, als die sie gekommen waren. Der Zauber war gebrochen. Türen wurden aufgerissen, man hörte das Klappern von Pferdehufen und die Rufe nach einer Droschke, und von der Straße drang der feuchte Regenduft herein.

Ich war sitzen geblieben und lauschte, auf die Brüstung gelehnt und mit einer Hand mein Gesicht abschirmend. Die Leidenschaft in mir verebbte, aber noch hatte ich den Geschmack des Mädchens auf den Lippen. Es war, als könne ich durch die Regenfeuchte noch ihren Duft riechen, im leeren Theater noch ihren Herzschlag hören. Ich zog den Atem ein und warf einen Blick auf Claudia, die ganz still dasaß, die behandschuhten Hände im Schoß.

Unter mir ging ein Schließer durch die Reihen, rückte die Sessel zurecht und hob hier und da ein Programm auf, das liegengeblieben war. Ich fühlte einen bitteren Geschmack im Mund und in mir eine schmerzliche Leere und Verwirrung, und ich wußte, sie würde enden, wenn ich mich hinunterstürzte, den Mann packte und in die Dunkelheit zöge und ihn nähme, so wie man oben auf der Bühne das Mädchen genommen hatte. Claudia neben mir flüsterte: ›Geduld, Louis, Geduld.‹

Jemand war lautlos in unsere Loge getreten, der Vampir mit dem braunen Haar; und ich wußte, es war der gleiche, der mir die Einladungskarte für das Theater gegeben hatte. Armand. Es sah aus, als habe er schon lange an der Wand gestanden, und er veränderte seine Miene nicht, als wir ihn anblickten und dann auf ihn zugingen. Jetzt ließ er die Augen lässig über Claudia gleiten, ganz ohne den Versuch, wie es Menschen tun, sein Staunen zu bemänteln. Ich legte die Hand auf Claudias Schulter und sagte ›Wir haben Sie lange gesucht‹ und hatte dabei das Gefühl, daß er es wußte, und durch seine gelassene Haltung und seine tiefen braunen Augen schien er auszudrücken, ich brauchte nicht weiter darüber nachzudenken oder zu sprechen. Claudia schwieg.

Er machte eine Geste, die zugleich ein Willkommensgruß war und ein Wink, ihm zu folgen, und ging hinaus, die Treppen hinunter, in schnellen und fließenden Bewegungen. Verglichen mit seinen waren meine Gesten Karikaturen menschlicher Gebärden.

Er öffnete eine Tür in der Wand und führte uns in die Räume unter dem Theater; seine Füße berührten nur leicht die Steintreppen, als wir hinabstiegen.

Wir kamen in einen Raum, der wie ein riesiger unterirdischer Ballsaal erschien, in den Felsen gehauen, viel älter als das Theater selbst. Die Tür, die er für uns geöffnet hatte, fiel hinter uns ins Schloß, und das Licht verlor sich, noch ehe ich mir von dem Saal ein Bild machen konnte. In der Dunkelheit vernahm ich das Rascheln seiner Kleidung und dann das Anreißen eines Zündholzes. In dem Lichtschein wirkte sein Gesicht wie eine große Flamme. Und dann trat neben ihn eine Gestalt, ein junger Bursche, der ihm eine Kerze reichte. Der Anblick des Jungen brachte mir mit einem Mal die Erscheinung der nackten Frau auf der Bühne wieder zum Bewußtsein, den hingestreckten Leib, das pulsierende Blut. Und dann wandte er sich um und starrte mich an; der braunhaarige Vampir hatte die Kerze angesteckt und flüsterte dem Jungen zu, er solle gehen. Der Lichtschein fiel auf die fernen Wände, und der Vampir hielt die Kerze in die Höhe und gab uns ein Zeichen, ihm zu folgen. Ich gewahrte eine Unmenge von Fresken und Wandgemälden, die uns umgaben; satt und kraftvoll leuchteten die Farben im tanzenden Schein der Kerze, und nach und nach wurde mir der Inhalt der Bilder klar. Sie zeigten den schrecklichen ›Triumph des Todes‹ von Breughel in einem so riesigen Maßstab, daß sie all die gräßlichen Gestalten im Dämmerlicht über uns emportürmten, jene grausigen Skelette, die wehrlose Tote in stinkende Gräben warfen, Karren voller Schädel zogen, Leichen köpften oder Menschen an Galgen hängten. Eine Totenglocke läutete über der endlosen Hölle verbrannten, rauchenden Landes, in das Heerscharen von Soldaten in einem abscheulichen und rücksichtslosen Marsch zum Massaker zogen. Ich wandte mich ab, doch der Braunhaarige zupfte mich an der Hand und führte mich weiter, um mir den ›Fall der Engel‹ zu zeigen, wo aus himmlischen Höhen Verdammte in ein gespenstisches Chaos von Monstren getrieben wurden, die sich an ihnen gütlich taten. Ich erschauerte, so lebendig, so deutlich war alles. Die Hand berührte mich abermals, doch ich blieb mit Absicht stehen und blickte an dem riesigen Wandgemälde hoch, wo ich die Umrisse zweier wunderschöner Engel ausmachen konnte, die Posaune bliesen. Und für einen kurzen Moment war der Zauber gebrochen. Ich erinnerte mich an den Abend, als ich Notre-Dame zum ersten Mal betreten hatte; doch dann verschwand dieses Bild wie etwas Zartes, Wertvolles, das man mir entriß.

Die Helligkeit der Kerze nahm zu und mit ihr der Schrecken, der mich umgab: die stummen, teilnahmslosen, erniedrigten Verdammten von Hieronymus Bosch, die aufgedunsenen, eingesargten Entseelten von Traini, die monströsen apokalyptischen Reiter von Dürer und eine lange Galerie mittelalterlicher Holzschnitte, Mosaike und Kupferstiche in einem Maßstab, der alles Erträgliche überschritt. Die ganze Decke war angefüllt mit Skeletten und vermodernden Leichen, mit Dämonen und Folterinstrumenten, als sei dies die Kathedrale des Todes selbst.

Als wir schließlich in der Mitte des Raumes standen, schien das Licht der Kerze alles um uns herum zum Leben zu erwecken. Der Wahn dräute, eine schreckliche Verschiebung des Raumes setzte ein, ein Gefühl des Fallens. Ich berührte Claudia. Sie war teilnahmslos, mit leerem Blick in Gedanken versunken, als wolle sie in Ruhe gelassen werden; und dann jagte sie davon, mit trommelnden Schritten, die von den Wänden widerhallten wie Finger, die an meine Schläfen, an meinen Schädel trommelten. Ich hielt meine Hände an die Schläfen, starrte stumm auf den Boden, suchte nach Schutz, als zwänge mich ein Blick nach oben, irgendein erbärmliches Leid mit anzusehen, das ich nicht ertragen wollte, ertragen konnte. Dann wieder erkannte ich das Gesicht des Vampirs, das in der Flamme verschwamm, seine ewig jungen Augen, von dunklen Wimpern gesäumt. Seine Lippen waren ganz und gar ruhig, doch er schien zu lächeln, als ich ihn anstarrte, ohne sich auch nur zu regen. Ich betrachtete ihn um so angestrengter, war überzeugt, einer mächtigen Sinnestäuschung anheimgefallen zu sein, derer ich mich entziehen könnte; doch je eindringlicher ich ihn ansah, um so mehr schien er zu lächeln und sich schließlich angeregt zu fühlen, fast lautlos zu flüstern, zu singen. In der Dunkelheit vernahm ich es wie ein Kräuseln, so wie Lack sich vom Gesicht einer brennenden Puppe kräuselt. Ich verspürte den Drang, nach ihm zu greifen, ihn zu schütteln, damit sich dieses reglose Gesicht endlich bewegen, sich zu dem leisen Singen bekennen würde. Und plötzlich fand ich mich an ihn gepreßt, sein Arm umfing mich, ich konnte seine Wimpern glänzen sehen, die die glühenden Augäpfel umrahmten, so nahe war er mir, ich spürte seinen weichen, geruchlosen Atem auf meiner Haut. Es *war* der Wahn.

Ich bewegte mich fort, wollte von ihm loskommen, und doch wurde ich zu ihm hingezogen und bewegte mich überhaupt nicht, sein Arm preßte mich fest an ihn, die Kerze strahlte in meine Augen, ich konnte ihre Wärme spüren; diese Wärme, nach der sich all mein kaltes Fleisch sehnte, doch auf einmal wollte ich die Flamme ersticken, aber ich konnte sie nicht finden, und alles, was ich sah, war ein strahlendes Gesicht, so strahlend wie ich Lestats Gesicht noch nie gesehen hatte, weiß und bar jeglicher Pore und kraftvoll und männlich. Der andere Vampir. Alle anderen Vampire. Eine endlose Prozession meiner eigenen Art.

Der Augenblick verflog.

Ich fand mich mit ausgestrecktem Arm, berührte sein Gesicht; aber er stand von mir entfernt, als sei er niemals näher gekommen, er versuchte auch nicht, meine Hand wegzuschieben. Ich wich zurück, errötet, verblüfft.

Irgendwo draußen in der Pariser Nacht schlug eine Glocke, die dumpfen goldenen Wellen des Klangs schienen die Wände zu durchdringen, die den Ton wie riesige Orgelpfeifen tief in die Erde trugen. Und wieder vernahm ich dieses Flüstern, diesen unverständlichen Gesang. Und in dem Halbdunkel sah ich, wie mich der sterbliche Junge beobachtete, und ich gewahrte den heißen Duft seines Fleisches. Die leichte Hand des Vampirs winkte ihn herbei, und er trat auf mich zu, mit furchtlosem und aufregendem Blick; und er stellte sich im Kerzenschein vor mich hin und legte seine Arme um meine Schultern.

Nie zuvor hatte ich so etwas erlebt, so etwas empfunden, diese bewußte Preisgabe eines Sterblichen. Doch noch ehe ich ihn von mir wegschieben konnte, um seiner selbst willen, bemerkte ich den bläulichen Fleck an seinem zarten Hals. Er bot ihn mir dar. Er drückte seinen ganzen Körper gegen mich, und ich spürte sein hartes Geschlecht, das sich an mein Bein preßte. Ein jämmerlicher Laut des Erschreckens entfloh meinen Lippen, doch er kam noch näher, sein Mund berührte mich, mich, der ich ihm doch so kalt und leblos erscheinen mußte; und ich grub meine Zähne in seine Haut, mein Körper war starr, sein steifes Geschlechtsteil drückte sich an mich, und ich hob ihn voller Leidenschaft hoch. Welle auf Welle seines pulsierenden Herzens durchdrang mich, während ich ihn in meinen Armen wiegte, wie schwerelos, und ihn verschlang, seine Verzückung, seine Lust.

Dann, kraftlos und keuchend, sah ich ihn in einiger Entfernung von mir, meine Arme leer, mein Mund noch immer voll vom Geschmack seines Blutes. Er schmiegte sich an den braunhaarigen Vampir, seinen Arm um dessen Hüfte, und starrte mich auf die gleiche ruhige Weise an wie der Vampir, sein Blick schwach und getrübt vom Verlust des Lebens. Dann bin ich auf ihn zugegangen, das weiß ich noch, wurde zu ihm hingezogen, hatte scheinbar jegliche Macht über mich verloren, dieser Blick verhöhnte mich, dieses bewußte Leben widersetzte sich mir; er sollte sterben, und er starb nicht; er würde weiterleben, diese intime Beziehung überdauern! Ich wandte mich ab. Die Schar der Vampire bewegte sich im Schatten, die Flammen ihrer Kerzen tanzten durch die kühle Luft; und über ihnen tauchten schemenhaft Gestalten auf, die an die Decke gezeichnet waren: der schlafende Leichnam einer Frau, entstellt von einem Geier mit Menschengesicht, ein Nackter, mit Händen und Füßen an einen Baum gefesselt, daneben hing der Torso eines anderen Mannes, seine abgetrennten Arme an einen Zweig gebunden, und auf einem Pfahl steckte mit starrem Blick sein Kopf.

Und wieder vernahm ich dieses Singen, diesen leisen ätherischen Gesang. Der Hunger in mir legte sich allmählich, doch in meinem Kopf hämmerte es, und die Flammen der Kerzen schienen in glänzenden Lichtkreisen zu verschmelzen. Auf einmal berührte mich jemand, stieß mich grob, so daß ich fast das Gleichgewicht verlor, und als ich mich wieder aufrichtete, erkannte ich das schmale, eckige Gesicht des Gaukler-Vampirs, den ich verachtete. Er griff nach mir mit seinen bleichen Händen. Doch der andere, der abseits stand, trat plötzlich nach vorne und stellte sich zwischen uns. Er schien dem anderen Vampir einen Schlag zu versetzen, ich sah, wie er sich bewegte, und doch sah ich es wieder nicht; beide standen sich reglos wie Statuen gegenüber und ließen einander nicht aus den Augen, die Zeit verging wie die Brandung, die sich Welle nach Welle von friedlichen Gestaden zurückzog. Wie lange wir drei so verharrten, kann ich nicht sagen, und wie unbeweglich mir alles vorkam, Leben schien sich nur hinter den schimmernden Flammen zu verbergen! Dann erinnere ich mich noch, wie ich mich an der Wand entlangschleppte und einen großen Eichenstuhl fand, in dem ich beinahe zusammenbrach. Mir kam es so vor, als ob Claudia in der Nähe sei und zu jemandem mit lieblicher und besänftigender Stimme sprach. Durch meine heiße Stirn pulsierte das Blut.

›Komm mit mir‹, sagte der braunhaarige Vampir. Und dann stiegen wir drei, voran Claudia, über eine lange steinerne Treppe tiefer hinab unter die Stadt. Die Luft wurde kühler, erfrischender und roch nach Wasser, ich konnte die Tropfen sehen, die durch die Steine drangen, wie goldene Perlen schimmerten sie im Schein der Kerze.

Er führte uns in ein kleines Zimmer, in dem ein Kaminfeuer brannte. Gegenüber war ein Bett, in einer Felsnische, die sich mit zwei Gittertüren aus Messing verschließen ließ. Zuerst sah ich alles klar und bemerkte eine große Bücherwand, einen Schreibtisch und auf der anderen Seite einen Sarg. An den Wänden hingen Bilder und, wie ein Kruzifix, ein holzgeschnitzter mittelalterlicher Teufel. Der Vampir bat mich, in einem Ledersessel Platz zu nehmen.

Ich spürte die starke Hitze des Feuers an meinen Beinen, aber es kam mir gut vor, es war ein so deutliches Gefühl, etwas, das mich aus meiner Verwirrung befreien konnte. Ich lehnte mich zurück, die Augen halb geschlossen, und versuchte zu erkennen, was mich umgab. Mir war, als sei das Bett eine Bühne, auf der jener Junge auf leinenen Kissen lag, sein schwarzes Haar in der Mitte gescheitelt, mit Locken über den Ohren; in seinem verträumten fiebernden Zustand glich er den geschmeidigen androgynen Geschöpfen, die Botticelli gemalt hat; und an ihn geschmiegt, ihre kleine weiße Hand auf seinem rötlichen Fleisch, lag Claudia, ihr Gesicht in seinem Hals vergraben. Vor dem Bett stand der gebieterische braunhaarige Vampir mit gefalteten Händen; und als Claudia sich erhob, schauderte der Junge. Der Vampir hob sie hoch, sanft, so wie ich sie gehoben hätte, und ihre Hände fanden an seinem Hals Halt, ihre Augen waren halb geschlossen vor Verzückung, ihre Lippen rot vom Blut. Er setzte sie behutsam auf den Schreibtisch, und sie lehnte sich gegen die ledergebundenen Bücher, ihre Hände fielen anmutig in den Schoß ihres lavendelfarbenen Kleides. Die Gitter vor dem Jungen schlossen sich, und er schlief ein.

In dem Raum war irgend etwas Beunruhigendes, und ich wußte nicht, was es war. Ich wußte in Wahrheit nicht, was mit mir los war, ich wußte nur, ich war durch eine starke Kraft, entweder meine eigene oder die eines anderen, zweimal aus einem schlimmen, mich verzehrenden Zustand gerissen worden: der verschlingenden Wirkung der grauenhaften Gemälde und dem Töten, dem ich mich – unter den Augen anderer – auf obszöne Weise ergeben hatte.

Ich wußte nicht, was mich jetzt bedrohte, wovor mein Verstand jetzt zu fliehen suchte. Ich schaute auf Claudia, wie sie an den Büchern lehnte, wie sie zwischen den Gegenständen auf dem Schreibtisch saß, dem polierten weißen Totenkopf, dem Kerzenhalter, dem geöffneten Buch, dessen handgeschriebene Pergamentseiten im Licht schimmerten; und dann gewahrte ich über ihr ein gefirnißtes und glänzendes Bild, das einen mittelalterlichen Teufel zeigte, gehörnt und mit Pferdefuß, der drohend über einem Reigen von Hexen schwebte, die ihm huldigten. Das Bild hing unmittelbar über ihrem Kopf, einige lose Haarsträhnen berührten es noch; und sie blickte den braunäugigen Vampir mit großen fragenden Augen an. Plötzlich wollte ich sie hochheben und merkte zu meinem Erschrecken, daß sie steif wie eine Puppe war. Ich starrte auf das monströse Teufelsgesicht, ich konnte den Anblick ihrer schaurigen Unbeweglichkeit nicht ertragen.

›Sie wecken den Jungen nicht, wenn Sie sprechen‹, sagte der braunäugige Vampir. ›Sie sind von weit gekommen, Sie sind lange gereist.‹ Allmählich verflog meine Verwirrung – wie Rauch, der von einem kühlen Luftstrom fortgetragen wurde. Und ich saß wach und ruhig da und sah den Vampir an, der mir gegenübersaß. Auch Claudia sah ihn an. Und er schaute vom einen zum anderen, sein glattes Gesicht und seine friedfertigen Augen erweckten den Anschein, als habe es die ganze Zeit keine

Veränderung in ihm gegeben. ›Mein Name ist Armand. Ich ließ Ihnen durch Santiago meine Einladung überbringen. Ich weiß, wer Sie sind, und heiße Sie bei mir willkommen.‹

Ich gab mir Mühe, eine Antwort zu finden, und meine Stimme klang mir seltsam fremd, als ich ihm anvertraute, wir hätten gefürchtet, daß wir allein seien.

›Aber wie sind Sie geworden, was Sie sind?‹ fragte er. Claudia hob fast unmerklich die Hand und blickte von ihm zu mir hinüber. Er mußte es auch gesehen haben, ließ es sich jedoch nicht anmerken. Ich wußte, was sie mir sagen wollte. ›Sie brauchen nicht zu antworten‹, sagte Armand, und seine Stimme war leise und noch maßvoller als Claudias, weitaus weniger menschlich als meine. Wieder fühlte ich, wie ich in die Betrachtung jener Augen und jener Stimme verfiel, aus der ich mich nur mit Mühe befreien konnte.

›Sind Sie der Führer dieser Sippe?‹ fragte ich ihn.

›Nicht so wie Sie *Führer* meinen‹, antwortete er. ›Aber gäbe es hier einen, dann wäre ich dieser Führer.‹

›Ich bin nicht gekommen . . . verzeihen Sie bitte . . . um davon zu sprechen, wie ich geworden bin. Das ist für mich kein Geheimnis, kein Problem. Ich möchte daher lieber nicht von diesen Dingen sprechen, es sei denn, Sie verfügen über eine Autorität, der ich Rechnung tragen muß.‹

›Und wenn ich Ihnen sagte, ich hätte diese Autorität – würden Sie sie respektieren?‹

Ich wollte, ich könnte seine Sprechweise schildern, wie er jedesmal, wenn er die Stimme hob, aus einem Zustand der Kontemplation aufzutauchen schien, ganz ähnlich dem Zustand, dem ich mich entgegentreiben fühlte und gegen den ich mich nur so schwer wehren konnte; dabei blieb er unbewegt und war doch immer auf der Hut. Dies verwirrte mich und zog mich zugleich mächtig an, ebenso wie das Zimmer in seiner vornehmen Schlichtheit, mit den Büchern und Bildern, dem Schreibtisch und den beiden Kaminsesseln. Der Luxus unserer Hotelzimmer erschien mir dagegen vulgär und bedeutungslos. Abgesehen von dem sterblichen Jungen, dem schlafenden Jungen verstand ich alles.

›Ich bin nicht sicher‹, erwiderte ich und konnte die Augen nicht von dem schrecklichen und ehrfurchtgebietenden mittelalterlichen Satan abwenden. ›Ich müßte wissen, wovon . . . von wem sie kommt, diese Autorität, ob von anderen Vampiren . . . oder woanders her.‹

›Woanders her . . .‹, sagte er. ›Was ist woanders her?‹

›Das!‹ Ich zeigte auf das mittelalterliche Bild.

›Das ist ein Bild‹, sagte er.

›Nicht mehr?‹

›Nicht mehr.‹

›Dann . . .‹, sagte ich, ›gibt Ihnen nicht Satan, nicht irgendeine satanische Macht die Autorität, als einer der Vampire oder als deren Anführer?‹

›Nein‹, sagte er ruhig, so ruhig, daß es mir unmöglich war zu wissen, was er von meinen Fragen dachte, wenn er überhaupt so von ihnen dachte, wie ich Denken verstand.

Ich fragte: ›Und die anderen Vampire?‹; und er antwortete: ›Nein.‹

›Dann sind wir also nicht . . .‹, ich setzte mich auf, ›. . . die Kinder Satans?‹

›Wie könnten wir die Kinder Satans sein?‹ erwiderte er. ›Glauben Sie, daß Satan die Welt um uns geschaffen hat?‹

Ich sagte: ›Nein, ich glaube, Gott hat sie geschaffen, wenn überhaupt jemand sie geschaffen hat. Aber er muß auch Satan geschaffen haben, und ich möchte wissen, ob wir seine Kinder sind.‹

Und er antwortete: ›Wenn Sie glauben, daß Gott Satan geschaffen hat, dann müssen Sie daraus schließen, daß alle Macht Satans von Gott kommt und daß Satan ganz einfach Gottes Kind ist und daß wir also auch Gottes Kinder sind. Es gibt keine Kinder Satans.‹

Ich konnte meine Gefühle nach diesen Worten nicht verbergen. Ich lehnte mich in den Sessel zurück und betrachtete den Teufel an der Wand, in Gedanken verloren über Armands Worte, über ihre einfache Logik.

›Aber warum betrifft es Sie?‹ fuhr er fort. ›Was ich sage, kann Sie kaum überraschen. Warum berührt es Sie so?‹

›Lassen Sie es mich erklären‹, sagte ich. ›Ich weiß, daß Sie ein Meistervampir sind, und ich habe Hochachtung vor Ihnen. Doch ich kann nicht so wie Sie über den Dingen stehen. Mir fehlt Ihre innere Freiheit; ich sehe sie und weiß, daß ich sie nicht habe, und ich zweifle, daß ich sie je besitzen werde.‹

Er nickte. ›Ich verstehe. Ich sah Sie im Theater, sah Ihr Leiden, Ihr Mitgefühl mit dem Mädchen. Sie sterben, wenn Sie töten, als fühlten Sie, daß Sie verdienen zu sterben; und Sie ersparen sich nichts. Aber warum, mit dieser Leidensfähigkeit und diesem Sinn für Gerechtigkeit, warum wollen Sie sich ein Kind des Satans nennen?‹

›Ich bin böse, böse wie nur je ein Vampir gewesen ist. Ich habe getötet, hunderte, tausende Male, und werde es immer wieder tun. Ich nahm diesen Jungen, Denis, als Sie ihn mir gegeben haben, obgleich ich nicht wußte, ob er überleben würde oder nicht.‹

›Warum macht Sie das böse wie nur je einen Vampir? Gibt es nicht Stufen des Bösen? Ist das Böse denn ein großer gefährlicher Abgrund, in den man mit der ersten Stunde fällt und gleich in die unterste Tiefe sinkt?‹

›Ja, ich glaube, daß es so ist‹, sagte ich. ›Es ist nicht alles so logisch, wie Sie es erscheinen lassen. Das große Dunkel, die tiefe Leere, die gibt es. Und sie ist ohne Trost.‹

›Sie sind nicht gerecht‹, sagte er, und zum ersten Mal kam eine Spur von Ausdruck in seine Stimme. ›Sicher erkennen Sie doch der Güte ein hohes Maß von Abstufungen und Spielarten zu. Es gibt die unschuldige Güte des Kindes, und es gibt die Güte des Mönches, der alles den anderen gibt und ein Leben der Entsagung und des Dienstes an Gott führt. Die Güte der Heiligen, die Güte der Hausfrauen und Mütter. Sind sie alle gleich?‹

›Nein. Aber gleichermaßen und unendlich weit entfernt vom Bösen‹, antwortete ich.

Ich weiß nicht, ob ich diese Dinge dachte. Ich sprach sie aus, als seien sie meine Gedanken. Und sie waren zu gleicher Zeit meine tiefsten Gefühle, die nur durch dieses Aussprechen ihre Gestalt annahmen. Dann vermutete ich, einen im gewissen Sinne passiven Verstand zu besitzen. Ich meine, daß mein Gott sich nur zusammennehmen und aus dem Wirrwarr von Schmerz und Verlangen Gedanken formulieren konnte, wenn er mit einem anderen Geist in Berührung kam und von ihm befruchtet wurde; wenn er von einem anderen Geist angeregt und getrieben wurde, Schlüsse zu ziehen. Ich verspürte eine äußerst starke und seltene Linderung der Einsamkeit. Ich konnte mir ohne Schwierigkeiten jenen Augenblick vergegenwärtigen, als ich in einem anderen Jahrhundert am Fuß von Babettes Treppe gestanden hatte, und ich konnte die immerwährende kalte Enttäuschung der Jahre mit Lestat spüren, und dann jene leidenschaftliche, dem Untergang geweihte Zuneigung zu Claudia, jene Zuneigung, die die Einsamkeit hinter die Maßlosigkeit der Sinne stellte, der gleichen Sinne, die darauf versessen waren zu töten. Und ich konnte den verlassenen Ort in Transsylvanien vor mir sehen, wo ich dem unbeseelten Vampir begegnet war und ihn in den Ruinen des Klosters getötet hatte. Und mir war, als sei das starke weibliche Verlangen meiner Sinne wiedererweckt worden, um befriedigt zu werden. Und das verspürte ich ungeachtet meiner eigenen Worte: ›Das große Dunkel, die tiefe Leere, die gibt es. Und sie ist ohne Trost.‹

Ich sah hinüber zu Armand, in die großen braunen Augen in dem straffen und alterslosen Gesicht, die mich wieder wie ein Gemälde betrachteten; und ich spürte, daß sich die materielle Welt wieder verschob wie in dem Saal mit den Bildern; und ich merkte, wie abermals der alte Wahn an mir zerrte, wie das schreckliche Verlangen wiedererwachte und wie die Hoffnung auf Erfüllung schon die unerträgliche Möglichkeit der Enttäuschung in sich trug. Und doch verfolgte mich diese schreckliche uralte Frage des Bösen.

Ich glaube, ich legte meine Hände an den Kopf, so wie es die Sterblichen tun, wenn sie zutiefst gequält instinktiv ihr Gesicht verbergen, als könnten sie ihre Höllenqualen durch den Schädel hindurch aus dem Gehirn massieren.

›Und wie kommt man zum Bösen?‹ fragte er. ›Wie fällt man aus der Gnade und wird augenblicks so böse wie das Pöbeltribunal der Revolution oder die grausamsten der römischen Kaiser? Braucht man dazu nur die Messe am Sonntag zu versäumen oder die Abendmahlshostie zu zerbeißen? Oder einen Laib Brot zu stehlen . . . oder mit seines Nächsten Weib zu schlafen?‹

Ich schüttelte den Kopf.

Und er fuhr fort: ›Aber wenn das Böse ohne Stufen ist und es ihn gibt, diesen Zustand des Bösen, dann bedarf es nur einer einzigen Sünde. Ist es nicht das, was Sie sagen? Daß es Gott gibt und . . .‹

›Ich weiß nicht, ob es Gott gibt‹, sagte ich. ›Und nach allem, was ich weiß . . . gibt es ihn nicht.‹

›Dann ist keine Sünde von Belang‹, sagte er. ›Keine Sünde bringt das Böse zustande.‹

Ich widersprach. ›Das ist nicht wahr. Denn wenn es keinen Gott gibt, sind wir die Geschöpfe des höchsten Bewußtseins im Weltall. Wir allein verstehen den Lauf der Zeit und den Wert jeder Minute des menschlichen Lebens. Und das Böse, das wirklich Böse, besteht darin, ein einzelnes Menschenleben auszulöschen. Ob ein Mensch ohnehin morgen sterben würde oder übermorgen oder irgendwann einmal . . . es spielt keine Rolle. Denn wenn es keinen Gott gibt, dann ist dieses Leben . . . jede Sekunde davon . . . alles, was wir haben.‹

Er lehnte sich zurück, als sei er im Augenblick zum Schweigen gebracht; seine großen Augen zogen sich zusammen, und er starrte ins Feuer. Es war das erste Mal, daß er von mir wegschaute und ich ihn unbemerkt anblicken konnte. Lange Zeit saß er so, und ich konnte seine Gedanken beinahe fühlen, als seien sie in der Luft greifbar. Nicht sie lesen, verstehe mich recht, doch ihre Kraft fühlen. Er schien eine Aura zu besitzen, und obwohl sein Gesicht sehr jung aussah, war es unendlich alt und weise. Ich kann es nicht schildern, denn mir war unerklärlich, wieso die jugendlichen Züge, wieso seine Augen Unschuld ausdrücken konnten und zugleich dieses Alter und diese Erfahrung.

Jetzt stand er auf, die Hände leicht auf den Rücken gelegt, und blickte Claudia an. Ich verstand, weshalb sie die ganze Zeit geschwiegen hatte. Das waren nicht ihre Fragen, doch sie war fasziniert von dem Vampir und lernte zweifellos von ihm, während er mit mir sprach. Doch als sie nun einander ansahen, begriff ich etwas. Er hatte sich erhoben, mit völliger Beherrschung seines Körpers, ohne jedes menschliche Gehabe, das in Notwendigkeit, Gewohnheit und Überlegung wurzelt, und seine Ruhe war ebenso unirdisch. Und Claudia – nie zuvor hatte ich es so gesehen – besaß die gleiche Ruhe. Und sie schauten einander an in einem übernatürlichen Verstehen, von dem ich ausgeschlossen war.

Ich war für sie etwas Schwirrendes und Schwankendes, so wie es Sterbliche für mich waren; und als Armand sich wieder an mich wandte, wußte ich: Er hatte erkannt, daß Claudia meine Vorstellung des Bösen weder glaubte noch teilte.

Er begann ohne Übergang. ›Das also bleibt als einzig wirkliches Böses‹, sagte er zu den Flammen.

Ich antwortete ›Ja‹ und fühlte das alte Thema wiederaufleben, vor dem alles andere zunichte wurde, so wie es immer bei mir gewesen war.

›So ist es‹, bestätigte er; und es erfüllte mich mit Entsetzen und vertiefte meine Traurigkeit, meine Verzweiflung.

›Also gibt es Gott nicht . . .‹, sagte ich. ›Sie haben keine Kenntnis von seiner Existenz?‹

›Keine‹, antwortete er.

›Keine Kenntnis‹, sagte ich wieder, ohne vor meiner Einfalt, meinen elenden menschlichen Leiden zu bangen, und er wiederholte: ›Keine.‹

Ich fragte weiter: ›Und kein Vampir hier hat Zwiesprache mit Gott oder dem Teufel?‹ Und er erwiderte nachdenklich, während sich Feuerflämmchen in seinen Augen spiegelten: ›Kein Vampir, den ich kenne. Und soviel ich heute nach vierhundert Jahren weiß, bin ich der älteste, lebende Vampir auf der Welt.‹

Erstaunt blickte ich ihn an. Dann begannen seine Worte in mich einzudringen. Es war so, wie ich es stets gefürchtet hatte – Einsamkeit und völlige Hoffnungslosigkeit. Es würde so weitergehen wie bisher, weiter und weiter. Mein Suchen war zu Ende. Ich lehnte mich teilnahmslos zurück und blickte in die züngelnden Flammen. Es hatte keinen Zweck, es fortzusetzen, durch die Länder zu reisen, um immer wieder die gleiche Geschichte zu hören. ›Vierhundert Jahre!‹ – ich glaube, ich wiederholte die Worte – ›Vierhundert Jahre!‹ Ich starrte ins Feuer. Ein Holzklotz zerfiel langsam; er war voll kleiner Löcher, in denen winzige Flämmchen tanzten, und alle diese Flämmchen schienen mir Gesichter, die einen lautlosen Chor sangen.

Plötzlich bewegte sich Armand auf mich zu; ich sah den dunklen Schatten, hörte seinen Umhang rascheln. Dann kniete er vor mir und hielt mit brennenden Augen meinen Kopf in den ausgestreckten Händen. Er sagte: ›Dieses Böse, diese Vorstellung des Bösen – kommt aus der Bitterkeit, der Enttäuschung! Sehen Sie das nicht? Kinder des Satans! Kinder Gottes! Ist das die einzige Frage, die Sie mir stellen, ist das die einzige Kraft, die Sie bewegt, so daß Sie uns selber zu Göttern und Teufeln machen müssen, wo doch die einzige Kraft, die es gibt, in uns selber ist? Wie konnten Sie an diese alten phantastischen Lügen glauben, an diese Mythen, diese Fetische des Übernatürlichen?‹ Er sprang auf und riß den Teufel von der Wand und warf ihn ins Feuer, so schnell, daß ich der Bewegung nicht folgen konnte und nur sah, wie der Dämon in den Flammen versank.

In mir zerbrach etwas, als er dies sagte, etwas brach auf, so daß ein Strom von Gefühlen herausschoß. Ich sprang ebenfalls auf und wich vor ihm zurück.

›Sind Sie von Sinnen?‹ rief ich, erstaunt über meinen eigenen Zorn, meine eigene Verzweiflung. ›Wir stehen hier, wir beide, unsterblich, alterslos; wir erheben uns jede Nacht, um diese Unsterblichkeit mit Menschenblut zu nähren; und dort, alterslos, sitzt ein makelloses Kind, ebenso teuflisch wie wir – und Sie fragen mich, wie ich an die Bedeutung des Übernatürlichen glauben könnte! Ich sage Ihnen: Nachdem ich gesehen habe, was ich geworden bin, könnte ich da nicht alles glauben? Und Sie nicht etwa auch? Und unter dem Fluch dieses Glaubens soll ich nun die allerphantastischste Wahrheit hinnehmen: daß in keinem von allem eine Bedeutung liegt!‹

Ich trat zur Tür und ließ ihn stehen mit seinem überraschten Gesicht, die Hand vor den Mund gelegt, die Nägel in die Handfläche gegraben. ›Nicht so . . .‹, flüsterte er. ›Kommen Sie zurück!‹

›Nein, nicht jetzt!‹ rief ich. ›Lassen Sie mich gehen. Nichts hat sich geändert; alles ist das gleiche geblieben. Ich will es mir einprägen . . . aber jetzt lassen Sie mich gehen.‹

Bevor ich die Tür schloß, blickte ich zurück. Claudia war unverändert sitzen geblieben, die Hände auf den Knien gefaltet, doch ihr Gesicht war mir zugewandt. Und mit einer fast unmerklichen Geste, so fein wie ihr ein wenig trauriges Lächeln, bedeutete sie mir, ich solle mich nicht zurückhalten lassen.

Es drängte mich aus dem Theater; ich wollte durch die Straßen von Paris wandern und nach und nach wieder zur Besinnung kommen. Doch in den langen Kellergängen geriet ich in Verwirrung. Vielleicht war ich unfähig, nach eigenem Willen zu handeln. Mir fiel Lestat ein, und es schien mir mehr als je absurd, daß er gestorben sein sollte, und als ich an ihn, wie so oft, zurückdachte, sah ich ihn mit freundlicheren Augen als sonst. Verloren wie wir alle, nicht als den eifersüchtigen Hüter von Geheimnissen, die er preiszugeben fürchtete. Er wußte nichts; es gab nichts zu wissen.

Das war allerdings nicht ganz der Gedanke, der sich in mir formte. Ich hatte Lestat aus den falschen Gründen gehaßt; ja, soviel war richtig. Aber ich verstand es noch nicht ganz. Schließlich setzte ich mich auf die dunklen Kellerstufen, das Licht des Ballsaales warf meinen eigenen Schatten auf den unebenen Boden, ich hielt meinen Kopf in den Händen, von Müdigkeit übermannt. Mein Geist sagte: schlafe! Und mein Herz sagte: träume! Doch ich machte keine Anstalten, ins Hôtel Saint-Gabriel zurückzukehren, der Stätte des luxuriösen Komforts, wo ich mich in einen Samtsessel zurücklehnen konnte, einen Fuß auf eine Ottomane gelegt, und dem Feuer in dem Marmorkamin zuschauen und mich in den hohen Spiegeln betrachten wie ein gedankenversunkener Sterblicher. Flüchte dich dorthin, dachte ich, flüchte dich vor allem, was dich quält. Und wieder kam mir der Gedanke: Ich habe Lestat Unrecht getan, ich habe ihn aus falschen Gründen gehaßt. Ich flüsterte es vor mich hin, versuchte es aus dem dunklen, formlosen Teich meines Gedächtnisses zu ziehen, und mein Flüstern verfing sich in den Kellergewölben.

Und dann drang eine Stimme an mein Ohr, zu leise für einen Sterblichen: ›Wie ging es zu? Wieso taten Sie ihm Unrecht?‹

Ich wandte mich so heftig um, daß mir der Atem stockte. Ein Vampir saß über mir auf der Treppe, so nahe, daß seine Schuhspitze fast meine Schulter berührte, die Beine angezogen, die Hände um die Knie gelegt. Ich traute meinen Augen nicht. Es war der Vampir, den Armand Santiago genannt hatte. Doch nichts erinnerte an sein früheres Selbst, die teuflische, hassenswerte Kreatur, die mich vor wenigen Stunden überfallen hatte und von Armand zurechtgewiesen worden war. Er starrte auf mich hinunter, das Haar zerzaust, der Mund schlaff und ohne Arglist.

›Das ist für einen anderen ohne Bedeutung‹, sagte ich, und ich spürte, wie meine Furcht nachließ.

›Aber Sie nannten einen Namen; ich hörte, wie Sie einen Namen nannten‹, erwiderte er.

›Einen Namen, den ich nicht noch einmal aussprechen möchte‹, sagte ich und blickte beiseite. Jetzt konnte ich sehen, wie er mich genarrt hatte, warum sein Schatten nicht über mich gefallen war – er hatte in meinem Schatten gehockt. Der Gedanke, daß er die Treppe heruntergekommen war, um sich hinter mich zu setzen, war beunruhigend; alles an ihm war beunruhigend; und ich rief mir ins Gedächtnis zurück, daß man ihm nicht trauen konnte. Mir schien, daß Armand mit seiner hypnotischen Kraft um die höchste Wahrheit bemüht war, als er sich präsentierte; er hatte mich ohne viel Worte richtig gekannt. Aber dieser Vampir hier war ein Lügner. Und ich konnte seine Kraft fühlen, eine rohe, zerstörerische Kraft, die fast so stark war wie Armand.

Jetzt sagte er in einem versöhnlichen Ton: ›Sie kommen nach Paris auf der Suche nach uns, und dann sitzen Sie auf der Treppe . . . warum kommen Sie nicht zu uns herauf? Warum unterhalten Sie sich nicht mit uns und sprechen von der Person, deren Namen Sie genannt haben – ich weiß, wer es war, ich kenne den Namen.‹

›Sie wissen es nicht, können es nicht wissen‹, sagte ich, mehr aus Instinkt als aus Überzeugung. ›Es war ein Sterblicher.‹ Der Gedanke, daß diese Kreatur hier Lestat kennen, von Lestats Tod wissen sollte, war mir unangenehm.

›Sie sind hergekommen, um über Sterbliche nachzudenken, über Recht oder Unrecht, das Sterblichen widerfahren ist?‹ fragte er, doch es lag weder Spott noch Vorwurf in seiner Stimme.

›Ich kam, um allein zu sein, wenn Sie gestatten‹, murmelte ich.

›Aber allein in diesem Zustand, in dem Sie nicht einmal meine Schritte gehört haben . . .‹, sagte er. ›Sie gefallen mir. Bitte kommen Sie doch herauf.‹ Während er dies sagte, zog er mich langsam hoch, bis ich auf den Füßen stand.

In diesem Augenblick kam aus Armands Zimmer ein Lichtschein durch die geöffnete Tür; ich hörte ihn kommen; Santiago ließ mich los, und ich stand verdutzt da. Armand erschien am Fuße der Treppe, Claudia auf den Armen. Sie hatte den gleichen teilnahmslosen Gesichtsausdruck wie während meines Gesprächs mit Armand, als sei sie tief in ihren eigenen Gedanken und sähe nichts um sich herum. Ich nahm sie Armand ab und fühlte ihre weichen Glieder, als lägen wir beide in unserem Sarg und gäben uns dem Schlafe hin.

Mit einer mächtigen Armbewegung stieß Armand Santiago beiseite. Als dieser sich wehren wollte, zog er ihn die Treppe hinauf; und alles ging so schnell vonstatten, daß ich nur das Rascheln der Gewänder und das Kratzen von Schuhsohlen hörte. Dann stand Armand allein oben auf der Treppe, und ich stieg zu ihm empor.

›Sie sind nicht sicher, wenn Sie das Theater heute nacht verlassen‹, flüsterte er mir zu. ›Er ist mißtrauisch Ihnen gegenüber. Und nachdem ich Sie hergebracht habe, glaubt er, es sei sein Recht, Sie näher kennenzulernen. Unsere Sicherheit hängt davon ab.‹ Er öffnete die Tür zu einem größeren saalartigen Raum; doch ehe er mich eintreten ließ, wandte er sich noch einmal um und sagte leise, die Lippen fast an meinem Ohr: ›Ich muß Sie warnen. Antworten Sie auf keine Fragen. Stellen Sie selber Fragen, und es wird sich Ihnen eine Knospe der Wahrheit nach der anderen erschließen. Aber verraten Sie nichts, vor allem nichts über Ihre Herkunft.‹

Dann ging er voran, und wir folgten ihm in den dämmrigen Saal, wo die anderen schon versammelt waren, wie eine Gruppe von Marmorfiguren. Ihre Gesichter und Hände waren den unseren nur zu ähnlich, so daß mir deutlich wurde, wie sehr wir alle aus dem gleichen Stoff gemacht waren, ein Gedanke, der mir in den langen Jahren in New Orleans nur selten gekommen war und der mich störte, besonders als ich sah, wie sie sich in den langen Spiegeln an den Wänden vervielfachten.

Claudia schien zu sich zu kommen, als ich einen Sessel fand und mich darin niederließ. Sie lehnte sich an mich und ermahnte mich flüsternd, zu tun, was Armand gesagt hatte, und nichts zu verraten. Ich wollte mit ihr sprechen, sah jedoch, daß Santiago uns beobachtete und von uns zu Armand hinüberblickte. Um diesen hatten sich mehrere Vampirfrauen geschart, und ich sah mit gemischten Gefühlen, wie sie die Arme um ihn legten. Ich erschrak – nicht über ihre makellosen Gestalten, ihre feinen Gesichtszüge und anmutigen Hände, hart wie Glas gemäß ihrer Vampirnatur, oder die Hexenaugen, die mich schweigend fixierten – nein, ich erschrak über meine heftige Eifersucht. Mir war nicht geheuer, als ich sie so eng bei ihm sah, als er sich ihnen zuwandte und jede küßte. Und als er sie zu mir führte, wußte ich nicht, was ich tun sollte.

Estelle und Celeste waren die Namen, deren ich mich erinnere. Porzellanschönheiten, die Claudia ungeniert streichelten, so wie es Blinde tun, Haare, Augen und sogar die Lippen. Als ich sah, wie sie sich vor ihnen drehte und die Bewunderung mit einem kühlen Lächeln bedachte, fragte ich mich, wie oft ich das wohl vergessen haben mochte, wie oft ich zu ihr gesprochen hatte, als sei sie ein Kind, wie oft ich sie verhätschelt und mit der Hemmungslosigkeit eines Erwachsenen in meine Arme geschlossen hatte. Mir gingen drei Dinge durch den Sinn: der letzte Abend im Hôtel Saint-Gabriel, der ein Jahr zurückzuliegen schien, als sie voller Erbitterung von Liebe sprach, der noch wirkende Schock von Armands Offenbarungen und die heimliche Beschäftigung mit den

Vampiren, die mich unter diesen grotesken Wandgemälden umgaben. Denn von den Vampiren konnte ich viel lernen, ohne je eine Frage zu stellen, und das Leben der Vampire in Paris war genauso, wie ich es befürchtet, wie es die kleine Bühne in dem Theater angedeutet hatte.

Das Halbdunkel im Raum brachte die Gemälde an den Wänden, den ›Triumph des Todes‹ und den ›Fall der Engel‹, erst richtig zur Geltung. Einer der Vampire brachte ein neues Bild, den Kupferstich eines zeitgenössischen Künstlers, und es entspann sich eine Diskussion darüber. Celeste, die kühle Hand auf meinen Arm gelegt, sprach mit Verachtung von den Menschen als den Urhebern solcher Werke, und Estelle, Claudia auf ihrem Schoß, erklärte mir, dem naiven Kolonialfranzosen, daß Vampire solche Greuelbilder nicht gemacht, sondern nur gesammelt hätten, und betonte immer wieder, daß Menschen viel größerer Übeltaten fähig wären als Vampire.

›Ist es böse, solche Bilder zu malen?‹ fragte Claudia mit ihrem tonlosen Stimmchen.

Celeste warf ihre schwarzen Locken zurück und lachte. Sie erwiderte: ›Was man sich vorstellen kann, kann man tun.‹ Aber in ihren Augen stand eine gewisse unterdrückte Feindseligkeit. ›Natürlich wetteifern wir mit den Menschen im Töten auf alle Art, nicht wahr?‹ sagte sie und rückte näher und berührte Claudias Knie. Aber Claudia schaute sie nur an und hörte unbeteiligt ihre Rede und ihr nervöses Lachen. Jetzt trat Santiago zu uns und sprach von unseren Zimmern im Hôtel Saint-Gabriel; sie seien furchtbar unsicher, meinte er mit einer übertriebenen Geste. Und er zeigte sich verblüffend gut unterrichtet; er kannte den Sarg, in dem wir schliefen, und nannte ihn vulgär. ›Kommen Sie zu uns‹, sagte er zu mir in der fast kindlichen Offenheit, die er schon vorhin bekundet hatte. ›Wohnen Sie bei uns, und Sie brauchen nicht Verstecken zu spielen. Wir haben unsere Wachen. Und erzählen Sie mir, woher Sie kommen.‹ Er legte die Hand auf die Lehne meines Sessels. ›Ihre Stimme – ich kenne doch den Akzent; sagen Sie noch einmal etwas!‹

Ich war leicht bestürzt, daß mein Französisch einen Akzent haben sollte; aber das war nicht meine größte Sorge. Santiago war hartnäckig und besitzgierig, und ich mußte auf der Hut vor ihm sein. Und nun redeten alle Vampire um uns gleichzeitig; Estelle erklärte, die Kleiderfarbe des Vampirs sei schwarz; Claudias pastellfarbenes Kleid sei zwar sehr hübsch, aber unangemessen. ›Wir verschmelzen mit der Nacht‹, sagte sie, legte ihre Wange an Claudias und lachte, um ihre Kritik zu enthärten; und Celeste lachte, und Santiago lachte, und der ganze Saal schien von unirdischem Gelächter zu erklingen, so daß die Kerzenflammen zitterten. ›Wie kann man nur solche Locken bedecken!‹ sagte Celeste und spielte mit Claudias goldenem Haar. Offensichtlich hatten sich alle außer Armand die Haare schwarz gefärbt; und dieser Umstand, zusammen mit den schwarzen Gewändern, verstärkte den unangenehmen Eindruck, daß sie alle Statuen von demselben Meißel, Bilder von demselben Pinsel waren. Ich kann dir gar nicht sagen, wie sehr mich dieser Eindruck verstörte; er schien etwas in mir aufzuwühlen, dessen ich nicht habhaft werden konnte.

Ich ertappte mich dabei, wie meine Augen von ihnen abwanderten in einen der hohen Spiegel, wo ich sie betrachtete, Claudia wie ein leuchtendes Juwel in ihrer Mitte. Und ich fand sie alle ganz schrecklich stumpfsinnig, wie ich sie auch betrachten mochte, ihre funkelnden Vampiraugen eins wie das andere, ihr Witz wie eine eintönige Messingglocke. Lediglich das Wissen, dessen ich bedurfte, lenkte mich von diesen Gedanken ab.

Jetzt sagte Claudia: ›Die Vampire in Osteuropa . . . gräßliche Ungeheuer – was haben sie mit uns zu tun?‹

›Es sind Geister von Verstorbenen‹, sagte Armand leise; doch jeder hörte ihn und schwieg. ›Ihr Blut ist anders, es ist schmutzig. Sie vermehren sich wie wir, aber ohne Geschick, ohne Sorgfalt. In den alten Zeiten –‹ Er brach ab. Ich konnte sein Gesicht im Spiegel sehen. Es war seltsam starr.

›Ach ja, erzähl uns von den alten Zeiten!‹ sagte Celeste. Ihre Stimme war schrill wie die eines Menschen, und es lag etwas Boshaftes darin.

Und Santiago stimmte ein, in der gleichen Tonart: ›Ja, erzähl uns vom Hexensabbat, vom Kraut, das unsichtbar macht.‹ Er lächelte. ›Und vom Scheiterhaufen.‹

Armand hatte Claudia angeblickt. ›Hütet euch vor diesen Unholden‹, sagte er und ließ wie unabsichtlich die Augen über Santiago und dann über Celeste gleiten. ›Die Geister der Verstorbenen. Sie würden euch angreifen, als ob ihr Menschen wärt.‹

Celeste schauderte und sagte etwas Verächtliches, wie ein Aristokrat von vulgären Vettern spricht, die den gleichen Namen tragen. Doch ich beobachtete Claudia, deren Augen sich wieder wie vorher verschleierten. Sie blickte plötzlich von Armand weg.

Die Stimmen der anderen schwollen an, affektierte Party-Stimmen; sie erzählten einander, wie sie nächtlich getötet hatten, und beschrieben diese und jene Begegnung ohne das geringste Mitgefühl. Was würde Lestat dazu gesagt haben, wäre er dabeigewesen? Er, der gewohnt war, jeden Kreis zu beherrschen? Wie hätten sie seinen Erfindungsreichtum gerühmt, sein katzenhaftes Spiel mit seinen Opfern. Und Versäumnis ... jenes Wort, das sich mir schon als gerade flügge gewordener Vampir eingeprägt hatte, wurde oft ausgesprochen. Du hast die Gelegenheit ›versäumt‹, dieses Kind zu töten; du hast ›versäumt‹, diese arme Frau zu erschrecken oder jenen Mann in den Wahnsinn zu treiben, wozu nur ein wenig Gaukelei genügt hätte.

In meinem Kopf drehte es sich. Ich wollte weg von diesen Vampiren; nur die Anwesenheit Armands ließ mich noch bleiben, trotz seiner Warnung. Er hielt sich den anderen innerlich fern, wenn er auch öfters zustimmend nickte und die Hand hob und hier und da einige Worte beisteuerte, so daß er ein Teil von ihnen schien. Mein Herz frohlockte, als ich sah, daß keiner von allen seinen Blick so zu fangen und so festzuhalten vermochte wie ich, wenn er auch zu mir ebenfalls distanziert blieb. Seine Warnung klang mir in den Ohren, doch ich beachtete sie nicht. Es verlangte mich hinaus aus diesem Theater, und ich hörte teilnahmslos zu, und was ich schließlich vernahm, kam mir nutzlos und uninteressant vor.

Claudia hatte gefragt: ›Aber gibt es kein Verbrechen bei euch, keine Todsünde?‹ Mir war, als seien ihre Augen auf mich gerichtet, sogar im Spiegel, während ich ihr den Rücken zuwandte.

Und Estelle rief: ›Ein Verbrechen? Langeweile!‹ Und sie deutete auf Armand. ›Langeweile ist der Tod!‹ rief sie; und Armand lachte und tat, als erschrecke er, und hielt die Hand vor die Augen, als sie ihre Vampirzähne entblößte.

Doch Santiago, der mit den Händen auf dem Rücken zugehört hatte, sagte: ›Verbrechen? Ja, es gibt eins. Ein Verbrechen, für das wir einen Vampir verfolgen, bis wir ihn vernichtet haben. Könnt ihr raten, was es ist?‹ Sein Blick ging von Claudia zu mir und zurück auf ihr maskenhaftes Gesicht. ›Ihr solltet es wissen, die ihr so verschwiegen seid über den Vampir, der euch geschaffen hat.‹

Ein Schweigen legte sich über die Gesellschaft, erst allmählich, dann hielt es jeden in Bann; und all die weißen Gesichter waren nur auf Santiago gerichtet, der neben Claudia stand und sie überragte. Seine Augen leuchteten, als er sah, daß er das Wort hatte. Dann trat er hinter mich und legte mir die Hand auf die Schulter. ›Könnt ihr erraten, welches dieses Verbrechen ist? Hat euer Meistervampir es euch nicht gesagt? Es ist die Todsünde für jeden Vampir, einerlei, wer sie begeht. Und der begeht sie, der jemand seinesgleichen tötet!‹

›Haha, haha!‹ Claudia brach in perlendes Gelächter aus. Sie stand auf, nahm mich bei der Hand und sagte: ›Und ich hatte schon gefürchtet, das

Verbrechen wäre, schaumgeboren zu sein wie Aphrodite – so wie wir es sind. Meistervampir! Komm, Louis, laß uns gehen.‹ Und sie zog mich fort.

Santiago war verstummt. Armand lachte. Und er war es, der uns zur Tür begleitete und sagte: ›Ihr seid jederzeit willkommen – morgen abend oder übermorgen.‹«

»Ich glaube, ich habe nicht ein einziges Mal Atem geholt, bis ich draußen war. Die regennassen, einsamen Straßen waren von einer eigenartigen Schönheit; ein paar Papierfetzen drehten sich im Wind, eine erleuchtete Kutsche fuhr langsam vorüber, mit dem schweren rhythmischen Klopfen der Pferdehufe. Der Himmel zeige ein blasses Violett. Ich ging schnell voran, Claudia neben mir, bis sie nicht mehr Schritt halten konnte und ich sie auf die Arme nahm.

›Ich kann sie nicht ausstehen‹, sagte sie zornig, als wir uns dem Hotel näherten. Die große erleuchtete Halle war leer in diesen frühen Morgenstunden. Wir gelangten ungesehen an dem schlafenden Portier vorbei auf unser Zimmer. ›Ich habe in der ganzen Welt nach ihnen gesucht‹, fuhr Claudia fort, während sie ihren Umhang abwarf, ›und nun dies! Ich verabscheue sie.‹ Eine wahre Regenflut trommelte an die Terrassentür. Ich drehte alle Lichter im Zimmer an, als sei ich Lestat oder Claudia, und warf mich erschöpft in den ersehnten Sessel. Einen Augenblick lang war mir, als lodere das ganze Zimmer um mich herum; und als ich das Gemälde mit dem vergoldeten Rahmen betrachtete, das pastellfarbene Bäume und klare Wasser zeigte, war der Vampirzauber gebrochen. Hier waren wir vor ihnen sicher, dachte ich; aber ich wußte, daß es eine Lüge war, eine törichte Lüge.

›Ich bin in Gefahr, in Gefahr!‹ sagte Claudia in ihrer schwelenden Wut.

›Wie können sie wissen, was wir mit ihm gemacht haben?‹ sagte ich. ›Im übrigen: *Wir* sind in Gefahr. Glaubst du einen Moment, daß ich meine eigene Schuld nicht eingestehe? Und selbst wenn du allein . . .‹ Ich wollte sie umfangen, als sie sich mir näherte, doch sie sah mich mit so wilden Augen an, daß ich die Hände sinken ließ. ›Glaubst du, ich würde dich im Stich lassen?‹

Jetzt lächelte sie. Einen Moment lang traute ich meinen Augen nicht. ›Nein, das würdest du nicht, Louis. Die Gefahr hält dich bei mir . . .‹

›Die Liebe hält mich bei dir‹, sagte ich sanft.

Sie grübelte. ›Liebe? Was verstehst du unter Liebe?‹ Und dann, als sähe sie die Pein in meinem Gesicht, trat sie zu mir heran und legte mir die Hand auf die Wange.

›Daß du meine Liebe immer als selbstverständlich betrachtest‹, erwiderte ich. ›Daß wir sozusagen verheiratet sind . . .‹ Aber noch während ich diese Worte sprach, war ich nicht mehr so sicher wie früher; ich fühlte die Qual, die ich am Abend zuvor empfunden, als sie mich wegen meiner menschlichen Leidenschaft verspottet hatte. Ich wandte mich ab.

›Du würdest mich auf der Stelle verlassen, wenn Armand dich riefe . . .‹

›Niemals!‹ versicherte ich.

›Du würdest mich verlassen; und er braucht dich, so wie du ihn brauchst. Er hat auf dich gewartet.‹

›Niemals!‹ wiederholte ich und ging zu unserem Sarg. Die Türen waren verschlossen, doch das würde diese Vampire nicht fernhalten. Wir konnten ihnen nur entgehen, wenn wir so früh aufstünden, wie es das Licht gestattete. Ich rief Claudia, und sie kam an meine Seite; ich wollte mein Gesicht in ihrem Haar vergraben, wollte sie um Verzeihung bitten. Denn in Wahrheit hatte sie recht; und doch liebte ich sie, liebte sie wie immer. Und nun, als ich sie an mich zog, flüsterte sie: ›Weißt du, was es war, das er immer wieder zu mir sagte, ohne ein Wort zu sprechen; weißt du, in was für eine Hypnose er mich versetzte, so daß meine Auen nur ihn ansehen konnten und er mich an sich zog, als sei mein Herz an eine Schnur gebunden?‹

›Das also hast du empfunden . . .‹, flüsterte ich. ›Es war genau das gleiche.‹

›Er hat mir alle Kraft genommen‹, sagte sie. Ich sah sie vor mir, wie sie in seinem Zimmer gesessen hatte, ihren gebeugten Nacken, die willenlosen Hände.

›Aber was solltest du sagen?‹ fragte ich. ›Daß er zu dir sprach, daß er . . .‹

›Ohne Worte!‹ wiederholte sie. Ich hörte die Gasflammen summen, den Regen an die Scheiben klopfen. ›Weißt du, was er sagte?‹ flüsterte sie. ›Daß ich sterben . . . daß ich dich aufgeben soll!‹

Ich schüttelte den Kopf, und doch fühlte ich in meinem Herzen eine Woge der Erregung. Sie hatte die Wahrheit gesprochen und glaubte daran. Ihre Augen waren verschleiert, gläsern und silbern. ›Er zieht Leben aus mir heraus und in sich hinein‹, sagte sie mit zitternden Lippen. Ich hielt sie umschlungen, doch in ihren Augen standen Tränen. ›Er zieht Leben aus dem Jungen, der Sklave ist. Er zieht Leben aus mir; er will mich zu seiner Sklavin machen. Er liebt dich. Er will dich haben und will nicht, daß ich im Wege stehe.‹

›Du verstehst ihn nicht‹, wandte ich ein und küßte sie. Ich wollte sie mit Küssen bedecken, ihre Wangen, ihre Lippen.

›Ich verstehe ihn nur zu gut!‹ flüsterte sie an meinem Mund, noch während ich sie küßte. ›Du bist es, der ihn nicht versteht. Die Liebe hat dich verblendet, die Faszination seines Wissens, seiner Macht. Wenn du wüßtest, wie er den Tod trinkt, würdest du ihn stärker hassen, als du jemals Lestat verabscheut hast. Louis, du darfst nicht mehr zu ihm gehen. Ich sage dir, ich bin in Gefahr.‹«

»Am nächsten Abend ging ich, überzeugt, daß Armand der einzige von den Vampiren aus dem Theater war, dem ich vertrauen konnte. Sie ließ mich widerstrebend gehen, und ich war tief betroffen von dem Ausdruck in ihren Augen. Schwäche war ihr fremd, und doch sah ich Furcht und Niedergeschlagenheit. Und ich sputete mich, wartete vor dem Theater, bis der letzte Zuschauer gegangen war und die Türen verschlossen wurden. Wofür man mich hielt, weiß ich nicht – für einen Schauspieler, der seine Maske nicht abgenommen hatte? Mir war es gleich, und ich kam unangefochten ins Haus, ging an einigen Vampiren im Ballsaal vorüber und stand schließlich vor Armands geöffneter Tür. Er sah mich sogleich, hatte zweifellos längst meine Schritte gehört, und nun begrüßte er mich und bot mir Platz an. Er war nicht allein, ein Knabe war bei ihm, der eine Mahlzeit von einem Silbertablett und Wein aus einer Karaffe zu sich nahm. Seine Haut blühte, und sein Menschenduft und seine Menschenwärme waren eine Qual für mich. Doch für Armand offenbar nicht, er saß mir mit verschränkten Armen im Ledersessel am Kamin gegenüber, den Blick dem Knaben zugewandt. Er füllte sein Glas, hob es Armand entgegen, sagte ›Mein Meister!‹ und streifte mich mit einem Lächeln, doch der Toast galt Armand.

›Dein Diener‹, erwiderte Armand mit verhaltenem Atem, der Leidenschaft verriet. Und er sah dem Knaben zu, während er trank. Ich konnte sehen, wie er die feuchten Lippen, die Bewegung der Kehle abschmeckte, als der Wein hinunterrollte. Jetzt nahm der Knabe ein Stück Fleisch, grüßte auf die gleiche Weise und verzehrte es langsam, die Augen auf Armand geheftet. Armand schien sich an diesem Schmaus zu laben, schien jenen Teil des Lebens in sich hineinzutrinken, den er nur noch mit den Augen genießen konnte. Und sosehr er sich darin verlor – es war beabsichtigt, und es war anders als die Qual, die ich vor vielen

Jahren erlitten, da ich vor Babettes Fenster gestanden und mich nach menschlichem Leben gesehnt hatte.

Nachdem der Knabe fertig war, legte er die Arme um Armands Hals, als genösse er das eisige Fleisch. Und ich erinnerte mich der Nacht, in der Lestat zum ersten Mal zu mir gekommen war, wie seine Augen brannten, sein weißes Gesicht schimmerte. So wie ich dir jetzt erscheine.

Dann legte ihn Armand auf das Bett und schloß die Messinggitter, und in wenigen Minuten, träge von der Mahlzeit und dem Wein, war er eingeschlafen. Armand saß mir gegenüber und blickte mich mit seinen großen schönen Augen ruhig und scheinbar unschuldig an. Als ich mich zu ihm hingezogen fühlte, senkte ich meinen Blick und wünschte mir ein Feuer im Kamin, in dem aber nur Asche lag.

Ich begann: ›Sie sagten mir, ich solle nichts von meinem Ursprung verraten – warum?‹

Er betrachtete mich mit leiser Verwunderung; und ich fühlte mich so schwach, daß ich nicht einmal das vertragen konnte und die Augen abwandte.

Und er fragte: ›Haben Sie den Vampir umgebracht, der Sie geschaffen hat? Sind Sie darum ohne ihn hier, wollen Sie darum seinen Namen nicht nennen? Santiago glaubt es.‹

›Und wenn es zuträfe, oder wenn wir Sie nicht vom Gegenteil überzeugen können – würden Sie versuchen, uns zu vernichten?‹ fragte ich zurück.

›Ich würde Ihnen kein Haar krümmen‹, erwiderte er gelassen. ›Aber ich sagte Ihnen schon, daß ich hier nicht der Leiter bin, nicht in dem Sinne, in dem Sie danach fragten.‹

›Aber die anderen sehen Sie doch als ihren Führer an, nicht wahr?‹ wandte ich ein. ›Und Santiago – Sie haben ihn zweimal von mir zurückgerissen.‹

›Ich bin mächtiger als Santiago, ich bin älter. Er ist jünger als Sie‹, sagte er. Seine Stimme war schlicht, ohne Stolz. Für ihn waren es Tatsachen.

Ich sagte: ›Wir wollen keinen Streit mit euch.‹

›Aber er hat schon begonnen‹, erwiderte er. ›Nicht mit mir, nein. Doch mit denen da oben.‹

›Und was für einen Grund hat Santiago, uns zu mißtrauen?‹ fragte ich.

Armand schien nachzudenken, die Augen gesenkt, das Kinn auf die Hand gestützt. Nach einer Weile, die mir unendlich vorkam, blickte er auf und sagte: ›Ich könnte Ihnen Gründe anführen. Daß Sie zu schweigsam sind, zum Beispiel. Daß die Vampire in der Welt nur eine kleine Schar sind und in ständiger Angst, es könne Krieg unter ihnen geben. Sie wählen ihre Brut mit großer Sorgfalt aus und vergewissern sich, daß die anderen Vampire respektiert bleiben. Es gibt in diesem Haus fünfzehn Vampire, die ihre Zahl ängstlich geheimhalten. Schwache Vampire werden gefürchtet; das muß ich hinzufügen. Man hat gemerkt, daß Sie einen Makel haben: Sie fühlen zuviel, denken zuviel. Der kühle Gleichmut des Vampirs scheint nicht Ihre Sache zu sein, wie Sie selber andeuteten. Und dann dieses geheimnisvolle Mädchen: ein Kind, das nicht erwachsen werden kann, stets auf fremde Hilfe angewiesen bleibt. Ich würde aus diesem Knaben hier niemals einen Vampir machen, wenn sein Leben, das mir teuer ist, in ernster Gefahr wäre; denn er ist zu jung, seine Glieder sind nicht kräftig genug; er hat den Becher seines Lebens kaum gekostet, geschweige denn getrunken. Und da bringen Sie dieses Kind! Was für ein Vampir hat es geschaffen; waren Sie es? Sie kommen mit all diesen Schwächen, mit diesen Rätseln, und schweigen sich darüber aus. Und so kann man Ihnen nicht trauen. Aber es gibt noch einen Grund, einen tieferen als die Gründe, die ich soeben angeführt habe, und das ist ganz einfach der: Als Santiago Ihnen zum ersten Mal im Quartier Latin begegnete, nannten Sie ihn – unglücklicherweise – einen Schwindler, einen Komödianten.‹

›Aaaah‹, sagte ich und lehnte mich zurück.

›Vielleicht wäre es besser gewesen, wenn Sie überhaupt nichts gesprochen hätten‹, sagte er und lächelte, um sich zu überzeugen, daß auch ich die Ironie verstanden hatte.

Ich dachte über seine Worte nach, doch ebenso schwer lastete auf mir, was ich von Claudia gehört hatte: daß dieser Mann wortlos mit seinen sanften Augen zu ihr gesagt hatte ›Stirb!‹, und darüber hinaus fühlte ich den steigenden Widerwillen gegen die Vampire im Ballsaal da oben. Der Wunsch, mit Armand über diese Dinge zu sprechen, wurde übermächtig. Nicht von Claudias Angst, nein, noch nicht, obwohl ich, wenn ich ihm in die Augen sah, nicht glauben konnte, daß er versucht haben sollte, diese Macht über sie auszuüben. Seine Augen sagten ›Lebe!‹; seine Augen sagten ›Lerne!‹. Ach, und wie gern hätte ich ihm aufs genaueste anvertraut, was ich nicht verstand, wie erstaunt ich, nach jahrelangem Suchen, gewesen wäre zu entdecken, daß die Vampire dort oben aus der Unsterblichkeit einen Verein von schrulliger Abgeschmacktheit gemacht hatten. Und hinter all meiner Verwirrung und Traurigkeit standen die klaren Fragen: Warum sollte es anders sein? Was hatte ich erwartet? Mit welchem Recht war ich von Lestat so enttäuscht gewesen, daß ich ihn sterben ließ? Weil er mir nicht zeigen wollte, was ich in mir selbst finden mußte? Wie hatten doch Armands Worte gelautet? ›Die einzige Kraft, die es gibt, liegt in uns selber.‹

Jetzt sagte er: ›Hören Sie – Sie müssen sich denen fernhalten. Ihr Gesicht kann nichts verbergen. Sie würden alles verraten, wenn ich Sie ausfragte. Schauen Sie mir in die Augen!‹

Ich tat es nicht, sondern heftete meine Blicke auf eins der kleinen Bilder über seinem Schreibtisch, bis es nicht mehr ein Madonnenbild war, sondern nur noch eine Harmonie von Linien und Farben. Denn ich wußte, daß er recht hatte. Dann sagte ich: ›Gebieten Sie ihnen Einhalt, wenn Sie wollen, sagen Sie ihnen, daß wir nichts Böses im Schilde führen. Warum können Sie das nicht tun? Sie sagen selber, wir seien nicht eure Feinde, was immer wir getan haben mögen . . .‹

Er stieß einen schwachen Seufzer aus. ›Vorläufig habe ich es ihnen verwehrt‹, sagte er. ›Aber ich maße mir keine solche Macht an, die nötig wäre, es ihnen für immer zu untersagen. Denn wenn ich solche Macht ausübte, müßte ich auf der Hut sein; sie würde mir Feinde schaffen, mit denen ich mich ständig herumzuschlagen hätte, während ich hier nichts weiter will als ein wenig Platz, ein wenig Frieden. Oder überhaupt nicht hier sein will. Ich habe gewissermaßen das Zepter angenommen, das sie mir gaben, doch nur, um sie mir ein wenig vom Leibe zu halten, nicht um über sie zu herrschen.‹

›Das hätte ich wissen sollen‹, sagte ich, die Augen noch immer auf dem kleinen Madonnenbild.

›Dann müssen Sie fernbleiben‹, sagte er. ›Celeste hat eine gewisse Macht, denn sie ist eine der ältesten, und sie ist eifersüchtig auf die Schönheit des Kindes. Und Santiago, wie Sie sehen können, wartet nur auf einen winzigen Beweis, daß ihr Geächtete, daß ihr Verbrecher seid.‹

Jetzt blickte ich ihn wieder an, wie er so dasaß mit jener unheimlichen Vampirruhe, als wäre er tatsächlich ohne Leben. Der Augenblick dehnte sich. Ich hörte seine Worte, als wiederhole er sie: ›Ich will hier nichts weiter als ein wenig Platz, ein wenig Frieden‹; und ich empfand ein so starkes Sehnen nach ihm, daß es meine ganze Kraft erforderte, es niederzukämpfen. Mein Wunsch war, Claudia möge unter diesen Vampiren sicher sein, keines Verbrechens schuldig, das man bei ihr oder einem anderen entdecken könnte, so daß auch ich frei wäre, um in dieser Klause zu bleiben, solange ich wollte.

Und ich sah wieder den Menschenknaben, der jetzt friedlich schlief, die Arme um Armands Hals legen, ein Bild der Liebe für mich, ein Abbild der Liebe, die ich selber fühlte. Keine physische Liebe, mußt du verstehen, das meine ich nicht, obwohl Armand von einer natürlichen

Schönheit war und seine Umarmung nicht abstoßend gewesen wäre. Für Vampire ist der Höhepunkt und die Befriedigung der physischen Liebe nur eines – das Töten. Es war eine andere Art der Liebe, die mich zu ihm zog, die Liebe des Schülers zu einem Lehrer, der Lestat nie gewesen war. Armand würde mir sein Wissen nicht vorenthalten, dessen war ich sicher. Es würde durch ihn hindurchgehen wie das Licht durch eine Glasscheibe, so daß ich mich darin baden könnte, es in mich aufnehmen und daran wachsen. Ich schloß die Augen und glaubte ihn sprechen zu hören, wie wenn er sagte: ›Wissen Sie, warum ich hier bin?‹

Ich schaute wieder zu ihm auf, ungewiß, ob er meine Gedanken lesen könne. Jetzt, nach diesen vielen Jahren, konnte ich Lestat verzeihen, daß er nur ein ganz gewöhnliches Geschöpf gewesen war, unfähig, mir das Ausmaß meiner Kräfte zu zeigen; und dennoch verlangte mich widerstandslos danach. Darüber lag eine große Traurigkeit, über meine Schwäche und über mein schreckliches Dilemma. Claudia wartete auf mich, Claudia, meine Tochter und meine Geliebte.

›Was soll ich tun?‹ flüsterte ich. ›Von denen da fortgehen, von Ihnen fortgehen? Nach all den Jahren . . .‹

Er erwiderte: ›Jene sind für Sie ohne Belang.‹

Ich lächelte und nickte.

›Was wollen Sie tun?‹ fragte er in dem sanftesten, teilnahmsvollsten Ton.

›Wissen Sie es nicht, haben Sie diese Kraft nicht?‹ fragte ich. ›Können Sie nicht in meinen Gedanken lesen, als seien es Worte?‹

Er schüttelte den Kopf. ›Nicht so, wie Sie es meinen. Ich weiß nur, daß Ihnen und dem Kind wirkliche Gefahr droht. Und ich weiß, daß Ihre Einsamkeit, sogar mit der Liebe dieses Kindes, fast grausamer ist, als Sie es ertragen können.‹

Da stand ich auf. Das Einfachste von der Welt, sollte man denken, aufzustehen, zur Tür zu gehen und schnell hinauszueilen, den Korridor hinunter; aber es erforderte meine ganze Kraft.

›Ich bitte Sie, uns die anderen fernzuhalten‹, sagte ich, schon an der Tür; doch ich konnte ihn nicht noch einmal ansehen, wollte nicht noch einmal seine sanfte Stimme hören.

›Gehen Sie nicht‹, sagte er.

›Mir bleibt keine Wahl‹, erwiderte ich.

Ich war schon auf dem Gang, als er so plötzlich neben mir stand, daß ich erschrak. Er drückte mir einen Schlüssel in die Hand, sagte: ›Dort ist eine Tür‹, und zeigte in das dunkle Ende des Ganges hinein, wo ich nur Wand vermutet hatte. ›Und es führt eine Treppe, die nur ich benutze, in eine Seitenstraße. Nehmen Sie diesen Weg, dann begegnet Ihnen niemand. Sie haben Angst, und man würde es merken.‹

Ich wandte mich zum Gehen, obwohl ich mit jeder Faser meines Wesens lieber geblieben wäre. ›Lassen Sie mich Ihnen noch eins sagen‹, fuhr er fort und legte mir ganz leicht die Hand aufs Herz. ›Gebrauchen Sie die Kraft, die Sie in sich tragen! Schrecken Sie nicht mehr davor zurück! Gebrauchen Sie die Kraft! Und wenn man Sie oben auf der Straße sieht, benutzen Sie diese Kraft, um aus Ihrem Gesicht eine Maske zu machen, blicken Sie die anderen an wie jedermann sonst und denken Sie: Nimm dich in acht! Tragen Sie das Wort bei sich, als wäre es ein Amulett, das ich Ihnen gegeben habe. Und wenn Ihre Augen denen Santiagos begegnen, oder eines anderen Vampirs – sprechen Sie höflich mit ihnen über was Sie wollen, aber denken Sie an das Wort und nur an dieses Wort. Vergessen Sie nicht, was ich sage. Ich spreche in einfachen Worten zu Ihnen, weil Sie das Einfache achten. Verstehen Sie; das ist Ihre Stärke.‹

Ich nahm den Schlüssel, und ich weiß nicht mehr, wie ich die Tür aufschloß und die Treppe hinaufging. Oder wo er war, oder was er getan hatte. In der dunklen Straße hinter dem Theater hörte ich noch einmal Armands sanfte Stimme dicht an meinem Ohr, und er sagte: ›Kommen Sie wieder her, kommen Sie zu mir, wenn Sie können.‹ Ich blickte mich um, doch ich war nicht verwundert, als ich niemanden sah. Einmal hatte er mir gesagt, ich solle nicht aus dem Hôtel Saint-Gabriel ausziehen, um den anderen auch nicht den kleinsten Anschein eines Beweises der Schuld zu geben, auf den sie warteten. ›Sehen Sie‹, sagte er, ›es ist sehr erregend, andere Vampire zu töten; deswegen ist es bei Todesstrafe verboten.‹

Und dann schien ich zu erwachen, sah die Straßen von Paris im Regen schimmern, sah die hohen schmalen Häuser zu beiden Seiten und war mir bewußt, daß die Tür, die ins Schloß gefallen war, eine feste dunkle Wand hinter mir errichtet hatte und daß Armand nicht mehr da war.

Und obwohl ich wußte, daß Claudia mich erwartete, obwohl ich sie im Hotelfenster sah, eine winzige Figur zwischen den Blattpflanzen, ging ich vorüber, entfernte mich von den Boulevards und tauchte abermals in den dunklen Straßen unter wie so oft in den Straßen von New Orleans.

Nicht etwa, daß ich Claudia nicht liebte – ich wußte, daß ich sie nur zu sehr liebte, daß meine Leidenschaft für sie so groß war wie die für Armand. Und jetzt floh ich sie beide und ließ das Verlangen nach dem Töten in mir aufsteigen wie ein wohlbekanntes, willkommenes Fieber, das den Schmerz lindert und das Bewußtsein auslöscht.

Aus dem Nebel, der den Regen abgelöst hatte, trat ein Mann und ging auf mich zu. Ich erinnere mich, daß er wie durch eine Traumlandschaft wandelte, denn die Nacht um mich war dunkel und unwirklich. Es hätte überall auf der Welt sein können, und das schwache Licht der Stadt schimmerte formlos durch den Nebel. Offenbar war er betrunken, denn er lief blindlings in die Arme des Todes, fuchtelte mit den Händen und griff mir mit den Fingern direkt ins Gesicht. Noch war ich nicht von Sinnen; ich hätte ohne weiteres zu ihm sagen können: ›Mach dich davon!‹ Ich glaube, meine Lippen formten sogar das Wort, das Armand mir gesagt hatte: ›Nimm dich in acht!‹ Doch ich ließ es zu, daß er mit dem Mut der Trunkenheit seinen Arm um mich legte, mich mit den Augen verschlang und bat, mich malen zu dürfen. Sein loser Kittel roch nach Ölfarbe. Ich folgte ihm durch Montmartre und flüsterte ihm zu: ›Du gehörst nicht zur Gemeinschaft der Toten.‹ Er lachte darüber, und seine Hand berührte meine Wange, mein Gesicht und umfaßte mein Kinn, während er mich durch das nasse Gras eines überwachsenen Gartens führte, durch einen niedrigen, schwach erleuchteten Torweg, eine Treppe hinauf, bis mich die Wärme seines Ateliers umfing.

Ich sah seine großen Augäpfel funkeln, die kleinen Äderchen um die dunklen Pupillen, und fühlte die warme Hand, die meinen kalten Hunger erhitzte, als er mich zu einem Sessel geleitete. Und dann sah ich um mich herum Gesichter aus dem Lampenrauch auftauchen und im Lichtschein des Ofens flackern, ein Wunderland von Farben unter dem niedrigen Schrägdach, glanzvolle Schönheit, pulsierend und vibrierend. ›Setzen Sie sich, setzen Sie sich‹, sagte er, und mein Hunger wuchs.

Im Nu stand er vor der Staffelei, die Palette in der Hand, die Augen auf eine große Leinwand geheftet. Und ich ließ ihn gewähren, kopflos, hilflos, von diesen großen bewundernden Augen gefesselt, bis Armands Augen verschwanden und Claudia mit klappernden Absätzen von mir lief ... Ich schloß die Augen, mein Hunger wurde zur Qual, und mein Herz schrie nach einem lebenden Herzen; und dann fühlte ich, wie er auf mich zutrat, die Hände ausgestreckt, um mein Gesicht in die richtige Lage zu bringen – der verhängnisvolle Schritt. Ein Seufzer entrang sich meinen Lippen. ›Bring dich in Sicherheit‹, flüsterte ich. ›Nimm dich in acht!‹

Das rötlich-feuchte Gesicht des Malers wurde schreckensbleich, irgend etwas ließ das Blut aus den Adern seiner zarten Haut weichen, er wankte zurück, der Pinsel fiel ihm aus der Hand. Und ich machte mich über ihn her, fühlte meine Zähne auf den Lippen, spürte, wie meine Augen sich mit den Farben seines Gesichtes füllten, meine Ohren mit seinem erstickten Schrei, meine Hände mit seinem kräftigen, widerstrebenden Fleisch, bis ich ihn vollends an mich riß, ihm die Zähne in dieses Fleisch schlug und das Blut trank, das ihm Leben gab. ›Stirb!‹ flüsterte ich, als ich den Griff lockerte und sein Kopf an meiner Brust lag. ›Stirb!‹, und ich fühlte, wie er sich bemühte, zu mir aufzusehen. Und wieder trank ich, und wieder kämpfte er verzweifelt, bis er endlich erschlaffte und halbtot zu Boden sank. Doch seine Augen blieben offen.

Ich setzte mich vor die Staffelei, müde und satt, und blickte zu ihm hinunter, in die verschwimmenden grauen Augen. Meine Hände waren aufgeblüht, meine Haut war wohlig warm. ›Ich bin wieder ein Sterblicher‹, sagte ich leise zu ihm, ›ich lebe wieder. Mit deinem Blut.‹ Seine Augen schlossen sich. Ich lehnte mich zurück und starrte in mein eigenes Antlitz.

Es war nur eine Skizze, eine Vielfalt kühner Striche, die aber schon mein Gesicht vorzüglich wiedergaben, und die Farben waren mit einigen Tupfen angedeutet – das Grün meiner Augen, die weißen Wangen. Doch mit welcher Verblüffung sah ich dieses Gesicht! Er hatte meine Züge vollkommen getroffen, doch es lag kein Schrecken, kein Grauen in ihnen. Die grünen Augen schauten mich mit ausdrucksloser Unschuld an und zeigten nichts von der übermächtigen Begierde, die er offenbar gar nicht begriffen hatte. Ein Louis, wie er vor mehr als hundert Jahren gewesen sein mochte, als er dem Priester bei der Messe lauschte, mit schlaffen, halbgeöffneten Lippen, lockerem Haar und eine Hand auf dem Schoß. Ein sterblicher Louis. Ich lachte, lachte, daß mir die Tränen kamen, und als ich die Hand hob, um sie abzuwischen, mischte sich das salzige Naß mit dem sterblichen Blut. Und erneut zitterte in mir die Erregung des Ungeheuers, das getötet hatte und wieder töten würde, und jetzt das Bild ergriff, um damit zu entfliehen.

Da erhob sich der Mann mit einem tierischen Stöhnen vom Boden und umklammerte meine Schuhe, versuchte sich aufzurichten und griff nach dem Bild. ›Geben Sie es her!‹ keuchte er. ›Geben Sie es her!‹, als wolle er es in den Himmel oder die Hölle mitnehmen. Und wir starrten uns an – der Unhold, den alles Blut nicht zum Menschen machen konnte, und der Mensch, den meine Verderbtheit nichts vollends überwältigt hatte. Und außer mir, als wäre ich nicht mehr ich selbst, zog ich ihn an mich und verbiß mich abermals in seiner Kehle.«

»Zurückgekehrt in unsere Zimmer im Hôtel Saint-Gabriel, stellte ich das Bild auf den Kaminsims und betrachtete es lange. Claudia war irgendwo; sie ließ sich nicht blicken; doch noch jemand war da – ein fremder Geruch, unmißverständlich. Ich wußte nicht, weshalb ich das Bild mitgenommen, weshalb ich so darum gekämpft hatte, daß es mich nun mehr beschämte als alles andere, und warum ich nicht davon lassen konnte. Dann endlich wandte ich langsam den Kopf; das Zimmer um mich sollte Gestalt annehmen, die Blumen, die Samtbezüge und die Kerzen in den Leuchtern. Um wieder sterblich zu sein und harmlos und in Sicherheit. Dann erblickte ich, wie im Nebel, eine Frau.

Sie saß gelassen an Claudias Frisiertisch, und die drei kleinen Spiegel wiederholten ihr Bild in dem grünen Taftkleid, so daß es schien, als säße dort nicht eine Frau, sondern mehrere. Ihr dunkelrotes Haar war in der Mitte gescheitelt und zu beiden Seiten über den Ohren zurückgelegt, außer einem Dutzend Löckchen, die das blasse Gesicht umrahmten. Sie sah mich an mit zwei ruhigen veilchenblauen Augen und einem weichen Kindermund, mit dem sie jetzt lächelte und sagte: ›Ja, er ist so, wie du sagtest, und ich liebe ihn schon. Ganz wie du sagtest.‹ Sie stand auf, raffte den weiten Taftrock, und die drei kleinen Spiegel waren leer.

Sprachlos vor Verblüffung wandte ich mich um und sah Claudia auf dem großen Bett sitzen, das Gesicht unbewegt, doch die kleine Hand an den seidenen Bettvorhang geklammert. ›Madeleine‹, sagte sie leise, ›Louis ist schüchtern.‹ Und sie sah mit kalten Augen zu, wie Madeleine lächelte, auf mich zu trat und mit beiden Händen den Spitzenrand ihres Kleides am Hals beiseite schob, so daß ich zwei kleine Wundmale sehen konnte. Dann erstarb das Lächeln auf ihren Lippen, und sie wurde schwermütig und sinnlich zugleich, als ihre Augen sich zusammenzogen und sie das Wort hauchte: ›Trink!‹

Ich wandte mich ab und hob instinktiv die Faust in einer Bestürzung, für die ich keine Worte finden konnte. Dann war plötzlich Claudia neben mir, hielt meine Hand fest und sah mich mit unbarmherzigen Augen an. ›Tu es, Louis‹, befahl sie. ›Denn ich kann es nicht tun.‹ Ihre Stimme war ebenso schmerzhaft ruhig wie ihre Miene; jede Regung verbarg sich hinter diesem harten, gemessenen Ton. ›Ich bin zu klein, zu schwach‹, fuhr sie fort. ›Dafür hast du gesorgt, als du mich geschaffen hast. Tu es!‹

Ich entzog mich ihr und befühlte mein Handgelenk, als hätte sie es verbrannt; ich sah die Tür, und es schien mir das beste, wieder fortzugehen. Ich konnte Claudias Stärke, ihren eisernen Willen spüren, und die Augen dieser sterblichen Frau schienen von dem gleichen Willen entflammt. Doch Claudia hielt mich nicht durch sanftes Flehen oder schändliche Schmeicheleien, die diese Macht vertrieben hätten, und ich empfand Mitleid für sie, während ich meine eigenen Kräfte sammelte. Sie hielt mich durch das Gefühl, das ihre Augen selbst noch durch die Kälte ausstrahlten, und durch die Art, wie sie sich nun von mir abwandte, beinahe so, als sei sie auf der Stelle besiegt worden. Jetzt lehnte Claudia sich auf dem Bett zurück; ich wollte mich ihr nähern, sie streicheln und ihr sagen, was sie verlange, sei unmöglich; ich wollte das Feuer dämpfen, das sie von innen zu verzehren schien. Doch ich unterließ es.

Die Frau hatte sich in einen Sessel am Kamin gesetzt; und das Rascheln und Schillern ihres Taftkleides erhöhte das Geheimnisvolle ihrer Erscheinung, ihrer leidenschaftslosen Augen, die uns beobachteten, des blassen, doch fiebrigen Gesichtes. Ich weiß noch, wie mich ihr kindlicher Schmollmund in dem zarten Gesicht reizte. Der Vampirkuß hatte außer den kleinen Wundmalen keine Spuren hinterlassen, keine Veränderungen der hellrosigen Haut bewirkt. Ich fragte sie: ›Wie erscheinen wir Ihnen?‹, als ich ihre Augen auf Claudia gerichtet sah. Sie schien seltsam von der zwergenhaften Schönheit erregt, in der die Leidenschaft einer erwachsenen Frau steckte.

Jetzt blickte sie mich an, und ich wiederholte: ›Ich frage Sie – wie erscheinen wir Ihnen? Finden Sie uns schön oder magisch, unsere weiße Haut, unsere flammenden Augen? Oh, ich erinnere mich genau, wie Sterbliche zu sehen pflegten – wie durch einen Schleier, und wie des Vampirs Schönheit durch diesen Schleier brach, so übermächtig, verführerisch und betrügerisch. Trink, sagen Sie zu mir. Sie haben nicht die geringste Vorstellung von dem, was Sie verlangen.‹

Claudia stand auf und trat auf mich zu. ›Was unterstehst du dich?‹ flüsterte sie. ›Wie kannst du diese Entscheidung für uns beide treffen! Wie ich dich verachte! Weißt du, daß ich dich verabscheue – mit einer Wut, die in mir frißt wie ein Geschwür!‹ Ihr kleiner Leib zitterte, ihre Hände flatterten. ›Schau nicht beiseite wie ein geprügelter Hund! Mir wird sterbensübel von deiner Wehleidigkeit. Nichts verstehst du, nichts. Das Schlimme an dir ist, daß du nicht schlimm sein kannst, und ich muß darunter leiden. Ich will aber nicht mehr leiden, verstehst du?‹ Ihre Nägel gruben sich in mein Handgelenk, ich riß mich los und wich zurück. Aus ihren Augen sprang der blanke Haß, wie ein Raubtier, das lange geschlafen hat. ›Ihr habt mich aus dem sterblichen Leben gerissen wie zwei Ungeheuer in einem Schauerroman, ihr eitlen, blinden Eltern! Väter!‹ Sie spie das Wort aus wie einen abscheulichen Bissen. ›Jetzt kannst du Tränen vergießen. Aber es gibt nicht genug Tränen für das, was du mir angetan hast. Noch sechs sterbliche Jahre, sieben oder acht . . . und ich könnte diese Gestalt haben.‹ Sie zeigte auf Madeleine, die ihr Gesicht in den Händen vergrub. Ihr Stöhnen klang fast wie Claudias Namen. Doch Claudia hörte sie nicht. ›Ja, diese Figur! Ihr Ungeheuer! Mir Unsterblichkeit zu geben in diesem jämmerlichen Gebilde.‹ Tränen standen in ihren Augen. Die Worte waren erstorben in ihrer Brust.

›Jetzt gib sie mir‹, sagte sie und senkte ihren Kopf, so daß ihr Haar wie ein Schleier vor das Gesicht fiel. ›Ja, gib sie mir! Wenn du es nicht tust, dann führe zu Ende, was du damals in New Orleans mit mir begonnen hast. Ich will mit diesem Haß nicht mehr leben, nicht mit diesem Zorn. Ich kann es nicht länger ertragen.‹ Sie legte die Hände an die Ohren, als könne sie ihre eigenen Worte nicht hören, während ihr die Tränen über die Wangen liefen.

Ich wollte vor ihr auf die Knie sinken, um sie zu umfassen; doch ich wagte nicht, sie zu berühren, nicht einmal ihren Namen zu flüstern, damit nicht mit der ersten Silbe mein eigener Schmerz in verzweifelten, unartikulierten Schreien aus mir herausbräche. Sie schüttelte den Kopf und biß die Zähne zusammen. ›Ich liebe dich noch, das ist das Quälende. Lestat habe ich nie geliebt. Aber dich! Mein Haß ist so groß wie diese Liebe – sie sind das gleiche. Weißt du nun, wie sehr ich dich hasse?‹

›Ja‹, flüsterte ich und neigte den Kopf. Doch Claudia war von mir gegangen, hatte sich in Madeleines Arme geflüchtet. Die zog sie an sich, als könne sie Claudia vor mir schützen, könne sie – was für eine Ironie! – vor sich selber schützen. ›Weine nicht, weine nicht‹, flüsterte sie Claudia ins Ohr und streichelte ihr Gesicht und Haar so ungestüm, daß es ein menschliches Kind zerdrückt hätte.

Claudia lag wie verloren an Madeleines Brust, mit geschlossenen Augen, entspanntem Gesicht, als sei alle Leidenschaft aus ihr gewichen, den Arm um den Hals der Frau geschlungen, den Kopf in Taft und Spitze gebettet. Die Tränen trockneten auf ihren Wangen, und sie lag so still, als habe dieser Ausbruch nichts hinterlassen als Ermattung und Vergessen, als sei ich nicht da, das Zimmer um sie herum nicht vorhanden. Und so schienen sie vereint, ein sterbliches Weib, das jetzt hemmungslos zu weinen anfing und in den Armen etwas hielt, das sie unmöglich verstehen konnte, dieses helle, ungebärdige und unnatürliche Kindwesen, das sie zu lieben glaubte. Am liebsten hätte ich es aus ihren Armen gerissen und die Worte zunichte gemacht, die ich soeben gehört hatte; doch ich saß nur da und dachte immer wieder: Der Haß ist so groß wie die Liebe – die Liebe ist so groß wie der Haß.

Madeleine flüsterte Claudia etwas ins Ohr, und Claudia sagte ganz ruhig zu ihr: ›Verlasse uns!‹

›Nein!‹ rief Madeleine. Sie schüttelte den Kopf, drückte Claudia fest an sich, mit geschlossenen Augen und an allen Gliedern zitternd. Doch Claudia glitt von ihrem Schoß, zog sie aus dem Sessel und führte sie zur Tür des Salons. Dort blieben sie stehen, Madeleine in völliger Verwirrung und um sich blickend wie am Abend zuvor im Theater das unglückselige Opfer, das nicht gewußt hatte, wo es war. Claudia war einen Augenblick verschwunden, und nun tauchte sie wieder auf, mit einer großen Puppe, einer Mädchenpuppe mit rabenschwarzem Haar und grünen Augen, in Seide und Spitze gekleidet, mit einem süßen Gesicht und großen Augen und klingelnden Porzellanfüßchen. Claudia legte sie Madeleine in die Arme. Und sie nahm sie und ließ sich willenlos von Claudia ins Nebenzimmer führen. ›Leg dich nieder‹, sagte Claudia, und sie sanken zusammen in die Kissen der Chaiselongue; und ich sah noch, wie die Puppe zu Boden glitt und Madeleines Hand danach griff, und hörte, wie Claudia leise zu Madeleine sagte; sie solle ruhig und geduldig sein. Ich fürchtete ihre Schritte auf dem Teppich, als sie zurückkam, die Tür, die sie hinter sich zumachte, um Madeleine von uns auszuschließen, und ich fürchtete ihren Haß, der wie ein tödlicher Dunst zwischen uns lag. Doch als ich aufblickte, stand Claudia traumverloren da; Bitterkeit und Groll waren von ihrem Gesicht geschwunden, und es war ausdruckslos wie das jener Puppe.

Ich sagte: ›Alles, was du gesagt hast, ist wahr. Ich verdiene deinen Haß. Ich habe ihn vom ersten Augenblick an verdient, als Lestat dich in meine Arme legte.‹

Zuerst schien sie mich gar nicht zu beachten, und ihre Augen waren von einem weichen Glanz erfüllt. Ihre Schönheit brannte sich in meine Seele, so daß ich es kaum ertragen konnte, dann sagte sie, und es klang fast wie eine Frage: ›Du hättest mich damals töten können, trotz Lestat.‹ Sie sah mich ruhig an. ›Willst du es jetzt tun?‹

›Es tun!‹ Ich legte den Arm um sie, zog sie an mich, erwärmt von ihrer sanfter gewordenen Stimme. ›Bist du von Sinnen, mich so etwas zu fragen? Ob ich es jetzt tun will!‹

›Ich möchte, daß du es tust‹, sagte sie. ›Beuge dich nieder, wie du es damals getan hast; sauge das Blut aus mir, Tropfen um Tropfen, mit deiner ganzen Kraft; ich werde keinen Widerstand leisten. Ich bin klein und schwach – du kannst mich zerdrücken wie eine Blume.‹

›Ist das dein Ernst?‹ erwiderte ich. ›Meinst du, was du sagst? Dann kannst du mir ebensogut dieses Messer hier in die Brust stoßen!‹

›Würdest du mit mir sterben?‹ fragte sie mit spöttischem Lächeln. ›Würdest du wirklich mit mir sterben? Verstehst du nicht, was in mir vorgeht? Daß er mich umbringt, dieser Meister-Vampir, dem du hörig bist und der deine Liebe nicht mit mir teilen will, nicht ein Fünkchen davon. Ich sehe seine Gewalt in deinen Augen; ich sehe dein Elend, deinen Jammer, die Liebe zu ihm, die du nicht verbergen kannst. Dreh dich um, du sollst mich mit den Augen ansehen, die ihn begehren.‹

›Hör auf, hör auf . . .‹, bat ich. ›Ich werde dich nicht verlassen. Ich habe es dir geschworen, verstehst du nicht? Ich kann dir nicht diese Frau geben.‹

Sie sagte: ›Aber ich kämpfe um mein Leben! Gib sie mir, damit sie für mich sorgen kann, mache die Maskerade vollständig, die ich zum Leben brauche. Dann kann er dich haben. Ich kämpfe um mein Leben!‹

Fast hätte ich sie von mir geschoben. ›Nein, nein, es ist Wahnsinn, es geht nicht mit rechten Dingen zu‹, sagte ich in dem Versuch, ihr Widerstand entgegenzusetzen. ›Du bist es, die nicht teilen will, du bist es, die jeden Funken dieser Liebe will. Wenn nicht von mir, dann von ihr. Er ist stärker als du, er mißachtet dich, und du bist es, die ihn tot will, so wie du Lestat umgebracht hast. Nun, du wirst mich nicht dabeihaben, sage ich dir, bei diesem Tod nicht! Und ich will nicht aus Madeleine eine von uns machen, will nicht, daß auch von ihren Händen Legionen sterben. Deine Macht über mich ist gebrochen. Ich will nicht!‹

Ach, wenn sie doch nur verstanden hätte! Nicht einen Augenblick konnte ich glauben, was sie gegen Armand sagte, daß er aus seiner Entrücktheit, die jenseits von Rache war, eigensüchtig ihren Tod wünschen könnte. Aber das bedeutete mir jetzt wenig; etwas weitaus Schlimmeres, schrecklicher, als ich begreifen konnte, zog herauf, etwas, das zu verstehen ich gerade erst anfing, etwas, gegen das mein ganzer Unmut nur eine Farce war, ein sinnloser Versuch, mich gegen ihren unbeugsamen Willen aufzulehnen. Sie haßte mich, verabscheute mich, wie sie selber bekannt hatte, und mein Herz zog sich zusammen; denn es wäre ein tödlicher Schlag gewesen, wenn sie mich dieser Liebe beraubt hätte, die mich mein Leben lang aufrechterhalten hatte. Ich verschmachtete nach ihr, verschmachtete nach ihrer Liebe, so wie in jener allerersten Nacht, als Lestat sie mir gab, sie mich anblicken ließ und ihr meinen Namen nannte; jene Liebe, die mir in meinem Selbsthaß das Herz erwärmt und mir zu existieren ermöglicht hatte. Lestat hatte das nur zu gut verstanden; und nun war sein Plan zunichte gemacht. Doch das andere, weitaus

Schrecklichere, lag dahinter, in einer Region, vor der ich zurückschrak: Es war ihr Leid. Claudia hatte mir ihr Leid offenbart: *mir Unsterblichkeit zu geben in diesem jämmerlichen Gebilde.* Ich legte die Hände auf die Ohren, als spräche sie jetzt diese Worte, und die Tränen flossen. In all den Jahren hatte ich mich ganz auf ihre Gefühllosigkeit verlassen, ihre vermeintliche Unfähigkeit zu leiden. Und was sie jetzt zeigte, war Leid, unleugbares Leid. Oh, wie hätte Lestat uns ausgelacht! Deshalb hatte sie das Messer gegen ihn erhoben – weil er gelacht hätte. Sie brauchte mir nur dieses Leid zu zeigen, um mich ganz und gar zu zerstören. Das Kind litt, das Kind, aus dem ich einen Vampir gemacht hatte. Ihre Qual war wie meine eigene Qual.

Claudia hatte mich mit meinen Gedanken allein gelassen, den Gedanken, mit denen ich nicht fertig werden konnte. Was an diesem Abend zwischen uns vorgefallen war, konnte nicht rückgängig gemacht werden, und was ich Claudia angetan hatte, niemals ungeschehen.

Doch irgendwie, zu meinem eigenen Erstaunen, empfand ich fast keine Reue. Vielleicht war es die Nacht, der sternenlose Himmel, der feine Regen, der Duft der Blüten, die sich langsam von ihren Zweigen lösten und den kleinen Balkon bedeckten – als ich mich an das offene Fenster lehnte, empfand ich einen seltsamen Trost, den ich nicht gesucht hatte und nicht recht zu empfangen wußte. Ich bin allein, dachte ich, ich bin allein. Es schien mir gerecht, ganz und gar, unvermeidlich und beinahe wohltuend. Und ich malte mir aus, für immer allein zu sein, wie damals in der Nacht meines Todes, als ich die Kraft des Vampirs empfing, als ich Lestat verließ, ohne zurückzublicken, ihn nicht mehr brauchte und auch sonst keinen. Als ob die Nacht zu mir gesagt hätte: ›Du bist die Nacht, und die Nacht allein versteht dich und schließt dich in ihre Arme.‹ Eins mit den Schatten. Ohne Alptraum. Ein unaussprechlicher Frieden.

Aber ich konnte das Ende dieses Friedens fühlen, so sicher wie ich die kurze Hingabe an ihn gefühlt hatte, und es brach auf mich nieder wie ein Wolkenbruch. Der stechende Schmerz über den Verlust Claudias bedrückte mich, war um mich wie ein Gespenst aus den Ecken dieses mir seltsam fremd gewordenen Zimmers. Doch draußen, auch noch als sich die sanfte Nacht in einem heftig treibenden Wind aufzulösen schien, rief etwas nach mir, etwas Unbeseeltes, das mir fremd war. Und eine Macht in mir schien dieser Macht draußen zu antworten, nicht widerstrebend, sondern mit einer rätselhaften, eisigen Kraft.

Ich öffnete die Tür zum Nebenzimmer und sah die schlafende Frau auf der Chaiselongue, die Puppe an die Brust gedrückt. Sie öffnete die Augen, und hinter mir im Halbdunkel konnte ich die anderen Augen spüren, die mich belauerten.

Ich fragte: ›Willst du für sie sorgen, Madeleine?‹ Ihre Hände umklammerten die Puppe, und unwillkürlich griff auch ich danach, ich wußte nicht warum.

Sie erwiderte: ›Ja!‹

›Glaubst du, daß sie das ist – eine Puppe?‹ fragte ich weiter und schloß meine Hand um den Kopf der Puppe. Madeleine entriß sie mir und sah mich haßerfüllt an.

›Ein Kind, das nicht sterben kann, das ist sie‹, sagte sie, und sie sprach es wie einen Fluch aus. Dann fuhr sie fort: ›Ich habe genug von Puppen . . .‹, und schob das Spielzeug beiseite und fingerte an ihrer Brust herum, als wolle sie mir etwas zeigen und auch wieder nicht; ich wußte, was es war, hatte es schon vorher bemerkt. Ein Medaillon, eine Brosche, mit einer goldenen Nadel befestigt. Ich wünschte, ich könnte die Gefühlsregung beschreiben, die ihre weichen Züge befiel, die ihren süßen Kindermund entstellte.

›Und das Kind, das gestorben ist?‹ fragte ich aufs Geratewohl. Ich sah im Geist einen Puppenladen, alle Puppen mit den gleichen Gesichtern. Sie schüttelte den Kopf, zog ungeduldig an dem Medaillon; Angst lag in ihren Augen, panische Angst. Ihre Hand blutete, sie hatte sich mit der Nadel gestochen. Ich nahm ihr das Medaillon ab. ›Meine Tochter‹, flüsterte sie mit zitternden Lippen.

Es war ein Puppengesicht auf dem kleinen Stück Porzellan, Claudias Gesicht, doch es war eine süßliche Parodie der Unschuld, die der Künstler gemalt hatte, ein Kind mit rabenschwarzem Haar wie die Puppe. Und die Mutter starrte verschreckt ins Dunkel.

›Kummer . . .‹, sagte ich sanft.

›Ich habe genug von Kummer‹, sagte sie, und ihre Augen zogen sich zusammen, als sie mich ansah. ›Wenn Sie wüßten, wie ich mich danach sehne, Ihre Kraft zu haben – ich bin dazu bereit, ich lechze danach!‹ Und sie atmete so tief, daß ihre Brust unter dem Kleid zu schwellen schien. Eine maßlose Enttäuschung malte sich auf ihrem Gesicht. Sie wandte sich von mir ab, schüttelte ihren Kopf, ihre Locken. ›Wenn Sie ein Sterblicher wären, ein Mensch *und* ein Ungeheuer‹, sagte sie. ›Wenn ich Ihnen nur zeigen könnte, was ich vermag . . .‹ Und sie versuchte, herausfordernd zu lächeln. ›. . . Ich könnte Sie dazu bringen, mich zu begehren! Aber Sie sind unnatürlich.‹ Sie verzog den Mund. ›Was kann ich Ihnen geben? Was kann ich tun, damit Sie mir geben, was Sie haben?‹

Ihre Hand strich über ihre Brüste, schien sie zu streicheln wie die Hand eines Mannes.

Seltsamer Augenblick; seltsam, weil ich nicht das Gefühl hätte voraussagen können, das ihre Worte in mir erregten oder der Anblick dieser schmalen Taille, der vollen Rundung ihrer Brüste oder des zarten Schmollmundes. Sie konnte nicht ahnen, wie der sterbliche Mann in mir beschaffen war, wie mich das Blut quälte, das ich gerade getrunken hatte. Ich begehrte sie mehr, als sie wußte, denn sie verstand nicht das Wesen des Tötens. Und mit dem Stolz des Mannes wollte ich es ihr beweisen, sie demütigen für das, was sie zu mir gesagt hatte, für die billige Eitelkeit ihrer Herausforderung und der Augen, die jetzt voller Abscheu von mir wegblickten. Aber das war Wahnsinn. Das waren keine Gründe, ihr ewiges Leben zu geben. Und es lag Grausamkeit in meiner Frage: ›Hast du dieses Kind geliebt?‹

Nie werde ich ihr Gesicht vergessen, den hemmungslosen, ungestümen Haß. ›Ja!‹ zischte sie mich an. ›Wie können Sie es wagen!‹ Und griff nach dem Medaillon. Es war Schuldgefühl, das sie verzehrte, nicht Liebe. Schuldgefühl – jener Puppenladen, den Claudia mir beschrieben hatte – viele Regale voller Nachbildungen des toten Kindes. Aber ein Schuldgefühl, das durchaus die Endgültigkeit des Todes begriff. Es war etwas in ihr, ebenso drückend wie das Böse in mir, ebenso übermächtig. Jetzt streckte sie die Hand nach mir aus und berührte meine Brust. Und ich lag auf den Knien, zog sie an mich, und ihr Haar streifte mein Gesicht.

›Halte dich ganz fest an mich, wenn ich dich nehme‹, sagte ich, während ihre Augen sich weiteten, ihr Mund sich öffnete. ›Und wenn dir die Sinne schwinden, dann lausche desto stärker auf meinen Herzschlag. Halte dich fest an mich und sage immer wieder: Ich will leben!‹

›Ja, ja‹, sagte sie, und ihr Herz klopfte laut. Ihre Hände brannten auf meinem Nacken, ihre Finger bohrten sich zwischen Hals und Kragen. Ich sagte: ›Schau über mich hinweg in das Licht dort, wende die Augen nicht davon ab, nicht eine Sekunde, und sprich immer wieder: Ich will leben!‹

Sie atmete schwer, als ich das Fleisch aufbrach und der warme Strom in mich floß. Ihre Brüste drückten gegen mich, ihr Leib war willenlos aufgebäumt. Und ich konnte sogar mit geschlossenen Augen ihre Augen sehen und den herausfordernden Mund. Dann fühlte ich, wie sie erschlaffte und die Hände an den Seiten fallen ließ. ›Fest, fest‹, flüsterte ich über dem heißen Strom ihres Blutes, von dem meine gesättigten Adern anschwollen, über dem Dröhnen ihres Herzschlages in meinen

Ohren. ›Die Lampe‹, flüsterte ich, ›schau sie an!‹ Ihr Herzschlag wurde langsamer und stand still, der Kopf fiel zurück auf das Kissen, die Augen verloren ihren Glanz. Mir war, als könne auch ich mich nicht rühren; doch ich mußte, das wußte ich; ich wußte, daß jemand mein Handgelenk an meinen Mund hob, während das Zimmer sich um mich drehte, daß ich in das Licht starrte, wie ich es sie geheißen hatte, mein eigenes Blut an meinem Puls schmeckte und es ihr zu trinken gab. ›Trinke es!‹ sagte ich zu ihr, ›trinke!‹ Aber sie lag wie tot, und das Blut lief ihr über die Lippen. Noch einmal drückte ich sie an mich, bis sie die Augen öffnete und ich den sanften Druck ihres Mundes spürte, als sie meinen Arm umfaßte und zu saugen begann. Ich wiegte sie hin und her, flüsterte ihr zu und versuchte verzweifelt, meiner Verzückung Herr zu werden; und dann spürte ich ihre mächtige Anziehungskraft. Ich fühlte es in allen Adern, ihr Herz schlug wieder kraftvoll an meinem Herzen, ihre Finger gruben sich in meinen Arm, meine Handfläche. Es durchfuhr mich schneidend, verzehrte mich, so daß ich fast aufgeschrien hätte, und ich zog meinen Leib zurück, doch ohne sie loszulassen, und ihr Atem ging im gleichen Takt mit dem Strom meines Blutes, bis ich mich schließlich befreite, zurücksank und meine blutenden Pulsadern mit der Hand bedeckte.

Sie starrte mich an, mit blutbedeckten Lippen, und es schien eine Ewigkeit zu vergehen. Sie legte die Hand an den Mund, ihre Augen bewegten sich nicht, doch sie wurden größer und größer. Dann erhob sie sich, nicht durch eigene Kraft, sondern wie von einer unsichtbaren anderen Kraft gehoben, die sie nun festhielt und herumdrehte, während sie nicht aufhörte zu starren, wie eine große holzgeschnitzte Figur auf einem Musikautomaten, die sich zur Musik im Kreise dreht. Plötzlich sah sie auf ihr Taftkleid hinunter, hob die knisternde Seide mit den Fingern und ließ sie fallen, die Hände auf den Ohren, die Augen geschlossen. Dann öffnete sie die Augen wieder, schien die Lampe im Nebenzimmer zu erblicken, ging darauf zu und blieb gebannt stehen, als sei das Licht etwas Lebendes. ›Faß es nicht an!‹ rief Claudia; doch Madeleine hatte die Blumen auf dem Balkon erblickt und ging hinaus, streichelte die feuchten Blüten und drückte die Regentropfen auf ihr Gesicht.

Ich beobachtete sie von weitem, jeden Schritt, jede Bewegung, wie sie die Blumen in der Hand zerdrückte und die Blütenblätter auf den Boden fallen ließ, wie sie die Fingerspitzen an den Spiegel legte und in ihre eigenen Augen starrte. Mein Schmerz hatte nachgelassen; ich hatte ein Taschentuch um die Wunde gebunden und wartete ab. Ich merkte, daß Claudia keine Erinnerung daran hatte, was nun folgen mußte. Sie tanzten zusammen; Madeleine nahm Claudia auf die Arme und drehte sich mit ihr im Kreise. Madeleine war blasser und blasser geworden, und jetzt verließen sie die Kräfte; sie trat einen Schritt zurück und schien das Gleichgewicht zu verlieren. Doch schnell richtete sie sich auf und setzte Claudia sanft auf den Boden. Claudia stellte sich auf die Zehenspitzen und umarmte sie. ›Louis!‹ rief sie leise. ›Louis . . .‹

Ich winkte ihr, beiseite zu treten. Madeleine schien uns gar nicht zu sehen; sie starrte auf ihre eigenen ausgestreckten Hände, wischte sich die Lippen ab und betrachtete geistesabwesend die dunklen Flecken an den Fingern. Ein langer Seufzer kam über ihre Lippen.

Ich hatte Claudia bei der Hand genommen und hielt sie an meiner Seite. ›Louis!‹ flüsterte sie mit jener übernatürlichen Stimme, die für Madeleine unhörbar war.

›Sie stirbt‹, flüsterte ich und strich Claudia das Haar von ihrem Ohr. ›du kannst dich mit deinem Kindergedächtnis nicht daran erinnern. Dir ist es erspart geblieben; es hat keine Spuren bei dir hinterlassen.‹ Dabei behielt ich Madeleine im Auge, die ruhelos von Spiegel zu Spiegel wanderte, während ihre Tränen flossen und das Leben den Körper zu verlassen schien.

›Aber Louis, wenn sie stirbt . . .‹, rief Claudia.

Ich sah den Kummer in dem kleinen Gesicht, beugte mich zu ihr hinunter und küßte ihre Wange. ›Sie stirbt nicht‹, sagte ich, ›das Blut war stark genug, sie wird leben.‹ Claudia sah mich an mit einer Mischung aus Furcht und Bewunderung, als ich mich Madeleine näherte. Madeleine taumelte, die Hände ausgestreckt, ich fing sie auf und hielt sie fest. Schon flackerten ihre Augen in einem unnatürlichen Licht, das sich in ihren Tränen spiegelte.

›Es ist der sterbliche Tod, nur der sterbliche Tod‹, sagte ich. ›Siehst du den Himmel? Wir müssen uns zur Ruhe betten, du an meiner Seite, fest an mich geschmiegt. Schlaf, schwer wie der Tod, wird sich auf meine Glieder legen, und ich werde dich nicht trösten können. Und du wirst liegen und dagegen ankämpfen. Aber du wirst mich in der Dunkelheit nicht loslassen, hörst du? Und ich werde deine Hände halten, solange ich etwas fühle.‹

Ich führte sie behutsam zu dem Sarg und ermahnte sie nochmals, sich nicht zu fürchten. ›Wenn du erwachst, wirst du unsterblich sein‹, sagte ich. ›Kein natürlicher Tod kann dir ein Leid antun. Leg dich nieder.‹ Sie hatte Angst, schrak vor dem engen Schrein zurück. Schon begann ihre Haut zu schimmern, sie bekam den Glanz, den Claudia und ich hatten. Doch ich wußte, sie würde sich nicht ergeben, bevor ich bei ihr lag.

Am anderen Ende des Zimmers stand Claudia und beobachtete mich, mit Argwohn und Mißtrauen in den kühlen Augen. Ich setzte Madeleine neben ihrer Ruhestatt ab und ging auf jene Augen zu, kniete nieder und nahm Claudia in die Arme. ›Erkennst du mich nicht?‹ fragte ich sie. ›Weißt du nicht, wer ich bin?‹

Sie sah mich an. ›Nein‹, sagte sie.

Ich lächelte. ›Laß uns das Kriegsbeil begraben. Wir sind quitt.‹ Sie legte den Kopf auf die Seite und studierte sorgfältig mein Gesicht; dann lächelte sie wider Willen und nickte zustimmend.

›Denn, siehst du‹, fuhr ich ruhig fort, ›was heute abend hier starb, war nicht diese Frau. Sie wird noch viele Nächte sterben, vielleicht Jahre. Was heute in diesem Zimmer starb, war die letzte Spur dessen, was in mir selbst sterblich gewesen ist.‹

Ein Schatten fiel über Claudias Gesicht. Ihre Lippen öffneten sich, doch nur, um Atem zu holen. Erst nach einer Weile sagte sie: ›Gut – dann hast du recht. Wir sind quitt.‹«

»Eines Tages sagte Madeleine: ›Ich möchte den Puppenladen in Brand stecken!‹ Sie verbrannte im Kamin die Sachen ihres toten Kindes: zusammengelegte Kleidchen, weiße Spitzen und vergilbte Wäsche, abgetragene Schuhe und Häubchen, die nach Lavendel und Mottenkugeln rochen. ›Sie bedeuten mir nichts mehr‹, sagte sie, während sie das Feuer überwachte und dazwischen auf Claudia einen Blick warf, in dem Genugtuung und leidenschaftliche Ergebenheit lagen.

Ich glaubte ihr nicht, so sicher war ich – obwohl ich sie Nacht für Nacht von Männern und Frauen wegführen mußte, die sie nicht austrinken konnte, weil sie schon vom Blut vorhergehender Opfer gesättigt war –, so sicher war ich, daß diese wilde Unersättlichkeit früher oder später nachlassen und sie sich der Annehmlichkeiten ihres neuen Lebens bewußt werden würde, ihres eigenen lumineszierenden Fleisches, der luxuriösen Suite im Hôtel Saint-Gabriel, daß sie frohlocken würde, weil sie erwacht, weil sie frei war. Sie begriff noch nicht, daß es kein Experiment war; sie war besessen.

Aber ich erkannte nicht, wie besessen sie war und wie sehr sie noch an ihren Träumen hing und daß sie nicht nach Wirklichkeit verlangte, sondern die Wirklichkeit ihren Träumen anpassen wollte, um daraus ihre eigene, spinnwebartige Welt zu machen. Ich begann ihre Habgier zu begreifen, ihre magische Kraft.

Sie verstand sich auf die Herstellung von Puppen, hatte immer wieder Abbilder ihres toten Kindes angefertigt, die nun, wie sie erzählte, die

Regale eines Ladens füllten, den wir bald besuchen sollten. Dazu kam nun die Geschicklichkeit und Tatkraft des Vampirs, so daß sie in einer Nacht, nachdem ich sie vom übermäßigen Töten zurückgehalten hatte, mit der gleichen Unermüdlichkeit aus ein paar Stöcken einen Schaukelstuhl für Claudia zimmerte, genau nach deren Proportionen, so daß Claudia wie eine Frau wirkte, wenn sie darin am Kamin saß. Dazu kam in den folgenden Nächten ein Tisch in der passenden Größe; und aus einem Spielzeugladen holte Madeleine eine kleine Petroleumlampe, ein winziges Porzellantäßchen und, aus der Handtasche einer Dame, ein ledergebundenes Notizbüchlein, das in Claudias Händen wie ein riesiger Foliant wirkte. Bald hatte Claudia ein eigenes Zimmerchen, von dem die andere Welt ausgeschlossen schien: ein Himmelbett, dessen Pfosten mir nur bis zu den Westenknöpfen reichten; kleine Spiegel, die gerade die Beine eines unförmigen Riesen wiedergaben, wenn ich davorstand; für Claudias Augen niedrig gehängte Bilder; und schließlich auf dem kleinen Frisiertisch schwarze Abendhandschuhe für winzige Finger, ein tief ausgeschnittenes Abendkleidchen aus mitternachtblauem Samt, ein Diadem von einem Kinder-Maskenball. Und Claudia, die Krönung alles dessen, eine Feenkönigin mit nackten weißen Schultern, wanderte zwischen den verschwenderischen Requisiten ihrer Zwergenwelt umher, während ich mich ungeschlacht davorhockte oder auf dem Teppich ausstreckte, den Kopf auf den Arm gelegt, um mein Liebchen zu beobachten, das selber besänftigt und verzaubert schien von der Vollkommenheit dieses kleinen Heiligtums. Wie schön sie war in schwarzer Spitze, eine kühle, flachshaarige Frau mit dem Puppengesicht und den klaren Augen, die mich so gelassen und lange anschauten, bis sie mich vergaßen und in etwas anderes versunken waren, etwas anderes als die plumpe Welt, die mich umgab und die jetzt aufgegeben war von einer, die darin gelitten, immer gelitten hatte, doch nun nicht mehr zu leiden schien und dem Geklingel einer Spieluhr lauschte.

Ich legte die Hände unter den Kopf und blickte zu dem Kronleuchter empor; es war schwer, mich von einer Welt zu lösen und in eine andere einzutreten. Madeleine saß auf der Chaiselongue, arbeitete mit verzehrendem Eifer, als ob die Unsterblichkeit nicht vor allem Ruhe bedeutete, und nähte cremefarbene Spitzen an seidene Bettücher, nur gelegentlich hielt sie inne, um sich den vom Blut gefärbten Schweiß von der bleichen Stirne zu tupfen. Und ich fragte mich, wenn ich die Augen schloß, ob nicht diese Liliput-Welt eines Tages die Zimmer um mich vollends in Besitz nehmen und ich wie Gulliver aufwachen würde, an Händen und Füßen gefesselt, ein unwillkommener Riese? Ich sah Häuser vor mir, eigens für Claudia gebaut, in deren Gärten Mäuse Ungeheuer sein würden und Blumen gewaltige Bäume. Sterbliche wären entzückt gewesen und auf die Knie gefallen, um einen Blick durch die winzigen Fenster zu erhaschen.

Tatsächlich war ich bereits an Händen und Füßen gefesselt. Nicht allein von dieser Feenkönigin, sondern auch durch die Angst war ich gebunden. Daß ich außerhalb dieser Zimmer, in denen ich angeblich die Erziehung Madeleines überwachte – ziellose Unterhaltungen über das Töten und über die Vampirnatur, worin Claudia sie besser hätte unterrichten können als ich, wenn ihr je daran gelegen hätte, diese Aufgabe zu übernehmen – daß ich außerhalb dieser Zimmer, wo mir nächtlich mit sanften Küssen und dankbaren Blicken bestätigt wurde, daß der leidenschaftliche Haß, den Claudia einst gezeigt hatte, nicht wiederkehren würde – daß ich mich da draußen vergewissern würde, ob ich mich tatsächlich gewandelt hatte, ob es mein sterblicher Teil gewesen war, der geliebt hatte – dessen war ich sicher. Was also empfand ich beim Gedanken an Armand, für den ich hatte frei sein wollen? Eine merkwürdige, störende Distanz? Einen dumpfen Schmerz? Angstvolles Zittern? Sogar in unserer eitlen Geschäftigkeit sah ich Armand vor mir in seiner Mönchszelle, sah seine dunkelbraunen Augen und fühlte seine geheimnisvolle Anziehungskraft.

Und doch machte ich keine Anstalten, zu ihm zu gehen. Ich wagte nicht, das Ausmaß dessen zu erkennen, was ich verloren haben könnte. Oder zu versuchen, diesen Verlust von einer anderen bedrückenden Erkenntnis zu trennen: daß ich in Europa keine Wahrheiten gefunden hatte, die geeignet gewesen wären, die Einsamkeit zu lindern, die Verzweiflung zu beenden. Statt dessen hatte ich nur das Getriebe meiner eigenen kleinen Seele bloßgelegt, Claudias Seelenqualen und dazu die Leidenschaft für einen Vampir, der vielleicht noch böser war als Lestat, für den ich ebenso böse wurde wie Lestat, in dem ich jedoch gleichzeitig die einzige Verheißung des Guten im Bösen sah, die ich mir vorstellen konnte.

Schließlich drehte sich mir alles im Kopf; es ging über mein Fassungsvermögen. Die Kaminuhr tickte; und Madeleine bettelte, die Vorstellung im Théâtre des Vampires sehen zu dürfen, und schwor, Claudia gegen jeden Vampir zu verteidigen, der es wagen würde, ihr zu nahe zu treten. Claudia sprach von Strategie und sagte: ›Jetzt nicht, noch nicht‹; und ich beobachtete mit einer gewissen Erleichterung Madeleines Liebe zu Claudia, ihr blindes, leidenschaftliches Begehren. Ach, ich habe so wenig Mitgefühl mit Madeleine in meinem Herzen, ich denke kaum noch an sie. Ich dachte, sie hätte nur die erste Station des Leidens erlebt; sie hätte keine Vorstellung vom Tode. Sie war so leicht erhitzt, zügellos und gewalttätig. In meinem Dünkel, meiner maßlosen Selbstgefälligkeit hielt ich den Kummer um meinen toten Bruder für die einzige echte Gemütsbewegung. Ich vergaß, wie ich mich Hals über Kopf in Lestats funkelnde Augen verliebt hatte, meine Seele für ein vielfarbig schillerndes Ding verkauft und gedacht hatte, ein phosphoreszierendes Gesicht könne die Kraft übertragen, auf dem Wasser zu wandeln.

Was hätte Christus tun müssen, damit ich ihm gefolgt wäre wie Matthäus und Petrus? Er hätte vor allem gut gekleidet sein und einen gepflegten blonden Lockenkopf haben müssen.

Ich haßte mich. Und wenn ich, wie jetzt oft, bei der Unterhaltung der beiden fast einschlief – Claudia vom Töten und von Schnelligkeit und von Vampirlist flüsternd, Madeleine über ihre flinke Nadel gebeugt –, dann schien es mir das einzige Gefühl zu sein, dessen ich noch fähig war: Selbsthaß. Ich liebe sie. Ich hasse sie. Es ist mir gleichgültig, ob sie da sind oder nicht. Claudia streicht mir übers Haar, als wolle sie mir mit der alten Vertraulichkeit zu verstehen geben, daß ihr Herz zur Ruhe gekommen ist. Mir ist es gleich. Und dann wieder die Erscheinung Armands, jene Kraft, jene herzzerreißende Klarheit. Wie hinter einer Glasscheibe. Und ich ergreife Claudias spielerische Hand und verstehe zum ersten Mal in meinem Leben, was sie empfindet, wenn sie mir verzeiht, daß ich bin, was ich bin, und sie mich zugleich haßt und liebt: *Sie fühlt fast gar nichts.*«

Das war eine Woche, bevor wir Madeleine begleiteten, als sie das Puppenreich hinter der Schaufensterscheibe in Brand setzte. Ich weiß noch, wie wir dem Feuer den Rücken kehrten und in ein Labyrinth von engen, dunklen Gassen tauchten, wo der fallende Regen das einzige Geräusch war. Doch bald sah ich den roten Schein an den Wolken, hörte die Feuerwehr klingeln und Männer rufen. Claudia an meiner Seite sprach seelenruhig von der Natur des Feuers. Der dichte Rauch, der aus dem flackernden Schein emporstieg, lähmte mich. Ich empfand Furcht. Nicht die schreckhafte Furcht der Sterblichen, sondern eine kalte Angst, die in mir stak wie ein Widerhaken. Es war die Erinnerung an den Brand unseres Stadthauses in der Rue Royale, als Lestat wie schlafend auf dem Boden gelegen hatte.

›Feuer reinigt ...‹, sagte Claudia. Und ich antwortete: ›Nein, Feuer vernichtet nur ...‹

Madeleine war uns vorangeeilt und winkte uns mit ihren weißen Händen, die in der Luft wie helle Nachtschmetterlinge flatterten. Claudia folgte ihr und ließ mich zurück; ein seidenes Band hatte sich aus ihrem Haar gelöst, und ich bückte mich, es aufzuheben. Doch eine andere Hand hatte danach gegriffen. Es war Armand, der mir nun das Band reichte.

Ich erschrak, ihn hier zu treffen, in einem Torweg stehend, den Kavalier Tod, unfaßbar wirklich in seinem schwarzen Umhang und dem Seidentuch, und zugleich schattenhaft und ätherisch. Ein schwacher Widerschein des Feuers war in seinen Augen und verlieh ihrer Schwärze ein wärmeres Braun.

Und ich erwachte plötzlich, als hätte ich geträumt, wurde mir seiner Anwesenheit bewußt, des Druckes seiner Hand, die meine umfaßte, der leichten Kopfneigung, mit der er mich aufforderte, ihm zu folgen, und war wieder ganz von ihm eingenommen, so wie ich in seiner Klause von ihm gefangen gewesen war. Nun gingen wir zusammen der Seine entgegen und glitten so schnell und geschickt durch die Menge, daß wir kaum gesehen wurden, so wenig wie wir die Menschen wahrnahmen. Daß ich mit Armand Schritt halten konnte, verwunderte mich; durch ihn wurde ich meiner Kräfte bewußt, ich merkte, daß die Wege, die ich bisher gegangen, Wege der Menschen waren, die ich nun nicht länger zu gehen brauchte.

Mich verlangte dringend, mit ihm zu sprechen, ihm die Hände auf die Schultern zu legen, damit er stehenbliebe, ihm in die Augen zu sehen, wie ich es in jener Nacht getan hatte, um der Erregung in mir Herr zu werden. Es gab soviel, was ich ihm sagen, ihm erklären wollte. Dabei wußte ich eigentlich gar nicht, was ich ihm sagen sollte und warum ich eigentlich den Wunsch hatte, mit ihm zu sprechen; ich wußte nur, daß das Übermaß meiner Gefühle mich fast bis zu Tränen rührte. Und das war es, was ich am meisten fürchtete.

Ich wußte nicht, wo wir jetzt waren, nur daß ich schon auf früheren Streifzügen hier gewesen war: eine Straße mit alten vornehmen Wohnhäusern, mit bleigefaßten Fenstern unter steinernen Bögen, mit Türmen und Gartenmauern und Toreinfahrten, Häuser aus vergangenen Jahrhunderten, in denen eine Handvoll Menschen in hohen Zimmern und

Sälen wohnte, von denen gewöhnliche Sterbliche ausgeschlossen waren.

Armand war unversehens auf eine Mauer gestiegen, hielt sich mit einem Arm an einem überhängenden Ast fest und reichte mir die andere Hand. Vor mir erhob sich Stockwerk über Stockwerk, ein hoher Turm, kaum sichtbar in dem dunklen strömenden Regen. ›Wir werden den Turm emporklettern‹, sagte Armand.

Ich wandte ein: ›Ich kann nicht . . . das ist unmöglich!‹

Er sagte: ›Du hast noch nicht deine Kräfte erkannt. Du kannst sehr gut klettern. Erinnere dich: Wenn du fällst, erleidest du keinen Schaden. Tue nur, was ich tue. Doch höre: Die Bewohner dieses Hauses kennen micht seit hundert Jahren und denken, ich bin ein Geist; wenn sie dich also zufällig sehen sollten oder du sie durch ein Fenster siehst, dann denke daran, wofür sie dich halten, und laß dir nichts anmerken, damit du sie nicht verwirrst. Hörst du? Du bist ganz sicher.‹

Ich war ungewiß, was mich mehr schreckte, die Kletterei selber oder die Aussicht, für einen Geist gehalten zu werden; doch es war keine Zeit für Spitzfindigkeiten. Armand hatte den Aufstieg begonnen, die Füße in den Mauerfugen, die Hände wie Klauen in den Ritzen der Steine geklammert; und ich stieg ihm nach, fast an die Mauer gedrückt, ohne hinunterzusehen. Einen Moment lang ruhte ich mich auf einem Fenstersims aus und warf einen Blick in die Wohnung, sah einen dunklen Rücken vor einem flammenden Kaminfeuer, eine Hand mit dem Schüreisen, eine andere Gestalt, die sich im Zimmer bewegte, ohne zu wissen, daß sie beobachtet wurde. Vorbei. Wir kletterten höher und höher bis zum obersten Turmfenster, das Armand schnell aufdrückte. Er stieg ein, und ich folgte ihm.

Ich stieß einen Seufzer der Erleichterung aus, als wir im Zimmer standen, rieb mir die Arme und sah mich in dem feuchten, fremden Raum um. Unter uns die Dächer schimmerten silbern, hier und da ragten spitze Türmchen durch die Baumwipfel. In der Ferne funkelte die Lichterkette eines Boulevards. Das Zimmer schien so feucht zu sein wie die Nacht draußen.

Armand machte Feuer, nahm Stühle, die in der Ecke standen, und machte Brennholz daraus. Es sah grotesk aus, wie er mühelos die dicksten Stäbe zerbrach, mit anmutigen Bewegungen und ohne eine Miene seines weißen Gesichtes zu verziehen. Nichts Menschliches schien an ihm zu sein; sogar seine anmutsvollen Züge und sein dunkles, gewelltes Haar waren mehr die eines furchterregenden Engels, der mit Menschen nur eine oberflächliche Ähnlichkeit hat. Und furchterregend war er, als er mir einen schweren Eichenstuhl hinschob und selber am Kamin Platz nahm, um sich die Hände zu wärmen, furchterregend, obwohl ich mich zu ihm hingezogen fühlte, stärker als zu jedem anderen lebenden Wesen außer Claudia.

›Ich kann die Bewohner des Hauses hören‹, sagte ich. Die Wärme tat mir gut; ich fühlte sie an den Händen und Füßen.

›Dann weißt du, daß ich sie auch hören kann‹, erwiderte er. Es sollte kein Vorwurf sein, aber ich merkte, was seine Worte bedeuteten.

Dennoch fragte ich: ›Und wenn sie kommen?‹

›Aus meinem Benehmen kannst du folgern, daß sie nicht kommen werden‹, sagte er. ›Wir können hier ungestört die ganze Nacht sitzen.‹ Er fügte hinzu, daß der Turm schon vor langer Zeit verschlossen worden sei und nicht mehr betreten werde, und selbst wenn die Leute Licht in den Fenstern oder Rauch aus dem Schornstein bemerkten, würden sie nicht vor dem Morgen kommen.

Jetzt entdeckte ich Regale mit Büchern und einen Schreibtisch mit Federn und Tintenfaß. Das Zimmer mußte recht gemütlich sein, wenn das Feuer die feuchtkalte Luft getrocknet hatte und es nicht gerade stürmte.

›Siehst du‹, fuhr Armand fort, ›du brauchst eigentlich gar nicht die Zimmer im Hotel. Du brauchst überhaupt sehr wenig. Aber jeder muß selber entscheiden, was und wieviel er benötigt. Die Leute in diesem Haus haben einen Namen für mich, und wenn sie mir einmal begegnen, so gibt ihnen das Gesprächsstoff für viele Jahre. Sie sind nur isolierte Augenblicke in meiner Zeit, die nichts bedeuten. Sie können mir nichts tun, und ich benutze ihr Haus, wenn ich allein sein will. Keiner aus dem Theater weiß davon. Es ist mein Geheimnis.‹

Ich sah ihn aufmerksam an, während er sprach, und die Gedanken, die mir in Armands Klause im Theater durch den Kopf gegangen waren, kamen mir erneut in den Sinn. Vampire altern nicht, und ich fragte mich, wie sein jugendliches Gesicht vor hundert Jahren und hundert Jahre davor ausgesehen haben, wie sein altersloses Gehabe gewesen sein mochte; denn sein Gesicht, wenn auch nicht durch Reife geprägt, war bestimmt keine Maske. Es kam mir ungeheuer eindrucksvoll vor, nicht weniger als seine unauffällige Stimme, und ich konnte nicht feststellen, woran es lag. Ich wußte nur, daß ich so mächtig von ihm angezogen wurde wie zuvor; und zum Teil war die Frage, die ich nun an ihn richtete, eine Ausflucht: ›Aber was hält dich im Théâtre des Vampires?‹

›Es war eine Notwendigkeit‹, antwortete er. ›Doch ich habe gefunden, was ich suchte. Warum weichst du mir aus?‹

›Ich weiche dir nicht aus‹, sagte ich und bemühte mich, die Erregung zu verbergen, die seine Worte in mir hervorriefen. ›Bitte verstehe, daß ich Claudia beschützen muß, sie hat nur mich. Oder zumindest hatte sie niemand sonst bis . . .‹

›Bis Madeleine zu euch kam und bei euch blieb.‹

›Ja‹, gab ich zu.

›Aber jetzt hat Claudia dich freigegeben, und doch bleibst du bei ihr, an sie gebunden wie an eine Geliebte‹, sagte er.

›Nein. Sie ist nicht meine Geliebte, das verstehst du nicht‹, sagte ich. ›Sie ist eher mein Kind, und ich weiß nicht, ob sie mich freigeben kann . . .‹ Dies waren Gedanken, die ich mir schon so oft gemacht hatte. ›Ich weiß nicht, ob ein Kind seine Eltern freizugeben vermag. Vielleicht bin ich an sie gebunden, solange sie . . .‹

Ich hielt inne. Ich hatte sagen wollen ›solange sie lebt‹. Doch das war natürlich nur eine leere Redensart aus dem Sprachgebrauch der Sterblichen. Sie würde ewig leben, so wie ich. Aber erscheint es sterblichen Vätern nicht ebenso? Ihre Töchter leben für sie immer, weil sie selbst vor ihnen sterben. Plötzlich war ich um Worte verlegen, doch die ganze Zeit war mir bewußt, wie Armand zuhörte – so wie wir uns den idealen Zuhörer wünschen, mit einem Gesicht, das alles, was gesagt wurde, widerspiegelte. Wenn ich stockte, dann benutzte er das nicht dazu, mir ins Wort zu fallen, ehe ich den Gedanken zu Ende geführt hatte, sondern ließ mich geduldig ausreden.

Nach einer langen Pause sagte er: ›Ich brauche dich. Ich brauche dich mehr als sonst etwas in der Welt.‹

Eine Sekunde lang traute ich meinen Ohren nicht. Es kam mir unglaublich vor. Und ich war völlig entwaffnet – die Vision unseres Zusammenlebens nahm von mir Besitz und löschte alle anderen Erwägungen aus.

Und er wiederholte: ›Ich sagte, ich brauche dich. Mehr als sonst etwas in der Welt.‹ Sein Gesichtsausdruck hatte sich kaum verändert; er saß da und wartete, die großen Augen auf mich gerichtet, die Lippen unbewegt.

›Du hast es gewollt‹, sagte er, ›aber du bist nicht zu mir gekommen. Du willst vielerlei wissen, und du fragst nicht. Du siehst, wie Claudia dir entgleitet, doch du scheinst ohnmächtig, es zu verhindern; und dann willst du es beschleunigen, und wieder tust du nichts.‹

›Ich verstehe meine eigenen Gefühle nicht‹, antwortete ich. ›Vielleicht sind sie dir klarer als mir . . .‹

›Du weißt noch gar nicht, was für ein Rätsel du bist‹, sagte er.

›Du kennst wenigstens dich selber gründlich‹, wandte ich ein, ›ich kann es leider von mir nicht behaupten. Ich liebe sie, aber sie bleibt mir fern. Wenn ich mit ihr zusammen bin, so wie jetzt mit dir, weiß ich, daß ich nichts von ihr weiß, absolut nichts.‹

Und er: ›Sie ist ein ganzes Zeitalter für dich, das Zeitalter deines Lebens. Wenn du mit ihr brichst, dann trennst du dich von dem einzigen lebenden Wesen, das diese Zeit mit dir geteilt hat. Das fürchtest du – die Isolierung, eine Ewigkeit lang.‹

›Das ist wahr‹, sagte ich, ›doch nur ein kleiner Teil von allem. Das Zeitalter – es bedeutet mir nicht viel. Sie hat ihm Bedeutung gegeben, das ist richtig. Andere Vampire müssen es auch erfahren und überleben es – das Dahinschwinden eines Zeitalters, von hundert Zeitaltern.‹

›Aber sie überleben es nicht‹, sagte er. ›Die Welt würde ja ersticken vor Vampiren, wenn sie es überlebten. Wie kommt es, glaubst du, daß ich der älteste Vampir bin, hier und in der ganzen Welt?‹

Ich überlegte. Und dann wagte ich die Frage: ›Sie sterben eines gewaltsamen Todes?«

›Nein, fast nie‹, erwiderte er. ›Das ist gar nicht nötig. Wie viele Vampire, meinst du, haben die Kraft zur Unsterblichkeit? Sie haben zunächst einmal die trübseligsten Vorstellungen davon. Denn wenn sie unsterblich werden, wollen sie alle Formen ihrer bisherigen Lebens für alle Zeiten beibehalten: schöne Häuser, kostbare Möbel, Kutschwagen, alles in der gleichen verläßlichen Form; die Kleidung vom gleichen Schnitt wie in ihrer Jugend, die Menschen in Sprache und Gehabe, so wie sie es immer verstanden und geschätzt haben. Wenn jedoch, wie es der Fall ist, sich alle Dinge verändern außer dem Vampir selbst, dann ist alles außer dem Vampir auch ständiger Verderbnis und Verzerrung unterworfen. Und so wird diese Unsterblichkeit sehr bald zu einer Gefängnisstrafe in einem Tollhaus von Gestalten und Formen, die dem Vampir hoffnungslos unbegreiflich und ohne jeden Wert erscheinen. Eines Abends kommt dann ein Vampir zu der Erkenntnis – die er vielleicht schon seit Jahrzehnten gefürchtet hat –, daß er nicht mehr um jeden Preis leben möchte. Daß die Existenzformen, die ihm einst das ewige Leben wünschenswert gemacht hatten, von der Erde verschwunden sind. Es bleibt ihm kein anderer Ausweg aus der Verzweiflung als der Tod. Und der Vampir macht sich auf, um zu sterben. Niemand weiß, wohin er geht. Und oft weiß sogar in seiner engsten Umgebung niemand – sofern er noch die Gesellschaft anderer Vampire gesucht hat –, daß er in Verzweiflung ist. Er hat seit langem aufgehört, von sich zu sprechen. Und er verschwindet ohne Aufhebens.‹

Ich war tief berührt von der offenkundigen Wahrheit dessen, was ich gehört, und zugleich empörte sich alles in mir gegen diese Ansicht. Mir wurde die Tiefe meiner Hoffnung und meines Grauens bewußt – wie verschieden waren diese Gefühle von der Entfremdung, die Armand beschrieben hatte, wie ganz anders als jene schreckliche, zerstörerische Verzweiflung, die mir plötzlich frevelhaft und abstoßend vorkam und die ich nicht gelten lassen konnte.

Schließlich fand ich eine Antwort und sagte: ›Aber du würdest einen solchen Geisteszustand nicht dulden. Schau dich an! Gäbe es in dieser Welt kein einziges Kunstwerk – und es gibt deren Tausende ... keine einzige natürliche Schönheit ... wäre die Welt auf eine leere Klause und eine schwache Kerze reduziert –, ich sähe dich beschäftigt mit der Betrachtung dieser Kerze, versunken in das Flackern ihres Lichtes, den Wechsel ihrer Farben. Wie lange könnte es dich aufrechterhalten, welche Möglichkeiten erwüchsen dir daraus? Irre ich mich? Bin ich so ein närrischer Idealist?‹

›Nein‹, erwiderte er. Ein kurzes Lächeln spielte auf seinen Lippen, ein flüchtiger Schimmer von Belustigung. Doch dann fuhr er in seiner schlichten Redeweise fort. ›Aber du fühlst dich einer Welt verpflichtet, die du liebst, weil für dich diese Welt noch intakt ist. Es ist denkbar, daß deine Sensibilität einmal das Werkzeug des Wahnsinns wird. Du sprichst von Kunstwerken und von natürlicher Schönheit. Ich wollte, ich hätte die Fähigkeit eines Künstlers, dir das Venedig des fünfzehnten Jahrhunderts vor Augen zu führen, den Palast meines Herrn dort, die Liebe, die ich ihm entgegenbrachte, als ich ein sterblicher Knabe war, und die Liebe, die er für mich empfand, als er mich zu einem Vampir machte. Ach, könnte ich diese Zeiten wiederaufleben lassen ... für einen Augenblick nur! Doch wozu wäre es nütze? Und wie traurig ist es für mich, daß die Zeit die Erinnerung an jene Tage nicht trübt, daß sie mir im Gegenteil immer reicher und wunderbarer erscheinen im Licht der Welt, die ich heute um mich sehe.‹

›Liebe?‹ fragte ich. ›Es war Liebe zwischen dir und dem Vampir, der dich schuf?‹

›Ja‹, erwiderte er. ›Eine Liebe, so stark, daß er mir nicht gestatten konnte, zu altern und zu sterben. Eine Liebe, die geduldig wartete, bis ich stark genug war, der Dunkelheit geboren zu werden. Willst du mir etwa sagen, es bestand kein Band der Liebe zwischen dir und dem Vampir, der dich schuf?‹

›Keine‹, sagte ich schnell, mit einem bitteren Lächeln, das ich nicht unterdrücken konnte.

Er sah mich aufmerksam an und fragte: ›Warum dann hat er dir diese Kräfte gegeben?‹

Ich antwortete: ›Du siehst diese Kräfte als ein Geschenk. Natürlich, verzeih mir, aber mich verblüfft, daß du in der Mannigfaltigkeit deines Geistes so einfältig sein kannst.‹

Er lächelte. ›Soll das eine Beleidigung sein?‹ Doch seine ganze Art bestätigte nur, was ich gerade gesagt hatte. Er schien so unschuldig. Offenbar fing ich gerade erst an, ihn zu verstehen.

›Nein‹, versicherte ich, und mein Pulsschlag wurde schneller, als ich ihn ansah. ›Du bist alles, wovon ich träumte, als ich ein Vampir wurde. Du siehst diese Kräfte als ein Geschenk‹, wiederholte ich. ›Doch sage mir – empfindest du noch Liebe zu diesem Vampir, der dir das ewige Leben gab? Fühlst du sie jetzt noch?‹

Er schien nachzudenken, und dann sagte er langsam: ›Warum ist das von Belang?‹ Doch er fuhr fort: ›Ich glaube nicht, daß ich viel Glück gehabt habe in meiner Liebe zu Menschen oder Dingen. Ja, ich liebe ihn noch. Vielleicht nicht so, wie du meinst. Mir scheint, es gelingt dir mühelos, mich zu verwirren. Du bist ein Rätsel. Jedenfalls brauche ich ihn nicht mehr, diesen Vampir.‹

›Mir wurde ewiges Leben und verschärftes Wahrnehmungsvermögen verliehen, dazu das Verlangen zu töten‹, erklärte ich schnell, ›weil der Vampir, der mich schuf, es auf mein Geld und das Haus, das ich besaß, abgesehen hatte. Kannst du so etwas verstehen? Ach, es liegt noch so vieles andere hinter dem, was ich sage. Es wird mir nur so langsam deutlich, so unvollständig. Siehst du, es ist, als hättest du eine Tür einen Spaltbreit für mich geöffnet; und Licht dringt heraus, und ich sehne mich danach hineinzugehen, die Region zu betreten, die nach deinen Worten dahinter liegt. Der Vampir, der mich erschuf, war alles, was ich ehrlich für böse hielt: Er war so bedrückend, so nüchtern, so dürftig, so enttäuschend, wie ich mir das Böse nur vorstellen konnte. Ich weiß es jetzt. Aber du, du bist das gerade Gegenteil. Öffne mir die Tür ganz. Erzähle mir von dem Palast in Venedig, erzähle die Geschichte von Liebe und Verdammnis. Ich möchte sie verstehen.‹

Er sagte: ›Du betrügst dich selber. Der Palast ist dir gleichgültig. Die Tür, die du siehst, führt zu mir, und zwar jetzt. Um mit mir zu leben, so wie ich bin. Auch ich bin böse, doch mit Abstufungen und ohne Schuld.‹

›Ja, so ist es‹, murmelte ich.

›Und das macht dich unglücklich‹, sagte er. ›Dich, der zu mir in meine Klause kam und sagte, es gäbe nur eine Sünde, die vorsätzliche Tötung eines unschuldigen Menschenlebens.‹

›Ja . . .‹, sagte ich. ›Wie mußt du mich ausgelacht haben . . .‹

›Ich habe dich nie ausgelacht‹, sagte er. ›Ich kann es mir nicht leisten, über dich zu lachen. Du bist es, durch den ich mich vor der Verzweiflung bewahren kann, die ich dir als unseren Tod beschrieb. Durch dich muß ich Anschluß an dieses neunzehnte Jahrhundert finden und es so verstehen lernen, daß es mich neu belebt. Auf dich habe ich im Theater gewartet. Wenn ich einen Sterblichen wüßte mit solcher Sensibilität und Leiderfahrung, ich würde auf der Stelle einen Vampir aus ihm machen. Aber das ist kaum möglich. Nein, ich mußte warten und nach dir Ausschau halten. Und nun werde ich um dich kämpfen. Siehst du, wie rücksichtslos ich in der Liebe bin? Ist es das, was du unter Liebe verstanden hast?‹

›O ja!‹ erwiderte ich, ›aber du würdest einen schrecklichen Fehler begehen.‹ Seine Worte drangen nur langsam in mich ein. Nie hatte ich meine alles verderbende Gehemmtheit so deutlich empfunden. Ich konnte ihn nicht befriedigen, das war vorauszusehen; ich konnte Claudia nicht befriedigen, war nie imstande gewesen, Lestat zu befriedigen. Und mein eigener sterblicher Bruder Paul – wie furchtbar hatte ich ihn enttäuscht!

›Nein‹, sagte er ruhig, ›ich muß Fühlung mit dem Zeitalter haben. Ich kann es durch dich . . . nicht, um Dinge von dir zu lernen, die ich in einem Museum sehen oder in Büchern lesen kann . . . du bist der Geist, das Herz von allem.‹

›Nein, nein!‹ Ich hob protestierend die Hand. Fast hätte ich bitter aufgelacht. ›Siehst du denn nicht? Ich bin nicht der Geist irgendeines Zeitalters. Ich bin uneins mit allem, bin es immer gewesen. Niemals, zu keiner Zeit, habe ich irgendwohin oder zu irgend jemand gehört.‹ Es war schmerzlich, doch nur zu wahr.

Sein Gesicht erhellte sich in einem unwiderstehlichen Lächeln, als er sanft sagte: ›Aber Louis – das ist ja gerade der Geist deines Zeitalters. Siehst du es nicht? Jedermann fühlt so wie du. Dein Sturz aus dem Glauben und aus der Gnade ist der Sturz eines ganzen Jahrhunderts.‹

Ich war so verdutzt von diesen Worten, daß ich lange nichts sagen konnte und nur ins Feuer starrte. Es hatte das Holz fast aufgezehrt und bildete nun eine Ödnis von schwelender Asche, eine graue und rote Gebirgslandschaft, die zusammenfallen würde, sobald man mit dem Schüreisen daran rührte. Doch sie strahlte Wärme aus und ein geheimnisvolles Licht. Schließlich fragte ich leise: ›Und die Vampire im Theater . . .?‹

›Sie reflektieren den Zynismus des Jahrhunderts, ein sinnloses, überfeinertes Schwelgen in der Parodie des Wunderbaren, eine Dekadenz, eine manierierte Hilflosigkeit, deren letzte Zuflucht die Selbstverspottung ist. Du hast sie gesehen, hast sie dein ganzes Leben gekannt. Du spiegelst dein Zeitalter auf andere Weise wider; du spiegelst sein gebrochenes Herz.‹

›Es ist Unglückseligkeit‹, entgegnete ich. ›Ein Elend, das du noch nicht verstanden hast.‹

»Mag sein‹, erwiderte er. ›Doch sage mir, was du jetzt empfindest, was dich unglücklich macht. Verrate mir, warum du eine Woche lang nicht zu mir gekommen bist, obwohl du darauf branntest. Verrate mir, was dich noch an Claudia bindet und an die andere Frau.‹

Ich schüttelte den Kopf. ›Du weißt nicht, was du fragst‹, sagte ich. ›Siehst du, es war für mich ungeheuer schwierig, Madeleine in einen Vampir zu verwandeln. Ich habe damit ein Versprechen gebrochen, das ich mir selber gegeben hatte – daß ich nie so etwas tun würde, daß meine Einsamkeit mich niemals dazu treiben dürfe. Ich sehe unser Leben nicht als ein Geschenk, nicht als eine Macht, sondern als einen Fluch. Mir fehlt nur der Mut zu sterben. Aber einen anderen Vampir erschaffen! Dieses Leiden an einen anderen weitergeben und Hunderte von Männern und Frauen, die der Vampir zwangsläufig töten muß, dem Tode überantworten! Ich habe ein feierliches Versprechen gebrochen, und als ich es tat . . .‹

Er fiel ein: ›Wenn es dir ein Trost ist – ich hatte die Hand im Spiel, wie du sicher gemerkt hast.‹

›Daß ich es tat‹, sagte ich, ›um von Claudia frei zu sein, um frei zu sein, zu dir zu kommen, . . . ja, das ist mir klar. Doch die letzte Verantwortung liegt bei mir.‹

›Nein. Unmittelbar, meine ich. Ich gebot dir, es zu tun. Ich war ganz nahe bei dir in der Nacht, als du es tatest. Wußtest du das nicht?‹

Ich schüttelte den Kopf.

›Ich hätte selber aus dieser Frau einen Vampir gemacht‹, fuhr er fort, ›aber ich dachte, es ist am besten, ich überlasse es dir, sonst würdest du Claudia nicht aufgeben. Du solltest wissen, daß du es wolltest.‹

›Ich verabscheue, was ich getan habe‹, sagte ich.

›Dann verabscheue mich, nicht dich‹, entgegnete er.

›Nein‹, sagte ich. ›Du verstehst nicht. Du hast dasjenige, was du in mir schätztest, fast zerstört, als es geschah. Ich habe dir mit aller Kraft Widerstand geleistet, als ich noch gar nicht wußte, daß es deine Macht war, die mich leitete. Etwas ist beinahe in mir gestorben, die Leidenschaft so gut wie tot. Ich war beinahe vernichtet, als Madeleine erschaffen wurde.‹

›Sie ist nicht länger tot‹, sagte er. ›Die Leidenschaft, die Menschlichkeit

– wie immer du es nennen magst –, sie lebt. Wäre es nicht so, dann stünden nicht deine Augen jetzt voller Tränen, dann bebte nicht deine Stimme vor Erregung.‹

Ich konnte nicht sogleich antworten; ich nickte nur. Dann suchte ich nach Worten. ›Du darfst mich niemals mehr zwingen, etwas gegen meinen Willen zu tun‹, sagte ich. ›Du darfst keine solche Macht auf mich ausüben . . .‹

›Nein‹, erklärte er bereitwillig, ›ich darf nicht. Meine Macht hört irgendwo in deinem Inneren auf, an irgendeiner Schwelle. Dort bin ich machtlos. Wie auch immer – die Erschaffung Madeleines ist vollzogen. Du bist frei.‹

›Und du bist zufriedengestellt‹, sagte ich, mit mehr Beherrschung. ›Ich wollte nicht grob sein. Du hast mich. Ich liebe dich. Aber ich bin verwirrt. Du bist zufrieden?‹

›Wie könnte ich es nicht sein?« fragte er. ›Natürlich bin ich zufrieden.‹

Ich stand auf und ging zum Fenster. Die letzte Glut im Kamin erlosch, am Himmel graute schon der Morgen. Armand trat zu mir, ich hörte seine Schritte, fühlte ihn neben mir und sah in dem dämmernden Licht sein Profil. Der Regen tropfte und rauschte, gurgelte in der Dachrinne, trommelte auf die Schindeln, sickerte durch die Baumwipfel und spritzte auf das Pflaster – ein sanftes Geräuschkonzert, das die scheidende Nacht erfüllte. Er fragte: ›Verzeihst du mir . . ., daß ich dich gezwungen habe . . .?‹

›Du brauchst meine Verzeihung nicht‹, erwiderte ich.

›Du brauchst sie‹, sagte er. ›Und darum brauche ich sie auch.‹ Sein Gesicht war wie immer vollkommen regungslos.

›Wird Madeleine für Claudia sorgen?‹ fragte ich. ›Wird sie bei ihr ausharren?‹

»Sie ist vollendet‹, antwortete er. ›Sie ist verrückt, aber das gehört heutzutage zur Vollendung. Sie wird für Claudia sorgen. Sie hat nie in ihrem Leben allein gelebt: Daher ist es für sie die natürlichste Sache, sich anderen zu widmen. Sie braucht keine besonderen Gründe, um Claudia zu lieben, obwohl es besondere Gründe gibt. Claudias Schönheit, ihre Ruhe, ihre Kraft und Selbstbeherrschung. Doch ich glaube . . . sie sollten so bald wie möglich Paris verlassen.‹

›Warum?‹

›Du weißt, warum‹, sagte er. ›Weil Santiago und die anderen sie argwöhnisch beobachten. Alle Vampire haben Madeleine gesehen. Sie fürchten sie, weil sie von ihnen weiß und weil sie sie nicht kennen. Sie lassen keinen in Ruhe, der von ihnen weiß.‹

›Und der Knabe?‹ fragte ich weiter. ›Was hast du mit ihm vor?‹

Er antwortete: ›Denis ist tot.‹

Ich erschrak über seine Worte und seine Ruhe. ›Du hast . . . du hast ihn getötet?‹ stieß ich hervor.

Er nickte wortlos. Doch seine großen dunklen Augen waren von mir erfüllt, von der Erregung, dem Schock, den ich nicht zu verbergen suchte. Sein Lächeln zog mich zu ihm; seine Hand schloß sich über der meinen, und ich fühlte mich an ihn gedrängt, als würde ich nicht aus eigener Kraft bewegt, sondern von ihm. ›Es war das beste‹, fügte er hinzu. Und dann sagte er: ›Wir müssen aufbrechen . . .‹ Und er blickte auf die Straße hinunter.

›Armand!‹ sagte ich. ›Ich kann nicht . . .‹

›Du mußt mir nur folgen‹, sagte er und stieg hinaus. Auf dem Sims blieb er stehen. ›Selbst wenn du aufs Pflaster fallen solltest, wärst du nur für kurze Zeit verletzt. Du würdest so schnell und vollkommen heilen, daß in wenigen Tagen keine Spur davon zu sehen wäre. Klettere getrost hinunter.‹

›Und was kann mich töten?‹ fragte ich.

›Die Vernichtung deiner irdischen Überreste‹, sagte er. ›Weißt du es nicht? Verbrennung, Zerstückelung . . . die Glut der Sonne. Sonst nichts. Man kann dich verstümmeln, ja; aber du bist nicht umzubringen. Du bist unsterblich.‹

Ich blickte hinunter durch den silbrigen Regen. Ein Licht flackerte unter den Bäumen und warf schwache Strahlen auf die Straße. Nasse Kopfsteine, der eiserne Haken einer Glocke am Kutschhaus, die feuchten Blätter des Weins, der sich an der Mauer emporrankte. Dann erlosch das Licht, als hätten die Bäume es verschluckt; die Straße lag wieder im Dunkeln. Mir schwindelte etwas, als ob der Turm schwanke. Armand saß auf dem Fenstersims und blickte zu mir zurück. ›Louis‹, flüsterte er, ›komm mit mir heute nacht!‹

Ich schüttelte den Kopf. ›Nein‹, sagte ich leise. ›Noch nicht. Es ist zu früh. Ich kann sie noch nicht verlassen.‹

Er wandte sich ab und betrachtete den Himmel; er schien einen Seufzer auszustoßen, doch ich hörte ihn nicht. Ich fühlte seine Hand neben meiner auf dem Fensterbrett. ›Also gut . . .‹, sagte er.

›Noch ein wenig Zeit . . .‹, sagte ich. Und er nickte und streichelte meine Hand, als wolle er bestätigen, daß es so gut sei. Dann verschwand er. Einen Augenblick zögerte ich und spürte mein Herzklopfen. Dann stieg ich aus dem Fenster und folgte ihm, ohne hinunterzublicken.«

Es dämmerte fast, als ich unsere Zimmertür im Hotel aufschloß. Die Gaslaterne warf ihren flackernden Schein gegen die Wände. Madeleine war mit Nadel und Faden in der Hand am Kamin eingeschlafen. Claudia stand zwischen den Farnpflanzen am Fenster und blickte mich an. Sie hatte die Haarbürste in der Hand. Ihr Haar schimmerte golden. Der üppige Luxus dieser Zimmer überflutete mich wie eine warme Woge – so ganz anders als Armands strenger Zauber und die Kargheit des Turmzimmers, in dem wir unser Gespräch geführt hatten. Es war tröstlich, gewiß, aber auch verwirrend. Ich ließ mich in meinen Sessel fallen und blieb darin sitzen, die Hände an den Schläfen. Und dann fühlte ich Claudia bei mir und ihre Lippen auf meiner Stirn.

›Du bist bei Armand gewesen‹, sagte sie. ›Du willst bei ihm bleiben.‹

Ich sah sie an. Wie sanft und schön ihr Gesicht war und, mit einem Mal, wieder ganz mein. Ich hatte keine Gewissensbisse, als ich dem Verlangen nachgab, ihre Wangen zu berühren, ihre Augenlider – Vertraulichkeiten, deren ich mich seit der Nacht unseres Streites enthalten hatte. Ich sagte: ›Ich werde dich wiedersehen, nicht hier, doch anderswo. Immer werde ich wissen, wo du bist.‹

Sie legte mir die Arme um den Hals, hielt mich fest; und ich vergrub mein Gesicht in ihrem Haar, bedeckte ihren Hals mit Küssen, küßte ihre runden kleinen Arme, die Handgelenke, die Handflächen. Ich fühlte ihre Finger mein Haar und mein Gesicht streicheln. ›Wie du willst‹, sagte sie, ›wie du es willst.‹ Ich fragte: ›Bist du glücklich? Hast du, was du dir gewünscht hast?‹

›Ja, Louis‹, sagte sie. Sie drückte mich an ihr Kleid, ihre Finger umklammerten meinen Nacken. ›Ich habe alles, was ich mir wünsche. Aber weißt du denn, was *du* möchtest?‹ Sie legte mir den Finger unters Kinn und hob mein Gesicht, so daß ich ihr in die Augen schauen mußte. ›Du bist es, für den ich fürchte, du, der einen Fehler begehen könnte.‹ Und plötzlich fragte sie: ›Warum fährst du nicht mit uns fort? Die Welt gehört uns, komm mit!‹

›Nein‹, sagte ich und wich zurück. ›Du willst, es soll wieder so sein wie mit Lestat. Aber es kann nicht wieder so sein, niemals.‹

›Es wird neu und anders sein mit Madeleine‹, sagte sie. ›Ich will nicht, daß es so wird wie früher. Ich war es doch, die ein Ende gemacht hat. Aber verstehst du wirklich, was du an Armand findest?‹

Ich wandte mich ab. Wie rätselhaft und hartnäckig war doch ihre Abneigung gegen Armand, ihr Unvermögen, ihn zu verstehen! Sie würde abermals behaupten, daß er ihren Tod wünschte, was ich nicht glauben konnte; sie begriff nicht, was mir klar war: Er konnte ihren Tod nicht wollen, weil *ich* ihn nicht wollte. Aber wie sollte ich es ihr verständlich machen, ohne daß es bombastisch klang und meine blinde Liebe zu ihm verriet. ›Es soll so sein‹, sagte ich, als hätte ich es gerade jetzt, unter dem Druck ihrer Zweifel, erkannt. ›Er allein kann mir die Kraft geben zu sein, was ich bin. Ich kann nicht weiter so leben, zerrissen und von Gram verzehrt. Wenn ich nicht mit ihm gehe, sterbe ich . . . Und es ist noch etwas anderes, vernunftwidrig und unerklärlich, das nur mich befriedigt . . .‹

›Und das wäre?‹ fragte sie.

Und ich sagte: ›Daß ich ihn liebe.‹

›Zweifellos tust du das‹, sinnierte sie. ›Aber dann könntest du mich doch auch lieben!‹

›Claudia, Claudia!‹ rief ich und drückte sie an mich und fühlte ihr leichtes Gewicht auf meinem Knie. Sie schmiegte sich an meine Brust.

Und sie flüsterte: ›Ich hoffe, daß du mich finden wirst, wenn du mich brauchst. Daß ich zu dir zurück kann . . . Ich habe dich so oft verletzt, dir soviel Schmerz zugefügt . . .‹ Ihre Worte versickerten. Sie lag noch immer an meiner Brust. Ich konnte ihr Gewicht spüren.

Ich dachte ›Bald habe ich sie nicht mehr‹ und wollte im Augenblick nichts weiter, als sie in den Armen halten. Irgendwo schien eine Lampe zu erlöschen, und mir war, als glitte ich in ein Traumland hinüber. Wäre ich sterblich gewesen, hätte ich mich dem Schlaf hingegeben. Und in diesem wohligträgen Zustand hatte ich eine seltsame, sterbliche Vision: daß die Sonne mich in einigen Stunden sanft wecken und ich den Anblick der Farnpflanzen und glitzernden Tautropfen im Morgenlicht haben würde. Ich schloß die Augen und genoß dieses Gefühl.

Später habe ich oft versucht, mich an diese Minuten zu erinnern, mich wiederholt bemüht, mir ins Gedächtnis zurückzurufen, was eigentlich in diesen Zimmern vor sich ging, als wir ruhten, was ich hätte wahrnehmen müssen, während die Kaminuhr leise tickte und der Himmel blasser und blasser wurde – doch alles, worauf ich mich besinnen kann, ist die allmähliche Veränderung des Lichtes. In meiner Träumerei merkte ich nichts. Eine Lampe war erloschen, das Licht einer Kerze im flüssigen Wachs erstickt – mit halbgeschlossenen Augen ließ ich mich vom Halbdunkel umfangen.

Und dann öffnete ich die Augen und dachte nicht mehr an Lampe und Kerze. Aber es war zu spät. Ich war aufgestanden, Claudias Hand auf meinem Arm, und sah eine Schar schwarz gekleideter Männer und Frauen sich durch unsere Zimmer bewegen, und ihre Gewänder schienen den Lichtschimmer von jedem Goldrahmen, jedem lackierten Tischchen aufzusaugen. Ich sah Santiago und Celeste auf uns zukommen, hinter ihnen Estelle und andere, deren Namen ich nicht wußte, drohende Gestalten, in den zahlreichen Spiegeln unendlich vervielfältigt. Ich rief Madeleine an, die mit einem Ruck erwachte und sich erschreckt an die Lehnen ihres Sessels klammerte, und rief Claudia an, sie solle davonlaufen, durch die Tür, die ich rasch aufgerissen hatte. Dann stürzte ich über die Schwelle und stieß mit den Füßen nach Santiago.

Gemessen an den Kräften, die ich jetzt entfaltet, war ich damals, als Santiago mich im Quartier Latin überfallen hatte, ein Schwächling gewesen. Vielleicht war ich zu angekränkelt, um an meine eigene Verteidigung zu denken; doch der Instinkt, Claudia und Madeleine zu schützen, war übermächtig. Ich erinnere mich, daß ich Santiago Fußtritte versetzte und mich der schönen und grausamen Celeste erwehrte, die mich zu packen versuchte, strauchelte, mich schließlich zu fassen bekam und mir das Gesicht zerkratzte, so daß mir das Blut über den Kragen lief. Dann wurde ich von Santiago festgehalten, und ich spürte den grausamen Griff seiner Arme, seiner Hände, die mich zu erdrosseln drohten. Ich rief Madeleine an, sie solle mir zu Hilfe kommen, doch ich konnte sie nur schluchzen hören, und dann sah ich sie in dem Tumult, ein hilfloses, verschrecktes Ding, von den Vampiren umringt. Sie lachten das dünne Vampir-Gelächter, das wie das Rauschen von Flittergold klingt. Es gelang mir, mich von Santiago zu befreien, und ich schlug wild auf ihn ein, auf seine Brust, seinen Kopf, bis ein anderer meinen Arm packte und mich mit eiserner Gewalt von ihm wegzog.

Meine Kräfte hatten nicht nachgelassen, doch ihrer waren zu viele. Es war hoffnungslos. Sie zogen mich aus dem Zimmer, schleppten mich über die Korridore, stießen mich die Treppe hinunter und hinaus auf die Straße und schoben mich in einen Wagen. Neben mir hörte ich Madeleine schluchzen. Ohne Unterlaß schlugen sie auf mich ein, doch ich verlor nicht die Besinnung. Unter ihren Schlägen und während mir das Blut über das Gesicht lief und als ich schließlich auf dem Boden des Wagens lag, dachte ich nur: Ich lebe, ich bin bei Bewußtsein. Und sobald wir das Théâtre des Vampires erreicht hatten, rief ich laut nach Armand.

Man ließ mich laufen, doch ich stolperte auf der Kellertreppe – hinter mir und vor mir die Horde, die mich mit drohenden Händen vorwärtsdrängte. Einmal bekam ich auch Celeste kurz zu fassen, sie schrie, und jemand schlug mich von hinten.

Und dann sah ich Lestat. Der Schock war lähmender als alle körperlichen Mißhandlungen, die ich empfangen hatte. Lestat in der Mitte des Ballsaals, aufrecht stehend, die grauen Augen scharf und konzentriert, den Mund zu einem verschlagenen Lächeln verzogen, untadelig gekleidet wie eh und je, in tiefem Schwarz und blütenweißer Wäsche. Aber noch immer entstellten die Narben sein weißes Gesicht, zerschnitten die Wangen, die Oberlippe, die Stirn und die Augenlider. Und seine Augen brannten in schweigendem Zorn, der mit Eitelkeit vermischt schien, einer furchtbaren, unbarmherzigen Eitelkeit, die sagte: ›Sieh, was ich bin!‹

›Ist er das?‹ fragte Santiago und schob mich nach vorn.

Doch Lestat rief in scharfem Ton: ›Ich habe euch gesagt, ich will Claudia, das Kind. Sie war es!‹ Und dann trat er auf mich zu, die Augen auf mich gerichtet.

›Lestat . . .‹, rief ich, mich an den letzten Strohhalm klammernd, der mir blieb. ›Lestat! Du lebst! Sag ihnen, wie du uns behandelt hast . . .‹

Er schüttelte den Kopf. ›Nein! Du kommst zu mir zurück, Louis.‹

Ich glaubte meinen Ohren nicht zu trauen. Die Stimme der Vernunft in mir mahnte: Rede mit ihm, noch als ich mit verzweifeltem Lächeln sagte: ›Bist du verrückt?‹

›Ich will dir dein Leben zurückgeben‹, sagte er. Seine Lider zitterten bei der Anstrengung, die ihn diese Worte zu kosten schienen, seine Brust hob sich, und seine Hand öffnete und schloß sich hilflos. ›Du hast mir versprochen‹, sagte er zu Santiago, ›daß ich ihn nach New Orleans mitnehmen kann.‹ Er blickte vom einen zum andern, als sie uns umdrängten, sein Atem ging schneller, und er platzte heraus: ›Wo ist Claudia? Sie war es, die es getan hat; ich habe es euch doch gesagt.‹

›Immer der Reihe nach‹, sagte Santiago und gab Lestat, der beinahe das Gleichgewicht verlor, einen Stoß. Lestat griff nach einem Sessel, hielt sich an der Lehne fest, die Augen geschlossen. ›Er hat Claudia geholfen, er ist ihr Spießgeselle‹, setzte Santiago hinzu.

Lestat blickte auf. ›Nein‹, sagte er. ›Louis, du mußt mit mir kommen. Ich habe dir etwas zu erzählen . . . von der Nacht im Sumpf.‹ Dann verstummte er und sah wieder um sich – jetzt wie ein gefangenes, verwundetes, verzweifeltes Tier.

›Hör zu, Lestat‹, sagte ich jetzt. ›Du läßt sie frei, läßt sie in Ruhe . . . und ich will . . . ich will zu dir zurückkehren.‹ Meine Worte klangen hohl, metallisch; ich bemühte mich, ihn mit harten, unergründlichen Augen anzublicken, meine Macht aus ihnen zu senden wie zwei Lichtstrahlen, während er mich prüfend ansah. Und Celeste hielt mich am

Handgelenk fest. ›Du mußt ihnen sagen‹, fuhr ich fort, ›wie du uns behandelt hast, daß wir die Gesetze nicht kannten, daß Claudia nichts von anderen Vampiren wußte.‹ Und während diese mechanische Stimme aus meinem Mund kam, dachte ich unablässig: Armand muß heute nacht zurückkehren, Armand muß kommen. Er wird ihnen Einhalt gebieten.

Von draußen war ein Geräusch zu vernehmen, wie wenn ein schwerer Gegenstand über den Fußboden gezogen wird. Ich konnte Madeleines erschöpftes Weinen hören, schaute mich um und sah sie in einem Sessel sitzen. Als sie mich erblickte, schien sich ihre Angst noch zu vergrößern. Und ich fing von neuem an: ›Lestat, was willst du von mir? Ich werde es dir geben . . .‹

Da sah ich, was das Geräusch verursacht hatte und was sie in den Saal schleppten. Auch Lestat hatte es gesehen. Es war ein Sarg mit großen Eisenschlössern. Ich verstand sofort. ›Wo ist Armand?‹ fragte ich verzweifelt.

Und Lestat sagte: ›Sie hat es mir angetan, Louis, sie hat es getan. Du nicht. Sie muß sterben!‹ Seine Stimme wurde dünn und heiser, als koste es ihn Mühe zu sprechen. ›Schafft das Ding hinaus‹, sagte er wütend zu Santiago, ›er fährt mit mir nach Hause.‹ Santiago lachte nur, und Celeste lachte, und das Lachen steckte alle an.

›Du hast es mir versprochen‹, sagte Lestat.

›Ich habe dir nichts versprochen‹, erwiderte Santiago.

›Sie haben dich zum Narren gehalten‹, sagte ich bitter, als der Sarg geöffnet wurde. ›Du mußt versuchen, mit Armand zu sprechen. Armand ist ihr Anführer.‹ Aber er schien mich nicht zu verstehen.

Was dann geschah, war verworren, verzweifelt und jämmerlich: Sie zerrten mich in den Sarg; ich wehrte mich mit Händen und Füßen und wütete, daß Armand ihrem Treiben ein Ende bereiten würde und daß sie nicht wagen sollten, Claudia ein Haar zu krümmen. Aber sie überwältigten mich, und als ich schon im Sarg lag, stemmte ich mich noch gegen den Deckel, ehe er vollends auf mich niederging und die Schlösser zuschnappten. Worte aus alten Zeiten schossen mir durchs Hirn, mit schneidender Stimme von einem lächelnden Lestat gesprochen, an jenem fernen, sorgenfreien Ort, wo wir drei uns gestritten hatten: ›Ein sterbendes Kind ist ein schrecklicher Anblick . . . ein sterbender Vampir ein noch schlimmerer. Sie würden ihre Schreie bis nach Paris hören.‹ Mein nasser und zitternder Körper erschlaffte in der erstickenden Enge, und ich sagte mir, Armand wird es nicht zulassen, und es gibt keinen Platz für uns, der ihnen sicher genug sein wird.

Der Sarg wurde angehoben und schwankte hin und her; ich drückte die Hände gegen die Wände und fühlte, wie er sich neigte, als es die Treppe hinunterging. Ich hörte das Scharren von Füßen und dazwischen Madeleines Weinen; sie schien nach Claudia zu rufen, als könne sie uns helfen. Rufe lieber nach Armand, dachte ich verzweifelt; er muß diese Nacht nach Hause kommen. Und beinahe hätte ich selber gerufen; nur der Gedanke an die furchtbare Demütigung, meinen eigenen Schrei in den Ohren zu hören, eingeschlossen mit mir, hielt mich davon ab.

Dann kam mir ein anderer, ein schrecklicher Gedanke. Wenn er nun nicht käme? Wenn er in jenem Turmzimmer einen Sarg verborgen hatte, zu dem er zurückkehrte? Da verlor ich die Selbstbeherrschung und trommelte gegen meine Kerkerwände, versuchte mich umzudrehen und mit aller Kraft meinen Rücken gegen den Deckel zu drücken. Doch es war unmöglich, es war zu eng; mein Kopf fiel zurück, und der Schweiß drang mir aus allen Poren.

Madeleines Weinen war verklungen. Alles was ich außer meinem eigenen Atem hören konnte, war das Scharren der Füße. Dann wird er morgen nacht kommen – ja, morgen nacht –, und sie werden es ihm erzählen, und er wird uns befreien. Der Sarg schwankte. Der Geruch von Wasser drang mir in die Nase, dazu Erdgeruch, deutlich und unverkennbar durch die stickige Hitze des geschlossenen Sarges hindurch. Jetzt wurde er unsanft abgesetzt; meine Glieder schmerzten, und ich rieb mir die Arme, ängstlich darauf bedacht, nicht an den Deckel zu stoßen, nicht zu fühlen, wie nahe er auf mir lastete, damit meine Angst nicht zur Panik würde.

Ich dachte, jetzt würden sie mich allein lassen, aber sie blieben; ein anderer Geruch war vernehmbar, scharf und fremd, und ich merkte, daß es Mörtel war und daß sie Ziegelsteine aufschichteten. Langsam hob ich eine Hand, um mir den Schweiß von der Stirn zu wischen. Also gut, dann morgen nacht, redete ich mir ein. Morgen nacht wird er kommen, so lange bleibe ich gefangen, diesen Preis muß ich bezahlen.

Und dann, um mich abzulenken, dachte ich an Claudia, fühlte ihre Arme um mich in dem schummerigen Licht unserer Zimmer im Hôtel Saint-Gabriel, sah die Kurve ihrer Wange vor mir, das sanfte Flattern ihrer Augenlider, spürte die seidige Berührung ihrer Lippen. Das Geräusch der Steine war verklungen, die Schritte verhallten. Und ich rief Claudia und grub die Nägel in die Handflächen und warf den Kopf hin und her, bis mein Nacken schmerzte und bis langsam die Lähmung des Schlafes über mich kam. Und dann war nichts mehr.«

Eine Stimme weckte mich auf, entfernt und doch deutlich, die zweimal meinen Namen rief. Ich wußte nicht sofort, wo ich war; ich hatte geträumt, etwas Verzweifeltes, das sofort wieder entschwand, etwas Schreckliches, das ich nur zu gern vergaß. Dann öffnete ich die Augen, tastete nach dem Deckel über mir und wußte, wo ich lag, und im gleichen Augenblick, daß es Armand war, der nach mir rief. Ich antwortete ihm, doch meine Stimme schien in mir verschlossen, ich dachte voller Angst, jetzt sucht er mich, und ich kann ihm nicht zurufen, daß ich hier bin. Aber nun war er ganz nahe; ich hörte ihn sprechen und zu mir sagen, ich solle mich nicht fürchten. Dann vernahm ich ein lautes, krachendes Geräusch, die Ziegel stürzten, und einige davon polterten auf meinen Sarg, und da wußte ich, daß er die Mauer beseitigte. Und schließlich war mir, als würden die Schlösser mit den Nägeln, die sie hielten, herausgezogen.

Das harte Holz splitterte, ich sah einen Lichtfaden schimmern; der Deckel barst, und ich war einen Augenblick geblendet; dann setzte ich mich auf und hielt die Hand vor die Augen.

›Beeile dich‹, sagte Armand, ›aber sei leise.‹

›Wohin gehen wir?‹ fragte ich. Er antwortete nicht, zog mich hoch und half mir hinaus. Wir gingen einen Korridor entlang, und überall waren vermauerte Türen, so wie meine Tür vermauert gewesen war. Ich hatte die Vision von zahllosen Särgen hinter diesen Türen, von Särgen mit Vampiren, die darin verhungerten und vermoderten. Armand öffnete eine Holztür, vorsichtig, damit die Angeln nicht kreischten, und ich sah, daß wir den Gang betraten, der zu einer Klause führte. Doch dann wurde mir etwas Schreckliches bewußt: Er befreite mich, doch mich allein. Ich wollte ihn zurückhalten, ihn befragen, doch er zog mich weiter. Erst als wir aus dem Hause waren, in der Gasse hinter dem Theater, blieb er stehen.

Er schüttelte den Kopf, noch ehe ich den Mund öffnen konnte. ›Ich kann sie nicht retten‹, sagte er.

›Wie kann ich ohne sie fortgehen!‹ rief ich. ›Man hält sie dort drin fest. Armand, du mußt sie retten, du mußt!‹

›Warum sagst du es?‹ erwiderte er. ›Ich habe nicht die Macht, das mußt du verstehen. Sie würden sich alle gegen mich erheben. Louis, ich versichere dir, daß ich sie nicht retten kann. Ich würde dich nur dabei verlieren. Du kannst nicht zurück.‹

Damit wollte ich mich nicht abfinden. Armand war meine ganze Hoffnung. Doch kann ich ehrlich sagen, daß ich mich nicht mehr fürchtete; ich hatte nur einen Gedanken: Claudia zurückholen oder dabei zugrunde gehen. Es war im Grunde sehr einfach, gar keine Sache des Mutes. Und ich wußte auch genug von Armand, um aus der Art, wie er sprach, zu schließen, daß er mich nicht hindern, sondern mir folgen würde, wenn ich zurückginge.

Ich hatte recht. Wir eilten ins Haus, und schon auf der Treppe zum Saal hörte ich die anderen Vampire, als ob sie eine Versammlung abhielten. Und dann sah ich, noch in der Tür, Celeste; sie hatte eine jener Bühnenmasken in der Hand und blickte mich an, offenbar in keiner Weise beunruhigt, sondern merkwürdig gleichgültig.

Hätte sie sich auf mich gestürzt, hätte sie Alarm geschlagen, es wäre mir verständlich gewesen. Doch sie tat nichts dergleichen. Sie ging in den Saal zurück, hielt die Maske vors Gesicht und sagte hinter dem gemalten Totenkopf: ›Lestat . . . sieh nur, wer da ist! Dein Freund Louis kommt uns besuchen.‹ Sie ließ die Maske fallen, und ringsum erklang Gekicher. Sie waren alle versammelt, die Schattenwesen; sie saßen und standen, einzeln und in Gruppen. Und Lestat hockte in einem Sessel, die Schultern gebeugt, das Gesicht von mir abgewendet. Irgend etwas hatte er in den Händen, ich konnte es nicht erkennen; und er blickte langsam auf, Furcht in den Augen, es war unleugbar. Jetzt sah er Armand entgegen, der schweigend und gemessen durch den Saal schritt, während die anderen alle zurücktraten. Als Armand bei Lestat angelangt war, fragte er ihn: ›Bist du zufrieden?‹

Zu meiner Verwunderung sah ich Tränen in Lestats Augen; er bewegte die Lippen, um Worte zu formen. ›Ja . . .‹, flüsterte er schließlich und barg noch immer etwas fest in der Hand. Dann sah er mich, und die Tränen liefen ihm übers Gesicht. Seine Stimme verriet den schweren Kampf, der sich in ihm abspielte, als er sagte: ›Louis . . . bitte, du mußt mich hören . . . du mußt zurückkommen.‹ Er neigte den Kopf und verzog das Gesicht vor Verlegenheit und Scham.

Irgendwo im Saal hörte ich Santiago lachen. Und Armand sagte sanft zu Lestat, er müsse Paris verlassen, er sei ein Geächteter.

Lestat hatte die Augen geschlossen, sein Gesicht spiegelte seine Pein. Er schien ein Doppelgänger Lestats zu sein, eine verwundete, empfindsame Kreatur, die ich nie gekannt hatte. ›Bitte . . .‹, wiederholte er und blickte flehend zu mir auf. ›Ich kann hier nicht mit dir sprechen. Willst du nicht mit mir kommen – nur eine Weile – bis ich wieder zu mir gefunden habe?‹

›Das ist alles Wahnsinn!‹ rief ich und hob die Hände an die Schläfen. ›Wo ist sie denn? Wo ist Claudia?‹ Ich blickte um mich und sah teilnahmslose Gesichter, unergründliches Lächeln. ›Lestat!‹ rief ich und packte ihn am Rockaufschlag.

Dann sah ich, was er in der Hand hielt, und wußte sogleich, was es war, entriß es ihm und starrte auf ein Stück gelbe Seide – Claudias Kleid. Lestat hob die Hand an den Mund und wandte sein Gesicht ab. Ich hörte sein unterdrücktes Schluchzen, während ich unablässig auf das Stück Seide starrte. Es war fleckig von Blut und Tränen.

Ich muß lange so gestanden haben; die Zeit war bedeutungslos für mich wie für diese flatterigen Vampirgestalten, deren ätherisches Gelächter den Raum erfüllte. Ich sah eine Reihe Kerzen, die ihr flackerndes Licht an die bemalten Wände warfen; sie führten zu einer Tür. Und ich wußte, Claudia war hinter dieser Tür. Die Kerzen bewegten sich. Die Vampire hielten sie in den Händen. Santiago nickte mir zu und bedeutete, ich solle durch die Tür gehen. Ich nahm kaum Kenntnis von ihm. Ich interessierte mich überhaupt nicht für ihn oder die anderen. Eine innere Stimme sagte mir, wenn du dich mit ihnen abgibst, wirst du wahnsinnig. Sie sind dir einerlei. Nur Claudia zählt. Wo ist sie? Suche sie. Das Lachen der Vampire war weit entfernt, es schien Farbe und Form zu haben, doch es hatte keinerlei Bedeutung.

Dann sah ich etwas durch die geöffnete Tür, das ich vor langer, langer Zeit schon einmal gesehen hatte. Und außer mir wußte niemand, was ich vor vielen Jahren gesehen hatte. Doch Lestat wußte es. Aber das war ohne Bedeutung. Er würde nicht begreifen, daß er und ich es damals gesehen hatten, damals in der Rue Royale, diese beiden nassen, verwelkten Körper, die einmal am Leben gewesen waren, Mutter und Tochter, die eng umschlungen auf dem Boden der Küche gelegen hatten, ermordet. Doch die beiden, die nun im sanften Regen lagen, waren Madeleine und Claudia, und Madeleines wunderschönes rotes Haar mischte sich mit dem Gold von Claudias Haaren, das zitternd im Wind schimmerte. Nur was gelebt hatte, war verbrannt – nicht das Haar, nicht das lange samtene Kleid, nicht das blutbefleckte Hemdchen mit dem Besatz von weißer Spitze. Und dieses schwärzliche, verbrannte und entstellte Etwas, das einmal Madeleine gewesen war, trug noch immer die Züge ihres Gesichts, und die Hand, die das Kind umklammert hielt, glich der Hand einer Mutter. Doch das Kind, meine Claudia, war Asche.

Und ein Schrei stieg in mir auf, ein wilder, verzehrender Schrei, der aus meinem tiefsten Inneren kam, stieg auf wie der Wind an diesem Ort, der Wind, der den Regen auf die Asche peitschen ließ und die goldenen

Haarsträhnen erfaßte und durch die Luft wirbelte. Und während ich noch schrie, traf mich ein Schlag von hinten. Ich bekam etwas zu fassen, von dem ich glaubte, es sei Santiago. Ich trommelte mit den Fäusten gegen ihn und packte sein grinsendes weißes Gesicht mit einem Griff, von dem er sich nicht befreien konnte; er beschimpfte mich, schrie, und seine Schreie vermischten sich mit meinen. Er trat mit den Stiefeln in die Asche, als ich ihn von den Leichen wegstieß, meine Augen blind vom Regen, von meinen Tränen. Und ich wollte mich wieder auf ihn stürzen, doch eine Hand hielt mich zurück, es war Armand, der mich von dem kleinen Friedhof zurück in die tanzenden Farben des Saales drängte, in die Schreie, die wirren Stimmen, in das beißende, silberhelle Gelächter.

Und Lestat rief: ›Louis, warte auf mich. Louis, ich muß mit dir reden.‹

Ganz nahe vor mir konnte ich Armands braune Augen sehen; ich fühlte mich ganz schwach, und nur nebelhaft war mir bewußt, daß Madeleine und Claudia tot waren. Er sagte leise und fast tonlos: ›Ich konnte es nicht verhindern.‹ Und sie waren tot, ganz einfach tot.

Armand legte den Arm um meinen Rücken und führte mich durch irgendeinen leeren, hallenden Raum hinaus auf die Straße. Und dann roch ich Pferde und Leder, sah glänzende Kutschen, die anhielten. Dann konnte ich deutlich sehen, wie ich den Boulevard des Capucines hinabrannte, mit einem kleinen Sarg unter dem Arm, und die Leute machten mir Platz, Dutzende, die an den Tischen des Straßencafés saßen, standen auf, und ein Mann hob den Arm. Dann schien ich zu straucheln, ich, der Louis, den Armand stützte, und wieder sah ich seine braunen Augen, die mich anblickten, und ich spürte diese Schläfrigkeit, dieses Hinabsinken. Und doch lief ich, bewegte mich; ich sah meine glänzenden Stiefel über das Pflaster laufen. ›Ist er von Sinnen, daß er mir solche Dinge sagt?‹ rief ich Lestat mit schriller und zorniger Stimme zu. ›Ist er völlig von Sinnen, so mit mir zu reden? Hast du gehört, was er gesagt hat?‹ fragte ich. Ich wollte etwas über Madeleine und Claudia sagen, wollte sagen, daß wir sie nicht so liegen lassen könnten, und dann fühlte ich wieder diesen Schrei in mir aufsteigen, diesen Schrei, der alles andere verdrängte; ich biß die Zähne zusammen, ich wollte nicht schreien, denn dieser Schrei wäre so gewaltig, so eindringlich gewesen, daß er mich vernichtet hätte.

Und dann begriff ich alles allzu deutlich. Wir marschierten, marschierten so aggressiv und blindwütig, wie es Männer tun, wenn sie betrunken sind und voller Haß gegen andere, während sie sich zugleich unbesiegbar fühlen. Genauso war ich damals durch New Orleans gegangen, in jener Nacht, in der ich Lestat zum ersten Mal begegnete, mit diesem trunkenen, aggressiven Gang, der so erstaunlich sicher ist. Ich sah die Hände eines Betrunkenen, die wundersam mit einem Zündholz hantierten. Die Flamme berührte eine Pfeife, wurde eingesaugt. Ich stand am Fenster eines Cafés. Der Mann sog an seiner Pfeife. Er war überhaupt nicht betrunken. Armand stand neben mir und wartete, und wir befanden uns auf dem Boulevard des Capucines, der vor Menschen wimmelte. Oder war es der Boulevard du Temple? Ich war mir nicht sicher. Ich war außer mir, daß die Leichen von Madeleine und Claudia an jenem schändlichen Ort zurückgeblieben waren. Ich sah, wie Santiagos Fuß auf jenes schwarze, verbrannte Etwas trat, das einmal mein Kind gewesen war! Ich schrie auf, mit zusammengebissenen Zähnen; der Mann war von seinem Tisch aufgestanden, und Rauch breitete sich an der Fensterscheibe vor seinem Gesicht aus. ›Geh weg von mir‹, sagte ich zu Armand. ›Fahr zur Hölle, komm mir nicht nahe. Ich warne dich, komm mir nicht nahe!‹ Ich lief weg von ihm, den Boulevard hinab, und ich konnte einen Mann und eine Frau sehen, die zur Seite traten, der Mann hatte den Arm schützend um die Frau gelegt.

Dann rannte ich. Leute sahen mich rennen. Ich fragte mich, wie es den Leuten erscheinen mußte, was für ein wildes Geschöpf sie sehen mußten, das viel zu schnell für ihre Augen war. Ich erinnere mich, daß ich mich schwach und elend fühlte, als ich stehenblieb, daß meine Adern brannten, als käme ich fast um vor Hunger. Ich dachte daran, zu töten, und der Gedanke erfüllte mich mit Abscheu. Ich setzte mich auf die Steinstufen einer Kirche, an einer kleinen Seitentür, die nachts verriegelt und verschlossen war. Der Regen hatte nachgelassen. So schien es jedenfalls. Und die Straße war öde und still, obgleich weit weg ein Mann mit einem glänzenden, schwarzen Regenschirm lief. Armand stand in einiger Entfernung unter einem Baum. Hinter ihm schien sich eine weite Fläche aus Bäumen, feuchtem Gras und Dunst auszubreiten, der aufstieg, als sei die Erde warm.

Unterdessen ließ das elende Gefühl in meinem Magen und meinem Kopf nach, und als es sich vollends gelegt hatte, konnte ich wieder klar denken. Mir wurde alles bewußt, was geschehen war, die große Entfernung, die wir vom Theater bis hierher zurückgelegt hatten, und daß die Überreste von Madeleine und Claudia sich noch immer dort befanden. Und ich fühlte mich entschlossen und meiner eigenen Vernichtung sehr nahe.

›Ich konnte es nicht verhindern‹, sagte Armand leise zu mir.

Sein Gesicht war unsagbar traurig; er sah mich nicht an, als wisse er, es sei zwecklos, mich zu überzeugen; und ich fühlte seine Trauer, seine Niedergeschlagenheit.

›Doch‹, rief ich, ›du hättest es gekonnt! Das weißt du recht gut! Du warst ihr Anführer, der einzige, der die Grenzen seiner eigenen Macht kannte. Du warst ihnen an Verstand überlegen, und sie hätten auf dich gehört. Du hättest ihnen Einhalt gebieten können, wenn du willens gewesen wärest, deine Macht auszuüben über deine selbst gezogenen Grenzen hinaus. Aber du wolltest das Bild nicht trüben, das du dir von dir gemacht hattest. Deine eigene kostbare Vorstellung von der Wahrheit. Ach, ich verstehe dich sehr gut. Ich sehe in dir das Spiegelbild meiner selbst.‹

Armand sagte nichts. Aber der Schmerz, der sich in seinem Gesicht ausdrückte, war schrecklich. Er fühlte mein Leid mit der großen faszinierenden Kraft, die soviel stärker war als meine. Doch ich achtete seinen Schmerz nicht; er war mir gleichgültig.

›Ich verstehe dich nur zu gut‹, fuhr ich fort. ›Diese Untätigkeit in mir war das Grundübel, diese Schwäche, die Weigerung, eine brüchige und stumpfsinnige Moral aufs Spiel zu setzen, dieser fürchterliche Stolz. Dafür wurde ich das, was ich bin, obwohl ich wußte, daß es falsch war. Dafür ließ ich Claudia zu einem Vampir machen, obwohl ich wußte, daß es falsch war. Dafür ließ ich zu, daß sie Lestat umbrachte, obwohl ich wußte, daß es falsch war, ließ sie die Tat begehen, die ihr zum Verhängnis wurde. Ich rührte keinen Finger, um sie daran zu hindern. Und Madeleine – ich brachte ihr Unheil, denn ich hätte sie nicht zu einer unseresgleichen machen dürfen. Ich wußte, daß es falsch war. Nun, ich sage dir: Ich bin nicht mehr die schwache, untätige Kreatur, die ein Übel nach dem anderen gesponnen hat, bis das Gewebe undurchdringlich geworden war und ich selber sein übertölpeltes Opfer. Es ist vorbei! Jetzt weiß ich, was ich tun muß. Und ich warne dich, um der Gnade willen, die du mir erwiesen hast, als du mich aus dem Grabe holtest, in dem ich elend umkommen sollte: Geh nicht wieder in deine Klause im Theater! Halte dich da fern!‹«

»Ich wartete die Antwort nicht ab, sondern ließ ihn stehen, ohne zurückzublicken. Ich weiß nicht, ob er mir antworten wollte oder ob er mir folgte – ich kümmerte mich nicht darum.

Es war der Friedhof von Montmartre, auf den ich mich zurückzog. Damals war es dort noch ganz ländlich und friedlich am Rande der brodelnden Weltstadt. Ich schweifte zwischen den niedrigen Häusern mit ihren Bauerngärtchen umher, tötete, ohne daß ich Genugtuung darin fand, und suchte mir einen Sarg, in dem ich mich für den Tag auf dem Friedhof zur Ruhe legte.

Als am nächsten Abend die graue Wintersonne versank, stieg ich aus der dumpfen feuchten Erde und begab mich an die Ausführung eines Planes, an die ich freudig mein Leben setzen wollte, mit der ganzen Freiheit eines Wesens, dem dieses Leben gleichgültig ist, denn es hat die Kraft, den Tod auf sich zu nehmen.

In einem Vorgarten sah ich etwas, woran ich bisher nur vage gedacht hatte, bis ich es in Händen hielt. Es war eine Sichel, an deren Blatt noch einige Gräser von der letzten Mahd klebten. Als ich sie abwischte und mit dem Finger über die scharfe Schneide fuhr, war mein Plan gemacht, und ich konnte erledigen, was zu tun war: einen Wagen mieten, dazu einen Kutscher, der mir in den nächsten Tagen zur Verfügung stehen würde, geblendet von dem Trinkgeld, das ich ihm gab, und der Aussicht auf mehr; meine Truhe aus dem Hôtel Saint-Gabriel in diesen Wagen transportieren lassen und besorgen, was ich sonst noch benötigte. Und als ich mich überzeugt hatte, daß der Kutscher alles tun würde, was ich von ihm verlangt hatte, und betrunken genug war, um nichts zu wissen, als daß er mich am frühen Morgen nach Fontainebleau bringen sollte, fuhren wir langsam und vorsichtig an die Straße des Théâtre des Vampires ein und warteten in einiger Entfernung, bis der Himmel heller wurde. Ich hatte noch fünfzehn Minuten Zeit.

Das Theater war verschlossen. Ich wußte, tief drinnen lagen die Vampire schon in ihren Särgen, und selbst wenn der eine oder andere sich beim Schlafenlegen verspätet haben sollte, so würde er meine Vorbereitungen nicht hören. Ich holte Bretter aus dem Wagen und verbarrikadierte damit die Außentüren; ein früher Passant, der mich Nägel einschlagen sah, mußte wohl vermuten, daß ich vom Eigentümer den Auftrag hatte, das Haus zu versperren. Dann ließ ich den Wagen in die Seitengasse fahren und stieg aus mit meiner Sichel und zwei Kanistern voll Kerosin.

Der Schlüssel, den mir Armand gegeben hatte, verschaffte mir Zutritt zu dem unteren Korridor; ich warf einen Blick in sein Zimmer und vergewisserte mich, daß er nicht da war. Der Sarg war fort. Schnell öffnete ich einen Kanister und verspritzte das Kerosin über die unverputzten Balken des Korridors, die Treppe und die Holztüren, hinter denen die Vampire sich zur Ruhe gelegt hatten, ging in den Ballsaal und verteilte das Kerosin auf Draperien und Polstermöbeln, schlich mich ins Theater selbst und versprengte Kerosin auf den Sesseln, den Logenvorhängen und zuletzt auf dem Bühnenvorhang.

Als die Kanister leer waren, holte ich eine primitive Fackel, die ich aus Lumpen angefertigt und mit Kerosin getränkt hatte, und zündete die

Sessel an und die Vorhänge, und in Sekunden brannte das Haus lichterloh – die Samtbezüge, die Seidenvorhänge, der große, bemalte Bühnenvorhang –, und die Balken knackten und stöhnten, als die Flammen an ihnen emporzüngelten. Ich hatte keine Zeit, mich an dem Schauspiel zu ergötzen; ich lief in den unteren Korridor zurück und stieß die Fackel in das Roßhaarsofa des Ballsaals, hielt sie an die Gardinen und Wandteppiche, an alles, was brennbar war.

Über mir hörte ich Schritte und unruhiges Poltern, aufgerissene Türen. Aber es war zu spät. Schon war das Haus ein Flammenmeer; sie waren verloren. Ich hörte einen Schrei, es war Santiago, ohne Zweifel, ich hielt meine Sichel in der Hand und lief ihm entgegen, als er die Treppe herunterkam. Durch den dichten Qualm sah ich ihn. Mit einem heiseren Schrei stürzte er sich auf mich. Ich schwang die Sichel und traf seinen Nacken. Er taumelte und tastete mit beiden Händen nach der Wunde, und während ringsum Schreie und Verwünschungen ertönten, schlug ich ein zweites Mal zu. Diesmal griffen seine Hände ins Leere, als der Kopf mir vor die Füße rollte. Ich stieß ihn mit dem Fuß beiseite, warf Sichel und Fackel fort und rannte aus dem Haus, so schnell ich konnte.

Draußen wurde es hell; ich mußte mich beeilen. Ich erkannte die dunklen Umrisse des Wagens und den Kutscher auf dem Bock, der eingeschlafen war und sich auf meinen Anruf aufrichtete und nach der Peitsche griff; und ich öffnete die Tür, während die Pferde schon anzogen, stieg ein und machte, daß ich in meine Truhe kam; und endlich lag ich still im Dunkel, meine versengten Hände auf die Seide gebettet, den schützenden Deckel über mir. Noch konnte ich den Qualm riechen, er brannte mir in den Augen und in der Lunge; aber ich hörte das Hufgetrappel und wußte, wir ließen den Qualm und die Flammen und die Schreie hinter uns – wir fuhren aus Paris hinaus. Ich hatte es vollbracht. Das Théâtre des Vampires brannte nieder bis auf den Grund. Ich sah Claudia und Madeleine vor mir, und ich sagte vor mich hin: ›Ich konnte euch nicht mitnehmen. Aber nun liegen sie alle tot und entstellt um euch. Wenn das Feuer sie nicht verbrennt, wird es die Sonne tun. Aber ich verspreche euch, sie werden tot sein, so wie ihr sterben mußtet. Und soviel ich auch in meinem langen Leben getötet habe – diesmal kann ich sagen: Es war gut!‹«

Zwei Nächte später kehrte ich zurück. Ich mußte den Keller sehen, wo jeder Stein rauchgeschwärzt war und nur noch einige kahle Balken wie Grabpfähle in den Himmel ragten. Ich kaufte mir die Abendzeitungen und las in einem kleinen Café die Berichte über die Feuersbrunst. Es waren nur wenige Leichen in dem ausgebrannten Theater gefunden worden, doch überall verstreute Kleider und Kostüme, als hätten die berühmten Vampirkünstler das Haus vor dem Feuer in Eile verlassen. Die Zeitungen erwähnten keine Zeugen des Brandes, kein überlebendes Opfer. Ich fürchtete die Vampire nicht, falls einige entkommen sein sollten; ich hatte auch nicht das Bedürfnis, sie zu verfolgen. Der größte Teil war verbrannt, soviel stand fest. Aber war kein menschliches Wachpersonal im Haus gewesen? Santiago hatte davon gesprochen und damit vermutlich die Schließer und Portiers und Bühnenarbeiter gemeint, die dort beschäftigt gewesen waren. Ich hatte sogar damit gerechnet, ihnen mit der Sichel in der Hand zu begegnen, war jedoch auf keinen Menschen gestoßen.

Und als ich schließlich die Zeitungen aus der Hand legte, vergaß ich das Ganze sofort. Es war letzten Endes gleichgültig. Mir lag etwas anderes auf der Seele: daß ich jetzt mutterseelenallein war, so allein wie noch nie in meinem Leben. Daß Claudia fort war, fort mit gnadenloser Endgültigkeit. Und daß ich weniger Grund hatte weiterzuleben als je zuvor und weniger das Verlangen danach.

Wohin sollte ich gehen, wenn nicht in den Tod? Ich verließ das Café, umkreiste noch einmal die Ruine des Theaters und wanderte durch die breite Avenue Napoléon zum Louvre. Es war, als riefe mich das Museum, in dem ich noch nie gewesen war. Wohl hundertmal war ich vor seiner langen Fassade auf und ab geschritten und hatte gewünscht, einen Tag als Sterblicher zu leben, durch die Säle zu gehen und die herrlichen Gemälde zu bewundern. Jetzt stieg abermals dieser Wunsch in mir auf, die vage Vorstellung, daß ich in den Kunstwerken Trost finden könnte.

Da hörte ich Schritte hinter mir, vertraute Schritte, die ich als Armands erkannte. Ich drehte mich nicht um, verlangsamte nur meinen Schritt, um ihn heranzulassen, und dann gingen wir eine Weile schweigend nebeneinander her. Ich wagte nicht, ihn anzusehen. Natürlich hatte ich an ihn gedacht, hatte mir vorgestellt, wie ich, wären wir Menschen gewesen und Claudia meine verlorene Geliebte, ihm hilflos in die Arme gesunken wäre, um meinen Kummer mit ihm zu teilen. Jetzt schien der Damm brechen zu wollen, doch er brach nicht. Ich war wie gelähmt, als ich neben ihm ging.

Schließlich sagte ich: ›Du weißt, was ich getan habe. Du hast deinen Sarg fortgeschafft, wie ich dir geraten hatte . . .‹

›Ja‹, erwiderte er. Seine Stimme klang tröstlich. Das schwächte mich. Doch ich war dem Schmerz einfach zu fern, war zu müde.

›Und doch bist du jetzt hier bei mir. Hast du die Absicht, sie zu rächen?‹

›Nein‹, sagte er.

›Sie waren deine Kameraden, du warst ihr Anführer‹, fuhr ich fort. ›Aber du hast sie nicht gewarnt, so wie ich dich gewarnt hatte?‹

›Nein‹, sagte er.

›Sicher verachtest du mich jetzt‹, sagte ich. ›Sicher bindet dich eine Treuepflicht an deine Gefährten.‹

›Nein‹, wiederholte er.

Er war erstaunlich. Seine Antwort erschien mir folgerichtig, obwohl ich sie nicht verstehen, geschweige denn erklären konnte. Ich fragte weiter: ›Es waren doch Wachen dort, Angestellte, die in dem Theater schliefen. Wieso waren sie nicht da, als ich eindrang? Warum erfüllten sie nicht ihre Pflicht, die schlafenden Vampire zu schützen?‹

›Sie standen in meinen Diensten, und ich habe sie entlassen‹, erwiderte Armand. ›Ich hatte sie weggeschickt.‹

Ich sah ihn an, und er wich meinem Blick nicht aus, und ich wünschte, die Welt wäre für mich keine leere Trümmerstätte von Asche und Tod. Ich wünschte, sie wäre frisch und schön, und wir lebten beide und könnten einander Liebe geben. ›Du hast es getan‹, fuhr ich fort, ›obwohl du wußtest, was ich vorhatte?‹

›Ja‹, sagte er.

›Aber du warst ihr Führer!‹ sagte ich. ›Sie haben dir vertraut, du hast mit ihnen zusammengelebt. Ich verstehe dich nicht . . . warum . . .?‹

Er sagte ruhig: ›Denke dir irgendeine Antwort aus. Ich kann mir verschiedene denken. Gib dir die Antwort, die du brauchst, und glaube sie. Sie ist ebenso wahrscheinlich wie jede andere. Ich werde dir einen rationalen Grund geben für das, was ich tat, und es ist der am wenigsten wahre: Ich habe Paris verlassen. Das Theater gehörte mir, und so habe ich die Leute fortgeschickt.‹

›Aber mit dem, was du wußtest . . .‹, sagte ich.

›Ich sagte dir, es ist der rationale Grund und der am wenigsten wahre‹, erwiderte er geduldig.

›Würdest du mich so leichten Herzens vernichten, wie du duldetest, daß jene vernichtet wurden?‹ fragte ich weiter.

›Warum sollte ich?‹ gab er zurück.

›Mein Gott!‹ flüsterte ich.

›Du hast dich sehr verändert‹, sagte er. ›Doch in gewisser Beziehung bist du noch der gleiche.‹

Wir gingen schweigend weiter, und dann standen wir vor der Säulenfassade des Museums. Die vielen Fenster waren verdunkelt und schimmerten silbrig im Regen und Mondschein. Aber dann bewegte sich drinnen ein schwaches Licht, vermutlich ein Wächter, der durch die Säle wanderte. Ich beneidete ihn und überlegte, wie ein Vampir zu ihm gelangen könnte, ihn überwältigen und die Laterne und die Schlüssel entreißen. Doch meine Gedanken verwirrten sich; ich konnte keine Pläne mehr machen. Einen einzigen richtigen Plan hatte ich in meinem Leben gemacht und ausgeführt, und jetzt war ich fertig.

Und dann gab ich endlich nach. Ich wandte mich wieder zu Armand um und duldete, daß er mich an sich zog; neigte den Kopf und fühlte seinen festen Arm um meine Schulter. Mir fielen Claudias Worte ein, beinahe ihre letzten – daß sie wußte, ich könne Armand lieben, weil ich fähig gewesen war, sie zu lieben –, und diese Worte, so ironisch sie gemeint sein mochten, hatten nun mehr Bedeutung für mich, als sie geahnt haben konnte.

›Ja‹, sagte ich leise, ›das ist die Krönung des Bösen, daß wir sogar so weit gehen, einander zu lieben, du und ich. Wer sonst würde uns ein Fünkchen Liebe zeigen, eine Spur von Mitleid oder Gnade? Wer sonst, wüßte er von uns, so wie wir einander kennen, könnte etwas anderes tun, als uns vernichten? Doch wir können uns lieben.‹

Eine ganze Weile sah er mich nur an, den Kopf leicht auf die Seite gelegt, und seine Lippen öffneten sich, als wollte er etwas sagen. Doch er lächelte nur und schüttelte fast unmerklich den Kopf zum Zeichen, daß er mich nicht verstand.

Aber ich dachte nicht mehr an ihn; ich hatte einen jener seltenen Augenblicke, da ich an nichts zu denken schien. Dann sah ich, daß der Regen aufgehört hatte, daß die Luft klar und kühl war und die Straßen glänzten. Und ich wollte in den Louvre gehen und sagte es Armand und fragte ihn, ob er mir behilflich sein wolle einzudringen; und er sagte, nichts leichter als das, und warum ich so lange damit gewartet hätte.«

Bald darauf verließen wir Paris. Ich sagte Armand, daß ich gern wieder zum Mittelmeer reisen würde – nach Ägypten. Ich wollte die Wüste sehen, die Pyramiden, die Grabstätten der Pharaonen; ich wollte Verbindung aufnehmen mit den Grabräubern, die mehr über die Pyramidenkammern wußten als die Gelehrten; und ich wollte selber in noch ungeöffnete Gräber steigen und sehen, wie die Könige bestattet worden waren, die Schätze und Kunstwerke, die man ihnen beigegeben hatte, die Malereien an den Wänden. Armand war mehr als einverstanden. Und so nahmen wir ohne weitere Umstände an einem frühen Abend von Paris Abschied.

Etwas muß ich noch erwähnen. Ich suchte vorher unsere Zimmer im Hotel auf, um einige von Claudia und Madeleine zurückgelassene Sachen an mich zu nehmen, sie in Särge zu legen und auf dem Friedhof von Montmartre zu begraben. Aber ich unterließ es. Ich blieb nur kurz in den Zimmern, die von dem Personal in peinlicher Ordnung gehalten worden waren, so daß es aussah, als ob Claudia und Madeleine jederzeit zurückkehren könnten. Madeleines Stickrahmen lag mit den Garnbündeln auf einem Tischchen. Ich sah dies und noch jenes an, doch mein Vorhaben schien mir bedeutungslos geworden. Und so ging ich wieder.

Aber zu einer Erkenntnis kam ich dort, oder, besser gesagt, etwas, das ich längst gefühlt hatte, wurde mir bewußt. Ich war im Louvre gewesen, um meine Seele offenzulegen, um ein übersinnliches Vergnügen zu finden, das meine Qual auslöschen und mich meiner vergessen lassen würde, und ich hatte es gefunden. Doch nun, als ich vor dem Hotel stand und auf die Droschke wartete, die mich zu Armand bringen sollte, sah ich die Leute, die auf dem ruhelosen Boulevard an mir vorüberzogen – elegante Damen und Herren, Bummler, Gepäckträger, Zeitungshändler, Droschkenkutscher –, sie alle sah ich in einem neuen Licht. Vorher hatte ich mir von der Kunst ein tieferes Verständnis des Menschenherzens versprochen. Und nun bedeutete mir das Menschenherz nichts mehr; ich schätzte es nicht geringer, sondern ich vergaß es ganz einfach. Die prachtvollen Gemälde des Louvre hatten für mich keine Beziehung zu den Händen, von denen sie geschaffen worden waren. Sie hatten sich losgelöst und waren tot, wie in Stein verwandelte Kinder, wie Claudia, von ihrer Mutter getrennt und jahrzehntelang in Perlen und Brokat bewahrt. Wie Madeleines Puppen. Und wie Claudia und Madeleine und ich konnten sie alle eines Tages zu Asche werden.«

VIERTER TEIL

Und das ist tatsächlich der Schluß der Geschichte. Natürlich wirst du fragen, was danach mit uns geschah. Was wurde aus Armand? Wohin ging ich, was tat ich? Aber ich muß dir sagen, daß sich eigentlich nichts mehr ereignete, nichts außer solchen Dingen, die unvermeidlich waren. Seitdem habe ich mich nicht mehr verändert. Ich suchte nach nichts in dem einen großen Quell, der Menschheit heißt. Und selbst in meiner Liebe zur Welt, meiner Versenkung in ihre Schätze, versuchte ich nichts zu lernen, das ich der Menschheit zurückgeben konnte. Ich trank die Schönheit der Welt, wie ich Blut trinke. Ich war vollauf gesättigt. Aber ich war tot und unveränderlich. Die Geschichte hörte in Paris auf.

Lange Zeit dachte ich, Claudias Tod sei der Grund für das Ende der Dinge gewesen, dachte, wenn Claudia mit Madeleine Paris unversehrt verlassen hätte, dann wäre es auch anders mit mir und Armand gekommen. Ich hätte wieder leben und begehren und versuchen können, einem Abbild irdischen Lebens zu gleichen, reich und mannigfaltig, wenn auch unnatürlich. Aber nun habe ich eingesehen, daß diese Vorstellung falsch war. Selbst wenn Claudia noch lebte, wenn ich Armand nicht verachtet hätte, weil er sie sterben ließ, wäre es nicht anders verlaufen. Ob man langsam dazu kommt, das Übel zu erkennen, oder hineingeschleudert wird ... es ist das gleiche. Letzten Endes wünschte ich beides nicht. Und da ich nichts Besseres verdiente, verschloß ich mich wie eine Muschel. Und sogar Armand, mein ständiger, mein einziger Kamerad, befand sich weit von mir entfernt, war hinter jenem Schleier, der mich von allem Lebendigen trennte, dem Schleier, der die Form eines Leichentuches hatte. Aber ich sehe, du willst endlich wissen, was aus Armand wurde. Und die Nacht ist fast vorbei. Ich will es dir erzählen, denn es ist wichtig; die Geschichte wäre sonst unvollständig.

Wir reisten also in der Welt umher: zuerst Ägypten, dann Griechenland, Italien, Kleinasien – wohin es mir gefiel und wo mich Kunstwerke lockten. Die Zeit hörte auf zu existieren in jenen Jahren, sie wurde jedenfalls bedeutungslos, und oft fand ich mich lange vertieft in im Grunde sehr einfache Dinge – ein Gemälde in einem Museum, ein buntes Kirchenfenster, eine einzelne schöne Statue.

Aber während all dieser Jahre hegte ich eine unbestimmte, doch hartnäckige Sehnsucht nach New Orleans. Ich konnte es nie vergessen. Und wenn wir in warmen Gegenden waren, wo ähnliche Blumen und Bäume wie in Louisiana wuchsen, wurde der Wunsch stärker, und ich fühlte nach meiner Heimat das einzige Verlangen, dessen ich noch fähig war. Von Zeit zu Zeit bat auch Armand mich, ihn dorthin mitzunehmen. Und da mir bewußt war, daß ich ihn vernachlässigte, oft lange nicht mit ihm sprach und meine Streifzüge allein machte, wollte ich ihm gern diesen Gefallen tun; und darüber vergaß ich beinahe die vage Angst, daß New Orleans mir Qual bereiten, daß ich wieder den bleichen Schatten meiner früheren Glücklosigkeit und Beklemmung erleben könnte. Vielleicht war diese Furcht stärker, als ich ahnte; doch ich schüttelte sie ab.

Wir fuhren also nach Amerika und lebten erst längere Zeit in New York. Und dann drängte mich Armand auf andere Weise. Er verriet mir etwas, das er mir bisher verheimlicht hatte. Lestat war nicht im Théâtre des Vampires verbrannt. Ich hatte es angenommen, denn sooft ich Armand nach den Vampiren fragte, sagte er, sie seien alle tot. Doch jetzt erzählte er mir, daß dem nicht so war, daß Lestat an jenem Abend das Theater verlassen hatte und zwei Vampire, die zusammen mit Lestat von demselben Meister geschaffen worden waren, ihm zur Überfahrt nach New Orleans verholfen hatten.

Ich kann dir die Gefühle nicht schildern, die ich bei diesem Bericht empfand. Natürlich hat Armand mir erzählt, er habe mir dies vorenthalten, da er nicht wollte, daß ich aus reinen Rachegelüsten eine lange Reise unternommen hätte, eine Reise, die mir zu der Zeit viel Schmerz und Leid bereitet hätte. Doch in Wirklichkeit lag mir nicht viel daran. Mir war Lestat gar nicht in den Sinn gekommen, als ich das Theater in Brand steckte; ich hatte an Santiago und Celeste und all die anderen gedacht, die an Claudias Tod schuld waren. Lestat hingegen hatte in mir Empfindungen wachgerufen, die ich niemandem hätte anvertrauen mögen, Empfindungen, die ich trotz Claudias Tod vergessen wollte. Haß war nicht darunter gewesen.

Doch als ich es nun von Armand hörte, war es, als sei der Schleier, der mich geschützt hatte, dünn und durchsichtig geworden, und obwohl er immer noch zwischen mir und der Welt der Gefühle hing, erblickte ich durch ihn Lestat und erkannte, daß ich ihn wiedersehen wollte. Und mit diesem Ansporn fuhren wir nach New Orleans.

Es war im späten Frühling. Und sobald wir aus dem Bahnhof traten, wußte ich, daß ich wirklich heimgekehrt war. Die Luft hatte ein eigenes Parfüm, und mir war unendlich wohl, als ich unter vertrauten Bäumen einherschritt und den zitternden Tönen der Nacht lauschte.

Natürlich hatte sich die Stadt verändert; doch ich klagte nicht darüber, sondern war dankbar für alles, was noch das gleiche schien. Im Gartenviertel der Oberstadt, zu meiner Zeit der Faubourg Sainte-Marie, fand ich noch stattliche Villen aus jenen Tagen, in gebührendem Abstand von der Straße, so daß ich im Mondschein unter Magnolien wandeln und den gleichen süßen Frieden spüren durfte wie früher; und so war es in den alten engen Straßen und in der Wildnis von Pointe du Lac. Es gab noch die Rosen und das Geißblatt, die korinthischen Säulen vor dem Abendhimmel und verträumte Gassen, Plätze und Gärten – eine Zitadelle der Anmut.

In der Rue Royale, wo ich Armand die Antiquitätengeschäfte und die hell erleuchteten Eingänge der Luxusrestaurants zeigte, fand ich das Haus, in dem wir gewohnt hatten – nur wenig verändert durch einen neuen Anstrich. Die beiden Glastüren gingen noch immer auf die kleinen Balkons über dem Laden darunter; und im Licht der elektrischen Lampen sah ich eine elegante Tapete im Stil der Zeit vor dem Weltkrieg. Lestat wurde mir wieder gegenwärtig, seltsamerweise mehr als Claudia, und ich war sicher, ihn in dieser Stadt zu finden. Und ich empfand noch etwas anderes; es war eine Traurigkeit, die mich damals überkam, nachdem Armand seiner Wege gegangen war. Doch diese Traurigkeit war weder schmerzlich noch leidenschaftlich. Sie hatte etwas Schweres, fast Süßes, so wie der Jasmin und die Rosen, die ich durch das eiserne Tor in dem alten Garten sah. Und diese Traurigkeit gab mir eine schwer deutbare Befriedigung, die mich lange Zeit an diesen Ort fesselte, und sie fesselte mich an die Stadt, und sie hat mich an jenem Abend, als ich fortging, eigentlich nicht verlassen.

Eines Tages traf ich einen Vampir, einen geschmeidigen, glattgesichtigen jungen Mann, der in der frühen Morgenstunde vor der Dämmerung allein auf dem breiten Bürgersteig der St. Charles Avenue spazierte; wahrscheinlich, dachte ich, würde er Lestat kennen und mich vielleicht zu ihm führen. Er sah mich nicht, denn ich hatte schon seit langem gelernt, meinesgleichen in den großen Städten ausfindig zu machen, ohne daß man mich bemerkte. Armand hatte in kurzen Begegnungen mit Vampiren in London und Rom in Erfahrung gebracht, daß der

Brand des Théâtre des Vampires in der ganzen Welt bekanntgeworden war und daß wir beide als Geächtete angesehen wurden. Ich hatte die Vampire gemieden, meide sie noch heute, um Auseinandersetzungen aus dem Wege zu gehen. Doch diesen Vampir in New Orleans beobachtete ich, und ich folgte seinen Spuren, wenn sie auch oft nur zu Theatern oder anderen Vergnügungen führten, an denen mir nichts lag. Doch eines Nachts kam es anders.

Es war ein warmer Sommerabend, und sobald ich ihn auf St. Charles erblickte, wußte ich, daß er einem bestimmten Ziel zustrebte. Er ging nicht nur schnell, er schien auch irgendwie betrübt zu sein. Als er in eine enge Gasse einbog, folgte ich ihm und sah ihn in ein kleines Haus gehen und eine Frau töten. Er tat es rasch, ohne eine Spur von Vergnügen; dann nahm er ein kleines Kind aus seinem Bettchen, wickelte es in eine Wolldecke und eilte wieder auf die Straße.

Nicht lange danach machte er vor dem mit Wein bewachsenen Eisenzaun eines verwilderten Gartens halt. Hinter Bäumen stand ein altes Haus; es war verfallen, der Putz blätterte ab, und die Balkongitter waren verrostet. Es schien dem Untergang geweiht zu sein, ein Haus, das zwischen zahllosen kleinen Holzhäusern hier gestrandet war; seine großen Fenster blickten auf das, was ein trostloses Durcheinander von Dächern gewesen sein mußte; doch der große, dunkle Garten bot einen gewissen Schutz vor alledem. Ich bemerkte durch die dicken Zweige ein schwaches Licht in einem der Fenster; und als der Vampir durch die Pforte ging und in das Haus trat, blieb ich vor dem Fenster stehen. Ich konnte das Baby weinen hören, und dann war es still. Mit Leichtigkeit erklomm ich den alten Zaun, sprang hinunter in den Garten und schlich mich leise an den langen Vorbau heran.

Es war ein bestürzender Anblick, der sich mir bot. Trotz des warmen Abends waren die Fenster fest geschlossen, im Kamin brannte ein Feuer, und der junge Vampir setzte sich davor und sprach zu einem anderen Vampir, der daneben hockte, die Füße in Hausschuhen auf das Gitter gelegt, die zitternden Finger an den Aufschlägen eines schäbigen blauen Bademantels. Eine Öllampe als einziges Licht stand auf einem Tisch, wohin der Vampir das wimmernde Kind gelegt hatte.

Mit aufgerissenen Augen betrachtete ich die gebückte und schlotternde Gestalt, der blonde Haarsträhnen über das Gesicht fielen. Ich versuchte, den Staub auf der Fensterscheibe wegzuwischen, um mich dessen zu vergewissern, was ich vermutete. ›Ihr laßt mich alle im Stich‹, sagte der Mann jetzt mit einer dünnen, klagenden Stimme. ›Du kannst uns nicht halten‹, sagte der Jüngere unfreundlich. Er saß da, die Arme auf der

Brust gefaltet, und blickte sich geringschätzig im Zimmer um. ›Psch, psch!‹ rief er dem Baby zu, das zu schreien angefangen hatte. ›Sei ruhig!‹

›Gib mir etwas Holz‹, sagte der blonde Vampir, und als er die Hand danach ausstreckte, erkannte ich deutlich, unmißverständlich, Lestats Profil. Die alten Narben waren verschwunden und hatten keine Spuren hinterlassen.

›Wenn du nur ausgehen würdest‹, sagte der andere verärgert und warf einen Scheit ins Feuer. ›Und auf die Jagd gehen nach etwas Besserem als diesen elenden Tieren . . .‹ Und wieder blickte er sich angeekelt um. Ich sah in der Zimmerecke die Kadaver einiger Katzen liegen; ein bemerkenswerter Umstand, denn ein Vampir kann die Nähe seiner toten Opfer nicht ertragen, so wie ein Raubtier den Platz zu meiden pflegt, wo es seinen Unrat gelassen hat. ›Weißt du nicht, daß es Sommer ist?‹ fragte der Jüngere. Lestat antwortete nicht, sondern rieb sich nur die Hände. ›Nimm es‹, sagte der andere, ›dann wird dir warm werden.‹

›Du hättest mir etwas anderes bringen können‹, sagte Lestat bitter. Und als er das Baby ansah, blinzelte er in das Licht der trüben Lampe. Ich erschrak, als ich die Augen wiedererkannte und die Gesichtszüge unter den gelben Haaren, und unwillkürlich klopfte ich an die Scheibe. Der junge Vampir blickte beunruhigt auf; doch ich winkte ihm nur, den Fensterriegel zurückzuschieben. Und Lestat zog seinen Bademantel am Hals zusammen und stand auf.

›Es ist Louis! Louis!‹ rief er. ›Laß ihn herein.‹ Und er gestikulierte heftig wie ein Invalide, der seinem Pfleger Anweisungen gibt.

Ich stieg durch das geöffnete Fenster und atmete den Gestank und die schwelende Hitze des Zimmers. Der Fliegenschwarm auf den faulenden Kadavern ekelte mich an, so daß ich wider Willen zurückwich, trotz Lestats inständiger Bitte näher zu treten. In einer Ecke stand der Sarg, in dem er schlief, mit abblätterndem Lack und mit Stößen vergilbter Zeitungen halb bedeckt; und in den anderen Ecken lagen abgenagte Knochen. Aber Lestat hielt nun meine Hand mit seinen trockenen Händen umschlossen und zog mich zum Kamin; ich sah, daß ihm Tränen in die Augen stiegen, und als er den Mund in einer Mischung aus Verzweiflung und schmerzlicher Beglückung verzog, erkannte ich nun doch schwache Spuren der alten Narben. Wie peinlich war es, diesen glattgesichtigen, unsterblichen Mann wie ein altes Weib schlottern und wimmern zu sehen.

›Ja, Lestat‹, sagte ich, ›ich bin dich besuchen gekommen.‹ Ich schob seine Hand sanft von mir und ging zum Tisch, auf dem das Baby lag und weinte, aus Furcht oder Hunger der beidem. Als ich es in die Arme nahm und streichelte und wiegte, beruhigte es sich. Lestat sprach nun ganz leise mit schnellen, nur halbartikulierten Worten, die ich nicht verstehen konnte, die Tränen rannen in Strömen über seine Wangen, und der junge Vampir stand mit angewidertem Blick am offenen Fenster, so als wolle er sich jeden Augenblick aus dem Staub machen. ›Sie sind also Louis‹, sagte er, was Lestats unbeschreibliche Erregung noch zu steigern schien, der sich nun die Tränen mit dem Saum seines Bademantels vom Gesicht wischte.

Eine Fliege ließ sich auf der Stirn des Babys nieder, und ich hielt unwillkürlich den Atem an, als ich sie zwischen Daumen und Zeigefinger zerquetschte und auf den Fußboden warf. Das Kind hatte aufgehört zu weinen und sah mich nun mit außergewöhnlich blauen Augen an, und ein Lächeln umspielte seine Lippen, ein Lächeln, das langsam aufflakkerte wie eine Flamme. Während ich das Kind mit einem sonderbaren Gefühl von Traurigkeit in den Armen hielt, wurde mir bewußt, daß ich so etwas Jungem, so etwas Unschuldigem nie den Tod gebracht hatte. Ich wiegte das Kind sanft hin und her, zog mir den Stuhl des jungen Vampirs an den Kamin und ließ mich nieder.

›Du brauchst nicht zu sprechen, es ist schon gut‹, sagte ich zu Lestat, der sich dankbar in seinen Sessel zurückfallen ließ.

›Aber ich bin so glücklich, dich zu sehen‹, stammelte er durch seine Tränen hindurch. ›Ich habe davon geträumt, daß du kommen . . . daß du kommen würdest.‹ Er zog eine Grimasse, als hätte er ein unnennbares Weh, und wieder erschien für einen Augenblick das feine Liniennetz seiner Narben. ›Ich habe nicht . . .‹, begann er wieder, schloß die Augen und schüttelte den Kopf, ›ich wollte nicht, daß sie es tun . . . ich meine, daß Santiago . . . er hat mir nicht gesagt, was sie vorhatten.‹

Ich sagte: ›Das ist gewesen und vergangen.‹

Er nickte lebhaft. ›Ja, ja. Vergangen. Sie hätte niemals . . . ach, Louis, du weißt . . .‹ Wieder schüttelte er den Kopf. ›Sie hätte niemals eine von uns werden sollen.‹ Und er schlug sich mit der Faust auf die eingesunkene Brust.

Claudia. Mir war, als habe sie nie existiert. Als sei sie ein widersinniger, phantastischer Traum gewesen, zu kostbar und zu persönlich, ihn jemandem anzuvertrauen. Und zu lange vorbei. Ich sah Lestat an und versuchte zu denken: wir drei, wir drei zusammen. ›Hab keine Angst vor mir‹, sagte ich, als spräche ich zu mir selber. ›Ich tue dir nichts.‹

›Du bist zu mir zurückgekommen‹, wisperte er mit seiner dünnen Stimme. ›Du bist heimgekehrt, zu mir, nicht wahr?‹ Er sah mich fragend, ängstlich an.

Ich schüttelte den Kopf. ›Nein, Lestat.‹

Er machte eine Bewegung, um zu protestieren; doch er war zu schwach dazu; er ließ die Hände in den Schoß sinken, und dann schlug er sie verzweifelt vors Gesicht. Der andere Vampir, der mich kalt gemustert hatte, fragte: ›Sind Sie . . . sind Sie gekommen, um zu bleiben?‹

›Natürlich nicht‹, antwortete ich. Und er grinste zynisch, wie wenn er sagen wollte: Ich habe es nicht anders erwartet, es bleibt alles an mir hängen, und ging auf die Veranda hinaus.

›Ich wollte dich nur einmal sehen, Lestat‹, sagte ich. Doch er schien mich nicht zu hören; er stand auf und trat auf mich zu und hielt mir die Hand hin, und wider Willen nahm ich sie. Er beugte sich nieder, preßte seinen Kopf an meine Brust und drückte meine Hand so fest, daß es weh tat.

›Ich kann es nicht ertragen‹, stöhnte er unter Tränen. ›Ich kann es nicht ertragen. Hilf mir, Louis, bleibe bei mir.‹

›Aber warum hast du Angst?‹ fragte ich. Und als ich auf ihn niedersah, hatte ich eine Vision von ihm aus längst vergangenen Tagen, von dem hochgewachsenen, stattlichen Kavalier in dem wehenden schwarzen Umhang, der mit voller, makelloser Stimme eine Arie aus der Oper sang, von der wir gerade kamen, mit dem Stock auf dem Pflaster den Takt schlug und zugleich lächelnd mit einer jungen Frau flirtete, die gerade vorüberging, so daß eine Sekunde lang, als seine Augen die ihren trafen, alles Böse ausgelöscht schien in einem Anflug von schierer Lebenslust.

Zahlte er jetzt den Preis dafür? Ich dachte nach, was ich ihm sagen, wie ich ihn daran erinnern könnte, daß er unsterblich war, daß nichts und niemand außer ihm selber ihn zu dieser schmählichen Abdankung, dieser traurigen Resignation zwingen könne. Aber ich sagte nichts dergleichen. Dann legte sich Schweigen um uns wie ein dunkles Meer. Die Fliegen schwärmten um den verwesenden Leib einer Ratte, und das Kind sah mich friedlich an, als seien meine Augen helle Glasmurmeln, und sein Händchen schloß sich um meinen Finger, den ich ihm vors Gesicht hielt.

Lestat hatte sich aufgerichtet, doch nur, um wieder in seinen Sessel zurückzusinken. ›Ich wollte so viel mit dir besprechen‹, sagte er. ›In jener Nacht, als ich in die Rue Royale heimkehrte, wollte ich nur mit dir sprechen.‹ Er zitterte, und seine Kehle schien sich zusammenzuziehen, als ob die Schläge, die ich ihm damals versetzt hatte, ihn erst jetzt mit voller Wucht träfen. Er feuchtete sich die Lippen an und fuhr mit leiser Stimme fort: ›Ich bin dir nach Paris nachgereist . . .‹

›Was war es, das du mir sagen wolltest?‹ fragte ich. ›Worüber wolltest du mit mir sprechen?‹ Jetzt erinnerte ich mich seiner unsinnigen Hartnäckigkeit im Théâtre des Vampires. All die Jahre hatte ich nicht mehr daran gedacht. Und auch jetzt sprach ich nur widerstrebend davon.

Doch er lächelte nur, ein abgeschmacktes, beinahe entschuldigendes Lächeln, und schüttelte den Kopf. Innerlich atmete ich auf. Doch er sagte abermals: ›Aber du bleibst doch!‹

›Nein!‹ erwiderte ich.

›Und ich auch nicht‹, sagte der junge Vampir, der wieder hereingekommen war und am offenen Fenster stand. Lestat sah zu ihm hinüber und blickte dann hilflos zu Boden. Seine Unterlippe zitterte, und er sagte nur ›Mach es zu, mach es zu‹ und zeigte zum Fenster. Dann stieß er einen tiefen Seufzer aus, bedeckte den Mund mit der Hand und schluchzte.

Der junge Vampir ging; ich hörte die Gartentür kreischen und seine Schritte auf dem Pflaster der Straße verhallen. Und ich war allein mit dem weinenden Lestat. Es kam mir wie eine Ewigkeit vor. Ich dachte an alles, was zwischen uns vorgefallen war, erinnerte mich an Dinge, die ich längst vergessen geglaubt, und fühlte die gleiche überwältigende Traurigkeit wie beim Anblick unseres Hauses in der Rue Royale. Und doch war es keine Trauer um Lestat, um jenen fröhlichen, flotten Vampir, der damals dort gewohnt hatte, sondern eine Trauer, die über Lestat hinausging und ihn mit einschloß und Teil der großen schrecklichen Traurigkeit war um alle die Dinge, die ich je gekannt, geliebt und verloren hatte. Zu meinem Erstaunen sah ich meine eigene Träne auf das Gesicht des Kindes fallen, sah sie auf seiner runden Wange glitzern; und das Kind lächelte, vielleicht, weil es das Licht in meinen Tränen schimmern sah.

Lestat sagte: ›Aber Louis . . . wie kannst du so sein, wie kannst du das ertragen? Sag es mir, hilf mir, es zu begreifen! Wie kannst du das alles verstehen, wie kannst du es aushalten?‹ Doch dann verschleierten sich seine Augen und verwirrten sich. Er zog den Bademantel fester an sich, schüttelte den Kopf und starrte ins Feuer.

›Ich muß jetzt gehen‹, sagte ich. Ich war müde, war seiner müde und müde dieser Traurigkeit und sehnte mich hinaus in die Stille, jene vollkommene Ruhe, an die ich mich so gewöhnt hatte. Und fast ohne daß es mir bewußt war, nahm ich das Baby an mich.

Lestat blickte mich noch einmal an mit seinen großen, gequälten Augen und seinem glatten alterslosen Gesicht. ›Aber du kommst doch wieder, Louis?‹ fragte er. ›Du kommst mich doch besuchen?‹

Ich wandte mich ab und verließ das Haus. Auf der Straße blickte ich zurück und sah ihn am Fenster stehen, als fürchte er sich auszugehen. Wahrscheinlich war er lange nicht draußen gewesen, und vielleicht würde er nie wieder ausgehen.

Dann kehrte ich zu dem kleinen Haus zurück, aus dem der junge Vampir das Kind geholt hatte, und legte es behutsam wieder in sein Bettchen.«

»Nicht gleich, vielleicht einen Monat später, berichtete ich Armand, daß ich Lestat gesehen hatte. Die Zeit spielte für mich damals ebensowenig eine Rolle wie heute. Doch Armand bedeutete sie offenbar viel; er war erstaunt, daß ich es ihm nicht schon früher erzählt hatte.

Wir spazierten an diesem Abend im oberen Teil der Stadt, wo sie in den Audubon-Park übergeht. Der Deich ist dort nur ein kahler Grashang, der zu dem schlammigen Ufer hinabführt, auf dem sich hier und da Treibholz angesammelt hat. Am jenseitigen Ufer funkelten in der Ferne einzelne Lichter der Fabriken und Lagerhäuser wie Sterne. Der Mond beleuchtete die kräftige schnelle Strömung zwischen den Ufern, vom Wasser kam eine leichte Brise herauf, bewegte die Blätter der Weidenbüsche und machte die Sommerhitze erträglich. Mir war, als würde ich New Orleans nie wieder verlassen. Doch was sollen derartige Gedanken, wenn man ewig leben kann? New Orleans nie wieder verlassen? *Wieder* schien mir ein Wort aus der Menschenwelt.

Armand fragte: ›Hast du denn kein Bedürfnis nach Rache empfunden?‹ Er lag neben mir im Gras, auf einen Ellbogen gestützt, und blickte mich an.

›Warum?‹ fragte ich und wünschte, wie jetzt so oft, allein zu sein, ohne ihn. Allein mit dem kühlen gewaltigen Strom unter dem blassen Mond. ›Er erleidet ja seine eigene Rache‹, fuhr ich fort. ›Er stirbt, stirbt an seiner Angst, seiner Starrheit. Nicht den heiteren und anmutigen Vampirtod, den du mir einmal in Paris geschildert hast. Ich glaube, er stirbt so unbeholfen und unschön wie die Menschen oft sterben . . . an Altersschwäche.‹

›Aber du – was hast du empfunden?‹ fragte Armand weiter. Ich erschrak über den persönlichen Charakter dieser Frage – wie lange war es her, daß einer von uns so zu dem anderen gesprochen hatte.

›Nichts‹, antwortete ich.

›Aber hat er dir nicht irgend etwas gesagt‹, murmelte er, ›etwas, das den alten Haß . . .‹ Und hier merkte ich erst vollends, wie bekümmert er war.

›Was ist los, Armand?‹ sagte ich. ›Warum fragst du?!

Er lag auf dem Rücken und sah zu den Sternen empor. Und diese Sterne erinnerten mich an das Schiff, das uns nach Europa gebracht hatte, an die Nächte auf hoher See, als die Sterne die Wellen zu berühren schienen.

›Ich dachte, er hätte dir vielleicht etwas über Paris erzählt‹, sagte Armand.

›Was hätte er über Paris erzählen sollen?‹ fragte ich. ›Daß er nicht gewollt hat, daß Claudia stirbt . . .?‹ Wieder Claudia – der Name klang sonderbar fremd. Claudia, die eine Patience legte auf dem Tischchen in unserer Kabine, das mit dem Rollen des Meeres schwankte, und der Anblick der Sterne durch das Bullauge . . .

›Du hättest mir alles, was du wolltest, über Paris erzählen können‹, sagte ich. ›Schon lange. Es hätte mir nichts ausgemacht.‹

›Sogar, daß ich es war, der . . .‹

Ich sah ihn an, wie er so dalag und in den Himmel blickte; ich sah die ungeheure Pein in seinem Gesicht, seinen Augen. Sie schienen mir übermäßig groß, zu groß, und das weiße Gesicht, das sie umrahmte, war zu hager.

›Daß du es warst, der sie umbrachte?‹ fragte ich. Und ich mußte lächeln. ›Erzähle mir nur nicht, daß es dich in all den Jahren geschmerzt hat.‹

Er schloß die Augen und wandte sich ab und hielt die Hand vor die Brust, als habe ihn ein plötzlicher, furchtbarer Schlag getroffen.

›Du kannst mir nicht einreden, daß es dich bekümmert‹, sagte ich kühl. Ich blickte auf das Meer hinunter, und abermals überkam mich der Wunsch, allein zu sein. Bald, sagte ich mir, würde ich aufstehen und davongehen. Das heißt, wenn er nicht als erster aufbräche; denn es hätte mir gefallen, noch dort zu bleiben. Es war ein ruhiges, abgeschiedenes Plätzchen.

›Dich bewegt nichts‹, sagte Armand. Er setzte sich langsam auf und drehte sich wieder zu mir, so daß ich das dunkle Feuer in seinen Augen sehen konnte. ›Ich dachte, dich würde wenigstens das bewegen. Ich dachte, du würdest die alte Leidenschaft, den alten Zorn empfinden, wenn du ihn wiedersähest. Ich dachte, irgend etwas würde in dir wieder lebendig werden, wenn du ihn sähest . . . wenn du dorthin zurückkehrtest.‹

›Daß ich neu zum Leben erwachen würde?‹ fragte ich. Und ich fühlte die kalte Härte meiner Worte, als ich das sagte. Mir war, wie wenn ich aus Stein wäre und er mit einem Mal zerbrechlich, wie er es im Grunde schon seit langem gewesen war.

›Ja!‹ rief er. ›Ja, zum Leben!‹ Und dann schien er verwirrt, aus der Fassung gebracht. Und etwas Merkwürdiges geschah. Er beugte den Kopf, als sei er besiegt. Und etwas in der Art, wie er sich geschlagen gab, wie es sich in seinem glatten Gesicht, wenn auch nur für einen Moment, spiegelte, erinnerte mich an eine andere Person, die ich ebenso besiegt gesehen hatte. Und es war bestürzend, daß es einen langen Augenblick dauerte, bis ich Claudias Gesicht mit diesem Ausdruck sah; Claudia, als sie neben dem Bett im Hôtel Saint-Gabriel in Paris stand und mich bat, Madeleine in eine von uns zu verwandeln. Der gleiche hilflose Blick, die Niederlage, so herzergreifend, daß man alles daneben vergessen konnte. Und dann schien Armand, wie Claudia, sich wieder zu fassen und alle Kraft zusammenzunehmen. Doch er sprach nur leise vor sich hin: ›Ich sterbe.‹ Und ich, der ihn ansah, ihn hörte, das einzige Wesen unter Gottes Himmel, das ihn hörte und wußte, daß er recht hatte, ich sagte nichts.

Ein langer Seufzer entrang sich seinen Lippen. Sein Kopf war immer noch gebeugt, die rechte Hand lag schlaff neben ihm im Gras. ›Haß ... das ist Leidenschaft‹, sagte er, ›Rache ist Leidenschaft ...‹

›Nicht meine‹, murmelte ich, ›jetzt nicht mehr.‹

Er sagte: ›Ich hatte gedacht, du würdest es bewältigen, es würde, wenn der Schmerz darüber dich verlassen hat, dich wieder die Liebe erfüllen, die Liebe und jene wilde und unersättliche Neugier, mit der du zuerst zu mir kamst, der Wissensdurst, den du in meine Klause getragen hast. Ich dachte, es sei ein Teil von dir, der nicht sterben kann. Und ich dachte, wenn der Schmerz vorüber ist, würdest du mir verzeihen für die Rolle, die ich bei ihrem Tod gespielt habe. Sie hat dich nie geliebt, das weißt du, nicht so, wie ich dich geliebt habe und wie du uns beide geliebt hast. Ich wußte es und habe es verstanden. Und ich glaubte, ich würde dich an mich ziehen und halten können, glaubte, wir könnten einander Lehrer sein. Alles, was dich beglückte, hätte mich beglückt; meine Macht wäre deine Macht gewesen, meine Stärke deine Stärke. Aber du bist innerlich tot für mich, bist kalt, und ich kann dich nicht erreichen. Es ist, als ob ich hier nicht neben dir stünde. Und da ich hier nicht bei dir bin, habe ich das furchtbare Gefühl, überhaupt nicht zu existieren. Und du bist so kalt und ungreifbar für mich wie diese sonderbaren modernen Bilder aus strengen Linien und kalten Formen, die ich nicht liebe und verstehe, so fremd wie die harten abstrakten Skulpturen, die nichts Menschenähnliches mehr haben. Mich fröstelt in deiner Nähe. Ich schaue dir in die Augen und sehe mich nicht gespiegelt ...‹

›Was du verlangt hast, war unmöglich‹, sagte ich schnell. ›Siehst du es nicht ein? Und was ich verlangt habe, war ebenso unmöglich, von Anfang an.‹

Er wollte Einspruch erheben, doch die Antwort erstarb auf seinen Lippen, und er bewegte nur abwehrend die Hand.

Und ich fuhr fort: ›Ich wollte Liebe und Güte im Vergänglichen, im lebenden Tod. Es war hoffnungslos von Anbeginn, weil man nicht Liebe und Güte haben kann, wenn man tut, was man als böse kennt. Dann hat man nur die verzweifelte Verwirrung und Sehnsucht und die Jagd nach dem Phantom der scheinbaren Güte in seiner menschlichen Form. Ich wußte das Ergebnis meines Suchens schon, ehe ich nach Paris kam; ich hatte es gewußt, als ich zum ersten Mal ein menschliches Leben nahm, um meinen Hunger zu stillen. Es war mein Tod. Und doch wollte ich, konnte ich es nicht hinnehmen, weil ich, wie alle Kreaturen, nicht sterben will. Und so suchte ich andere Vampire, suchte Gott, den Teufel und hundert Dinge unter hundert Namen. Und alles war das gleiche, alles war böse. Und alles war falsch. Denn niemand, in welcher Gestalt auch immer, konnte mich davon überzeugen, was ich doch selber nur zu gut wußte, daß ich in meinem eigenen Herzen, in meiner eigenen Seele verdammt war. Und als ich nach Paris kam, dachte ich, du seist schön und mächtig und unbekümmert – alles, was ich mit dem Mut der Verzweiflung auch sein wollte. Doch du warst nur ein Vernichter, wie ich es war, nur noch geschickter und erbarmungsloser. Du zeigtest mir das einzige, was zu werden ich wirklich hoffen konnte, welche Tiefe des Bösen, welchen Grad von Kälte ich erreichen mußte, um meiner Qual ein Ende zu machen. Ich habe es gutgeheißen, und so wurde die Leidenschaft, die Liebe, die du in mir sahst, ausgelöscht. Und nun siehst du einfach den Spiegel deiner selbst.‹

Es verging eine lange Zeit, bevor Armand wieder sprach. Er hatte sich erhoben, mir den Rücken zugekehrt, und blickte zum Fluß hinunter. Und ich dachte ruhig: Es gibt nichts mehr, was ich sagen kann, nichts mehr, was ich tun kann.

Er sagte: ›Louis – hast du noch irgendeinen Wunsch? Möchtest du noch etwas von mir?‹

›Nein‹, sagte ich. ›Was meinst du?‹

Er gab keine Antwort. Langsam ging er davon. Zuerst dachte ich, er wolle nur ein paar Schritte hinunter zum Flußufer gehen und würde zurückkommen; und als mir bewußt wurde, daß er mich verließ, war er nur noch ein kleiner Fleck vor dem flimmernden Wasser unter dem Mondschein. Ich habe ihn nie wiedergesehen.

Natürlich ist mir erst einige Nächte später klargeworden, daß Armand endgültig fort war. Sein Sarg blieb zurück. Und es dauerte mehrere Monate, ehe ich mich entschloß, den Sarg auf den Friedhof von St. Louis bringen zu lassen, damit er in der Gruft neben meinem eigenen beigesetzt würde. Das Grab, seit langem vernachlässigt, da meine Familie ausgestorben war, empfing das einzige, das er hinterlassen hatte. Doch kurz darauf tat es mir leid; ich mußte immer daran denken, und das war mir unangenehm. Und so ging ich eines Nachts hin und holte den Sarg heraus, zertrümmerte ihn und ließ die Stücke auf dem Rasen des Friedhofs liegen.

Bald danach besuchte mich eines Abends der junge Vampir, Lestats letztes Kind. Er bat mich, sein Begleiter und Lehrer zu werden und ihn alles zu lehren, was ich von der Welt wußte. Ich antwortete ihm, was ich vor allem und ganz bestimmt wüßte, sei, daß ich ihn vernichten würde, wenn ich ihn jemals wiedersähe. Ich sagte: ›Sehen Sie, in jeder Nacht, in der ich unterwegs bin, muß jemand sterben, bis ich den Mut habe, Schluß zu machen. Und Sie würden ein prachtvolles Opfer abgeben, denn Sie sind ein Killer, ebenso böse wie ich.‹

Am nächsten Abend reiste ich ab, weil mich die Sorge nicht losließ. Und ich wollte nicht an das alte Haus denken, in dem Lestat langsam starb, nicht an den gewitzten, modernen Vampir, den ich zurückgelassen hatte. Und nicht an Armand. Ich wollte dort sein, wo mir nichts vertraut und wo mir alles gleichgültig war.

Und das ist das Ende. Es kommt nichts mehr.«

Der Junge starrte den Vampir wortlos an. Und der Vampir saß ihm ruhig und gefaßt gegenüber, die Hände auf dem Tisch gefaltet, die schmalen, rotgeränderten Augen auf das ablaufende Tonband gerichtet. Sein Gesicht war jetzt so hager, daß die Adern an den Schläfen heraustraten, als seien sie gemeißelt. Und er saß so still, daß nur die grünen Augen Leben zeigten, ein Leben, das ganz auf die sich drehenden Spulen konzentriert schien.

Dann lehnte sich der Junge zurück und fuhr sich mit den Fingern durchs Haar. »Nein«, sagte er, während er tief Atem holte. Und er wiederholte lauter: »Nein! Es hätte nicht so enden müssen!«

Der Vampir schien ihn nicht zu hören. Sein Blick wanderte von dem Tonbandgerät zum Fenster, zu dem dunklen, grauen Himmel. Jetzt stieß er ein kurzes, trockenes Lachen aus.

»Alles, was Sie in Paris gefühlt haben . . .«, fuhr der Junge eifrig fort, »die Liebe für Claudia, das Gefühl, ja das Gefühl für Lestat! Das mußte nicht enden, nicht so, nicht in Verzweiflung! Denn das war es doch, nicht wahr – Verzweiflung?«

»Halt!« gebot der Vampir und hob die Hand. »Ich habe dir gesagt, und ich sage es dir noch einmal, daß es nicht anders hätte enden können.«

»Das nehme ich Ihnen nicht ab«, sagte der Junge und schüttelte lebhaft den Kopf. »Ich kann es nicht!« Und die Erregung bemächtigte sich seiner, so daß er, ohne es zu wollen, den Stuhl zurückschob und aufstand, um im Zimmer auf und ab zu gehen. Doch dann, als er sich umwandte und dem Vampir erneut ins Gesicht sah, blieben ihm die Worte in der Kehle stecken. Das Gesicht des Vampirs zeigte eine Mischung von teuflischer Grausamkeit und bitterer Belustigung.

»Verstehen Sie nicht? So wie Sie es erzählt haben, war es ein Abenteuer, wie ich es nie wieder miterleben werde. Sie sprachen von Leidenschaft, von Liebe; sprachen von Dingen, die Millionen gewöhnlicher Sterblicher nie erfahren, nie verstehen werden. Und dann wollen Sie mir sagen, daß es so enden mußte? Hören Sie . . .« Er redete mit ausgestreckten Händen auf den Vampir ein. »Wenn Sie mir diese Kraft geben würden! Die Kraft, ewig zu leben, zu sehen und zu fühlen!«

Der Vampir wich zurück. Seine Augen weiteten sich, er öffnete die Lippen. »Was?« sagte er. »Was . . .«

»Gib mir diese Kraft!« sagte der Jüngling. Seine rechte Hand schloß sich zur Faust, und er schlug sich vor die Brust. »Mach mich zu einem Vampir!«

Der Vampir war aufgesprungen; er packte den Jüngling an den Schultern. »Das . . . das möchtest du?« flüsterte er mit fast unbewegten Lippen. »Danach also – nach allem, was ich dir erzählt habe – verlangt es dich?«

Der Jüngling schrie leise auf; er begann am ganzen Körper zu zittern, und der Schweiß brach ihm auf der Stirn und auf der Oberlippe aus. Seine Hand griff nach dem Arm des Vampirs. »Du weißt nicht, wie das menschliche Leben ist«, sagte er, und es schien, als wolle er in Tränen ausbrechen. »Du hast es vergessen. Du verstehst nicht einmal die Bedeutung deiner eigenen Geschichte, weißt nicht, was sie für ein menschliches Wesen wie mich bedeutet.« Ein Seufzer erstickte seine Worte, und seine Finger umklammerten den Arm des Vampirs.

»O Gott!« rief der Vampir aus. Er wandte dem anderen den Rücken zu und starrte wieder durch das graue Fenster.

»Ich bitte dich ...«, sagte der Jüngling, »versuche es noch einmal. Versuche es noch einmal – mit mir!«

Der Vampir kehrte sich um und sah ihn an. Sein verzerrtes Gesicht glättete sich, er lächelte schwach. »Ich habe versagt«, seufzte er, »völlig versagt ...«

»Nein!« protestierte der Jüngling.

»Sag nichts weiter!« gebot der Vampir. »Ich habe nur noch eine Möglichkeit. Siehst du die Spulen? Sie drehen sich noch immer. Ich habe nur eine Möglichkeit, dir die Bedeutung dessen, was ich gesagt habe, zu zeigen.« Und er griff nach dem Jüngling und zog ihn an sich und hielt ihn fest, den Mund über dem gebeugten Nacken. »Siehst du?« flüsterte er; und die zwei langen Fangzähne gruben sich in das junge Fleisch. Der andere zitterte und stieß einen tiefen, kehligen Laut aus, die Hand griff ins Leere, die Augen waren aufgerissen und wurden trüb und grau, während der Vampir trank. Er wimmerte leise, bis der Vampir ihn endlich losließ, ihn mit beiden Händen von sich schob und in das feuchte Gesicht blickte, auf die halbgeschlossenen Augen, die schlaff herabhängenden Hände.

Der Junge erschauerte und stöhnte wie im Fieber. Der Vampir setzte ihn sanft in einen Stuhl, blickte auf ihn hinunter, und seine bleiche Haut nahm eine leichte Tönung an, als würde sie von einem rosigen Licht beschienen. Seine Lippen röteten sich, wurden dunkler, die Adern an den Schläfen und auf den Händen traten weniger hervor, sein Gesicht war glatt und jugendlich. Der Jüngling rang nach Worten; die Tränen stiegen ihm in die Augen, der Kopf schwankte, als sei er zu schwer, und die Hände hielten sich an der Tischplatte fest.

»Werde ich ... sterben?« flüsterte er mit zitternden Lippen. »Werde ich sterben?« Es klang wie ein Seufzer.

»Ich weiß es nicht«, sagte der Vampir lächelnd. Der andere schien noch etwas sagen zu wollen, doch die Hände tasteten ins Leere, der Kopf fiel vornüber, und er verlor das Bewußtsein.

Als der Junge wieder die Augen öffnete, sah er die Sonne und spürte sie auf Gesicht und Händen. Dann richtete er sich mühsam auf, reckte sich, holte tief Atem und legte die Hand an die Stelle, wo der Vampir sein Blut gesaugt hatte.

Er erhob sich und ging taumelnd zum Waschbecken in der Ecke, drehte den Hahn auf und benetzte sein Gesicht mit kaltem Wasser. Sein Atem ging wieder gleichmäßig, er blieb stehen, ohne zu schwanken, und blickte in den Spiegel. Dann sah er nach der Uhr, setzte sich wieder an den Tisch, zog ein Notizbuch und einen Bleistift aus der Tasche, drückte die Taste des Tonbandgerätes und ließ das Band zurücklaufen, bis die Stimme des Vampirs ertönte. Er wiederholte das mehrmals, bis er die Stelle gefunden hatte, die er brauchte, und die vertraute Stimme sprechen hörte: »Es war ein warmer Sommerabend, und sobald ich ihn in der St. Charles Avenue sah, wußte ich, daß er einem bestimmten Ziel zustrebte . . .«

Und schnell notierte er: »Lestat . . . Querstraße der St. Charles Avenue. Altes verfallenes Haus, schäbige Umgebung . . . verrostete Balkongitter.«

Dann steckte er das Notizbuch in die Tasche, verstaute das Gerät in seiner Mappe und eilte den Korridor entlang und die Treppe hinunter auf die Straße, wo er seinen Wagen geparkt hatte.